U0104132

哲學研究叢書・宗教研究叢刊

明代擬話本中宗教義理與修行觀之研究

黃絢親　著

目次

李序

明代擬話本是值得探討的小說，黃絢親《明代擬話本中宗教義理與修行觀之研究》，收集資料極為豐富，研究目標至為明確。

絢親原本就喜歡閱讀古典小說，以明代擬話本作為研究對象，對她來說是一件快樂的事。撰述過程中，身為指導教授，我僅有提醒與點撥的作為，一切由她依自己的想法發揮，絢親利用年鑑學派的歷史觀點，認為明代擬話本的來源、形成及其內容，足以成為文化史上的研究素材，我亦贊成其觀點。

她的博士論文，以明代擬話本為研究對象，對當時的庶民宗教活動與思想進行深入的剖析，頗有創獲，見解獨到，是一本優秀的學位論文，展現黃博士的研究能力與發展潛力。

黃博士在攻讀博士學位期間，除了修習文學類的科目，有關中國文化及義理重要著作、文獻亦廣為閱讀，勤奮不倦，勇於任事，對於學習有極高的熱情與興趣，並具有敏銳的思辨能力，是位極具發展潛力的人才。

在論文口試過程當然並非絕對輕鬆、順利，口試委員也提出不少犀利的論見與不易回覆的問題，但絢親都能一一回答。

絢親的《明代擬話本中宗教義理與修行觀之研究》即將公諸於世，我很樂意為她撰寫這篇短序。

李威熊　序於逢甲大學

二〇一八年十月

黃序

黃絢親的博士論文由我與李師威熊共同指導完成。

研究明代擬話本的著作不少，但是多數的著作都著重在其文學價值。黃絢親博士這本《明代擬話本中宗教義理與修行觀之研究》最特出之處，在於能分析文本蘊藏的思想意義，並且精確地申說其間代表的意涵。

黃絢親博士以文學研究為專業領域，初時選擇明代擬話本為研究對象，感覺相合。但是，她為了追求論文的創新性，選擇以文學文本為研究對象，探究其中的宗教思想。我認為這是跨領域研究，要花費諸多時間、心力，曾建議她延續文學研究專業，不要輕易嘗試跨域。但是黃絢親同學自我要求很高，決心投入艱難而有價值的研究。於是，我提出許多建議，如參加宗教主題相關的學術論文研討會，閱讀宗教思想方面的書籍、論文，甚至要求她讀明代的歷史、筆記叢刊。這些都是強度很高的學習，但是她都堅持下來，順利地完成我規定的學習任務。

因為李師威熊與我的專業皆為經學史（李師在中國文化史方面另有精闢的研究），對於明代文學與思想方面的探論，除了鼓勵與提醒之外，我們大概也僅能提供基本意見。因此，黃絢親的博士論文主要的思路是由她獨立設計、完成。在研究方法方面，我個人要求論述證據必須充足，推論嚴謹。很高興，在這方面她表現良好。因此，我可以確信此一論文闡述的觀點、結論委實具備了很高的可信度。

在《明代擬話本中宗教義理與修行觀之研究》即將正式出版之前，黃絢親博士求序於我，我不僅同意，且樂於向讀者鄭重推薦之。

國立彰化師範大學國文學系特聘教授

黃忠慎　序於彰化師大研究室

二〇一八年十月

自序

民國初年學界興起檢討傳統文化的思潮，學者反轉傳統對俗文學的評價，認為這些被士大夫階級輕視的作品，在文本意涵與影響力方面，足堪登上文學史殿堂。俗文學研究興盛至今已逾百年，但是多數論述焦點放在故事結構與賞析鑒評，忽略俗文學具備的史料性質。或因俗文學的「虛構」與「重製」現象，讓講求實證的史料學不敢輕易引為羽翼。但是，俗文學的起源與傳播根植於庶民的真實生活，只要仔細甄別，會發現有許多足以印證或重現真實的材料藏於字裡行間。我們總是僵化而線性地閱讀思想史，強調某家某派的影響。殊不知庶民的現實生活中，根本不在乎宗教、思想在宇宙論上的差異，他們在困境與憂慮中，積極地尋求所有的安慰與助力。俗文學反映庶民的「宗教文化」，與學術史著描述不同。「佛教」、「道教」、「儒家」甚至是古代的鬼神觀，雜揉一處，學理上的衝突矛盾，並非百姓關注的焦點。他們只是功利地取用或置換。本書想表達的僅是如此簡單的歷史真實。

本書盡力以嚴謹的學術論證表述平直的思考主軸與觀點。我無法判斷本書的價值與影響，但是研究過程讓思考層次得到大幅提昇，於此，我心滿意足。閱讀與詮釋的權力，理所當然地要留給讀者。

法國哲學家梅洛龐蒂（Maurice Merleau-Ponty）曾說：「時間本身其實沒有在流動。」意思是時間是個體主觀的經驗。取得博士學位後，我開始檢視人生：得到許多，也失去許多。耽於學習，讓對時間的消逝失去警惕。論文出版後，終於可以與家人一起觀看冬去春來的迤邐。

攻讀研究所期間，感謝彰化師大的良師益友們。最要感謝的便是業師李威熊教授、黃忠慎教授的教導。更要感謝家人的支持，沒有他們，這本論文不過是著作，不會是人生的一部分。

黃絢親

二〇一八年十月

論文摘要

本論文接受年鑑學派的歷史觀點，以為明代擬話本的來源、形成及其內容，足以成為文化史上的研究素材。並將焦點放在儒家、道教與佛教之理論與修行關係上，進一步分析其間的文化與意識型態。另一方面，由擬話本的創作與發展過程來觀察，則其成書目的在於商業利益考量為主，因此在寫作時必須符合讀者的「審美期待」。在此觀點下，則擬話本可視為庶民階層意識型態的反映。本論文主要以明代擬話本為研究文本，討論儒家（儒教）、佛教與道教思想與修行實踐程序在民間是如何進行與操作。

論文共分六章，第一章是緒論。說明「話本小說的歷史、形成與價值意義」，再就前人的研究成果做回顧與檢討，最後略述「本研究之目的與觀點」。

第二章討論中國文化下的宗教觀。就原始宗教、佛教、道教、儒教及三教合一的宗教觀做探討。

第三章就明代擬話本所呈現的宗教內涵進行論述。討論重點包括：原始宗教內涵包括鬼神信仰、萬物有靈及命定思想；佛教的宗教內涵則包括因果報應、轉世輪迴、負面故事及神通異變；道教的宗教內涵有神通異變、降妖伏魔、方術儀式、負面故事；儒教的宗教內涵則有傳統女德、夫婦人倫、兄弟之情、朋友之義；三教混雜的宗教內涵涉及儀式和思想的混雜等等。

第四章探討明代擬話本所描述的修行過程。本章討論原始宗教的修行過程，包括積善、避禍及儀式；佛教的修行過程則有佛門戒律、布施行善、弘法度生、念經坐禪；道教的修行過程有歷劫成仙、修道成仙、服食成仙及濟世成仙；儒教的修行過程則有忠孝之道及由仁行義；三教混雜的修行過程，包括修行道德、修行方式。

第五章從明代擬話本看宗教理想與修行的契合與衝突情形。明代擬話本所呈現的宗教教義和原始教義落差頗大，其間對宗教的認知頗失之片面。由擬話本敘述可看出庶民與文化菁英對宗教思想的認知呈現巨大落差，也看出民間宗教實踐方式的確有媚俗趨向。本章以為造成落差的原因為：受到「原始宗教」的影響、遷就「世俗化」需求、話本特殊的「商業性質」。

第六章為結論，以為明代擬話本作者利用樸素簡單的原始宗教概念來創作小說，可以發現擬話本中的民眾關心的不是宗教思想邏輯性或是理論高度的問題，而是信仰宗教的實際「效用」問題。明代擬話本雖然渲染達到理想必有保證性，但是對修行過程的描述以及理論大幅簡化，從某種角度來說這是弱化宗教意義。職是之故，本論文以為擬話本反映出民間宗教思想與實踐上朝向簡化、功利發展，而呈現複雜混亂的情形。

關鍵字：擬話本、民間文學、民間宗教、宗教文學、三教、修行、明代思想、明代文學、古典小說。

第一章
緒論

第一節　話本小說的歷史、形成與意義價值

一　話本小說的歷史

唐朝文人與民間流行的「傳奇」到了宋代已經衰落，代之而起的是筆記式的隨寫，記載怪奇奪目之事。然而在民間，因為商業活動的繁榮與都市活動的複雜化，庶民娛樂活動有長足的進展。其中「說話」活動成為當時重要的娛樂，並且發展出相當規模。

「說話」在唐代末期應該已經存在，最起碼在寺院中的「僧講」以及「俗講」已經有「說話」的雛形。然而整體看來，「說話」成為一種常見的娛樂活動要到宋代才正式確立。宋代都市繁榮社會富庶，瓦舍勾欄林立，[1]說話藝人頓時增多，說書人和書寫話本的文人為了精益求精，分別組織了「雄辯社」及「書會」；[2]這樣的努力更加速市井聽眾的捧場，[3]反映人們對娛樂的需求。

1　宋若雲：「宋、元時期城市商業經濟曾經相當繁榮，出現過許多說書、演戲的專門娛樂場所。」見氏著：《逡巡於雅俗之間：明末清初擬話本研究》，頁59。

2　譚邦和：「這些說話藝人為了切磋技藝，還組織了他們的行會，叫雄辯社。為他們編寫話本的文人們則組織了另外的團體，叫書會，這些人叫書會才人。」見氏著：《明清小說史》（上海：上海古籍出版社，2006年），頁132。

3　羅小東：「因為對於說書場裡的聽眾來說，他們就是來聽故事以消遣娛樂的，如果說話人講出來的故事不驚不奇，無波瀾，無曲折，那一定無法吸引更多的聽眾甚至無法留住在場的聽眾，而那就意味著他將失去自己的飯碗。」見氏著：《話本小說敘事研究》（北京：學苑出版社，2002年），頁5。

宋代的經濟發展使市民有迫切需要，尋求一種可以反映他們思想的文藝，所以「說話」就這樣蓬勃地發展起來。[4]由於宋代「說書事業」的發達更帶動了「話本小說」的興起。[5]話本小說的出現代表中國古典小說從「補史」到「傳道」的轉變，話本之前的小說通常作為「補正史之不足」，而到了話本小說才開始正視小說的虛構特徵。[6]

話本的結構分為入話（頭回）、正文、結尾。[7]南宋耐得翁在《都城紀勝》這本書提出說話有四家：小說、說鐵騎兒、說經說參請、講史，[8]但最重要的是小說、講史二家。[9]話本來自民間，所以題材、人物、故事到語言，都取材自當時的現實社會，內容有婚姻愛情、訴訟案、神仙鬼怪，以及愛國思想等，它反映了城市居民的

---

4 見胡士瑩：《話本小說概論》，頁130。又張惠玲：「而極摹人情世態之歧、備寫悲歡離合之致、描寫人們耳目之內、日用起居的擬話本小說以新穎活潑的內容和形式滿足了人們的這種審美需要。」見氏著：〈論明末清初擬話本小說的商品性〉，《青海師範大學學報（哲學社會科學版）》第3期（2006年），頁89。

5 葉慶炳：「宋代話本之興起，由於說話事業之發達，說話事業之發達，則由於都市繁榮、社會富庶。」見氏著：《中國文學史》下冊，頁180。

6 話本小說之前的文言小說都是出於文史學家之手，閱讀對象是社會的上層人物；而話本小說的閱讀對象是廣大的市民階層，足見話本小說是通俗文學的表徵。見王立鵬：〈論話本在中國小說史上的地位〉，《井岡山學院學報》第27卷第1期（2006年1月），頁6-8。

7 入話是小說話本的開端，它有時是一首或若干首詩詞開端，往往和故事的發生地點相關或與主人公有關，有時是一個故事，敘述一個與題旨相關的小故事；正文是故事的主體，以散文為主，有時也會穿插一些詩詞；結尾一般用一首七言絕句點名題目，或評論故事令人引以為戒。

8 說話有四家，一者小說，謂之銀字兒，如煙粉、靈怪、傳奇、說公案，皆是搏刀趕棒及發跡變泰之事；說鐵騎兒，謂士馬金鼓之事；說經，謂演說佛書；說參請，謂參禪悟道；講史，謂說前代興廢爭戰之事、對於宋代說話的家數。從古至今都有不同的詮釋。不過，綜合眾說，大致可分小說、說鐵騎兒、說經、講史四家。見葉慶炳：《中國文學史》下冊，頁181-183。

9 劉大杰：《中國文學發展史》，頁748-749。

生活和思想。

宋、元話本大都散佚不存了，殘本可以在《京本通俗小說》中尋得，這是現存最早的宋人話本集。[10]其次是收在洪楩《清平山堂話本》（殘本）中，[11]現存只有二十九篇。另外有《熊龍峰四種小說》，本書出版於十六世紀後期的明朝萬曆年間。[12]還可以從馮夢龍所編纂的《三言》中找到四十篇左右的宋代小說和不足二十篇的元代小說；講史話本則可以從《新編五代史平話》、《大宋宣和遺事》、《全相平話五種》等找到遺跡；說經說參請之類的話本則可以從《大唐三藏取經詩話》、《花燈嬌蓮女成佛記》和《五戒禪師私紅蓮記》等作品中尋得端倪。[13]話本失傳嚴重的原因，除了清代大量查禁之外。另外，話本本身代表一種技藝的傳承，本身具有一定的商業利益，因此話本難以外傳，或許也是原因之一。

---

10 韓秋白、顧青著：「《京本通俗小說》，是現今發現編成最早的話本集。近人繆荃孫（號江東老蟫）先生在上海從「親串妝奩」中無意發現的，破爛磨損，僅存四冊。繆氏認為「是影元人寫本」，但孫楷第先生則認為是元末明初人所編，而鄭振鐸先生更指出當是明中後期隆慶、萬曆間的出品。近許多學者都認為，此書很可能是繆荃孫偽造的。但無論如何，其中所收作品卻仍是宋、元人的真本，今存《碾玉觀音》、《菩薩蠻》、《西山一窟鬼》、《志誠張主管》、《拗相公》、《錯斬崔寧》、《馮玉梅團圓》、《定州三怪》、《金主亮荒淫》，共九篇，十卷，文字流利通暢，可見宋人話本之本色。」見氏著：《中國小說史》（臺北：文津出版社，1995年），頁241。

11 《六十家小說》是明嘉靖間錢塘人洪楩清平山堂刊印的小說總集。清顧修《彙刻書目初編》著錄，作「六家小說」，（漏一「十」字）分《雨窗集》、《長燈集》、《隨航集》、《欹枕集》、《解閒集》、《醒夢集》六集，每集十篇，成六十家。見韓秋白、顧青著：《中國小說史》，頁241。案：《六十家小說》即為《清平山堂話本》。

12 《熊龍峰刊小說四種》是明嘉靖期間熊龍峰所刊話本小說集，包括《馮伯玉風月相思小說》、《孔淑芳雙魚扇墜傳》、《蘇長公章臺柳傳》、《張生彩鸞燈傳》四種。

13 見譚邦和：《明清小說史》，頁133。

「說話」之所以能夠吸引人心，除了故事新奇有趣之外，更重要的是它運用了「通俗」的語言，可以使聽眾接受、理解，並且讓情緒得以跟著說話人的語氣而得到舒緩的效果。[14]由現存的宋、元話本可以看到除了語言通俗生動，其藝術特色還有構思新奇、情節曲折，否則很難吸引閱聽者的興趣。[15]宋、元話本影響到明清擬話本和白話短篇小說，使中國小說有了新的境界。[16]

「說話」就是以說講故事吸引聽眾，並從中收取費用或獲得賞錢。這種謀生的方式逐漸成為一種行業，並且逐漸興盛於各地。不過，「說話」需要的技術與支援相當複雜，不是僅僅說故事，唱歌曲而已。它包含著對故事內容的一定要求，與說話者的技巧鋪陳，一切以贏得閱聽者的歡心而進行。隨著這門行業的穩定發展，說話技藝的傳授與學習成為持續發展的重要關鍵。由於「說話」是複雜的語言表達活動，因此必須有文字記錄才能將「說話」的內容較好地保存下來，不僅備忘，也提供學習的底本。宋、元之時流傳某些「話本」，所謂話本，就是說話人的底本。[17]

---

14 胡士瑩：「它的另一特點是它有濃厚的說話人口氣。如『話說』、『卻說』、『單說』、『話休絮煩』等等。這是因為用了這些詞語，可使聽眾對故事的層次、條理更清楚，它起著語句中的標點作用。同時並可使聽眾的情緒跟著說話人語氣的鬆弛而鬆弛，緊張而緊張。這就顯示了『話文』的特色，它不同於一般的散文。」見氏著：《話本小說概論》，頁138。

15 韓秋白、顧青：「宋、元話本在藝術上具有顯著的特點。首先，其構思新奇、情節曲折豐富。說話作為一種表演藝術，為了抓住聽客，故事情節必須豐富曲折。……其次，語言通俗生動。說話人每天面對廣大聽眾，這就決定了其語言必須是市民所熟悉的口語，通過說話人的錘鍊，使之更為生動、純熟，具有濃厚的生活氣息，又極富表現力，人物的對話又必須符合身分。」見氏著：《中國小說史》，頁150。

16 見譚邦和：《明清小說史》，頁139。

17 魯迅：「說話之事，雖在說話人各運匠心，隨時生發，而仍有底本以作憑依，是為『話本』。」見氏著：〈宋之話本〉，《中國小說史略》（臺北：風雲時代出版公目前可信的宋、元「話本」留存不多，[18]然而就僅存的話本來看，在形式與內容上，具有講唱文學的特徵。若結合「說話」活動的形式來看，這些話本小說是從唐代講唱兼用散韻夾雜的「變文」發展而來的。[19]「擬話本」則為明代短篇小說專稱，是文人書面化的創作。話本與擬話本的區分大致上是以創作的主體與內容更動的幅度來看。當然由時代來看，宋、元所傳大多是「話本」，明代則多為「擬話本」[20]。若以民間文學的「集體性」來看，宋、元話本

司，1992年），頁136。案：最早對話本下定義的人便是魯迅。然而日人增田涉〈論「話本」一詞的定義〉卻以為「話本」僅是指「故事」而已，並沒有書面底本。收入《中國古典小說研究專集三》（臺北：聯經出版事業公司，1981年），頁50。不過，多數的文學史論著仍以為宋元的說話活動的確有「話本」為底本。如鄭振鐸《鄭振鐸說俗文學》（上海：上海古籍出版社，2000年），頁70-71；劉大杰《中國文學發展史》（臺北：華正書局，1991年），頁722；譚正璧《中國文學史》（臺北：華正書局，1974年），頁267；馬積高、黃鈞《中國文學史》（湖南：湖南文藝出版社，1992年），頁491；王忠林、游國恩《新編中國文學史（二）》（北京：北京人民出版社，1983年），頁590；金榮華、王忠林、傅錫壬、皮述民等八人合著《中國文學史（下冊）》（臺北：福記文化圖書公司，1998年），頁707。

18 目前留存的宋、元話本僅有《大唐三藏取經取經詩話》、《新編五代史平話》與《大宋宣和遺事》。皮述民以為後兩者較為可信：「今可存信為南宋刊物的演史類話本，僅有二種，現分述如下：1.新編五代史平話十卷（今存八卷）……2.大宋宣和遺事四卷。」《中國古典小說賞析與研究》（臺北：中華文化復興運動總會·文藝研究促進委員會出版，1993年），頁247-248。

19 宋若雲：「變文是唐代俗講的底本，『俗講開始是講唱佛經故事。所以，作為底本的變文也是佛經故事』。但隨著俗講向市民口味靠攏，寺僧也學習吸收了一些歷史故事和民間傳說，這時的底本與宋、元說話已沒有本質的區別了。」見氏著：《逡巡於雅俗之間：明末清初擬話本研究》（北京：中國社會科學出版社，2006年），頁13。

20 「擬話本」一詞首為魯迅提出，漸漸成為明代文士繼承、模仿話本體裁進行的書面小說創作之專稱。徐志平：「這種以話本為說話的底本，以擬話本為明代文人創作的白話短篇小說的觀念為歷來學者所接受，而且逐漸約定俗成，將此類說話體的短篇小說依時代區分為『宋、元話本』和『明清擬話本』。這樣的區分的確給中國白話短篇小說的討論帶來莫大的方便，國內的學者多半從之不疑，

的集體創作特性高於「擬話本」。[21]但是這種集體性是由創作者的數量來看，事實上，明代擬話本在繼承宋元說話、話本的文學遺產時，其接受的是前代的「集體性」，不是個人的主體的創作。

話本小說不同於魏晉南北朝及唐代的小說，主要在於對閱聽者考量問題上，產生差異。這種差異除了長度與文字修飾之外，在內容上也有一定程度的不同。一般來說，魏晉南北朝與唐代的小說的讀者多為文人，具有一定的知識能力與地位。然而明代擬話本的產生與當時商業活動興盛，市場對閱讀娛樂需求上升有關。[22]話本來自於民間，是市民階層的文學，並且具有「娛樂」和「教化」的功能。[23]話本原是用來「娛樂」大眾的，理論上應該要全力滿足閱聽者的需求，走上色情或是幻想。事實上這類的作品也的確大量存在於明代的書肆之中，並且廣為流傳。這點只要查閱清代禁燬書目即可見其數量與種類之龐大。不過，較有價值且貼近庶民生活的擬話本創作，其內容不重「色」，卻是重視事變之奇與教化之深。這或許與創作者本身的經歷與教育有關，畢竟目前看到留名的擬話本作家，有相當程度的教育背景，甚至本身在仕宦上有一定的經歷。因此，有意在創作中將「道德教化」觀點滲入其中，便不足為奇了。

但在國外，卻有學者提出質疑，而且引起廣大的迴響。」見氏著：《晚明話本小說石點頭研究》（臺北：臺灣學生書局，1991年），頁2。

21 段寶林：《中國民間文學概要》（北京：北京大學出版社，1985年），頁14-16。

22 胡士瑩：「作為說話人底本而存在的話本，到了這一階段，也發生了一個變化。那就是由於書寫文字的日益發達，話本已明顯地脫離了說話表現的範疇而逐漸書本化。為了適應市場的需要，它不只是通過說話人敷演的影響，這就刺激了文人的興趣和愛好；創作了大批擬話本。」見氏著：《話本小說概論》（臺北：丹青圖書公司，1983年），頁377。

23 胡士瑩：「洪楩、馮夢龍諸人對中國這種民間文學的保存和傳布的功勞，是值得稱讚的。……他們的目的在於娛樂當時人，……。」見氏著：《話本小說概論》，頁198。

另外，就實際操作層面來看，創作者對於敘述內容的教化問題必須要重視，畢竟以當時的文化環境與政治制度來看，說話活動的公開形式，必須要有道德教化作為掩護，甚至成為重要目的，否則便很難逃脫官方的限制或懲處。雖然，娛樂功能和教化功能有時可以並存，但是論述過程中產生的矛盾，在意識上屢屢有互相衝突的狀況。早期的宋、元化本最主要的功能是「娛樂」，到了明代勸善懲惡的「教化」功能才變得明顯。[24]這也是明代擬話本在內容上的重要特徵。

二　明代話本小說的形成

明代的擬話本源自宋、元話本，而宋、元話本的源頭是「講唱文學」，因此在明代的話本中承繼著「說話」的遺風。[25]宋、元時期的話本水準較低，到了明代因為「文人」的參與創作，話本小說才漸漸成熟。[26]文人接手後的話本創作非常重視「勸善懲惡」的教

24 見項裕榮：〈試論話本小說中因果模式的盛行、侷限與消退〉，《湖南社會科學》第3期（2007年），頁138。又宋若雲：「擬話本屬於通俗文學，通俗文學是以娛樂性為表徵的，無論從生理還是從心理角度來說，娛樂都是人們生活中不可缺少的組成部分，使人們保持和煥發旺盛的精力、刺激和加強人的活力所必要的。」、「擬話本的創作有一個鮮明的傾向：勸善懲惡，有益於世道人心。」見氏著：《逡巡於雅俗之間：明末清初擬話本研究》，頁78、81。

25 宋若雲：《逡巡於雅俗之間：明末清初擬話本研究》，頁123。

26 張惠玲：「宋、元時期，城市經濟也十分繁榮，然而文人除了填詞、度曲、撰寫劇本外，很少有人甘與說書藝人為伍，進行話本小說的創作。明代嘉靖年間，時代生活已經發生了巨大變化，但至天啟年間才出現了馮夢龍編纂的『三言』。由於沒有文人們的積極參與，致使宋、元話本小說雖持續了幾個世紀，仍停留在敘述簡單故事的初始階段，未能發展為成熟的書面文學。」見氏著：〈明末清初擬話本興盛的社會歷史原因探析〉，《哈爾濱工業大學學報（社會科學版）》第8卷第2期（2006年3月），頁138。又見羅小東：《話本小說敘事研究》，頁19。

化工作。[27]雖然宋代話本不如明代話本成熟，但不可否認的宋代話本開創了我國白話小說的文學樣式，直接影響到後代的通俗小說。[28]

明代的商業活動和政治措施以及文化的發展，為擬話本的創作提供了良好的環境。[29]明代中後期一些文人把眼光投向市民文學，他們利用當時頗具規模的印刷條件，收集整理改編宋、元話本，或模擬話本形式創作的專供閱讀的短篇白話小說出版，我們稱之為擬話本。[30]這樣的印刷條件使擬話本逐漸脫離「口頭文學」而成為

---

27 項裕榮：「到了明代，尤其是文人接手創作與改編話本後，勸懲觀被進一步宣揚，話本結構的完整性受到重視，這兩方面的變化，就使得結構藝術上對『因果』型結局的偏好與依賴明顯增強。」見氏著：〈試論話本小說中因果結構的演變歷程與審美優劣〉，《廣州大學學報（社會科學版）》第5卷第7期（2006年7月），頁86。又宋若雲：「與宋、元以前的小說相比，明代小說中人物形象的理想人格中更多地融入了市民階層的審美情趣，而且理想人格中的倫理道德說教色彩更加濃厚，在具體的人物性格塑造上較之唐宋小說，更具有觀念化、理想化的傾向。」見氏著：《逡巡於雅俗之間：明末清初擬話本研究》，頁200。

28 姜明：「宋代話本小說以新的藝術形象反映了城市居民的生活和思想，以豐富曲折的情節，明白如話的語言，開創了我國白話小說這一嶄新的文學樣式，並形成了人民群眾喜聞樂見的民族形式與民族風格，既有文學和史學的雙重意義，為後世的通俗小說開闢了道路。明清的短篇白話小說，在體式、語言、風格，現實主義和浪漫主義相結合的創作方法方面，都直接受到兩宋話本小說的影響。」見氏著：〈試論兩宋話本小說及其特徵〉，《楚雄師範學院學報》第16卷第4期（2001年10月），頁35。

29 張惠玲：「明初統治者積極扶持農業生產，興修水利，減少賦稅，發展城市經濟，使原有的農業、手工業、商業獲得了長足發展，也使商品經濟獲得了極大的進步。」、「作為一種通俗小說，擬話本更鮮明地體現了文學與社會歷史的關係。擬話本的興盛與明末清初商品經濟的發展、文化思潮、社會環境的動盪變化以及文人群體的加入等方面有著密切的關係。」見氏著：〈明末清初擬話本興盛的社會歷史原因探析〉，《哈爾濱工業大學學報（社會科學版）》第8卷第2期，頁136。

30 韓秋白、顧青：「由於書寫文字水平的提高，話本日益脫離了說話表現的範疇而逐漸書本化；說書的影響，不僅僅停留在聽客的耳中，更進而刺激了讀者市場的形成。隨著印刷業的發達，一些對通俗文學具有濃厚興趣和愛好的文人積極

「案頭文學」。[31]而明代晚期的社會思想，透露出解放的人文思潮，肯定世俗的人生並追求塵世的享樂，這使得擬話本的思想內涵更加多元化。

明代擬話本依循宋代話本的結構，分為入話、正話、篇尾，[32]擬話本融合了散文、史傳、說書藝術、詩詞曲賦等多種文體，[33]入話詩詞和入話故事構成了「起」與「承」，而正話故事和篇尾則是「轉」與「合」。[34]另外其主要的結構元素可歸納為「事」與「理」。[35]宋、元話本在入話詩詞後加入「解釋」和「議論」的較少，而明代擬話本則出現較多這樣的書寫方式；不僅如此「篇尾

地加入其中，創作了大量的擬話本，這些作品已不是供說話人用作說話的底本了，而是供廣大讀者閱讀的讀本。」見氏著：《中國小說史》，頁228-229。又譚邦和：「他們利用當時已經很有規模的印刷條件，搜集整理和出版宋、元話本，雖已為時略晚，但畢竟搶救了一批未及失傳的作品，並使之以集本的形式保存了下來，免致繼續失落。」見氏著：《明清小說史》，頁140。案：印刷業的發達，不但使宋、元話本得以保存，也促進了通俗話本的流行。

31 見曾良：《明清小說研究》（成都：四川大學出版社，2005年），頁220。

32 宋若雲：「可知擬話本小說刻意摹擬宋、元話本體制，並將早期話本加以規範化了。其主要構成要素為三個部分，即入話、正話、篇尾。其中，入話包括入話詩詞、入話議論和入話故事。這種體制具有鮮明的民族特色，是經過漫長的歷史積澱和無數民間藝人和文人的精心加工而形成的，對後世的白話通俗小說有著深遠的影響。」見氏著：《逡巡於雅俗之間：明末清初擬話本研究》，頁98。又譚邦和：「這個結構模式由宋、元說話藝人草創，宋、元至明文人整理定型，明清擬話本作家摹擬遵循，……。比較標準的話本擬話本短篇小說，其結構層次通常有兩種形態，第一種：(1) 入詩；(2) 入論；(3) 入話；(4) 入話之結詩或正話之入詩；(5) 正話；(6) 結論；(7) 結詩。第二種：(1) 入詩；(2) 入論；(3) 正話；(4) 結論；(5) 結詩。」見氏著：《明清小說史》，頁144。

33 羅小東：「用韻文或詩詞來寫人物肖像是話本小說（也可以說是古代小說）的一個文體特徵。」見氏著：《話本小說敘事研究》，頁82。

34 宋若雲：《逡巡於雅俗之間：明末清初擬話本研究》，頁125-126。

35 譚邦和：《明清小說史》，頁145。

詩」逐漸被刪除而以「議論」替代。[36]可見在後代發展的話本小說中，作者想要傳達更多自己的思想觀念。[37]也就是說作者的主體地位較宋、元話本凸顯，並含有主觀的價值判斷在其中。

明代最早的擬話本作品很難確定是哪一篇，但可以知道現存較早的擬話本集子嘉靖年間洪楩所編之《六十家小說》(今稱《清平山堂話本》)。原書分為「雨窗」、「長燈」、「隨航」、「欹枕」、「解閑」、「醒夢」等六集，每集各涵十篇。[38]這些話本小說體裁簡短，語言風格淺白俚俗，較為接近宋元話本。[39]大量進行擬話本創作與蒐集的是馮夢龍「三言」與凌濛初「二拍」。馮夢龍「三言」即《喻世明言》、《警世通言》、《醒世恆言》的合稱。馮夢龍的工作除了整理宋、元話本，他還加入了一批明代話本和擬話本，有一些作品是馮夢龍自己創作的擬話本。「三言」的刊行，吸引了一批有興趣的文人的加入，[40]於是凌濛初又寫出了《初刻拍案驚奇》及《二

36 篇尾在話本小說中有兩個作用，一是點明題旨，二是對讀者進行勸戒。見羅小東：《話本小說敘事研究》，頁133、147。

37 宋若雲：「可知擬話本小說刻意摹擬宋、元話本體制，並將早期話本加以規範化了。其主要構成要素為三個部分，即入話、正話、篇尾。其中，入話包括入話詩詞、入話議論和入話故事。這種體制具有鮮明的民族特色，是經過漫長的歷史積澱和無數民間藝人和文人的精心加工而形成的，對後世的白話通俗小說有著深遠的影響。」見氏著：《逡巡於雅俗之間：明末清初擬話本研究》，頁98。

38 明嘉靖晁瑮《寶文堂分類書目》、清錢曾《也是園書目》著錄為「六家小說」(缺「十」字)，然殘缺已久。後由日本內閣文庫尋出本書之話本十五種，因板心有「清平山堂」字樣，故名為「清平山堂話本」。截至目前為止，《清平山堂話本》已求補至29種。見《清平山堂話本˙序》(北京：中華書局，2001年)，頁1-2。

39 參見李志宏：〈從《清平山堂話本》談民間文學的傳承與傳播〉，《臺北師院語文集刊》第5期（2000年9月），頁11-32。

40 張惠玲：「在他們的帶動下，文壇上興起了一股新興力量，擬話本創作群體形成了。從現存的作品推斷，其間從事擬話本創作的作家至少有30餘人。他們大多與馮夢龍、凌濛初相似的生活經歷或相近的思想體系，並且都受到了晚明人文

刻拍案驚奇》的擬話本，這兩本書由淩濛初自撰作品的比重明顯的增加很多。

「三言」、「二拍」的作者觀察到社會思想的變化，即時在天啟、崇禎年間相繼出版，為白話短篇小說的創作掀起了高潮，反映了當時文士創作擬話本的風氣。[41]相繼有陸人龍的《型世言》，採當代題材進行創作的擬話本，明末又有《鼓掌絕塵》、《石點頭》、《西湖二集》（一集已佚）、《歡喜冤家》、《十二笑》、《幻影》（又名《三刻拍案驚奇》）、《鴛鴦針》、《筆獬豸》、《壺中天》、《一片情》、《九雲夢》等先後刊行。

在明清擬話本發展史上，「三言」、「二拍」是開風氣的作品，也是擬話本藝術成就的最高代表。[42]事實上，明代擬話本創作之顯著特色在於許多文士投入其中，因此作品的文學價值大為提升，敘事的邏輯與情節的編排都有很高的水準。雖然作品有時流於說教，不過其在文學史上的意義與本身的價值，為今人所看重。

明代擬話本的作家了解書籍流通之後的影響，加上其自身的教育與當時的文化背景，因此對於「教化道德」觀點頗為注重。[43]因

主義思潮的浸潤。」見氏著：〈明末清初擬話本興盛的社會歷史原因探析〉，《哈爾濱工業大學學報（社會科學版）》第8卷第2期，頁139。

41 傅承洲：「明代話本小說是話本小說發展史上的高峰，留下了20餘種話本小說集，完成了從整理宋、元舊本到文人創作的歷史性轉變，形成了以馮夢龍為核心的蘇州作家群和蘇、杭兩大創作中心以及三種創作傾向，即勸善懲惡、追求『庸常之奇』、消遣娛樂。」見氏著：〈明代話本小說的勃興及其原因〉，《中國文學研究》第1期（1996年），頁57。

42 譚邦和：《明清小說史》，頁140-143。

43 胡士瑩：「明代的士大夫，認識到說書藝術有相當大的宣傳作用，他們沒有把說書技藝看成純粹是娛樂性質或調劑生活的玩藝，總是利用它來作宣傳的工具。士大夫利用說書藝術和話本小說來宣揚倫理道德，從皇帝的禁令和某些專集的序跋中明顯可見。」見氏著：《話本小說概論》，頁346-347。

此，在其書寫「小說」過程中，除了力求商業目的之外，必須負起警世醒世的責任。[44]所以在道德與商業之間的平衡，成為明代擬話本作者必須考量的重點。明代話本小說最大的特色便是「以奇為美」，這無疑是一種商業的計算。[45]話本利用生動通俗的語言作書面創作，來講述市民群眾所喜聞樂見的故事，鮮明地刻畫人物性格，給予讀者深刻的印象，而且它的語言質樸自然，情節曲折離奇引人入勝，故事首尾完整，還注重細節的描寫和場面描寫，所以能夠吸引群眾的注意。但是這些奇事的背後，往往有一個道德觀點或是宗教理念成為意識上的主軸。於是，這就是創作者與閱聽者在道德與商業（興趣）之間的平衡展現。

44 譚邦和：「從詩歌散文的『文以載道』，到戲曲小說的『語必關風』，中國的文藝以此為外在的社會條件和文化氛圍，以至於文藝作品如果沒有倫理的外殼和包裝，就難行於世，也難容於世，而且這種文化傳統已經培養和塑造出歷代文人藝人內在的的心理習性和思維模式，以至於開口就要以倫理道德訓導聽眾，提筆便覺有警世醒世的社會責任。」見氏著：《明清小說史》，頁147。

45 譚邦和：《明清小說史》，頁151。

圖一　凌濛初像

（雲南大學教授葉德均據嘉慶乙丑凌氏宗譜卷之四攝）

三　話本小說的意義

明代話本的敘事模式通常包括三個階段，先有進展，再有阻礙，最後完成。[46]所謂無巧不成書，擬話本多用「巧錯」來構成全

46 譚邦和：《明清小說史》，頁156。

篇故事的動線。明代話本的敘事格局最普遍的方式就是「因果式」，[47]就是構架一個「善惡有報」的故事結構，也可以說作者在敘事安排上已經形成一個「固定」的模式，[48]並受到主流社會的價值影響而有統一的道德觀念，多半是「勸善懲惡」[49]，表達了民眾渴求正義及戰勝邪惡的理想願望。其多以「大團員」作為結局。[50]而強調事件的「有頭有尾」一直是古代小說的敘事特徵，話本也不例外。[51]

---

47 項裕榮：「因果模式在話本小說中盛行的主要原因是：它符合了編者與讀者欲在作品中尋求『天理』的審美要求；其次它能讓話本小說的結構更趨完整。而因果模式的負面效應則表現為：忙於交代前因後果的筆法有時使作品顯得支離破碎；庸俗的報應思想也削弱了作品反映現實、批判現實的深度與力度……。」見氏著：〈試論話本小說中因果模式的盛行、侷限與消退〉，《湖南社會科學》第3期，頁138。

48 向志柱：「《三言》的三分之一篇章即取自宋、元舊篇，拘囿於原有情節筋骨，馮夢龍無法做大幅度改動，但他在加工改編時將因果報應思想貫穿進去了，體現了『果報』觀念在結構上的意義。」見氏著：〈『巧合』和『果報』模式在話本中的結構意義〉，《求索》（2003年1月），頁179。

49 宋若雲：「擬話本有三種事件排列順序，或者說敘事格局。一種是因果式，一種是並列式，一種是包容式。其中最具普遍性的就是因果式，這種思想觀念，對擬話本敘事格局的程式化的形成，有很大的影響。基於此，許多擬話本作者的創作出發點，就是構架一個善惡果報的故事框架……。」、「所謂程式化的敘事格局，是指擬話本對事件的組織方式和整體安排上，已基本上形成了固定的形式。」、「擬話本小說作家的創作動機多為勸懲，那麼，勸什麼呢？當然是某種主流社會的統一的道德觀念，之後才尋找生活中的故事，或者有些作家還會虛構、加工一些故事，來說明這些觀點。」見氏著：《逡巡於雅俗之間：明末清初擬話本研究》，頁178、179-181、186。

50 董艷嬌、李彩旗：「擬話本小說多以大團圓作為結局，雖然在藝術上有使作品容易產生人物塑造類型化、結構化的傾向，但這種結構模式的價值在於從社會心理的層面體現了正義必勝、邪惡必敗，善人必有善報的道德觀念和美好願望，表達了人民群眾渴求正義的理想願望。」見氏著：〈明代擬話本小說中的大團圓結局與民族文化心理〉，《陶瓷研究與職業教育》第4期（2006年），頁10。

51 見羅小東：《話本小說敘事研究》，頁87。

話本通常會以「因果業報」的超越力量來解決故事中的矛盾，並相信「君權神授」的鬼神觀及「富貴有命」的命定觀。[52]在話本中總會出現固定的敘事框架—先有「懸疑」的事情急待解決，再運用「超越力量」來解決問題。這種「因果業報」的制裁力量便是來自神祕不可知的「鬼神」，人民習慣經由這樣的模式來解決問題並獲得心靈上的滿足，只有藉由這種超越力量來制裁人間的亂象，民眾才能弭平自己的遺憾並將希望寄託在來世。

另外擬話本作者創作的敘事視角通常是採取「全知」的敘事模式。[53] 這種「全知」的敘事模式有如「神」的力量，話本的結局又多是「善惡有報」，這反映出民眾渴求公平正義的力量來彌補人世間的遺憾，也可說是文學的心靈洗滌作用。

作者及書商在製作話本的同時，必須考慮到市場的「商業利益」，當人們相信「靈魂觀」並以此獲得現實的快感，書商及作者就會順應人民的要求書寫出具有如此內涵的話本。因此我們在小說中看到混雜的宗教觀：儒家思想是不論鬼神的，它習慣在「現實」中解決問題；但話本中反映出明代民眾普遍受到宗教的影響，並相信「鬼神」及「命定說」。[54]

---

52 宋若雲：「故事結尾的因果完滿也能使他們在生活中沒有達到的某種欲望得到滿足，或獲得某種道德教益。」、「而市民階層雖然不恥言利，承認人的各種欲望，但並不明確提出反對『名教』，也不反對『君權神授』。相反，相信『富貴有命』的大有人在，對『官本位』的文化傳統絲毫不曾動搖。這些在擬話本小說中可以得到大量的內證。」見氏著：《逡巡於雅俗之間：明末清初擬話本研究》，頁80、81。

53 宋若雲：「擬話本作為敘事文學作品，與史傳結下了不解之緣。而源遠流長的史傳敘事，總體上是採取全知視角的。」見氏著：《逡巡於雅俗之間：明末清初擬話本研究》，頁190。

54 董艷嬌、李彩旗：「他們信仰神、信仰宗教，相信人有今生，還會有來世。這種心理觀念成為他們精神上的寄託，作為觀念意識的組成部分，勢必會以不同程話本作者為贏得讀者的支持，必須書寫一些讀者喜歡閱讀的作品，而宗教的「鬼神觀」、「靈魂觀」及「命定說」，就是普遍被明代民眾接受的宗教觀念，話本自然會書寫這樣的題材來取得多數讀者的認同，[55]我們可以說「話本」的內容反映庶民階層的文化思想，所以若將話本視為「史料」應無問題，並可藉此來了解宋、元明的歷史文化。

明代話本小說經常出現的「敘事模式」是藉由「超越的神祕力量」來解決問題，由此可知有「史料」價值的小說，它反映出民眾對超越力量的堅固信仰，[56]並不因儒家的道德教化而有所減少。

話本原是用來「娛樂」大眾的，後來演變為「道德教化」的工具。道德教化是普世價值，作者宣揚道德教化或許是用來消解放縱情欲、脫逃律法後的罪惡感；又可能因為作者是失意落魄的文人，他們以儒家的知識分子自居，難免會希望在擬話本中宣揚教化思想，並以此寄託自己的理想及抒發感慨。然而由於話本小說的「商業利益」取向，話本為迎合讀者的閱讀期待，有時會出現和儒家傳統倫理道德相違背的矛盾，這是話本的「娛樂」功能和「教化」功能無法並存的地方。

話本是「大眾集體意識」的反映，流傳至今的話本小說都是在

度和形式反映在社會生活和心理狀態的文藝作品中。」見氏著：〈明代擬話本小說中的大團圓結局與民族文化心理〉，《陶瓷研究與職業教育》第4期，頁11。

55 項裕榮：「如佛教報恩與道教成仙的結局模式，即因它們具有合於因果、便於勸化、且能使作品結構更顯完整等審美優點，遂被大量話本習用。」見氏著：〈試論話本小說中因果結構的演變歷程與審美優劣〉，《廣州大學學報（社會科學版）》第5卷第7期，頁86。

56 董艷嬌、李彩旗：「行善之人實際上並未得到好報，但是他們相信今生沒有得到回報，來生一定會好的，他自己沒有得到回報，他的子孫後代會因祖上積德幸福的。」見氏著：〈明代擬話本小說中的大團圓結局與民族文化心理〉，《陶瓷研究與職業教育》第4期，頁11。

歷史中長期累積下來的作品。在這個基點上，我們可以說「話本」是民間集體意識的結晶，其內容反映的文化思想在庶民階層中具有普遍性的意義，這些明代話本小說可以使我們了解到民間的通俗文化。因此話本可被視為表現庶民文化與生活的「史料」來考察，是觀察與研究宋、元、明社會生活的歷史材料，這點應當沒有什麼太大問題。

四　話本小說的價值

明代擬話本小說的創作與當時的經濟與社會變動息息相關，甚至可以說擬話本之所以在明代成為俗文學創作的重要體式，與商業活動密不可分。[57]明代擬話本小說不但有商業利益的取向，[58]連帶在話本中反映的明代文化亦有濃厚的商業文化傾向。[59]對書商而言，話本小說的刊行是為了「牟利」為目的，[60]他並不會把統治者

57 關於此問題可參見：黃明芳：《馮夢龍編作三言的社會經濟基礎》（高雄：中山大學中文研究所碩士論文，1993年）；胡衍南：《二拍的生產及其商品性格》（臺北：淡江大學中文研究所碩士論文，1994年）。

58 張惠玲：「擬話本小說又是商品這一特點對擬話本的繁榮是至關重要的，以往的小說研究幾乎都撇開了這一特點，而習慣於『社會—作家—作品』的研究模式，承認並尊重它的商品屬性，就將更為合理闡釋擬話本繁榮的原因。」見氏著：〈論明末清初擬話本小說的商品性〉，《青海師範大學學報（哲學社會科學版）》第3期，頁89。

59 宋若雲：「擬話本以它對於商品經濟的發展狀況的大量生動的描寫而在明清小說的各個門類中令人矚目。在擬話本作品中，出現了時代的新主角——大量的商人被作為正面形象加以讚美，擬話本因而呈現出全新的內容與面貌，這在文學史上是前所未有的現象。這實際上是晚明商業文化語境下的產物。」見氏著：《逡巡於雅俗之間：明末清初擬話本研究》，頁53。

60 傅承洲：「書坊刻小說可以牟利，我們可以從小說的重印、再版情況中得到印證。《古今小說》有天許齋原刊本、衍慶堂《重刻增補古今小說》本；《警世通言》有金陵兼善堂本、衍慶堂《二刻增補警世通言》本、清三桂堂王振華刊

的需要當作優先考慮的條件。[61]由於通俗讀物話本會帶來豐厚的利潤，所以書商將刊刻書籍的重點放在通俗讀物上。[62]書坊主有經濟的壓力，有時還出現了為迎合市民群眾低級趣味的故事，傷害到小說文化。[63]

擬話本的大量創作，反映出市民階層的經濟力量與閱讀需求。由於商業活動的興盛與城市發展的迅速，為話本提供相當數量的讀者群。城市市眾在接受啟蒙思潮（陽明心學）的影響下，因而在文學上也努力尋求一種符合自己審美趣味的體裁。作品的意義來自作者的創造和讀者的再創造，作者給予作品某種潛在的功能，使作品

本；《醒世恆言》有葉敬池原刊本、葉敬溪刊本、衍慶堂刊本；《拍案驚奇》有尚友堂原刊本、覆尚友堂本、消閑居本、松鶴齋本、聚錦堂本、萬元樓本、飛堂本、文秀堂本、同文堂本、同人堂本等。」〈明清話本的文人創作與商業生態〉，《江蘇社會科學》第5期（2007年），頁216。

61 南炳文、何孝榮：「以營利為目的的私人書坊，不大理會封建統治者的需要，只要是社會上銷路廣的書籍。他們就予以大量印刷，成了打破明初以來出版物內容狹隘的先鋒和主力。」見氏著：《明代文化研究》（北京：人民出版社，2006年），頁370。

62 宋若雲：「由於通俗小說、通俗讀物的出版會帶來可觀的利潤，因此，書坊主將刊刻書籍的重點放在通俗讀物上。尤其是隨著城市經濟的發展，市民階層的迅速擴大，使小說、戲曲等通俗文學有了更廣泛的讀者，書商們迎合市民階層的欣賞需要，便大量印刻小說、戲曲等為官府、私家所不屑一顧的通俗文學讀物，以牟取較豐厚的利潤。」見氏著：《逡巡於雅俗之間：明末清初擬話本研究》，頁85。

63 張惠玲：「牟利思想使擬話本中出現了淫穢、暴力、凶殺等低級內容，妨礙了擬話本的健康發展，但反過來如果作品無法刊售、難以傳播，那麼擬話本也不可能迎來繁榮。」見氏著：〈論明末清初擬話本小說的商品性〉，《青海師範大學學報（哲學社會科學版）》第3期，頁88。又譚邦和：「書商射利之心及對市民群眾低級藝術趣味的迎合，也誘使作家或主動或被動地胡編濫造，低級下流的色情文藝於是一定程度地泛濫成災。小說文化與商業文化的結盟，使小說文化既有了物質條件而得以繁榮發展，又常常被玷污出賣而喪失自己獨立的品格。」見氏著：《明清小說史》，頁5。

充滿空白和不確定性，只有經過接受者的參與和再創造才可以填補空白。[64]話本在士大夫的推動下成為人民的歷史生活教科書，讀者從這裡得到思想教育還有文化知識，這是話本在中國小說史上所呈現的價值。[65]然而讀者除了從話本中得到文化知識外，最大的目的是想從話本中看到奇異的故事情節。[66]

參與話本創作的人越來越多，除了原本的說書藝人，某些知識分子亦開始加入，所以話本不僅是反映市民生活的通俗文學，在某種程度上它也與上層社會的雅文學相似。[67]這些士人夫多是在科舉考試上失意的文人轉而向小說創作發展，然而他們的內在價值還是屬於「儒家」的，因此在理想上總是希望能夠將儒家的倫理道德內化於話本中。[68]有時這些作家會在作品的自序聲稱其創作目的是

---

64 宋若雲：《逡巡於雅俗之間：明末清初擬話本研究》，頁79、254。

65 王立鵬：〈論話本在中國小說史上的地位〉，《井岡山學院學報》第27卷第1期，頁9。

66 譚邦和：「常中出奇的美學追求，還反映了話本藝人和擬話本作家們對聽眾讀者心理學的研究。」、「常中出奇的情節構思方法是話本擬話本作品恆久不變、貫徹始終的又一美學原則。」見氏著：《明清小說史》，頁152。

67 宋若雲：「擬話本屬於通俗文學一類，其文人的個人創作，使它與雅文學有相似之處；其模擬話本這種民間伎藝的形式，又使之與民間文學有不解之緣。」、「而擬話本，其作者大多接受過良好教育與科舉應試訓練，而由於種種原因游離於社會話語中心之外，功名蹭蹬，生活大多潦倒。他們既熟悉下層人民的生活，又受過正統文化的薰陶，這決定了其思想價值觀念諸方面的二重性。」見氏著：《逡巡於雅俗之間：明末清初擬話本研究》，頁273、276。

68 宋若雲：「書商與文人協作刊印圖書，形成了書肆、書坊、編輯者的密切合作，吸引那些科考失利的文人也參與其中，有的乾脆以此謀生，這是商業刺激的結果。」、「擬話本作者群大多為仕途蹭蹬的失意文人，他們在無法躋身於統治階層，施展治國之志後，轉而從事詩文或小說戲曲的創作，表達自己的見解與思考，通過創作曲折地實現自己的濟世目的。」見氏著：《逡巡於雅俗之間：明末清初擬話本研究》，頁87、188。又宋若雲：「儘管他們主動或被動地退出了士大夫階層，但他們受到的良好的正統文化教育，對他們的理想、願望、價值觀念的影響卻是深入骨髓的。如憂患意識和經世胸懷。儒家所設計的理想人格，都

為了「傳道」，[69]但這種宣揚很可能只是作家面對當時的文化氛圍與官方態度的「保護傘」，更或者說具有行銷上的考量。作者根據自己對生活的認識對故事情節加以改變，這樣的小說加入了作者本人的思想感情，它表達了作者個人對社會的感受與認識。[70]

作者有歷史性的文化壓力又有現實的社會壓力，因此在理想與現實之間必須取得一個平衡點。[71]擬話本作者長期以來追尋「寓教於樂」的創作原則，懷抱「經世濟民」的理想，試圖利用擬話本點醒世人的創作動機是非常可貴的；但是作者還必須考慮到市場的經濟因素，也就是要做到儒家所謂的「義利相合」。[72]因此作者與讀

具有憂患意識和參政要求。」見氏著：〈論通俗文學的價值依據——從擬話本說起〉，《文藝評論》(2001年4月)，頁51。

69 張惠玲：「出版書籍大多旨在獲利，書坊主想盡手段以影響消費者的購買行為，除力求印刷精美外，還利用序跋這一原始廣告形式進行宣傳。」見氏著：〈論明末清初擬話本小說的商品性〉，《青海師範大學學報（哲學社會科學版）》第3期，頁88。

70 王立鵬：「明代的小說家為了使自己的作品在世上流傳，常常在作品的自序裡聲稱其創作目的在於『傳道』，以表示自己的思想與統治階級的思想一致（儘管作品的實際內容與之相左），所以傳道既是當時作家的『宗旨』，又是作家的『保護傘』。」、「由於小說可以虛構，作者（說話人）就可以根據自己對生活的認識對故事情節加以改寫。這樣，小說就十分自然地加入了作者本人的思想情感。」見氏著：〈論話本在中國小說史上的地位〉，《井岡山學院學報》第27卷第1期，頁7、8。

71 宋若雲：「從題材取捨上，由於考慮消費者接受的需要，擬話本之類的通俗文學，選材往往有某種市場的規定性；『雅』文學則更注重作者自身的興趣，重在表現自己的精神生活，對世俗人情的關注相形之下要少得多。」見氏著：《逡巡於雅俗之間：明末清初擬話本研究》，頁275。

72 馮夢龍：「六經國史而外，凡著述皆小說也。而尚理或病於艱深，修詞或傷於藻繪，則不足以觸里耳而振恆心。此《醒世恆言》四十種，所以繼《明言》、《通言》而刻也。以《明言》、《通言》、《恆言》為六經國史之輔，不亦可乎？」見氏著：《醒世恆言．序》（臺北：桂冠圖書公司，1986年），頁857。案：可見馮夢龍對自己創作話本小說的期許是合於儒家理想的。又韓秋白、顧青：「『三言』」的問世，受到廣大市民空前熱烈的歡迎，吸引了一大批文人積極地參與創

者之間存在著弔詭的關係，話本小說暢銷與否會影響到作者的生存，而作者又希望對讀者進行操控但又必須遷就讀者市場上的需求，故話本小說的創作常遊走在作者和讀者之間。[73]

「說話」本身就是一種商業行為。商業行為主要是以「利益」為考量，而由「說話」演變而來的「話本創作」也必須考慮讀者的期待，以獲取最大利潤。所以書商和作者在複雜的社會背景下，必須將讀者的接受度列為優先條件，畢竟讀者的「購買行為」會影響到書商的生存及作者的利益。因此作者與書商合作編輯話本，其所要考量的遠比「說話」還要複雜，讀者的接受度更是考量的最大重點，所以整個話本小說的創作與刊行可以說是以「商業利益」為導向的。

流傳至今的話本小說都是經過幾千幾萬次的說話藝術的臨場呈現，又是經過明代文人撿拾整理流傳下來的，它們是在歷史長河中累積下來的作品，並非只具有「文學性」還具有「史料」的價值。

作，也提高了書商們以此牟利的信心，客觀上促進了擬話本的繁榮。凌濛初就是一個典型。他自己就是一個書商，為了牟利便慘淡經營了數年，創作了《初刻拍案驚奇》和《二刻拍案驚奇》，雖在藝術成就上遜於『三言』，但卻進一步推動了擬話本的繁榮。」、「文人創作擬話本，一般而言，其寫作和刊刻的目的有二，一是以之作為教化的工作，一是供人消遣。」見氏著：《中國小說史》，頁230、231。案：作者在創作擬話本的同時，既要考量教化功能中「義」的部分；還要考慮書商們「牟利」的動機，也就是要取得義利的平衡。

73 宋若雲：「當小說到了用錢可以實現消費的時候，消費者的需求就成了小說生產者的創作動機，讀者的興趣、娛樂成為第一目的。但也正因如此，小說的傳統價值取向發生了動搖，從價值主體（作者）到價值接受主體（讀者），都面臨著新的轉型，它也因而直接影響到了批評（或評價）的價值取向。」見氏著：〈論通俗文學的價值依據——從擬話本說起〉，《文藝評論》，頁56。

第二節　前人研究成果之回顧與檢討

民國五四運動以後，學者對於民間文學的關注程度增加，並且對於俗文學的價值重新加以評估。當時對歷代的通俗小說的研究蔚為潮流，其中話本小說無疑是值得研究的對象。然而清代對出版事業控制嚴格，許多通俗小說被列為禁書，成為流通上的絕大阻礙。致使於清末時，有許多明代的擬話本殘缺不全，較好的版本需至海外尋覓。如以明代擬話本中較早的《六十家小說》，以及最為傑出的「三言二拍」、《型世言》為例，其明代刊刻之版本分別流落至日本內閣文庫、韓國漢城大學，以至於民國初年時雖興起研究通俗文學的熱潮，卻苦於文本不全。

因為文本條件的限制，致使民國以來對明代擬話本的研究進展較遲。如以明代擬話本藝術成就的高峰「三言」為例，其在明末非常流行，甚至傳到日本、韓國等地，產生很大的影響，[74]可是本書在清朝卻成為禁書，[75]直到一九五五年才由學者李田意從日本內閣文庫影印帶回國內。[76]早期的研究方向主要以考證源流、探討版本為重點，後期則在前述的基礎研究之後，對文學意義與價值、思想

74 繆咏禾：「『三言』在明末清初時還傳到了日本，對日本的通俗文學產生很大影響。十八世紀時，日本的岡田白駒、澤田一齋師徒二人，將『三言』、『二拍』和《西湖佳話》等書中的部分作品，譯成日文，編成《小說精言》，《小說奇言》、《小說粹言》三本書，稱為『日本三言』。」見氏著：《馮夢龍和三言》（臺北：國文天地雜誌社，1993年），頁93-94。

75 又「三言」在清朝成為禁書的命運，請參閱王利器：《元明清三大禁毀小說戲曲史料》（臺北：河洛圖書出版社，1978年），頁23-24。

76 除李田意之外，尚有董康、孫楷第、傅芸子、王古魯等人赴日訪尋擬話本，可見明代擬話本歷經清代查禁之後，散失情形之嚴重。請參見宋若雲：〈擬話本研究：回顧與評述〉，《中國文史哲研究通訊》第12卷第3期（2002年9月），頁208-214。

與文化等層面，進行較為深入的探究。

歷來以「擬話本」作為研究對象的論文與評述頗多，其中不乏解析精闢的名山之作，以下便對這些論文以及與本論文論題相關的研究成果作一簡單介紹。

早期的學者多著力於外緣研究，如容肇祖發表的〈明馮夢龍的生平及其著述〉、〈明馮夢龍的生平及其著述續考〉[77]以及孫楷第的〈「三言兩拍」源流考〉奠定了話本研究的基礎。其後又有胡士瑩的《話本小說概念》、譚正璧《三言兩拍資料》、繆永禾《馮夢龍與三言》，以上的研究發表的較早，處理的問題為擬話本的基本資料、源流、出處、版本等問題。

對明代擬話本研究較多研究成果為「三言」、「二拍」，有學者專為此方面之著作進行整理。如黃麗月〈臺灣地區《三言》、《二拍》研究的回顧與展望——以各大學博碩士論文為範圍〉一文，[78]將臺灣地區有關「三言二拍」的碩博士論文分類，分為基礎研究、總體、比較、綜合等四個研究方向。[79]另外又以題材、內容進行區

---

77 容肇祖：〈明馮夢龍的生平及其著述〉，《嶺南學報》第2卷第1期（1931年7月），頁61-91；容肇祖：〈明馮夢龍的生平及其著述續考〉，《嶺南學報》第2卷第3期（1932年3月），頁61-91。

78 黃麗月：〈臺灣地區《三言》、《二拍》研究的回顧與展望——以各大學博碩士論文為範圍〉，《中國文化月刊》第266期（2002年5月），頁94-119。

79 基礎研究如胡萬川：《馮夢龍生平及其對小說之貢獻》（臺北：政治大學中文研究所碩士論文，1972年）與陳妙如：《古今小說研究》（臺北：中國文化大學中文研究所碩士論文，1981年）。總體研究如李漢祚：《三言研究》（臺北：臺灣大學中文研究所碩士論文，1961年）與張宏庸：《兩拍研究》（臺北：臺灣大學中文研究所碩士論文，1974年）。比較研究如趙英規：《明代小說對李朝小說之影響——以剪燈新話、三言、三國志演義為中心》（臺北：政治大學中文研究所碩士論文，1966年）；蔡惠如：《三言與十日談婚姻愛情故事之比較》（高雄：高雄師範大學國文研究所博士論文，2000年）。綜合研究如鄭雅文：《兩端之間的游疑與流轉——論馮夢龍世界的塑模》（臺北：臺灣大學歷史研究所碩士論文，

分，析出主題、題材、人物、藝術四類。[80]整體來看，臺灣對「三言」、「二拍」之研究集中在其文學價值與文學史意義上的探究，而其研究多以主題方式展開，研究其間敘述「本事」之內容與藝術技巧。這些研究對於了解明代擬話本的藝術成績與內容很有貢獻，然而其侷限在於某些研究忽略了擬話本的性質，而將擬話本視為某一作者之意識反映，而不是一種集體的文化意識累積。故其所得出的論點僅能是「話本」的，而非一種立基於文化的解釋。在黃麗月

1992年)；黃明芳：《馮夢龍編作三言的社會經濟基礎》(高雄：中山大學中文研究所碩士論文，1993年)；胡衍南：《二拍的生產及其商品性格》(臺北：淡江大學中文研究所碩士論文，1994年)；林玉珊：《馮夢龍情教說之研究》(臺中：中興大學中文研究所碩士論文，1999年)。

80 主題研究如柯瓊瑜：《三言教化功能之研究》(臺北：臺灣師範大學國文研究所碩士論文，1995年)；劉素里：《三言二拍一型的貞節觀研究》(臺北：中國文化大學中文研究所碩士論文，1995年)；金明求：《三言的死亡故事探討》(臺北：政治大學中文碩士論文，1999年)；馮翠珍：《三言、二拍、一型之戒淫故事研究》(臺北：中國文化大學中文研究所碩士論文，1999年)；陳秀珍：《三言兩拍情色探究》(臺中：東海大學中文研究所碩士論文，2000年)。題材研究如咸恩仙：《三言愛情故事研究》(臺北：輔仁大學中文學研究所碩士論文，1983年)；蔡惠如：《三言中的婚姻與戀愛》(高雄：高雄師範大學國文研究所碩士論文，1995年)；霍建國：《三言公案小說罪與法》(臺北：政治大學中文研究所碩士論文，1995年)；楊凱雯：《三言幽媾故事研究》(中壢：中央大學中文研究所碩士論文，1999年)。人物研究如柳之青：《三言人物研究》(臺北：臺灣師範大學國文研究所碩士論文，1991年)；林麗美：《三言二拍中的女性研究》(中壢：中央大學中文研究所碩士論文，1995年)；劉灝：《「三言、二拍、一型」中的婦女形象研究》(臺北：中國文化大學中文研究所碩士論文，1995年)；賴文華：《「三言二拍」中的游民探析》(臺北：政治大學中文研究所碩士論文，1996年)；陳國香：《根據三言二拍一型見證傳統的女性生活》(臺南：成功大學中文研究所碩士論文，1998年)。藝術研究如鄭東補：《凌濛初二拍的藝術探析》(臺北：輔仁大學中文研究所碩士論文，1987年)；汪惠如：《二拍敘事技巧之研究》(臺中：東海大學中文研究所碩士論文，1994年)；林漢彬：《關鍵意象在小說結構中的地位研究——以三言二拍為觀察文本的探討》(嘉義：南華大學文學研究所碩士論文，2000年)；陳裕鑫：《細緻與奇巧——三言的細節、情節與心理描寫》(臺北：輔仁大學中文研究所碩士論文，2000年)。

〈臺灣地區《三言》、《二拍》研究的回顧與展望——以各大學博碩士論文為範圍〉一文中提及的學位論文，有三本論文：鄭雅文：《兩端之間的游疑與流轉——論馮夢龍世界的塑模》；黃明芳《馮夢龍編作三言的社會經濟基礎》；胡衍南《二拍的生產及其商品性格》等。這三本論文提到明代擬話本產生的外在條件與歷史因素，對於擬話本成為一種販售商品 有較為詳細的論證與考察。這三本論文也是本論文一再強調擬話本創作之商業考量之觀點的重要論據。

臺灣對話本、擬話本的研究大致上以二〇〇〇年為限，有不同的研究對象與重點。以學位論文來看，前期的學位論文大致上以「三言」、「二拍」為研究主體，後期則對話本、擬話本有較為全面的研究。不僅研究對象擴大，研究的主題與角度亦呈現多元化發展的趨勢。[81]這些學位論文中，較為重要，以及研究主題牽涉到「宗

81 檢索「國家圖書館全球資訊網」下「全國博碩士論文資訊網」：http：//etds.ncl.edu.tw/theabs/site/sh/search_result.jsp（2010年1月）。以「話本」、「擬話本」作為關鍵字檢索，扣除以《三言》、《二拍》為研究主體者，約有五十部，分別是：李騰淵：《話本小說之世界觀研究》（臺北：輔仁大學中文研究所碩士論文，1984年）；吳芬燕：《李漁話本小說研究》（高雄：高雄師範大學國文研究所碩士論文，1985年）；林隆盛：《敦煌話本研究》（臺北：東吳大學中文研究所碩士論文，1987年）；陳妙如：《啖蔗研究》（臺北：中國文化大學中文研究所博士論文，1988年）；咸恩仙：《話本小說果報觀研究》（臺北：中國文化大學中文研究所博士論文，1989年）；孫秀君：《人中畫研究》（臺中：東海大學中文研究所碩士論文，1990年）；劉恆仙：《話本小說敘事技巧析論》（高雄：中山大學中文研究所碩士論文，1993年）；林珊妏：《宋、元話本小說的時間觀研究》（臺北：中國文化大學中文研究所碩士論文，1993年）；張淑芬：《周清原《西湖二集》研究》（臺中：東海大學中文研究所碩士論文，1994年）；林潛為：《歡喜冤家研究》（臺北：東吳大學中文研究所碩士論文，1994年）；魏旭妍：《明代短篇話本小說中負心婚變之研究》（臺北：淡江大學中文研究所碩士論文，1994年）；黃沼元：《清代話本小說《生花夢全集》研究》（臺中：逢甲大學中文研究所碩士論文，1998年）；林淑惠：《清初前期話本小說之命運觀研究——以命運與角色

之互動及其教化功能為考察點》(臺中：東海大學中文研究所碩士論文，1998年)；廖文君：《宋、元話本中的愛情故事研究》(臺北：中國文化大學中文研究所碩士論文，1998年)；吳佳真：《晚明清初擬話本之娼妓形象研究》(臺北：淡江大學中文研究所碩士論文，1999年)；孫秀君：《《七十二朝人物演義》研究》(臺中：東海大學中文研究所博士論文，2000年)；劉鈺芳：《明代話本小說「俠」之研究》(嘉義：中正大學中文研究所碩士論文，2000年)；劉靜怡：《「艷而人情」的話本小說──《一片情》研究》(中壢：中央大學中文研究所碩士論文，2000年)；余定中：《宋代小說中的困境情節之研究》(嘉義：中正大學中文研究所碩士論文，2001年)；金明求：《虛實空間的移轉與流動──宋、元話本小說的空間探討》(臺北：臺灣師範大學國文研究所博士論文，2001年)；李時燦：《《醉翁談錄》研究》(臺北：政治大學中文研究所碩士論文，2001年)；賴嘉麒：《《醉翁談錄》初探》(臺北：東吳大學中文研究所碩士論文，2001年)；林雅芬：《「西湖小說」之研究》(臺中：東海大學中文研究所碩士論文，2001年)；蕭夙雯：《敦煌話本探微》(臺北：臺灣師範大學國文研究所碩士論文，2002年)；陳秀香：《敦煌通俗文學之女性形象研究》(新竹：玄奘人文社會社會學院中文研究所碩士論文，2003年)；李淑齡：《《聊齋誌異》話本的敘述模式研究》(嘉義：南華大學文學研究所碩士論文，2003年)；朱珮瑩：《明清話本僧道人物形象研究》(臺北：淡江大學中文研究所碩士論文，2003年)；陳怡君：《《躋春臺》研究》(嘉義：嘉義大學中文研究所碩士論文，2004年)；林雅鈴：《李漁小說戲曲研究》(臺中：東海大學中文研究所博士論文，2004年)；周昌憲：《從唐傳奇與擬話本之比較看雅俗兩端之文學交涉現象》(彰化：彰化師範大學國文研究所碩士論文，2004年)；許珮玲：《通俗文化表演下的鬼魅魍魎：分析宋、元煙粉靈怪類話本與現代香港鬼怪電影》(新竹：交通大學社會與文化研究所碩士論文，2005年)；黃珮茹：《《鴛鴦鍼》研究》(嘉義：嘉義大學中文研究所碩士論文，2005年)；沈薇玉：《陳妙常與潘必正──話本〈張于湖傳〉、雜劇《女貞觀》與傳奇《玉簪記》》(高雄：中山大學中文研究所碩士論文，2006年)；郭璉謙：《「原俠」的承續與開創：明清話本中的「俠」》(臺北：淡江大學中文研究所碩士論文，2006年)；蔡任貴：《晚明擬話本《貪欣誤》研究》(嘉義：嘉義大學中文研究所碩士論文，2007年)；劉皇微：《《五更風》研究》(嘉義：嘉義大學中文研究所碩士論文，2007年)；鄭雅嬪：《《雨花香》、《通天樂》研究》(嘉義：嘉義大學中文研究所碩士論文，2007年)；孔廷欣：《蕭湘迷津渡者小說研究》(嘉義：嘉義大學中文研究所碩士論文，2007年)；《《別有香》研究》(嘉義：中正大學中文研究所碩士論文，2007年)；蔡宜蓉：《明末清初女扮男裝故事研究》(桃園：元智大學中文研究所碩士論文，2008年)；蔡宗翰：《秦併六國平話研究》(臺中：東海大學中文研究所碩士論文，2008年)；林雅玲：《東魯古狂生醉醒石研究》(高雄：高雄師範大學回流中教」研究論文有數部。咸恩仙：《話本小說果報觀研究》（臺北：中國文化大學中文研究所博士論文，1989年），本文的研究範圍鎖定為明末清初的話本小說「三言」、「二拍」、《今古奇觀》、《醉醒石》、《石點頭》等，論文共分六章：首章為緒論；第二章為報應產生之因，分為善因與惡因；第三章為報應之方式，依執行者的身分分類；第四章為報應之結果，分為善報與惡報；第五章論作者表達果報觀之敘述方式；第六章為結論，即根據以上各章節的探討作一綜合論述。這本論文是第一本對「話本」以「果報觀」為主題進行研究的論文，雖然採用的研究觀點與方法較為傳統，但是其中對「話本故事的分類」以及「果報觀的起源」影響後學深遠。

其次，馮翠珍：《三言二拍一型之戒淫故事研究》（臺北：中國文化大學中文研考所碩士論文，2000年）以六本通俗文學中的戒淫故事為研究範圍。論文中除針對作者改寫各篇作品的手法作出探討，同時以故事中人物身分、角色塑造、描寫手法等方向，剖析戒淫故事所呈現的多元面貌；並了解戒淫故事之產生與當時社會的關係。其中「戒淫故事與明末社會」這一章對「果報」觀念與「戒淫故事」有基本的討論，認為「戒淫」的主要嚇制力量是「果報觀」，立論亦穩妥可信。

文研究所碩士論文，2008年）；何政輝：《明代神魔小說敘事研究》（嘉義：中正大學中文研究所碩士論文，2008年）；嚴玉珊：《醉醒石研究》（嘉義：嘉義大學中文研究所碩士論文，2008年）；吳麗晶：《李漁擬話本小說敘事研究：以敘事邏輯與行動元分析為主》（嘉義：嘉義大學中文研究所碩士論文，2008年）；王瀚珮：《三言二拍一型中三姑六婆形象研究》（臺南：臺南大學中文研究所碩士論文，2008年）蔡宗翰：《秦併六國平話研究》（臺中：東海大學中文研究所碩士論文，2008年）；蔡佩潔：《三言情史共同本事作品之比較研究》（臺北：臺灣師範大學國文研究所碩士論文，2008年）；張秋華：《《醉醒石》、《照世杯》、《警寤鐘》比較研究》（臺北：臺灣師範大學國文研究所碩士論文，2008年）；蔡任貴：《晚明擬話本貪欣誤研究》（嘉義：嘉義大學中文研究所碩士論文，2008年）。

另外，討論話本中「僧道人物形象」的論文共有兩本，特色不一。首先朱珮瑩：《明清話本僧道人物形象研究》（臺北：淡江大學中文研究所碩士論文，2003年）一文欲透過明清話本的領域，對僧道形象作全面性、系統性的剖析，目的在於從文本的表層結構發掘其深層的意蘊。全文第一章為緒論；第二章旨在探討僧道詞義的演變及僧道形象的發展；第三章從小說文本出發，界定僧道的類型為「正面型」、「普通型」、「反面型」三類；第四章探討話本小說中的僧道與社會的關係；第五章則針對僧道形象的藝術成就加以探討；第六章結論，總結明清話本僧道人物形象研究的要點。而劉翊群：《三言二拍佛道人物形象研究》（臺北：臺灣大學中文研究所碩士論文，2004年）只選擇「三言二拍」為討論文本，希望藉由同時突出「文本」與「人物形象」兩個主題的結構，來得到全面與具體同時兼收之效。論文主要分為四個主題：佛道神異、人性心理、社會律法、性別空間來討論佛道人物的形象及其意義，第一部分以「宗教」為主題，探討其作為宗教本質的神異傳統與其下幾類佛道人物形象，第二部分以「人性」為主題，探討在佛道戒規與修行考驗下的人物心理表現及其形象，第三部分則以「公案」為主題，針對社會及佛道人物的互動關係進行考察，以及探討佛道人物的非法形象，第四部分以「性別空間」為主題，考察的對象為「女性」與「尼姑」兩種身分兼具或轉換的人物流動形象。整體而言，朱珮瑩的研究方式較「平面」；而劉翊群則以「立體」的方式來呈現佛道人物的形象。

許雪珠：《《三言》中儒釋道思想與庶民文化試探》（臺中：中興大學中文研究所碩士論文，2007年）一文希望以「三言」為考察對象，了解民間生活中的儒釋道三教思想與宗教文化所呈現的樣態，由「三言」發現儒家、道教、佛教的確存在混雜的狀況，然而這種樣態並非融合，而是民眾隨著需要而自由取擇。因此，可以看出民間對於思想與宗教的選擇不免具有「功利主義」的傾向，並且對思想與信仰的認知相當貧化。本文觀察分析深刻，對筆者有很深的啟發作用。

大陸地區以話本為研究對象的論文從一九九九年到二〇〇九年三月約有二十餘部，[82]博士論文共有六部。[83]其中較重要和「宗

82 檢索「中國優秀碩士學位論文全文數據庫」(2009年3月1日)。以「話本」作為「題名」檢索，共有二十三部碩士論文，分別是：賈佳：《雍正、乾隆時期的擬話本小說創作》(長沙：湖南師範大學中國古代文學研究所碩士論文，2003年)；陳良：《李漁擬話本小說及其小說觀念研究》(西安：陝西師範大學中國古典文學研究所碩士論文，2003年)；毛永正：《《世說新語》與宋、元話本語法比較研究》(曲阜：曲阜師範大學漢語言文字學研究所碩士論文，2003年)；高穎：《市井文學領風騷》(蘇州：蘇州大學古代文學研究所碩士論文，2004年)；梁梅：《宋代小說話本中的奇幻世界》(寧夏：寧夏大學中國古代文學研究所碩士論文，2004年)；徐興菊：《明刊話本小說入話研究》(廣州：暨南大學中國古代文學研究所碩士論文，2004年)；劉艷琴：《明代話本小說中的徽商形象研究》(安徽：安徽大學中國古代文學研究所碩士論文，2004年)；孫萌：《論《金瓶梅》說散本對詞話本的修改》(重慶：重慶師範大學中國古代文學研究所碩士論文，2005年)；李玉富：《「反哺」與宋、元小說話本題材》(寧夏：寧夏大學古代文學研究所碩士論文，2005年)；黃英：《明話本小說動詞重疊研究》(成都：四川大學漢語言文字學研究所碩士論文，2005年)；李淑霞：《《清平山堂話本》動態助詞研究》(成都：四川師範大學漢語言文字學研究所碩士論文，2005年)；原清芳：《明末擬話本之「情教」創作傾向研究》(鄭州：鄭州大學中國古代文學研究所碩士論文，2005年)；曹月：《明代話本小說的教化功能》(西安：陝西師範大學中國古代文學研究所碩士論文，2005年)；賈東麗：《明代佛教文化的世俗化與晚明擬話本的互動》(武漢：華中科技大學中國古代文學研究所碩士論文，2006年)；趙勖：《明末清初多回體擬話本小說創作》(長沙：湖南師範大學中國古代文學研究所碩士論文，2006年)；毛曉倩：《宋、元話本情愛小說的狂歡式視角解讀》(湘潭：湘潭大學中國古代文學研究所碩士論文，2007年)；高玉潔：《《清平山堂話本》介詞研究》(安徽：安徽師範大學漢語言文字學研究所碩士論文，2007年)；高濤：《《清平山堂話本》試論》(武漢：中南民族大學中國古代文學研究所碩士論文，2007年)；葉蕤：《重商思潮與崇官心理的變奏》(武漢：華中師範大學中國古代文學研究所碩士論文，2007年)；王艷

教」有關的論文有：曹月：《明代話本小說的教化功能》（西安：陝西師範大學中國古代文學研究所碩士論文，2005年），本文共分四章：第一章對話本小說「教化功能」作探源，第二章對話本小說的「傳統禮教」作演繹，第三章討論「神道設教」的作用，第四章討論教化觀念的演變。全文以「明代話本小說的教化功能」為選題，從探討這一功能的「實現方式」入手，對其教化類型及文化內涵作考察、梳理及辨析，力求還原教化功能本來真實的面貌。本文的觀察結果，頗能符合現實情況。

其次，賈東麗：《明代佛教文化的世俗化與晚明擬話本的互動》（武漢：華中科技大學中國古代文學研究所碩士論文，2006年）一文從具體的文本出發分析佛教文化與晚明擬話本二者之間的互動關係。全文從四個方面來闡釋：主題表現上，突出了傳統「天命觀」與佛教「因果觀」混雜後的「人生觀」對作品主題的影響；故事類

玲：《李漁「無聲戲」觀念下的擬話本小說創作》（廣州：華南師範大學中國古代文學研究所碩士論文，2007年）；蔣偉：《宋、元小說家話本中的詞研究》（桂林：廣西師範大學古代文學研究所碩士論文，2008年）；吳三文：《佛教與晚明擬話本小說創作》（長沙：湖南師範大學古代文學研究所碩士論文，2008年）；李國明：《擬話本小說式微時的閃光》（曲阜：曲阜師範大學古代文學研究所碩士論文，2008年）。

83 檢索「中國博士學位論文全文數據庫」（2009年3月1日）。以「話本」作為「題名」檢索，共有六部博士論文，分別是：朱海燕：《明清易代與話本小說的變遷》（北京：中國社會科學院中國古代文學研究所博士論文，2002年）；王慶華：《話本小說文體形態研究》（上海：華東師範大學文藝學研究所博士論文，2003年）；羅筱玉：《宋、元講史話本研究》（上海：復旦大學中國古代文學研究所博士論文，2005年）；朱明來：《宋人話本動補結構研究》（濟南：山東大學漢語言文字學研究所博士論文，2006年）；郭洪雷：《中國小說修辭模式的嬗變》（濟南：山東大學中國現當代文學研究所博士論文，2006年）；劉果：《「三言」性別話語研究》（武漢：華中師範大學中國古典文獻學研究所博士論文，2007年）。

型上，沿用了前代作品中的故事類型，但以佛教內容的涉入推動故事情節的發展；人物塑造上，以僧人的正面形象及負面形象作分析；最後分析了晚明擬話本對佛教文化世俗化進程的促進作用。整體的觀察結果，尚能符合實況。

另外，吳三文：《佛教與晚明擬話本小說創作》（長沙：湖南師範大學古代文學研究所碩士論文，2008年），本文選取能反映晚明時代文化特徵的擬話本小說集「三言」、「二拍」、《歡喜冤家》以及《西湖二集》作為具體研究對象，力圖通過對佛教敘事文本的解讀考察當時社會普遍的思想、文化及信仰狀況。本文凡三章，第一章從「三言」、「二拍」中佛教相關敘事文本出發，了解編撰者對待禪師與非禪師的不同態度，分析其形成原因；第二章從《歡喜冤家》中編撰者的價值取向出發，探究其受佛教「淨土思想」影響後的宗教反思；第三章以周清源的《西湖二集》為主要研究對象，理順「禪淨合一」的宗教思想基礎，參照其歷史發展狀況，並由此延伸出對「儒釋融合」的探究，再擴展到晚明「三教合一」的文化背景，借此審視整個文化思潮的反思趨勢。本文將「三言二拍」和「禪宗」比附；《歡喜冤家》和「淨土宗」比附；《西湖二集》則傾向「三教合一」的文化，這樣的研究論述或許太過武斷，可能還有改進的空間。

還有，胡以富：《佛教和三言二拍》（上海：華東師範大學中國古代文學研究所碩士論文，2008年）一文認為前人從「佛教角度」去探索「三言二拍」的研究比較欠缺，故著手從事考察。全文撰寫的主要目的，就是要通過對「三言」、「二拍」中與佛教有關篇目的題材、主旨等作分析，結合明代社會的佛教發展、佛教政策、民間佛教信仰、居士佛教的興盛情況，從而揭示出佛教對明朝擬話本小說的影響。

綜述，回顧前人研究發現「臺灣」方面有關「擬話本」的學位論文比較側重「總體研究」（包含主題、題材、人物）的部分；而「大陸」方面有關「話本」的學位論文較重視「基礎研究」的方面，對話本小說「語言結構」的探討也頗多。

若單就話本小說「宗教」方面的研究來比較，大陸在這方面的學位論文探討的較深入，像是賈東麗：《明代佛教文化的世俗化與晚明擬話本的互動》、吳三文：《佛教與晚明擬話本小說創作》、胡以富：《佛教和三言二拍》等都是直接將「話本小說」與「佛教文化」做結合的學位論文，然而這些論述因為研究素材的限制，多只能旁敲側擊「話本小說」所透顯的「佛教文化」，無法作全面性的觀照。

學術專著部分，近年有溫孟孚《三言話本與擬話本研究》（北京：中國社會科學出版社，2005年）、宋若雲《逡巡於雅俗之間：明末清初擬話本研究》（北京：中國社會科學出版社，2006年）、傅承洲《明清文人話本研究》（北京：人民文學出版社，2009年）等書，對擬話本的源流發展、藝術特色與文學價值進行較為細緻的論述。比較特殊的是龐德新《宋代兩京市民生活：從話本及擬話本所見之》（香港：龍門書店，1974年），本書為手稿影印本，有部分英文，內容以話本與擬話本為研究素材，由其中推演出宋代市民生活。本書是較早將話本、擬話本視為歷史素材而進行專論研究的著作，雖然在考證方面略有欠缺，然而其能注意到話本、擬話本的文學史料性質，可謂頗有識見。另外楊永漢《虛構與史實：從三言話本看明代社會》（臺北：萬卷樓圖書公司，2006年），以「三言」為研究素材，考察明代的社會制度、現象、文化與生活狀況，立意亦新。可惜本書引證較少，在推論方面亦無甚著力。

在研究數量上可以看出對擬話本的研究日趨熱烈，目前有累積不少研究成果。然而許多研究仍舊圍繞在背景源流的介紹與賞析鑑評的抒發，往往忽略了擬話本在形成過程中所具有的史料性質。在某些學者的努力下，擬話本的史料價值逐漸被凸顯，並且成為研究當時社會狀況與庶民生活的重要素材。不過，這些有時會觸及宗教文化的問題，然而多數以單一宗教為研究主軸，並未有全面性的對庶民宗教思想與實踐進行較為深入的探究。然而，中國文化下的「宗教觀」複雜而多元，除了「佛教」之外還有「道教」以及「本土的原始宗教」，甚至是「儒家思想」都算是中國文化視野下的宗教觀念，只有全面觀照才能如實呈現庶民的「宗教文化」。這也是本論文試圖進一步論述、分析之處。

第三節　本研究之目的與觀點

話本的源頭可以追溯自唐代的「變文」，[84]而在宋代「說話」活動興盛下達到高峰。但是不管是宋代的「變文」還是宋、元「話本」的出現，其撰作目的大多是「記述」性質，也就是記述說講的內容以供說話者備忘，或是用於門徒學習之用。於是元初的「話

84 曾永義：「至於變文，它既然和變相有密切的關係，那麼它起初對佛教應當和變相有相等的意義，也就是它們都是用來傳教的。而就韻散組合運用的方式來看，則變文較之講經文更為進步而完整。因之變文恐怕就是將講經文的體式予以改進的結果。其目的是為了加強俗化的作用。……大概是這類敷衍佛經故事的變文饒有興味，以致『愚夫冶婦，樂聞其說，聽者填咽寺舍』講唱的僧人為了媚俗，因此『所言無非淫穢鄙褻之事』，便逐漸失去了其化俗導民的目的。俗講至此既已變質，那麼民間自然有人效法其體式，將歷史、傳說、時事予以敷衍，而以之為專業，到處講唱、斂財謀生了。」見氏著：〈關於變文的題名、淵源和結構〉，收入《說俗文學》（臺北：聯經出版事業公司，1980年），頁95。又可參見王慶菽：〈宋代話本和唐代說話俗講變文傳奇小說的關係〉，《社會科學》第1期（1982年），頁82-89。

本」就帶有強烈的「工具性質」，其目的基於活動的操作層次上。

但是自明代出現的「擬話本」，其本質與目的卻與「話本」有很大的差異。首先，「話本」與「擬話本」之間的歷史傳承關係是很顯明的，此點在形式上尤為醒目。另外，許多明代的「擬話本」是改寫自宋、元時期留下的「話本」，因此在內容與故事結構的傳承相當明顯。[85]然而，「話本」與「擬話本」的寫作目的與閱讀對象卻有差異。首先「話本」作為說話活動的底本，並不會太過詳細，許多話本類似大綱或是節略。但是「擬話本」在敘述與篇幅上的數量上，遠遠超過話本許多。原因在於「擬話本」多是書商與作家合作，試圖出版謀利。「擬話本」的長度問題很值得考究，大致上來說其字數需要有一定的數量，如是單篇篇幅較短的擬話本，則以集結成冊的方式發行，這無疑是經過計算與觀察的商業考量。

基於商業利益的考量，書商必須在法律允許的最大前提之下，尋找具有最大閱讀或購買人口的書籍，在明代商業活動盛行之下，「擬話本」成為書肆的重要商品。作者與書商將會達成協議，撰寫合於大眾欣賞水準的作品，以供書商販售。在這種情形之下，傳統的文學創作將由作者主導的角度，轉向讀者傾斜。也就是說，「擬話本」的作者在撰寫作品時，必須考量讀者群的閱聽水準與興趣，如此才能達到提高銷售量的目的。於是在作者、書商、讀者三者關係中，讀者的因素無疑是重要的考量。

85 魯迅在〈中國小說史略及其他〉提到《大唐三藏法師取經記》與《大宋宣和遺事》與話本不同，而於是篇題名為〈宋、元之擬話本〉，此或為「擬話本」術語最早出處。見《魯迅小說史論文集》（臺北：里仁書局，1992年），頁103。胡士瑩：「經過加工整理，刻印出來，主要供閱讀的本子，不應簡單稱為話本。由話本加工而成的，可稱為話本小說。模仿話本而創作的，可稱為擬話本小說。」見氏著：《話本小說概論》，頁127、153。

自狄爾泰（Wilhelm Dilthey, 1833-1911）試圖辯證人文學科具有理則性的方法論與知識論之後，人文學科有沒有如同科學一般具有嚴密邏輯實證性質方法論問題，一直是學界討論的重要問題。然而迄今為止，人文學科尚未曾發展可以客觀檢證其知識、論述建構的方法和程序，只能在「思辨（speculation）」與「反思（dialectic reflection）」的範疇內進行論辨。這並不是人文學科的缺陷，而是其性質問題。[86]

以文學研究來看，所謂的研究方法主要以客觀的歷史、環境證據與主觀的體驗感悟為主。如果真要說較為具體的現代研究方法，則是閱讀整理文獻，運用比較、歸納、演繹與類比方法，分析其間意義，並論述觀點。本論文將使用上述程序進行研究、論析，且以為此種方法在文學研究方法上雖不是盡善盡美，然而是有效而具體的方法進路。

不過，本論文更強調的是「研究觀點」。研究觀點代表研究時所採取的立場問題，雖然它不見得有具體操作的方式，但是卻可以影響論文研究、分析、詮釋上的意義產生。本論文所持的主要研究觀點有二：一是接受美學中的讀者反應理論；一是歷史學派中的年鑑學派。

西方的接受美學（reception qesthetics）對於讀者與敘事的關係討論頗多，其中最為著名的是文論家姚斯（Hans Robert Jauss, 1921-1997）。姚斯將文學看作是「產品」與「讀者」之間的交流過

86 卡西勒（Ernst Cassirer）以為「文化」乃由人類所創設的符號建構而成，解讀符號即可解讀意義。因此，人文科學方法論的建立有其可能性。但是僅是可能性，因為學科性質的關係，無法有確定性。」參見關子尹譯：《人文科學的邏輯》（*The logic of cultural sciences*）（臺北：聯經出版事業公司，1985年）。

程。[87]姚斯更進一步指出在文學「產品」與讀者的交流過程中，讀者將產生一種「審美期待」(Horizon of Expectations)，這種期待在很多時候為作者所探知、理解。因此就讀者而言，找尋符合其審美期待的作品是最自然的選擇；對作者而言，若要吸引讀者，則必遷就或是傾向讀者審美期待不可。[88]

在文學史上，遷就讀者審美期待的作品很早就出現了，如漢朝許多賦作，有許多都是投上位者所好而寫。唐朝科舉制度下的行卷也可以視為遷就讀者的創作。但是「擬話本」與之前不同的是：它是首次文人遷就大眾百姓之閱聽水準與興趣而撰寫的書籍。因此，「擬話本」向來被歸類於通俗文學，成為庶民文學的代表之一。

在長遠的文學史與文學批評史上，民間通俗文學向來被邊緣化。若是能登大雅之堂者，莫不經過文化菁英們的精挑細選，才能躍於案頭。在中國，菁英文化與平民文化、雅正文化與通俗文化、仕宦文化與庶人文化、上層文化與下層文化的關係的確存在，這種二分法在某些論題的討論上很有效力，當然有時這兩種具有差異性的文化具有互動性。[89]其實就文化實際活動層面來考慮，上下文化

87 漢斯・羅伯特・姚斯(Hans Robert Jauss)：「文學與藝術只求包含一種具有過程特徵的歷史，作品獲得成功不僅透過主體，也透過消費主體——經由作家與公眾的交流。」參見(德)漢斯・羅伯特・姚斯(Hans Robert Jauss)著，董之林譯：《接受美學理論》(*Reception theory: a critical introduction*)(臺北：駱駝出版社，1994年)，頁62。

88 漢斯・羅伯特・姚斯(Hans Robert Jauss)：「文學接受活動中，讀者原先各種經驗、趣味、素養、理想等綜合形成的對於文學作品的一種欣賞要求和欣賞水平，在具體閱讀中，表現為一種潛在的審美期待。」參見(德)漢斯・羅伯特・姚斯(Hans Robert Jauss)著，周寧、金元浦譯：《接受美學與接受理論》(瀋陽：遼寧人民出版社，1987年)，頁25-27。

89 如李孝悌對「大／小傳統」或「上／下層文化」這套觀念的由來，及其在中國史研究上的應用曾有介紹，以為其間有區別差異，亦有互動融合。見李孝悌：〈上層文化與民間文化——兼論中國史在這方面的研究〉，《近代中國史研究通

的互動交涉無疑是較為常見的類型。菁英並非牢牢固守著堡壘，傲岸地與平民隔絕，他們的生活就在民間之中。而平民對於菁英的羨慕也讓他們對於模仿上層生活樂此不疲。

「擬話本」的產生是由文人（菁英）執筆，遷就讀者審美期待而完成，因此既然有高度的讀者審美期待在其中，因此將之視為研究庶民文化的素材應為允當。而文人不免將其菁英文化的概念滲入其中，因此「擬話本」可以視為一種上下文化融合的產品，因此解析其間蘊藏的文化觀念極有意義。但是「擬話本」中呈現的文化類型極為複雜，要一一解析恐非易事，故本論文擇重要的宗教文化以論之。

宗教信仰與價值一向是文化中的重要一環，過去研究宗教者多由直接史料進行解析，因此得出之宗教史呈顯出的多是單一面向的敘述。近年來許多研究者藉由文學作品或筆記，仔細研究古代士人的宗教觀，發現所謂的儒家價值中的「不語怪力亂神」並非牢不可破，其間深受民間文化影響。[90]這給予本論文研究方向某些啟示，以為或許藉由「擬話本」中的記述，可以由另一個面向探究明代宗教文化與價值之間的關係與糾葛。

訊》第8期（1989年），頁95-104。另外李孝悌又以「對民間文化的禁抑與壓制」、「士紳與教化」、「上下文化的互動」三個角度出發，對十七世紀以後中國的士大夫與民間文化的關係，作了一次研究回顧。參見〈十七世紀以來的士大夫與民眾——研究回顧〉，《新史學》第4卷第4期（1993年），頁97-139。

90 如李孝悌解析袁枚生平與其著作《子不語》後，以為袁枚雖為儒官，但是對於當時民間宗教仍是頗為信仰。參見〈袁枚與十八世紀中國傳統中的自由〉，《戀戀紅塵：中國的城市、欲望與生活》（臺北：一方出版社，2002年），頁37-44。又如李孝悌以儒生冒襄為例，以為儒者之價值觀和神祕的宗教信仰是緊密的糾結在一起。見氏著：〈儒生冒襄的宗教生活〉，收於丘慧芬編：《自由主義與人文傳統：林毓生先生七秩壽慶論文集》（臺北：允晨文化實業公司，2005年），頁257-282。

本論文以為中國宗教文化之複雜，遠超過其他文化區域。而中國宗教影響之深遠，並非傳統概念中的以儒為尊單一，而是多元的面貌。本論文將以明代的「擬話本」作為研究文本，然因明代的擬話本著作甚多，故只擇取和「宗教」較相關及具代表性的文本作為研究對象，包括：《喻世明言》、《警世通言》、《醒世恆言》、《拍案驚奇》、《二刻拍案驚奇》、《石點頭》、《型世言》、《西湖二集》等，試圖對此課題進行論述。企圖以文學的文本為素材，以歷史與文化史的角度進行「文化產生」的剖析，並且進一步分析中國多元宗教文化的交涉及其理論實踐與階層關係間的落差。

因此本論文的研究對象為明代的擬話本作品，找出其間有關儒家（儒教）、佛教、道教的論述，進而整理、分析其間的理論觀點與實踐法門，並探究其間的連結，試圖由理論層次與操作層次方面的邏輯與關聯，尋出庶民宗教思想、文化的特色，這是本論文最重要的研究目的。

本論文的第二個研究目的在於分析「擬話本」所呈現的各種宗教與其原始教義有何差異，這或許是解答菁英與庶民文化差異的關鍵。另外一個重要研究目的在於宗教的理想性（菁英的或是平民的）與其宗教實踐活動、儀式有何關係，其間的連結性又如何？

本論文的第三個目的在於以文學社會學、文學史料學的觀點進行研究，試圖繼承前人的腳步，為此兩門學問提供一素材。發掘文學作品中之歷史素材的價值，並描述其狀況與意義。

本論文第四個研究目的在於為文學史提供新的寫作素材。過去研究多集中在擬話本的文學價值與藝術手法部分，文學史上的評介也多以此節張目。本論文試圖以此研究，對擬話本所存有的素材進行論述分析，以證成擬話本在文化思想上的高度傳承性與累積性，期能對文學史書寫擬話本性質時有所助益。

在進行論述之前，有必要就本論文的研究觀點進一步詳述，以表明本論文之研究理論基礎與論述角度。十九世紀德國蘭克（Leopold von Ranke, 1795-1886）奠定了近代史學的研究基礎，然而這種史學研究侷限於「政治史」，並且集中於上層社會，研究範圍狹隘，這種歷史研究注重宏觀，講述的是一種全局的描述，這種向度描述的歷史的確有助於我們了解歷史的大體走向；然而歷史不盡是帝王將相的征戰革新，許多其他的事物也是歷史的一部分。到了二十世紀，由於對古典歷史的反動，史學界發展出「新史學」。[91]「傳統史學」是以「政治」為研究對象，通常站在統治者的角度由上往下觀察，而使用的資料也以文書資料（官方檔案）為主並重視「事件的敘述」；而「新史學」則注重人類所有的面向，通常以民眾的視野由下往上觀察，而且認為任何材料都可當作史料（包括口述、統計），並重視「結構的分析」。整體而言，新史學的特色是革新史學。

如史學界討論頗為熱烈的「年鑑學派」（Annales School）就是修正了古典歷史的研究觀點，主張與其他學科合作，拓展歷史研究視野，成為現今史學理論中備受重視的學派。「年鑑學派」一九二

91 潘宗億：「歐美史學在十九世紀邁入二十世紀之際，其發展的脈絡表現出新世代史學家企圖革新、挑戰傳統史學的現象。基於此一普遍的趨勢，歐美史學不論在歷史寫作的形式、研究的主題或研究方法上，都呈現出『重新取向』（reorienting）的發展方向。其中，歷史學研究領域從以政治史獨尊擴展至經濟、社會、文化與思想觀念等主題的探究。其次，歷史寫作的形式則從傳統史學所呈現的敘述形式，轉向強調分析的形式，為中心探討。再者，在歷史研究方法上，則凸顯出科際整合的特色，如計量方法、社會學理論的運用。」見氏著：〈論心態史的歷史解釋：以布洛克《國王神蹟》〉，《歷史：理論與文化》第2期（1999年7月）。案：「新史學」指的是以法國年鑑學派為主體的「整體性的歷史」（total history）或「結構性的歷史」（structural history），也代表著對傳統史學的反思。

九年由當時任教於法國斯特拉斯堡大學（University of Strasbourg）的馬克・布洛赫（Marc Bloch, 1886-1944）與費夫爾（Lucien Febvre, 1878-1956）創始。他們採取的歷史研究角度是集合各種學科，發展出複合型的研究樣態。

第二次世界大戰後法國歷史期刊《年鑑：經濟・社會・文明》（*Annales: Economies, sociétés, civilisations*）靠著大量刊載此派歷史學觀點的論文，使得「新史學」派的名聲逐漸升高。他們想透過這個雜誌去改變「史學家」和其他學科專家間老死不相往來的情形，要讓史學擺脫舊有的窠臼，希望能夠依照刊名所表達的史學新方向：「經濟的和社會的歷史」，倡導史學家去研究人類活動的總體史，包括地理環境、氣候條件、社會、經濟、文化、思想、情感、政治等等，並注重社會結構的分析。到了一九五〇年及一九六〇年代中，年鑑學派的學者就把研究領域劃分為地理史、經濟史、人口史等。[92]一九七〇年「年鑑學派」被介紹到中國，當時史學界回應者寥寥無幾，然而同時世界各國對「年鑑學派」的討論卻非常熱烈，直到一九八〇以後「年鑑學派」的理論才被部分中國史學家所實踐。[93]

---

92 關於「年鑑學派」的發展與理論內容可參見Peter Burke, *The French Historical Revolution: The Annales School, 1929-1989* (Stanford University Press, 1991). Burke, Peter, *The French Historical Revolution: The Annales School 1929-89* (1990). 彼得・柏克著，江政寬譯：《法國史學革命：年鑑學派1929-89》（臺北：麥田出版公司，1997年）。張廣智、陳新：《年鑑學派》（臺北：揚智文化事業公司，1999年），頁18-45。賴建誠：《年鑑學派管窺》（臺北：左岸文化出版社，2003年），頁55-85。

93 賴國棟：「三十年前，年鑑學派（École des Annales）被介紹到中國來時，史學界　應者寥寥。然而，當時年鑑派的思想已遍及法國傳媒，並令這種『新史學』風尚的影響範圍完全超越法國。來自世界各地的年鑑學派支持者與批評者都在探尋年鑑學派『通往權力』的歷程。在一九八〇年以後的中國，年鑑史學在年鑑學派發展中，史學家對其進行部分修正，認為歷史學必須轉向研究普通民眾所經歷的日常生活狀況，其重點轉向人的自身，探索一定環境下某個小群體或個人的思想、心態、感受和生活狀況，因此研究對象從「中心」朝向「邊緣」，由「大局」走向「通俗」。這一派的史學被稱為「微觀史學」（micro-historians），屬於一種微觀式（micro-style）的社會文化心態（mentalité）史，至今成為史學理論中很受到重視的學派。

相對於「宏觀史學」（macro historians），「微觀史學」乃是強調在特定的時間，或地理範圍，或單一事件等設定的有限條件下觀察歷史以探究事實本質的歷史方法。「微觀史學」有一個很重要的概念是：將注意力放在小群體的層次上，闡明歷史的發展，因為絕大多數的生活都發生在這樣的小群體當中。[94]

由「年鑑學派」到「微觀史學」，於是在七十年代中，歷史學家開拓了「心態史」（mentalité）的領域。[95]「心態史」在研究方法上提供學者若干省思：一是研究視野由「巨觀」的結構剖析轉變為「微觀」的地域，二是將研究資料範圍擴大，不單倚靠文字史料。三是跨學科合作，若干學者向人類學、社會學者……等尋求概念上的支援。「心態史」學者所關心的對象已從「菁英的文化」（culture of elite）轉移至「一般人的文化」（culture of common man）。[96]

範式也日益成為史學工作者的口頭禪，並且為部分中國史家所實踐。」見氏著：〈法國史學轉型的歷程──評《多元歷史：法國對過去的建構》〉，《臺大歷史學報》第36期（2005年12月），頁433。

94 關於「微觀史學」可參考羅鳳禮：《現代西方史學思潮評析》（北京：中央編譯出版社，1996年），頁64。何兆武：〈緒論〉，《當代西方史學理論》（上海：上海科學社會出版社，2003年）。

95 姚蒙：《法國當代史學主流》（臺北：遠流出版公司，1991年），頁186-197。

96 潘宗億：「就此點而言，它與傳統文化史家或思想史家的最大不同，主要在於其所關注的對象已從『菁英的文化』（culture of elite）轉移至『一般人的文化』

「心態史」研究的對象與古典智識史的研究對象相反，智識史強調的是個體思維的創建性活動，但是心態史強調群體心態的研究。因此心態史處理的課題是共通性思想的非個人化內容。[97]然而「心態史」發展數年之後，卡洛・金茲伯格（Carlo Ginzburg）批評此派學者大量利用量化及系列化的研究手段，物化了思想內容，著重於重複性較高的公式化結果，卻忽略了獨特性。他要求學者必要重視闡釋流通的觀念與信仰、文本與書籍，而非數學公式。[98]經過此種修正意見的衝擊後，「心態史」的研究轉向「文化史」傾斜。

著名的歷史文化學家卡爾・休斯克（Carl Schorske）就提出修正觀點：認為每一個文化性的「產生」，除了就其類別、學科及領域的歷史脈絡中作「歷時性」的思考之外，還必須納入同時代其他美感或知性創作以及其他文化活動之間的關係作「共時性」的研究。[99]文學作品正好是研究文化的極佳素材之一，它可以作為一種

(culture of common man)。其次，它還表現了對「歷史實體」(historical reality)如器具之使用、人的行為與活動的重視。心態史家企圖從「物質實體」(material reality)、「社會結構」(social structures)與時代環境中抽離並捕捉住時代的集體心態（collective mentalities）與心智習慣（habits of mind）等「心理實體」(psychological reality)。換言之，就是要透過心態的研究，去呈顯所有人類社會活動中各個結構之間的『內在相互關係』。」見氏著：〈論心態史的歷史解釋：以布洛克《國王神蹟》〉，《歷史：理論與文化》第2期（1999年7月）。

97 Jacques Le Goff, *Les mentalités：Une histoire ambiguë*, T. III (Paris：Faire de l'histoire, 1974), pp.76-94。參見郝名瑋譯：〈心態：一種模糊史學〉，《史學研究的新問題新方法新對象：法國新史學發展趨勢》（北京：社會科學文獻出版社，1988年），頁265-286。案：「心態史」另一個重點在於注重量化研究，並強調研究的系統化，在實踐上利用數學進行模式分析。

98 Carlo Ginzburg, Il Formaggio e i vermi. Il cosmo di un mugnaio del '500 (Turin: Einaudi editore, 1976).

99 參考（美）卡爾・休斯克（Carl Schorske）著，黃煜文譯：《世紀末的維也納》（臺北：麥田出版公司，2002年）。

文化歷史的有效論證。[100]

在此要特別強調的是於此處提出的兩個研究觀點，只是表明本論文在研究時，對研究對象與素材所抱持立場與觀點，並非強行將西方理論解為「研究方法」。對文獻的整理、分析、歸納與演繹，才是本論文的研究方法。只是這些研究方法都將以研究觀點為主軸而進行，這不是研究觀點籠罩研究方法的問題，僅是希望本論文能夠在論理上具有一致的邏輯與理則。

100 羅傑·卡地爾（Roger Chartier）：「在文學作品及美感創作上，因為它們通常在前人成就和其他參考作品中有跡可循，也因此成為可被想像、可溝通且可被理解的。此論證也同樣適用於研究所有普通的、流傳在各處的、沉默的，那些創構出我們所謂日常生活的實踐活動。」見（法）羅傑·卡地爾（Roger Chartier）著，楊尹瑄譯：〈新文化史存在嗎？〉（Does the New Cultural History Exist?），《臺灣東亞文明研究學刊》第5卷第1期（2008年6月），頁212。

第二章
中國文化下的宗教觀

在商朝時代，「祖先崇拜」是一個普遍流行的信仰。雖然孔子說過「敬鬼神而遠之」，但他並不否認鬼神存在，反而說要「祭神如神在」(《論語・八佾》)。「鬼神崇拜」一直存在中國社會中，也普遍為中國人所接受，成為一種民間信仰，但真正形成一個宗教則是在東漢末年時的「道教」，當時張角在中原一帶成立「太平道」，同時期還有張脩成立「五斗米道」，這就是道教的濫觴，道教是由中國民間原始信仰經過幾千年的累積而成，最主要的內容是講驅鬼、捉妖、養身等，這和中國原始宗教的信仰相同。

佛教是中國另一個歷史悠久，影響力廣大的宗教。佛教並非源自本土，其最早可推自東漢時期，由印度傳來中國。此後經過魏晉南北朝的融合過程，到隋、唐之後，佛教中國化的進程逐漸完成，開始發揮其重要的影響力。佛教的原始基本教義重視的是「出世」的思想，然而傳到中國後卻用「入世」的方式傳教，更重要的是在許多儀式與教論方面，遷就中國儒家的文化、思想與傳統，因此中國開始由對佛教的抗拒轉向為信仰。

中國人講究「修行」，但實際上中國人卻常常分不清修行的方式是屬於佛教還是道教？因為中國佛、道二教常融合在一起，連修行方式也不例外。中國人信仰宗教多是在生活遇到困難時，只要能幫他解決痛苦的神明，他都願意崇拜。一般而言，中國人對宗教信仰的觀念是屬於「現實」層面，比較不在意宗教本身的教義與理論。道教徒希望自己未來能修道成仙，佛教徒則希望自己死後能成佛證道，這些都是一種理想，但中國人更希望的是在現實世界能夠平安，故中國人是把宗教看作生活必須的一部分。佛教和道教，一個是外來宗教，一個是本土宗教，它們在中國的土地上並存，然而在中國無論是佛教、道教，都受著儒家思想的影響，甚至後來還形成「三教合一」的觀點。

第一節　原始宗教的觀點

原始宗教是指處於世界初期狀態的宗教，即上古時代尚未開化的社會存在的宗教信仰，當人們面對複雜多變的自然與人文現象無法解釋時，就把這種力量神祕化並將之解釋為神靈加以崇拜，[1]因此產生了「自然崇拜」[2]、「圖騰崇拜」[3]、「祖先崇拜」[4]，還有「鬼神崇拜」等。[5]原始人的思維是以自己為主體去感受外在客體的存

1　袁珂：「原始人才開始在自己的想像中使周圍世界布滿了超自然的存在物——神靈和魔力。他們對於大自然所發生的各種現象：例如風雨雷電的擊搏、森林中大火的燃燒、太陽和月亮的運行、虹霓雲霞的幻變……產生了巨大的驚奇的感覺。驚奇而得不到解釋，於是以為它們都是有生命的東西，管它們叫神。」見氏著：《中國神話傳說》（臺北：里仁，1987年），頁4。

2　鄭素春：「自然崇拜是一種對於日月星辰、山川河海、風雨雷電等大自然不可知的力量的神化和崇拜。」見氏著：《道教信仰、神仙與儀式》（臺北：臺灣商務印書館，2002年），頁85。

3　原始人認為氏族每一個成員都與共同尊崇的某種自然物象——通常是動物或植物存在著血緣親屬的關係，這種動物、植物被稱為氏族的圖騰，每一個氏族成員都不能危害這個圖騰以表示對圖騰的尊敬並避免招來災禍。參見（蘇俄）海通著，何星亮譯：《圖騰崇拜》（廣西：廣西師範大學出版社，2004年），頁2-3。

4　鄭素春：「此一信仰主要是相信祖先死後的靈魂存在，而成為家族世系的保護神。從原始社會的女祖崇拜和男性祖先崇拜，可見人類敬愛父母祖先的原始本能。」見氏著：《道教信仰、神仙與儀式》，頁82。

5　鄭志明：「人們意識到死後靈性會離開肉身成為鬼魂，鬼魂是能相通於人的靈性，可能降臨災禍，也可能福佑上子孫。鬼魂崇拜與祖先崇拜是用來穩定人的

有，以自己的生命去感受外在的生命，發展出萬物與人生命相等的泛靈觀。[6]原始宗教區別於其他宗教的特點就是它的「血緣」和「地緣」的「小群體性」，[7]原始人認為環繞在他們周遭的自然物都能為禍為福於人，因此產生了對自然的崇拜成為原始的拜物教，也就是「原始宗教」的濫觴，而「圖騰」與「巫術」是原始宗教相當重要的組成部分，[8]構成原始宗教形式的結構層次有四要素，包括崇拜對象、崇拜信念、崇拜活動、崇拜方式，[9]且原始人事事委諸

靈性與鬼魂之間的和諧關係，尤其是血緣關係下的祖先崇拜，認為亡者的靈魂是與家族相繫，能保佑族群的延綿發達。」見氏著：〈靈魂的生命觀與殯葬文化〉，《宗教哲學》第43期（2008年3月），頁142。

6 苗啟明、溫益群：《原始社會的精神歷史架構》（昆明：雲南人民出版社，1993年），頁41。

7 于錦綉：「原始宗教的特點在於它的血緣和地緣小群體性、自發性、集體制度性、現實功利性、突出的巫術控制性、顯明的時空性，其中血緣和地緣小群體性是它的本質屬性，其餘是這一特點的固有屬性。」見氏著：〈論原始宗教的基本概念〉，《貴州民族研究（季刊）》第1期（1998年），頁24。

8 袁珂：「原始人宗教觀念並不是很單純的，除以上所說的而外，圖騰主義也是原始人宗教觀念的有機組成部分之一。圖騰（totem）一語，出自北美印第安部落聯盟之一的亞爾京干人，意思是『它的親族』。圖騰主義相信人和動物、植物乃至自然現象以及無生物之間，存在著某種不可見的密切聯繫。」；「原始宗教另一個有機組成部分是魔術即巫術。巫術是基於這樣一種歪曲的、虛妄的信念：相信人和自然界之間存在著一種看不見的聯繫和影響，個別的自然現象可能影響人，反過來人也可以用種種幻想的手段，去控制自發的害人的自然現象。」見氏著：《中國神話傳說》，頁11-13。

9 原始人的「崇拜對象」是一種「超自然力」，一種超現實的神祕力量；而「崇拜信念」就是他們的宗教信念；「崇拜活動」是指信奉主體以「言語」表述（呼喊、歌頌、祈求、禱告、自責、懺悔、哀號、咒罵、怒吼、嘲諷等）和以身體動作（跪拜、舉手、舞蹈、獻祭、驅趕、噴水、噴火、撲打、追捕等）來「祈福消災」的宗教儀式活動；而「崇拜方式」通常會有「靈物」崇拜的現象。見于錦綉：〈簡論原始宗教的形式、內容和分類〉，《世界宗教研究》第4期（1998年），頁16-18。

於「宗教因果」（religious causality），[10]對神靈的敬畏後來體現為各種生活上的「禁忌」。[11]

一　原始宗教的起源及其特徵

一八七一年，英國著名人類學家、宗教學家泰勒（Edward B. Tylor）在其著作《原始文化》（*Primitive Culture*）一書中，創立宗教起源於「萬物有靈論」的說法。他認為萬物有靈論是一切宗教的源泉，也因為「萬物有靈論」產生了「自然崇拜」（naturism）和「亡靈崇拜」（necrolatry）、「靈物崇拜」（spirit-worship）的觀念。[12]據考古學家的史料證明，人類的原始宗教產生於氏族社會距今已有十多萬年的歷史，最早的宗教儀式產生與原始社會舊石器時代中晚

---

10 法國人類學家列維-布留爾（Lucien Lévy-Brühl, 1857-1939）在他的名著《原始人的心態》（*Primitive Mentality*, 1923）一書認為原始社會人類的集體心態都是相當「神祕的」（mystical），稱其為「前邏輯心態」（prelogical mentality）或「前邏輯心意」（prelogical mind）。原始人以這種心態發展出的「宗教因果」觀（religious causality）來判斷事理，例如生病了則認為是人類沖犯了某些「禁忌」，於是請來巫醫驅鬼。見董芳苑：《原始宗教》（臺北：久大文化公司，1991年）引，頁50。

11 宋仕平：「原始宗教表達了人和神的觀念與互動，表達了生命個體對神靈庇護的渴望與訴求。原始人對神靈的依賴與敬畏，體現為對自身行為上的限制與禁忌規定。由於相信萬物有靈，原始人的活動幾乎成了事事獻祭、處處禁忌的宗教生活。」見氏著：〈試論原始宗教的社會功能〉，《中南民族大學學報（人文社會科學版）》第25卷第4期（2005年7月），頁154。

12 呂大吉：「泰勒認為原始人根據睡眠、出神、疾惡、死亡、夢幻等生理心理現象的觀察，推論出與身體不同的靈魂觀念，然後把靈魂觀念應用於萬物，產生了萬物有靈論，應用於死去的祖先，產生了祖先崇拜的觀念與純粹神靈觀念；應用於非生命的自然物，產生了自然神和自然崇拜，以後發展為種類神崇拜和多神教，至上神崇拜和一神教。」見氏著：《宗教學通論》（臺北：博遠出版公司，1994年），頁444。

期，在山頂洞人的洞穴裡我們發現了埋藏死者屍體的遺跡，屍體的周圍還放置了石珠等裝飾品，顯示原始人已經形成某種和死後相聯繫的靈魂觀念，[13]這時的原始人認為靈魂可以離開肉體繼續存在，更相信靈魂是不死的，因此產生了萬物有靈魂的觀念。[14]各種宗教的靈魂觀都有一些共同點：它們都認為靈魂是形體行為的主宰，並認為靈魂可以離開形體而獨立活動且不會因為形體的死亡而消失。[15]

原始宗教的信仰特徵大約可歸納如下：瑪那（mana）[16]、禁忌（taboo or tabu）、巫術（magic）、物神崇拜（fetishism）、精靈崇拜（animism）、亡靈崇拜（dead worship）、自然崇拜（nature worship）、植物崇拜（vegetable worship）、動物崇拜（animal worship）、圖騰崇拜（totemism）、性器崇拜（phallicism）、至上神崇拜（supreme being worship）、神話（mythology）、獻供物（offerings）、禮儀（rites）等。[17]

原始人將「自然界」與「靈世界」結合起來，肯定自然界的超

13 袁珂：「至於靈魂的觀念，乃是從原始人對於人死這回事的虛妄的理解而逐漸得來的。」見氏著：《中國神話傳說》，頁11。

14 參見倪文敏：〈中國的原始宗教及其演變〉，《山西社會主義學院學報》第4期（2007年10月），頁46。

15 呂大吉：「仔細分析各種宗教的靈魂觀，它們也有一些共同之點，主要有二：第一，認為靈魂是其所在之人或物的一切活動的原動力和操縱者，它是形體行為的主宰。第二，認為靈魂可以離開形體而獨立活動，甚至進一步認為不會隨形體的死亡而死亡。」見氏著：《宗教學通論》（臺北：博遠出版公司，1994年），頁142。

16 「瑪那」（mana）一詞係美拉尼西亞人（Melanesian，西南太平洋群島住民）的土語，是一種稱呼超然力量之名詞。「瑪那」是一種無形無象遍在於宇宙間的神祕「聖力」，一種與「精靈」（spirits）有別的非人格力量。學者用「瑪那信仰」（manism），「前精靈信仰」（Preanimism），與「力量」（dynamism）來稱呼它。見董芳苑：《原始宗教》，頁55。

17 董芳苑：《原始宗教》，頁55-77。

越力量，發展出「自然崇拜」與「圖騰崇拜」，並希望藉由信仰神靈能夠「趨吉避凶」；到了「生殖崇拜」與「祖先崇拜」時期，人們已意識到與「自然界」的分離，真正開始關心自我本身的生命，不僅要和自然的靈界感通，更要感通自己族群的共有靈性。[18]

宗教英文為「religion」，語源來自拉丁文「religare」，意即「結合」，表達人與神結合之意。另一說法是來自拉丁文「religio」，意即「敬神」。人與神之結合與「敬」的確是原始宗教最核心的精神。原始宗教沒有複雜的教義或理論系統，但是它對自然界與人生活動之樸素而直觀的看法，可說源於最原始的生物性。因此，原始宗教代表人類最直接的觀念，其力量相當強大。可以看到現今許多發展已久的宗教，背後仍有原始宗教的影子，甚至許多人的宗教觀念仍舊停留在原始宗教的階段上。因此，原始宗教在某種意義上並不原始，而是一種對自然界與人生最直接而有力量的看法。

二　中國原始宗教的觀點

人類在原始生活中遇到危機發生時，原始人會有寢食不安的痛苦，這種痛苦就產生了對原始宗教的崇拜。[19]中國的原始宗教信仰也是在這種對自然力量畏懼、感恩的心情下產生的，尤其在「中國神話與傳說」中可以看到原始人的信仰痕跡，[20]包含自然崇拜、圖

18 鄭志明：〈靈魂的生命觀與殯葬文化〉，《宗教哲學》第43期，頁142-143。

19 參見林惠祥：《文化人類學》（北京：商務印書館，1991年），頁220。

20 中國人的祖先崇拜可以反映在盤古開天、女媧補天、夸父逐日、精衛填海、大禹治水等傳說中，又自然崇拜可以由《山海經》中有女子羲和生十日和后羿射日的傳說得到印證。見倪文敏：〈中國的原始宗教及其演變〉，《山西社會主義學院學報》第4期，頁47。而圖騰主義的信仰，可以從我國神話中保留著黃帝號「有熊氏」的記載，知道黃帝是屬於熊的圖騰，又說蚩尤的氏族圖騰是牛，及

騰崇拜、祖先崇拜、鬼神崇拜，簡言之，和世界原始人類的宗教信仰並沒有太大差別，都是為了「趨吉避凶」，並且要實現人與「靈世界」的和諧。[21]

原始人類由於自己的軟弱無力，感到對大自然的恐懼而萌生了「萬物有靈」的觀念。[22]原始人類有靈魂觀念是由於思考「夢境」之所以產生的問題，他們認為人類作夢就是靈魂離體的證明，在我國古代也把夢看作是魂的離體，[23]更因此產生「靈魂不死」的觀念。[24]而中國人的「靈魂觀」起源甚早，早在山頂洞人的時代就知道要將屍體埋葬並準備陪葬品，使死者可以在另外一個世界享用。

伏羲的氏族圖騰是蛇等，使我們相信在中國原始社會的確也曾有過圖騰崇拜的習慣。見袁珂：《中國神話傳說》，頁13。

21 鄭志明：「原始宗教要實現的是人的實存界與天地鬼神等靈世界間的相互和諧，肯定人具有與靈世界交感來維持宇宙秩序的求優能力，在信仰的儀式的過程中不斷地提升自我求美、求真與求善的生命德性。」見氏著：〈靈魂的生命觀與殯葬文化〉，《宗教哲學》第43期，頁143。

22 袁珂：「原始人萌芽狀態的觀念，還不是泰勒（里仁按：泰勒〔1832-1917〕英國人類學家）所謂的萬物有靈論。萬物有靈，是說萬物都有靈魂。原始人開始還不會有這樣高深的宗教觀念。原始人最初的宗教觀念，大約認為大自然的一切，包括自然現象，生物和無生物，都像自己一樣，是有生命、有意志的活物。」見氏著：《中國神話傳說》，頁11。

23 中國古代把夢看作是魂的離體，又把這種觀念和鬼神信仰結合，於是以此預示吉凶出現了夢兆、夢占、夢卜的迷信思想。見馬昌儀：《中國靈魂信仰》，頁113。

24 恩格斯（Engels）：「在遠古時代，人們還完全不知道自己身體的構造，並且受夢中景象的影響，於是就產生一種觀念：他們的思維和感覺不是他們身體的活動，而是一種獨特的、寓於這個身體之中而在人死亡時就離開身體的靈魂的活動。從這個時候起，人們不得不思考這種靈魂對外部世界的關係。既然靈魂在人死時離開肉體而繼續活著，那末就沒有任何理由去設想它本身還會死亡；這樣，就產生了靈魂不死的觀念。」見（德）恩格斯（Engels）著：〈路德維希·費爾巴哈和德國古典哲學的終結〉，《馬克思恩格斯選集》（北京：人民出版社，1972年），頁219-220。

中國的靈魂信仰有二：一是靈魂可以離體，[25]二是肉體雖死靈魂還在。[26]先秦時普遍認為人死後會變成鬼神，[27]且若鬼在生前是被害死的還會對人有危害，[28]在中國人眼裡人的鬼魂與活人會保持著密切的聯繫。[29]中國的原始宗教信仰有靈魂觀，然而儒家卻不論述超越的世界，以為一切價值只能在現實世界實踐。[30]對於靈魂存在也是消極地迴避這個論題，儒家以為靈魂或許有，但是不用討論也無從論證。

　　中國原始的靈魂觀在宗教傳入之後有了新的改變。佛教在兩漢

25 詹・喬・弗雷澤（James G. Frazer）：「人們通常把靈魂看作隨時可以飛去的小鳥。這種概念幾乎在大多數語言裡都留有痕跡，並且作為一種隱喻還存在於詩歌之中。」見（英）詹・喬・弗雷澤（James G. Frazer），徐育新等譯：《金枝》（*The Golden Bough*）上冊（北京：新世界出版社，2006年），頁183。

26 馬昌儀：「靈魂離體有三種情況：一是暫時離體，會出現夢境、影子、失神、疾病等；二是靈魂寄存於身體的某一部位，或離體寄存於他物之中；三是靈魂永遠離體，人便會死亡。」見氏著：《中國靈魂信仰》（臺中：漢忠文化事業公司，1996年），頁146。

27 《墨子・明鬼下》：「古之今之為鬼，非他也，有天鬼，亦有山水鬼神者，亦有人死而為鬼者。」收入《諸子集成》（香港：中華書局，1978年），卷8，頁224。案：本論文引用之先秦諸子典籍皆出此本，以下不詳列出版項。

28 《左傳・昭公七年》：「子產曰：『能。人生始化曰魄，既生魄，陽曰魂。……匹夫匹婦強死，其魂魄猶能馮依於人，以為淫厲。』」收入（清）阮元校刻：《十三經注疏》（臺北：藝文印書館，1979年），卷44，頁763。案：本論文引用之「十三經」皆出此本，以下不詳列出版項。

29 （法）列維-布留爾（Lucien Lévy-Brühl）著，丁由譯：《原始思維》（*Primitive Mentality*）（北京：商務印書館，1987年），頁296。

30 錢穆：「儒教與佛、耶、回三教之不同處，大端有二：一則佛、耶、回三教皆主有靈魂（佛教輪迴說可謂是變相之靈魂），而儒家則只認人類之心性（或說良心）而不講靈魂；二則佛、耶、回三教皆於現世界以外另主有一世界。在此另一世界裡，則有上帝天神或諸佛菩薩。儒家則只認此人類之現世界，不再認現實世界外之另一世界，而在此現實世界中之標準理想人物則為聖賢。」見氏著：〈靈魂與心〉，《靈魂與心》（桂林：廣西師範大學出版社，2004年），頁14。

傳入中國後開始有「輪迴轉世」的思想，擴大了人們對鬼靈的認知以及「地獄」的想像。[31]然而溯其根源，這是在原始宗教「神靈轉世」的基礎上發展而成的。[32]佛典中所出現的形象，不但有人還有死後亡靈的鬼魂，更有諸多具有神性與超越能力的菩薩。雖然中國古代也有「有鬼論」，但是直到佛教傳入轉世輪迴的神不滅論，才出現了與人並行的另一個「鬼魂世界」。[33]「道教」是中國土生土長的宗教，它和「原始宗教」非常接近，[34]其特別的地方便是要追求此生的快樂力求「長生成仙」，所以有種種「服食養生」的方術出現。道教創造了非常多的仙人，其中最吸引民眾注意的便是道教仙人「降妖伏魔」、「神通異變」的法術。道教以原始宗教的「幽都」說為基礎，[35]再結合佛教的「地獄觀」，將十八層地獄描寫的更為複雜。

---

31 鄭志明：《神明的由來》（嘉義：南華管理學院，1997年），頁176。

32 詹・喬・弗雷澤（James G. Frazer）：「當神王或祭司被處死以後，他的靈魂被認為是傳給了他的繼承者。……規定進行這種儀式是為了把神聖的受崇拜的靈魂傳給新王，他所有的前輩一個個地都在官位上繼承了這同一靈魂。」見（英）詹・喬・弗雷澤（James G. Frazer），徐育新等譯：《金枝》（*The Golden Bough*）上冊，頁285。

33 孫昌武：《佛教與中國文學》（上海：人民出版社，1988年），頁278。

34 鄭素春：「道教與原始信仰的淵源，一方面是道教在信仰對象上承襲原始信仰的遺留；一方面是道士在進行儀式時施行的法術、咒語也頗有類似巫俗之處。」見氏著：《道教信仰、神仙與儀式》，頁91。

35 袁珂：「這是一個黑色的國度，所以叫作『幽都』。看守幽都城門的，他長著老虎的頭，額頭上有三隻眼睛，身軀像牛樣的龐大；嘶嗄地叫著，搖晃著一對明晃晃的堅利的角，張開了塗血污的肥大的手指，逐趕著幽都裡的那些哀聲號叫、奔跑躲避的可憐的鬼魂。」見氏著：《中國神話傳說》，頁277。又蒲慕州：「『黃泉』及『幽都』的觀念到了漢代之後終於發展成為民間信仰中主要的死後世界，最後並與佛教帶入的地獄觀念相結合，成為中國民間信仰重要的觀念。」見氏著：《追尋一己之福：中國古代的信仰世界》（上海：上海古籍出版社，2007年），頁75。

中國原始宗教的信仰對象雖然繁多，但是大致上可以分為、天、地、人三界。天神主要有天、日、月、星辰、風雨和雷電諸神；地神有土地、社稷、山川諸神；人鬼主要是過世的祖先，但是也有於人民有大功的先王先哲。這些都是具體的信仰崇祀對象，而且在商代時期，發展至具有如人世一般的階級性，甚至可以與世俗的權力階層相對應。[36]此處比較關鍵的問題在於中國原始宗教有沒有一個至上神，作為一切意義與存在的根源。關於這個問題，學界討論相當熱烈。目前學者傾向中國原始宗教有至上神觀念，認為其他神祇與祖先祭祀在發生時間上晚於至上神。[37]原始宗教中至上神存在的觀念在中國文化、思想與意識型態上被延續著，成為思維的一部分。[38]另外，在祭祀死者與祖先，於意義上顯然不同。前者是一種情感上的緬懷，一種共同生活後所產生的互動延續。後者並非個人的情感，而是群體意志的展現，也可以說是向社會誇耀家族過去的榮光，或是展示子孫現階段的成功。[39]

英國學者弗雷澤（James G. Frazer, 1854-1941）曾經指出，巫術和傳統的宗教信仰是不同的，巫術對待神靈的方式實際上是像對

---

36 陳夢家：《殷虛卜辭綜述》（北平：科學書局，1956年），頁576。張光直：《中國青銅時代》（臺北：聯經出版事業公司，1983年），頁300。

37 目前主張商代宗教有至上神之學者多引甲骨文之證據進行論述。董作賓認為商代祭祀首先發展的是對至上神的儀式。見董作賓：《甲骨學六十年》（臺北：藝文印書館，1965年），頁103-118。

38 萊布尼茲（G. W. Leibniz）以為古代中國的至上神不是物質的天，也不是由祖先或是鬼神演變而來，祂應是「普遍而至高的天上神靈」（the universal and supreme Spirit of Heaven）。Leibniz, Gottfried Wilhelm , *Discourse on the Natural Theology of the Chinese*, Translated, with an Introduction, Notes and Commentary by Henry Rosemont, Jr. and Daniel J. Cook (Hawaii: The University Press of Hawaii, 1977), pp.35;59;108-115.

39 Schwartz, Benjamin I, *The World of Thought in Ancient China*. Cambridge (Mass: The Belknap Press of Harvard University Press, 1985), pp.21-23.

待無生物一樣，用一種強迫或壓制的手段對待，而不像宗教那樣去取悅或討好神靈。[40]我國古代宗教的最基本精神應該是巫術的，魯迅（1881-1936）曾提到「中國本信巫」，從秦漢以來巫風盛行，張皇鬼神稱道靈異，歷代鬼神志怪的書寫並不少。[41]

在中國與世界其他文明進展中，宗教轉向人文經歷過一番轉折。在轉折之前，宗教是思想的主軸，支配一切政治與社會行為，構成文化的主要展現。[42]中國原始宗教發展至周初，已有與倫理學牽涉的「敬天畏德」思想表現，自此人可以依靠自身力量追尋理想，關注焦點可以由神鬼轉至現世的道德實踐。[43]由宗教的轉向哲學的

---

40 詹．喬．弗雷澤（James G. Frazer）：「儘管巫術也確實經常和神靈打交道，它們正是宗教所假定的具有人格的神靈，但只要它按其正常的形式進行。它對待神靈的方式實際上就和它對待無生物完全一樣，也就是說，是強迫或壓制這些神靈，而不是像宗教那樣去取悅或討好它們。因此，巫術斷定，一切具有人格的對象，無論是人或神，最終總是從屬於那些控制著一切的非人力量。任何人只要懂得用適當的儀式和咒語來巧妙的操縱這種力量，它就能夠繼續利用它。」見（英）詹．喬．弗雷澤（James G. Frazer），徐育新等譯：《金枝》（*The Golden Bough*）上冊（北京：新世界出版社，2006年），頁52-53。又馬克斯．韋伯（Max Webber）：「在這種情況下，宗教行為與其說是崇拜神，不如說是強迫神，咒語不是祈禱而是完成巫術的程式。」見（德）馬克斯．韋伯著（Max Webber），劉援、王予文譯：《宗教社會學》（*The Sociology of Religion*）（臺北：桂冠圖書公司，1993年），頁84。

41 魯迅：「中國本信巫，秦漢以來，神仙之說盛行，漢末又大暢巫風；而鬼道愈熾；會小乘佛教亦入中土，漸見流傳。凡此，皆張皇鬼神，稱道靈異，故自晉訖隋，特多鬼神志怪之書。其書有出於文人者，有出於教徒者。文人之作，雖非如釋道二家，意在自神其教，然亦非有意為小說，蓋當時以為幽明雖殊途，而人鬼乃皆實有，故其敘述異事，與記載人間常事，自視固無誠妄之別矣。」見氏著：《中國小說史略》（臺北：風雲時代出版公司，1992年），頁49。

42 許倬雲：〈論雅斯培樞軸時代的背景〉，《中國古代文化的特質》（臺北：聯經出版事業公司，1988年），頁154。

43 蕭萐父：〈人文易與民族魂〉，《中國文化》第5期（北京：生活．讀書．新知三聯書店，1991年秋季號），頁12-17。又請參見牟宗三：〈第三講 憂患意識中之敬、

思考，在思想史上的意義是一種哲學突破（philosophical break-through）。[44]然而人文精神的昂揚只在「貴族文化」中展現，原始宗教的樸素觀點仍然在庶民生活中產生很大影響。中國原始宗教具有「薩滿教」（shamanism）的性質，雖然後來為周初人文精神發展制約下，少了濃厚的狂熱（ecstatic）崇拜，但是其影響仍在中國文化圈中隨處可見。[45]尤其在庶民階層的宗教觀念或活動中，原始宗教的影響不僅清晰可見，並且頗具影響力。這裡要特別指出原始宗教相對於論理宗教，雖然在理論與理則抽繹上較為樸素，但這不代表其價值或意義低落。因為原始宗教根基於人類心理、生理基質，是思維的一部分，其延綿久遠，更是傳統文化的一部分。任何討論思想、文化的議題，其實不能忽略原始宗教思維的影響與價值。

第二節　原始佛教基本教義

佛教發展至今成為世界三大宗教之一，它起源於西元前六世紀的印度，創始人是釋迦牟尼（Śākyamuni，西元前467-387年），[46]

敬德、明德與天命〉，《中國哲學的特質》（臺北：臺灣學生書局，1990年），頁19-23。

44 余英時：《中國智識階層史論：古代篇》（臺北，聯經出版事業公司，1970年），頁33-55。

45 有學者將中國原始宗教歸類為「薩滿教」（shamanism）。「薩滿」為通古斯語音譯，指精通「進入迷狂狀態的技術」，具有與神對話的特殊能力之人。參見秦家懿、孔漢思：《中國宗教與西方神學》（臺北：聯經出版事業公司，1989年），頁20。本書認為中國原始宗教在人本主義（humanism）興起以前狀態為人所忽略。中國原始宗教影響很深，應該被視為是世界的第三大宗教，並應被認真對待，因為它對世界的影響超越出其發源地，還傳到日本、韓國、越南及臺灣。

46 祁志祥：「釋迦牟尼，姓喬達摩，名悉達多，釋迦牟尼是佛教對他的尊稱，其中，釋迦是種族的名稱，牟尼是『聖人』、『寂默』的意思，釋迦牟尼，意為『釋迦族』的聖人。後人又稱他為『佛陀』或簡稱『佛』。」見氏著：《佛學與他是一個國家的王子，見到當時社會動盪，人民生活痛苦，對此感到震撼與不解。因此釋迦牟尼走出皇宮，放棄尊貴的身分與優渥的生活，至各地流浪，體驗各種生命與經驗的感受。釋迦牟尼佛創立佛教的時候正是印度思想百家爭鳴的時代，佛陀從因緣聚散變化的角度對人生虛幻本質提出疑問。[47]釋迦牟尼認識到生命具有偶然性，而死亡無法迴避，因此對現世的價值或現實的追求並無法得到恆久的意義。釋迦牟尼的體悟成為佛教最根本的教義，而當其涅槃後至佛教部派對立之間的教義發展被視為「原始佛教」。[48]

佛教的基本教義對大多數陷於生活痛苦的民眾來說，相當有吸引力。根本原因在於佛教從根本上就是由生命之「苦」的觀點切入，並且提出具有論理高度的說法，提供人民對於生命之苦的解脫之道。大致說來佛教的傳播與其他主流宗教的方式相比，較少激進的歷程，它以溫和漸進的方式擴衍影響力。或許就是佛教向來缺乏強而有力，高度凝聚的組織，也很少出現權威核心，因此在佛教傳播過程中，出現眾多教派。佛教在印度發展時就出現了山頭林立的現象，傳入中國後，各宗派的發展亦呈現紛雜的狀況。當然除了佛

中國文化》（上海：學林出版社，2001年），頁15-16。又《十八部論》「佛滅度後百一十六年。城名巴連弗。時阿育王。王閻浮提匡於天下。」見《大正藏》（臺北：新文豐出版公司，1983年《東京大藏出版株式會社》影印本），冊49，第2032號，頁18上09。依此說，佛滅於西元前387年；應生於西元前467年。

47 這是佛教人生哲學最深刻的部分，使人意識到生命的偶然性、死的必然性，和生命的短暫性，人在世上原以為有價值的追求，本質上都是無意義、無價值的。見祁志祥：《佛學與中國文化》（上海：學林出版社，2001年），頁2。

48 印順：「佛陀時代，四五（或說四九）年的教化活動，是『根本佛教』，是一切佛法的根源。大眾部（Mahāsāmghika）與上座部（Sthaviravāda）分立以後，是『部派佛教』。佛滅後，到還沒有部派對立的那個時期，是一味的『原始佛教』。對於『佛法』的研究，『原始佛教』是最主要的環節。」見氏著：《原始佛教聖典之集成》（臺北：正聞，1986年），頁1。

教沒有權威中心之外，或許是因為其教義向來是以論辯方式發展，這就容許不同的解釋出現。

佛教不強調至上神的存在，它觀照的是人對自我內在「無明」的反省，要求自我探索人生的真諦，並尋得解脫到達涅槃彼岸。因此，理論上每個人都可以由自我之省察得到真理。所以，就佛教而言，解釋權威並不存在，容許個體解釋教義有很大的空間與彈性。但是不管宗派山頭對教義的解釋有多少歧異，有幾個基本教義或觀念是佛教的基本底線，所有的論辨體證都將環繞這些教義進行，無法違背。

佛教的基本教義主要可以由三法印、四聖諦、八正道、十二因緣、輪迴報應等概括，這些初期佛教的基本教義統涵在「阿含經籍」裡。

「三法印」是識別佛法真假的標準，在佛教理論中是最高的判別原則。一切法若與三法印相違背，即使是佛陀所言，亦非正信佛法；若與三法印相契合，就算是鄉井之言，也視同佛說。「三法印」之「印」取義由「印鑑」而來，如同以印鑑確認公文的真偽，「法印」即是真偽的裁斷標準。

對「三法印」的論述散見於各種佛教經典，內容包括「諸行無常」、「諸法無我」、「涅槃寂靜」。[49]三法印是佛教對世間現象的描述，通過表相去認識三法印的本質並且幫助人們修行，佛教用「萬

---

49 佛教「三法印」的名詞出現較晚，但是在發展初期已經經常提到「無常」、「無我」、「苦」的問題。「三法印」內容的提出出自《雜阿含經》卷10：「無常想者，能建立無我想。聖弟子住無我想，心離我慢，順得涅槃」、「一切行無常，一切法無我，涅槃寂滅」見《大正藏》，冊2，第99號，頁71上01、66下09。《雜阿含經》提及「三法印」的內容，但是沒有以「法印」名之。聚此三者合名為「三法印」者，則出自於《根本說一切有部毘奈耶》卷9《大正藏》，冊23，第1442號，頁670下02。

法因緣生，萬法因緣滅」來否定世間萬物的實有而得出了三法印的結論。至今「法印」成為印證判斷是否合乎佛法義理的重要標準，成為無法違背的基本核心教義。[50]

「諸行無常」將生命所有意欲活動都劃歸為「行」，認為一切有為法都是意念造作的欲望追逐活動，但是念念之間遷流無常，並不具備恆久性。因此佛教認為事物本身並沒有獨立自存的本體，都是在生滅變化之中起現，這就是所謂的「無常」，眾生不知事物無常的本相，因此陷於痛苦的生死輪迴中。簡單地說，「諸行無常」表達一切世間法無時不在生住異滅中。過去有的，現在起了變異；現在有的，將來終歸幻滅。

「諸法無我」是說在一切有為無為的諸法中，無有「我」的實體。法指的是一切有形無形的事物。因此，諸行諸法皆是因緣相合而生，佛教重要的「緣起性空」理論便是據此而成立的。據此推演下來，認為生命只是五蘊（色、受、想、行、識）、六地（地、水、火、風、空、識）的暫時和合，不僅沒有恆久性，更重要的是在因緣相合的過程中，個體之「我」並非實體。佛教主張的「無我」與其他宗教的概念差異較大，佛教重視道德行為的意義，但是道德行為必須依照解脫的理想，而重新給予定義。所以佛教的「無我」觀念，在原初發展時期應該是由「去我執」的角度說明。也就是說「無我」主要是一種道德實踐，然而道德行為的實踐，最後歸結於自我觀念，因此自我意識不能無限制或是說無理的擴張，否則自我將會壓制一切。佛教特別強調「無我」，並且認為最高境界必須脫離一切貪欲、我執，方能達成。

---

50 有學者以為「諸受（行）皆苦」在教義上堪與三法印同階，因此列為第四法印，並以為此四法印為考察佛法正信之標準。參見呂凱文：〈四法印即佛法四維〉，《法光月刊》第102期（1998年3月）。

也有人認為「諸行是苦」是與三法印地位相當的佛法判準。[51] 何謂諸行是苦？苦的層次和次序先於樂，生命中永遠有需求，每個需求都是生命中的壓力及痛苦，而樂只是欲望獲得滿足後，苦的暫時休止而已，樂是依於苦而成立的，人生命中任何現象或存在的發生都是因緣和合而成，並沒有它的自主性和實在性。而最後的解脫就是「涅槃寂靜」[52]，滅除一切生死的痛苦，無為安樂。佛教強調諸行無常、諸法無我、諸行是苦，就是教人要破除無明，捨棄貪、瞋、癡，停止造惡業，可以了脫生死超越輪迴，這樣的永恆境界就是涅槃寂靜，即滅一切遷流生死之苦。

「三法印」是原始佛教的基本教義，一切小乘經典都是以此來印證是否為佛說。大乘經典則以「一實相印」來印證佛法的正確性。「一實相印」其實就是三法印中的「涅槃寂靜」。因此，「三法印」中最重要的概念應該算是「涅槃」，會有這種境界的要求主要來於佛教對於生死有特殊的輪迴觀念。

---

51 佛教認為人生之所以痛苦，它的根源是因為有「生」，人才會苦，生命就是產生痛苦的原因，為了解除痛苦，就要「不生」，也就是要超越生死才能獲得解脫。佛教將戒、定、慧三學作為對治凡人「無明」跟「貪欲」的方法。人的生老病死自然現象是苦，人的相互關係和主觀追求的社會現象也是苦，人生也有樂，但樂稍縱即逝，人生的本質是苦，這是佛教對人生跟社會所做的最基本的價值判斷。參閱方立天：〈中國佛教倫理思想論綱〉，《中國社會科學》第2期（1996年），頁98。

52 《本事經》卷3：「惟可說為不可施設，究竟涅槃。」見《大正藏》，冊17，第765號，頁678上28。涅槃是超越的，不能以世間的存在或不存在來表示。這不是分別言語所可及的。涅槃指的是佛教的理想世界，彼岸世界的極樂境界。原始佛教認為，涅槃是一種超越時空、超越經驗、超越苦樂、不可思議、不可言傳的境界。它是一種不可謂有，不可謂無，不可謂彼亦有亦無，不可謂非有非無的究境，佛教的涅槃是相對於現實世界而說的。佛教認為現實世界「一切無常，皆假非真，樂少苦多」，只有在涅槃中才能獲得「寂滅永樂」，這時一切貪、瞋、癡化為無，一切煩惱消失殆盡，稱之涅槃。見祁志祥：《佛學與中國文化》（上海：學林出版社，2001年），頁19-20。

原始佛教深受印度傳統思想中的「業論」（karma）影響，認為生命主體在當世雖然有限制，但是放置在整體時間中來看，卻是無限延長，並非僅有一世。但是每世具體生命的存在樣態不同，或為神、人、餓鬼甚至是牲畜，這些是差異是生命主體的升降，而這種升降有價值上的高低。升降的標準並非至上神決定，而是生命個體的善惡行為決定，這就是所謂輪迴（saṃsāra）。由輪迴的觀念來看，行為主體和生命主體（輪迴主體）相同，因此善惡行為導致的生命主體在時間中價值升降的發動或承受都是同一主體。原始佛教繼承「輪迴」的觀點，成為解釋世間現象與修行法門的重要觀念。因果報應理論亦為佛教的基本教義之一，佛陀認為世間一切的存在都有它的因果關係，所謂善有善報、惡有惡報。因果報應學說是在四聖諦及十二因緣學說的基礎下發展而成的，因果報應的產生來源是「業力」，所謂「萬般帶不走，唯有業隨身」就是這個道理，一種能超越時間和空間的潛在能力。[53]

後世據此輪迴報應說發展成六道輪迴說。而在《奉法要》一書中有以下的論述：「三界之內，凡有五道：一曰天，二曰人，三曰畜生，四曰餓鬼，五曰地獄。全五戒則人相備，具十善則生天堂。全一戒者，則亦得為人。人有高卑或壽夭不同，皆由戒有多少。反十善者，謂之十惡，惡畢犯，則入地獄。」[54]生命個體行善守戒與否，決定了來世的命運。佛教認為因果報應會在三世之間不斷的輪迴循環，也就是過去世、現在世、未來世，只有行善造善業，依止佛教的戒律修行，才能免除在三世感惡果，這是佛教藉著人們恐懼的心理限制行為，可說是一種安慰。「善惡皆有報，只是時未到」

53 方立天：《佛教哲學》（北京：中國人民出版社，1987年），頁156。

54 《奉法要》見《弘明集》卷13《大正藏》，冊52，第2102號，頁86下14。

便是佛教樸素輪迴觀點的展現。[55]

「輪迴」觀點是佛教解釋世界與現象的重要立場，甚至可以說是學說推展的核心，因此佛教積極地將善惡因果理論化，納入「緣起」之中，[56]開出「四諦」、「十二因緣」的觀念。

「緣起」可以視為佛教的根本教理，據此解釋一切法的存在、發展、滅除的原因，佛教將此視為必然性與普遍性的理則。佛教認為「緣起」是一種恆久存在的真理，並非構建出的學說，天地所有都將服膺緣起之理則，佛法在某種程度上就是解釋「緣起」之法。[57]總之，緣起是佛教異於其他宗教、哲學、思想的最大特色，也是解釋宇宙萬法起滅，乃至生命起源的一種至高無上的真理。所謂「緣起」即是「待緣而起」之意，佛教以為世間一切有為法皆無獨立性、恆常性，必須靠「因」、「緣」和合才有「果」。「緣起」法所闡述的，就是因、緣、果的關係。

「四諦」是釋迦牟尼全部教義之四種觀念，分為「苦」、「集」、「滅」、「道」，「諦」為真實不虛之義。[58]「四諦」由「緣起」談出，可以視為佛教教義的總綱。[59]「苦諦」是就生命的欲望及人生永遠不停的追求活動的性質，以為世間一切皆苦，人生無事

---

55 參見方立天：《中國佛教與傳統文化》（臺北：桂冠圖書公司，1994年），頁136。

56 《阿毘達磨法蘊足論》卷11：「云何緣起？謂依此有（故）彼有，此生故彼生，謂無明緣行，……如是便集純大苦蘊。苾芻當知！生緣老死，若佛出世，若不出世，如是緣起，法住、法界。……乃至無明緣行，應知亦爾。」見《大正藏》，冊26，第1537號，頁5上12。

57 《首楞嚴義疏注經》卷1：「聖教自淺至深，說一切法，不出因緣二字。」見《大正藏》，冊39，第1799號，頁825上27。

58 《四諦論》卷1：「若見無為法寂離生滅，四（諦）義一時成」「我說一時見四諦：一時離（苦），一時除（集），一時得（滅），一時修（道）」。見《大正藏》，冊32，第1647號，頁378上07、379上16。

59 參閱勞思光：《中國哲學史》第2冊（臺北：三民書局，1993年），頁183-186。

不苦，具體說來有八苦：生苦、老苦、病苦、死苦、愛別離苦、怨憎會苦、求不得苦、五取蘊苦。[60]若將「苦」視為果，則「集」是因。「集諦」在探討人生苦的原因，認為一切的苦皆由於苦的因緣際會而成。佛教認為人產生苦的原因都是因為欲與愛，這是「無明」的表現也是煩惱的源頭。「滅諦」又稱寂滅、入滅、滅度、涅槃，是佛教所求的最高境界，意指滅除一切煩惱，使陷於俗世現象中的自性得以超越一切的苦。「滅諦」是針對「苦」與「集」二諦而發。滅諦可以說是要滅去「苦」的源頭，到達涅槃理境。世人由於自心的「無明」，所以會在身、口、意三方面有所疏漏，這就是因惑造業，由此造成人生的痛苦，並感得果報。因此，滅苦因必然要面對欲與愛，無欲無愛則不會造業，就不會有果報，且到達佛教的最高理想境界——涅槃。[61]「道諦」，指達成解脫的修行方法或途徑，重點為由「八正道」之途徑進入涅槃。

「四諦」揭示的是對人生苦難原因與解決方法，其中對於痛苦的由來有更深入的論證，發展為「緣起說」。原始佛教的理論由「緣起」說建立整個理論的架構，其將「因緣」說積極發展，對人生苦難原因做出系統而有吸引力的說明，此節更可看作是佛教對客

60 佛教闡述的人生真諦是一切皆苦，所謂五取蘊苦是人生痛苦的淵藪，這五種元素分別是色、受、想、行、識，五取蘊形成人的生命後，便帶來了生、老、病、死的痛苦，以及求不得，怨憎會，愛別離諸苦。從人出生之後就纏繞著人的一生，帶來精神上的逼迫性和痛苦，但是人仍必須強作精神來追求人生所要的一切，而人生所追求的並不一定能得到，這就形成了求不得苦。還有人是有感情的，常常是冤家相逢，親愛的人不能聚守，這就是「怨憎會苦」及「愛別離苦」。除此之外，人們死後還要按照生前所作的業，往生三界六道受苦受難，所謂「三界無安，猶如火宅」說的正是人生皆苦的道理。見祁志祥：《佛學與中國文化》（上海：學林出版社，2001年），頁3-4。

61 參閱汪建武：〈佛教基本教義探析〉，《湖北師範學院學報》第23卷第2期（2003年2月），頁22-23。

觀世界的概念。緣起法表現在有情生命的流轉上，稱為「十二緣起」；[62]表現在世間事事物物的生成上，則稱為「因緣所生法」。佛教因果關係把人生分解成十二種因緣，因指的是原因，緣指的是條件。十二因緣之名如下：無明、行、識、名色、六入、觸、受、愛、取、有、生、老死等，每一項為後一項之因緣，這些因緣構成世界上的一切事物，將人生分為彼此互為因果聯繫的十二個環節。[63]

「無明」意指人在現象界的生命通常是處於昏昧的狀態，所以因惑造業。「行」意指盲目的意欲活動，被欲望推動的行為。「識」意謂有分別、認知的能力，這種認知能力不等於佛學所謂的覺，是一種認知心而已。「名色」即作為人心識活動對象的「根塵世界」，即六根。「觸」指六根與六塵接觸的感覺過程，六根指的是眼、耳、鼻、舌、身、意，六塵則是色、聲、香、味、觸、法。「受」則是由接觸而起的苦樂感受，進而起貪愛。「愛」是感受之後的留戀不捨，就是執著。「取」則是因為不捨和執著，有貪愛就會有執著，甚至會強行掠奪造惡業。「有」，生命的蘊結糾纏由此而起。「生」是繼「有」之後的生長發展，既有今世之業在就有來世之再生。「老死」是因為個體由因緣而生，而個體終會走向老死之果。如此

62 勞思光：「所謂『十二因緣』之說，亦佛教早期教義中一重要部分。其目的在於說明『個別自我』之形成過程；可視為對『生命現象』之總說。又因佛教本不另建立一『客觀世界』之概念，故『世界』之解釋亦可說包含於此理論中。」見氏著：《中國哲學史》第2冊，頁190。

63 十二因緣又稱「十二支」，關於其來源是否為佛陀得道之初即一次俱足，或是後來漸次整理而成，學界尚有爭議。日本學者木村泰賢以為佛陀以種種方法說明菩提樹下所證得的緣起觀之時，逐漸將預想的內容安立為其支分，到了晚年教說逐漸固定之際，遂定為十二支。參見木村泰賢：《原始佛教思想論》，收入《木村泰賢全集》（東京：大法輪閣，1982年），卷3，頁204。但是十二因緣確實為緣起觀念所衍生，確定產生於原始佛教之初，此點並無甚爭議。參見赤沼智善：《原始佛教之研究》（東京：破塵閣書房，1939年），頁485。

十二個環節構成生命不斷的循環。十二因緣把人世間的痛苦歸結於無明，只有消除無明才能消滅老死的痛苦，並能到達涅槃彼岸。

因此根據「四諦」、「十二因緣」的講法，個體生命方向有流轉、還滅兩面，人趨向流轉還是趨向還滅，就視乎個體生命對「緣」的創造。

既然知緣起，則「四諦」開展。「苦」由因緣的累積「集」結而生的，則必有消滅的可能性，發展此種可能性，則需有實踐層次上的方法。

「八正道」就是佛陀所證悟的此一方法。[64]雖然在原始佛教經典中，佛陀有神通的展示，但是原始佛教的教義著重的是自我的解脫，並不是追求神通，這並不是第一義。然而佛教的覺悟者未看重神通，這並不是超越的道路。佛教所重者為修行者覺悟生命存有的精神現象，肯定人性有佛性無限超越的本能。[65]佛教追求證得涅槃的方法稱為道諦，這種生命修為功夫可以使身心如意，展現佛法的莊嚴。[66]佛教對生命的體驗有它自己的體系，它認為眾生也有著無始以來的習氣，所以起惑造業在六道輪迴中不得解脫，佛陀主要是教導眾生要有超脫此生的決心，以期獲得涅槃境界。這種修行法門，主要目的就是要排除眾生的無明，對治眾生的雜染因緣，使他

64 《彌沙塞部和醯五分律》，卷15：「何謂中道？所謂八正：正見、正思、正語、正業、正命、正方便、正念、正定。是為中道。」見《大正藏》，冊22，第1421號，頁104中26。

65 參閱鄭志明：〈通神與神通的文化意識〉，《文明探索》第41卷（2005年4月），頁52。

66 佛陀提出了八正道、四念處、四正斷、四神足、五根、五為、七覺支等七項三十七條方法，合稱七科三十七道品，使修行者能自我修行證得涅槃。見馮學成：《心靈鎖鑰一佛教心理世界》（四川成都：四川人民出版社，1995年），頁42。

悟入實相。[67]

八正道指的是正見、正思惟、正語、正業、正命、正精進、正念、正定等。也就是要人們自我反省、自我淨化做到八正道，撲滅人生一切的欲望跟需求。「正見」指的是要以無漏智慧為體，這是八正道的主體。「正思惟」是勤加思維使自己真正的智慧增長。「正語」指的是以真正的智慧清淨口業，即不言不切實際之言語、不惡口相向、不在背後搬弄是非，不言漂亮虛偽的話。「正業」是要以真正的智慧來清淨身業，即所謂不殺生、不偷盜、不邪淫、不妄語、不喝酒，必須嚴守戒律。「正命」是要清淨身、口、意三業，順於正法。「正精進」是要用精進的心去勤修涅槃之道。「正念」是要憶念正道而沒有邪念。「正定」是要以真正的智慧進入清淨之禪定。

八正道也可以總結為戒、定、慧三學，「戒」指的是行為的約束，也是防惡修善的道德實踐；「定」指的是禪定的功夫，也就是意志的鍛鍊；「慧」是對生命與世界真相的了悟，也是增長智慧的修行活動。八正道要求人們無論在思想或行為方面都要循規蹈矩，才能進入涅槃。大乘佛教後來將戒、定、慧三學發展成六度，即布施、持戒、忍辱、精進、禪定、般若。

由佛教原始教義來看，其理論根本在於提醒人們對世間或是說生命個體要有正確的認識。這種正確的認識是建立在自我個體的體悟與道德實踐上。然而，佛教認知的世間與其他宗教有很大的差異，最主要在於對世間一切流轉變化、生滅起衰有根本性的透視。原始佛教以為這些現象界的一切法，皆為虛假，存在與破滅不過是發展的過程，本身不具意義。因此，追求世間之「過程」，難以獲

---

67 見正果法師：《佛教基本知識》（高雄：淨心文教基金會，1996年），頁282。

得生命的恆久性。唯有看穿生命與世間的本質，才能體悟世俗價值上的相對之相，才有可能進一步超越所有生命、情緒、與因果限制的苦難。當然，要達成這種境界，並不容易。但是，佛教將達成境界的主導權放在生命個體自身，這是與其他宗教差異最大之處。也就是說，佛教沒有形成「至上神」的概念，就算是佛陀也僅能視為一位「偉大的先驅」，或者是說一個了不起的體道者。達到佛教最高理境的發動者與承受者皆在生命個體，這也讓佛教在教義的解釋或擴展上產生許多歧異。當佛教傳入中國，很快速地進入多元融合，重新闡釋的發展趨勢，這表明佛教在教義上對生命個體的融通。但是無論如何的歧異，所有的理論都無法逃離或是偏斜於原始教義的核心論述。

第三節　原始道教基本教義

在中國歷史上，道教是規模較大，影響層面較廣，歷時性較長的原生宗教。與佛教相比，道教自發展以來就是本土宗教，根植於中國古代宗教和學術。在發展過程中，會主動吸收其他異教的思想，但是沒有激烈的攻擊，只是默默的轉化，更有趣的是與其他宗教相比，道教不具對外的擴張性，這也可以看出它的宗教包容性。[68]

漢代末年道教早期經典《太平經》已經出現。道教創立者張陵於漢安元年（142）號稱得到「正一法文」和「正一盟威秘籙」，進入蜀地傳播「正一道」，由於張陵勢力擴充很快，信徒眾多，制訂了基本教條，因此可視為道教第一個教派組織。光和（178-184）中期，河北人張角利用《太平經》的教義，在東方廣傳「太平

68 金正耀：《道教與與煉丹術論》（北京：宗教文化出版社，2001年），頁3。

道」，建立起「三十六方」的道教組織。由於張角善於利用宗教信仰的力量，因此信眾越來越多。最後張角決定趁漢末大亂的情勢，起兵造反，史稱「黃巾之亂」。「黃巾之亂」讓漢朝政府元氣大傷，導致覆滅的重要原因。但是這場大規模的宗教起事，卻讓道教的教義與基本思想迅速傳播。[69]

追溯道教的思想淵源，除了道家學說之外，尚可追溯自殷商時代的鬼神崇拜與戰國時期的神仙信仰。此外，漢初的黃老觀念也可以視為道教的思想源頭。另外漢代流行的天人合一、天人感應以及讖緯之學等觀點，對道教思想的形成也頗有影響力。[70]

道教思想的最重要淵源來自先秦道家思想，這點可以由道教之命名可以得知。[71]道家之老子主張清靜無為、清心寡欲、抱樸守雌、專氣致柔、靜觀玄覽等等，這些觀點或是用語，後來為道教所

69 任繼愈主編：《中國道教史》（上海：上海人民出版社，1990年），頁31-34。李養正：《道教概說》（北京：中華書局，1989年），頁31-37。

70 見李養正：〈談談道教的幾點特徵〉，《道教與傳統文化》（北京：中華書局，2005年），頁27。

71 道家思想是道教的源頭，道家向道教提供了修道的基本方法，就是「清靜無為」，道家使道教獲得了對終極真理——道的關切，使它具有形而上學的哲學基礎。道教雖吸收道家但又偏離道家，像全真道，會同儒、釋、道三家思想，大滅道教本色，更像道家以「清心寡欲」為修道之本。道家順乎自然，道教逆乎自然企圖超出生死大限；道家高唱天道自然無為，道教崇拜神靈仙人。總之，道教在自己的發展中隱含著道家，並有若干偏離道家的宗旨，道教繼承了道家哲學也發展了道家思想。見牟鍾鑒、胡孚琛、王葆玹：〈卷前語〉，《道教通論——兼論道家學說》（山東：齊魯書社，1993年），頁6。另外，道家哲學具有理性的無神論色彩，道教哲學具有有神論的神祕色彩，道家哲學是消極無為的，道教哲學是積極有為的；道家哲學是隱士哲學，道教哲學是方士哲學，道家哲學是超世的，道教哲學是忘世的。見牟鍾鑒、胡孚琛、王葆玹：《道教通論——兼論道家學說》，頁334。又道教教義中的「無為而無不為」、「清靜」、「自然」、「寡欲」、「柔弱」、「慈、儉、讓」、「抱一」等等，無一不是從老子之道引申出來的。參閱閔智亭：〈道教的根本教理及其核心信仰〉，《中國宗教》第4期（2003年），頁49。案：道家思想和道教的確關係密切，同中有異、異中有同。

承襲。尤其是《老子》有不少玄妙難解的語言，因為解釋的不固定性質，得以為道教所運用。

根據漢朝劉歆（西元前50-西元前20年）《七略》記載，道家與神仙家原分為二。但是在東漢末年，道教將道家與古神仙說、方士、方伎之說結合，形成一個宗教信仰。可以說道教是奠基在中國原始宗教的基石上，包含各地的巫史文化與鬼神觀念，綜合早期的方伎術數而形成的宗教信仰。

理論上，宗教信仰應該有神靈觀念，然而老子和莊子所信仰的是宇宙間絕對精神的「道」，不具宗教神靈所需有的人格性質。[72]這點是道家與道教的重要區別。只是道教承認老子為宗教源頭之後，老子被神化，成為道教的教祖，並且以《道德經》為重要經典。由道教的形成和發展來看，很難說道教繼承道家重要的理論或是精神，只能說是一種形式上的援用，或是思想上的派生。

道教宣稱其最終的目標是追求「道」，一種與天地自然相契之道。道教的發展初期，領導人如張陵、張角等都有意宣揚道教之仙力法術，這是當時能夠吸引世俗之人的重要關鍵。東漢道教摻雜鬼神為核心的巫術信仰，傳播鬼神致病之說，並以此宣揚「符水咒說」可以治療疾病的說法。[73]因此在道教發展史上，從漢到魏晉之初的原始道教的階段，其修道方法的最重要主張是「方術」、「尋藥」及「成仙」（或等待神仙拯救）。道教徒還相信通過自己的努力及一定的方術修煉，是能夠返本還原與大自然的「道」同時永恆的存在。[74]這些構成道教在內容與儀式上的核心觀點或技術，日後道

72 參閱熊鐵基：〈道家、道教、道學〉，《華中師範大學學報》第44卷第6期（2005年11月），頁158。

73 金正耀：《道教與與煉丹術論》，頁53。

74 參閱閔智亭：〈道教的根本教理及其核心信仰〉，《中國宗教》第4期，頁48。

教的發展大致上循此進行，沒有什麼根本性的變動。

但是如何才能達到神仙之境呢？漢代道教對此沒有有系統的理論說明，僅是強調利用各種方術可以達至目標。因此，東漢末年道教初現於中國時，在理論上以道家為本，在操作上用方技方術傳教。由理論與其修行實踐的關係來看，初期道家的道與道教的實踐方式頗為分離。

一般說來，道教較為有系統性的理論出現，要等到晉人葛洪（西元283-343年）出現才算初步建立完成。葛洪早年習儒家之業，後來看破世情，隱居山中追求長生之道。葛洪並非獨立創造出道教理論，他的從祖葛玄（西元164-244年）是早期道教人物左慈的弟子，在當時有葛仙翁的稱號。葛玄弟子為鄭隱，以煉丹密術聞名。葛洪師從鄭隱學習神仙道教之法，因此他的道教理論可謂是東漢自晉代的一次理論整理。[75]

葛洪對道教理論闡發最精深的是《抱朴子》內篇。[76]〈暢玄〉是《抱朴子・內篇》的首篇，篇首即言：「玄者，自然之始祖，而萬殊之大宗也。」將萬物之根源定於「玄」。在〈道意〉篇言：「道者，涵乾括坤，其本無名。」可知葛洪將「玄」與「道」視為道教最高的形上本體，[77]是一切價值的根源。但是對道家其他的理論，

---

75 劉鋒、臧知非：「由於葛洪的整理，不僅丹鼎道派大盛，對其各家道派理論的整理、神仙理論的闡釋，極大地增加了道教理論的系統性和說服力，使道教發展到一個新的歷史階段。」《中國道教發展史綱》（臺北：文津出版社，1997年），頁150。

76 《抱朴子・外篇・自敘》：「其〈內篇〉言神僊、方藥、鬼怪、變化、養生、延年、禳邪、卻禍之事，屬道家。其外篇言人閒得失，世事臧否，屬儒家。」引自楊明照：《抱朴子外篇校箋》（北京：中華書局，1991年），頁698。

77 周紹賢、劉貴傑：「葛洪視『道』為宇宙萬物之本體。……『玄』亦是宇宙之本體，萬物之根源。」見〈第10章「葛洪之學」〉，《魏晉哲學》（臺北：五南圖書公司，1996年），頁179。

葛洪就不見得全盤採納。如對德行修養部分，葛洪就接受儒家倫理學的影響，以為這是得道與否的關鍵。

葛洪對於形神關係有特殊的見解，大致上奠定了道教成仙的理論基礎。葛洪以為討論神滅或不滅的問題並無意義，他迴避在神滅或不滅的論爭，主張成仙的關鍵在於「形神相依」。所以葛洪說：「所為術者，內修形神，使延年愈疾。外攘邪惡，使禍害不干」、「苟能令正氣不衰，形神相衛，莫能傷也。」[78]因此，道家重視的不是心，也不是意識，而是如何練氣「修形」，達到「形神相衛」，確保肉體與神識俱進。

葛洪認為成仙的關鍵有兩點，首先是先天的稟賦問題，這不是人力所能改變。[79]這點在日後道教理論發展上引起很大的爭議。另外就是提出修仙的方式為「內修」與「外養」兩大重心。簡單地說，內修即是修神養氣，外修即是藉外力修道。內修的觀念主要是繼承道家學說而來，老子借助冥想，達到內心與神合一的狀態。個人一旦得道便能進入永恆的天堂，被老子奉為比儒家君子理想更高的聖人不需要世俗的美德——因為它可能會危害到自身對聖靈的追求，老子認為以儒教的基本美德「禮」來維繫的世界是層次最低的，只有平靜的生活才具有長壽的效果。[80]

葛洪對道教的重大貢獻是建立基礎的理論體系，帶領道教由原

---

78 分別見〈微旨〉，卷6，頁124、〈極言〉，《抱朴子・內篇》，卷13，頁244。引自王明校釋：《抱朴子內篇校釋》（北京：中華書局，1985年）。

79 葛洪：「命之修短，實由所值，受氣結胎，各有星宿，天道無為，任物自然，無親無疏，無彼無此也。命屬生星，則其人必好仙道；好仙道者，求之亦必得也。命屬死星，則其人亦不信仙道，則亦不自修其事也。所樂善否，判於所稟，移易予奪，非天所能。」《抱朴子・內篇・塞難》，卷7，頁136。

80 （德）馬克斯・韋伯著（Max Webber），洪天富譯：《儒教與道教》（*Konfuzianismus und Taoismus*）（南京：江蘇人民出版社，2005年），頁146-154。

始的宗教走向較具論理性的宗教信仰。另外，在繼承道家學說上，不再是全盤接受，而是由道家思想整理、轉化出適合道教的論點，形成日後道教理論的重要基礎。[81]

道教徒為了長生成仙非常重視養生，模擬自己和自然環境合而為一，例如：服食養生、房中養生、行氣導引等，追求的是人身自然的羽化登仙，企圖經由人體的修煉方式變化成仙，將人身當作爐鼎，在一定的火候程序下，將精、氣、神凝聚成聖胎，即內丹，在複雜的修煉過程中，最後成為聚則為形、散則為氣的仙人，突破形體的限制，能夠出冥入神得到神通。[82]

外力主要指的是服食丹藥，這也是道教繼承方術與原始宗教思維下的產物。長遠發展下來，形成道教特殊的「外丹」觀念。外丹是指燒煉金石藥物，服用後希望達到強化形軀的功用。葛洪提出：「假求於外物以自堅固」，[83]來說明服食丹藥的理論基礎。

---

81 姜生：「葛洪是站在原始道教與正統道教分水嶺的一個標誌性人物。葛洪以後的道教思想家們，批判繼承原始道教思想。逐漸與大一通的國家政治相適應，從拯救論（尋藥、天使解救）向自救論（煉丹術與道德前提論）轉變。修煉神仙的方法論中，越來越多地強調人的自身行為的重要性、對原始道教的巫祝性內容進行合理化超越和提升。於是，終於梳理出一種相對合理的關係。這是道教走向合理化也就是正統化的標誌，也是原始道教終結的標誌。」見氏著：〈原始道教之興起與兩漢社會秩序〉，《中國社會科學》第6期（2000年），頁179。

82 鄭志明：「道教的煉丹成仙，是結合了古代身心修持的各種方法，如吐納、存思、導引、行氣、食氣、大小周天等功法，經由內在意識的自我鍛鍊，激發或強化生命的固有功能，進入到身心如一與物我兩忘的境界，達到人與神合一獲得神通的能力，培養出種種超凡入聖的特異功能。」參閱氏著：〈通神與神通的文化意識〉，《文明探索》第41卷（2005年4月），頁51-52。

83 葛洪：「夫金丹之為物，燒之愈久，變化愈妙，黃金入火，百煉不消，埋之畢天不朽。服此二物，煉人身體，故能令人不老不死。此蓋假求於外物以自堅固，有如脂之養火而不可滅，銅青涂足，入水不腐，此是借銅之勁，以扞其肉也。金丹入身中，沾洽榮衛，非但青銅之外傅矣。」《抱朴子．內篇．金丹》，卷4，頁71-72。

圍繞這成仙意識的修煉方法有清淨一說，煉養一說、服食一說、符籙一說、經典科教一說等等。[84]從道教的基本教旨來看，它追求肉身成仙，不老不死，重視現實的利益，這和佛教出世的意義大相逕庭，道教直接否定死亡，認為人身難得，只有趕快修道成仙才能永保幸福快樂，不必等到來世再求解脫。[85]道教所有的教義都是圍繞著這個核心而發展的，修道成仙是目的，而它的手段便是養生。

道教標榜道家學說，道家某些觀念、用語成為其理論陳述重要的部分。道教以追求「道」的境界為最高的信仰理念，所以求道便是道教努力的方向。[86]凡是對道教教義之宣揚有助益者，無論是各家學術、宗派，甚至是方術旁門，均廣納不棄，這讓道教的理論成為一個龐雜，卻沒有主軸的融合體。由另一個角度來看，在道教長期的發展歷程中，欠缺信仰的權威組織，也沒有在宗教理念下形成共同的戒律規矩，因此道教的自由反成為理論建構的障礙。由於對道教的理解不同，對成仙路徑的設想不同，因此後代發展的道家派系相當龐雜，主要有清修派、外丹派、內丹派、符咒派、派內又分

84 金正耀：《道教與與煉丹術論》，頁5。

85 道教修仙的最終目標，是要追求個人生命和道的一體化，這是道教不同與世界其他宗教的特點。見牟鍾鑒、胡孚琛、王葆玹：《道教通論──兼論道家學說》（山東：齊魯書社，1993年），頁330。

86 胡孚琛、呂錫琛：「所謂道教，是中國母系氏族社會自發的以女性生殖崇拜為特徵的原始宗教在演變過程中，綜合進古老的巫史文化、鬼神信仰、民俗傳統、各類方技術數，以道家黃老之學為旗幟和理論支柱，囊括儒、道、墨、醫、陰陽、神仙諸家學說中的修煉思想、功夫境界、信仰成分和倫理觀念，在度世救人、長生成仙進而追求體道合真的總目標下神學化、方術化為多層次的宗教體系。它是在漢代及以後特定的歷史條件下不斷汲取佛教的宗教形式，從中華民族傳統文化的母體中孕育和成熟的以『道』為最高信仰的具有中國民眾文化特色的宗教。」《道學通論》（北京：社會科學文獻出版社，1999年），頁258。

派系。《道藏》中對於派別派系有詳細的記載，可以說派別紛雜是道教的重要特色之一。[87]

道教樂生、重生，鼓勵人們至少要爭取盡其天年，最高理想是長生不死，能夠長壽的方法就是所謂的道功道術。[88]道教徒在這樣的宗教氛圍中，認為人體可以得到超越的神通是一種最高境界。某些道教人物宣揚人們需要擺脫感官制約，堅守心神才能獲得力量，這種修煉之法就是養神。一個人只有將自我絕對虛無化，擺脫世俗的一切直到完全的無所作為（無為），才能到達「道」的境界。因此，在道教教義中的基本觀念是藉由各種方術進行修煉，以達到成仙的目的。成仙並不是獲致超越能力，目的在於達到道體合真的目標。不過，成仙之後的超越能力在世俗眼中很具吸引力，成為道教在傳播過程中的一大助力。可是在道教的修煉理論裡，神通並不是修煉的追高目的，只是一般民眾忽略了，沒有正視他養生修行的實踐功夫。[89]

「道」是高於君權的，「仙人」自然能超越君權，同時擺脫禮教的束縛，也不需面對人世間的災禍和爭名奪利的現象。[90]但是道教的最高境界在於人間修煉完成，又極為重視「形軀我」的意義，因此道教本身含有入世與出世兩種意義。因此道教不同於佛教的出世法，也不同於儒家的入世法，只能說是一種忘世、超世、遁世的思想。

在思想史的角度來看，道教雖然在理論上借用道家，在最高理

87 見牟鍾鑒、胡孚琛、王葆玹：〈序〉，《道教通論——兼論道家學說》（山東：齊魯書社，1993年），頁1。

88 見李養正：〈談談道教的幾點特徵〉，《道教與傳統文化》，頁29。

89 徐兆仁：《道教與超越》（北京：中國華僑出版社，1991年），頁394。

90 胡孚琛、呂錫琛：《道學通論》，頁515。

境部分也襲用道家之名，但是在本質上還是與道家有很大的區別。最重要的區別在於道教將神仙與神通視為教義的實現與展示，這點將與道家精神徹底分裂。[91]然而在中國民間信仰中，道教的影響力龐大，是不可忽視的宗教流派。

第四節　儒教的理想

中國在周初對至上神的意義與存在有了觀念上的轉化。一個顯著的特徵是將天神之人格轉化為自然之天道，進而以為天之德存於個體自身。於是中國將宗教之天轉換為義理之天。[92]因此，周初的至上神由商代的國君私器，轉化成不偏不倚、公正清明的價值存在。[93]

儒家自東周發展以來，逐漸形成重要學派。自孔子以降，儒家的思想主旨明確，切合政治社會的需要，在理論與操作層次上都有完備的敘述與程式。加上追隨者眾多，形成具有凝聚力的社群，在社會與政治方面發揮廣泛的影響力。因此到漢朝時，儒家被標舉為官方尊崇的學術。自此之後，儒家思想藉著政治力量，發揮其巨大的影響力，成為中國文化重要的核心部分。

---

91 勞思光：「道家思想至漢以後分裂為三部分：第一部分為其尋求超越之思想，此一部分遭受歪曲，而成為求「長生」之道教。……「不死」與「神通」合而為道教之基本觀念。張道陵以後，老子及莊周皆被託為神仙之祖，道家之講超越自我，遂變為「長生不老」及「呼風喚雨」之神仙。此道家遭受歪曲之一。」見氏著：〈第一章漢代哲學〉，《新編中國哲學史》第2冊（臺北：三民書局，1993年），頁18-19。

92 唐君毅：〈論中國原始宗教信仰與儒家天道觀之關係兼釋中國哲學之起源〉，項退結、劉福增編：《中國哲學思想論集〈總論篇〉》（臺北：牧童出版社，1977年），頁174。

93 許倬雲：《西周史》（臺北：聯經出版事業公司，1984年），頁103-104。

儒家的開創者孔子承繼前人龐大的文化遺產，[94]積極拓展倫理學原則，在人際關係的理論上發展出傑出的系統論述，成為春秋時代很具影響力的思想家。隨後孔子的學說隨著弟子們的傳衍宣布，儒家從發展以來一直維持著興盛的狀態。自漢武帝獨尊儒術之後，儒家依憑政治與教育力量的扶助，加上其學說在道德理論上的優勢，[95]成功地在思想上引導中國文化的發展。

儒家是否為宗教，這是一個爭論很大的問題。尤其在近代以來，外國某些研究以為儒家在實際上就是宗教，因此可以稱為儒教。這種說法引起很多學者的論戰，目前為止還沒有共識出現。[96]

儒家是否能劃分為宗教引起的激烈爭論，代表著儒家同時具有宗教與非宗教的特質。其中，認為儒家不是宗教的關鍵在於：儒家對於人死後的樣態與超越世界並不論述，採取迴避的方式。甚至依照儒家的理論，一切最高的價值與意義都將在現實世界中實現，超越的世界在儒家中並沒有討論的需要。簡單地說，儒家關注的是從生到死之間的現實世界，注重的是人類活動之時的道德問題，這才是所有價值之實現憑藉，[97]生之前與死之後的世界，並沒有論述。

---

94 陳來：「儒家思想是中國文明時代初期以來文化自身發展的產物，體現了三代傳衍的傳統及其養育的精神氣質，儒家思想與中國古代文化發展的進程的內在聯繫，遠不是字源學研究把『儒』解釋為商周的一種術士所能揭示的，必須在一個綜合性的文化研究中才能展示出來。」見氏著：《古代宗教與倫理——儒家思想的根源》（臺北：允晨文化實業公司，2005年），頁24。

95 儒家最關心的是以社會人生的角度來論述它的倫理道德觀念，歸結到「誠意、正心、修身、齊家、治國、平天下」的入世法，著重倫理道德對社會人生的積極影響，儒家的倫理道德觀念是建立在現實的人與人性的分析上。

96 參閱王曉興：〈儒教專題研究〉，《蘭州大學學報》第36卷第2期（2008年），頁36。

97 在孔子看來，宇宙乃一個大的生命體，它的本質是至真、至善、至美的，所以「生」就是一切價值的根源，如果知道「生」的時候該如何安頓自己的生命，那麼也就知道死之後該如何做了，孔子在勉勵人要活在當下，當下即是永恆。

先秦諸子已經對人的自然死亡和死亡的必然性有了認識，各家認識有所差異。其中影響後世最深遠的當為儒家。孔子及其弟子通常用「命」的觀點來看待人們「生老病死」這一不可抗拒的自然規律。孔子體認到人的自然死亡是不可避免的，但卻避免正面討論死亡的問題。最有名的例子是子路有一次向孔子請教「死」究竟是怎麼一回事？孔子回答：「未知生，焉知死。」[98]根據後來的儒家文獻以為孔子認為鬼神之說最大的好處就是方便統治者治理人民。[99]孔子對死亡有獨特的見解，他認為生與死是相關聯的，認識生是認識死的前提，真正地認識了生，也就認識了死，因為生與死是矛盾的兩個面向，本來就難以分開。他從來不否認神、鬼的存在，或忽略了幽冥的世界，但所不同的是，他對鬼神持著某種若即若離的微妙分寸而已，所以孔子並不是一個真正的無神論者。孔子對鬼神抱持猶疑的態度，雖然不否認鬼神存在，[100] 但是孔子並不認為鬼神對現實世界有任何宰制能力或實際的影響。

《論語・先進》記載子路問孔子怎樣侍奉鬼神？孔子回答說：

見張立文主編、彭永捷副主編：《聖境——儒學與中國文化》（北京：人民出版社，2005年），頁135。

98 《論語・先進》，卷11，頁97。

99 《禮記・祭義》：「宰我曰：『吾聞鬼神之名，不知其所謂。』子曰：『氣也者，神之盛也，魄也者，鬼之盛也。合鬼與神，教之至也。眾生必死，死必歸土，此之為鬼。骨肉斃于下，陰為野土，其氣發揚于上為昭明，……此百物之精也，神之著也，因物之精製為之極，明命鬼神，以為黔首則，百眾以畏，萬民以服。』」卷24，頁813。案：從以上敘述可以看出，孔子認為凡人必定有死，死後屍體要埋到土中，這就叫鬼。屍體入土腐爛後，臭氣蒸發出來，這就叫神。鬼神一說是聖人製造出來的，目的是要百姓聽聖人的話，不胡作非為。有人因此認為孔子是無神論者。

100 子曰：「禹，吾無間然矣！菲飲食，而致孝乎鬼神。」《論語・泰伯》，卷8，頁72。孔子稱讚大禹，說他對禹沒有什麼好批評的，禹的飲食非常簡單，但對鬼神卻能盡孝。由此可看出孔子並不否認鬼神的存在。

「未能事人，焉能事鬼？」[101]這段記載說明孔子一方面在死及死後世界的狀態上採取一種存而不論的看法，另一方面也看得出孔子真正的想法是：人的智慧有限，而死的問題比生的問題更難弄清楚，更難掌握，人們應該重視生，高揚生命的活力，而不應該過多地考慮死及死後的事。由此我們可以說「敬鬼神而遠之」、「子不語怪、力、亂、神」的言論是對鬼神採取保留、疏遠的態度，[102]也代表了孔子在鬼神問題上所持的理性立場，人活著的時候，應該注意的就是現實的社會生活，離開這個現實的目標，去探討、思考理性上無法確定也無法否定的事，是不必要的。

孔子雖然對鬼神持存而不論的態度，但他又十分重視喪祭，「所重：民、食、喪、祭。」[103]人除了吃飯外，最重要的就是辦喪事和祭鬼神。「祭如在，祭神如神在。」[104]告誡人們祭祀鬼神時要恭敬認真，把鬼神當作好像真正存在一樣，強調恭敬其禮，認真其事，而不是認為鬼神諸物實有其事。而且孔子強調「孝」就是「生，事之以禮；死，葬之以禮，祭之以禮。」[105]並堅持「三年之喪」的久喪之禮：「子生三年，然後免於父母之懷。夫三年之喪，天下之通喪也，予也，有三年之愛於其父母乎？」[106]曾參也說：「慎終追遠，民德歸厚矣。」[107]喪祭之禮屬於「孝」的行為，而孝為仁之

---

101 《論語・先進》，卷11，頁97。案：孔子回答學生問題時，一向是因材施教。子路屬於行動派，故不宜對他多談如何事鬼神，避免說了以後，子路可能每天都這樣做，所以孔子回答他：「你還不知如何和人相處，如何事鬼神呢？」孔子並沒有主張不要事鬼神，更沒有否定鬼神的存在，只是認為本末先後要分清楚。

102 以上引文分見《論語・雍也》，卷6，頁54；《論語・述而》，卷7，頁63。

103 《論語・堯曰》，卷20，頁187。

104 《論語・八佾》，卷3，頁27。

105 《論語・為政》，卷2，頁16。

106 《論語・陽貨》，卷17，頁157。

107 《論語・學而》，卷1，頁7。

本，無怪乎孔子要重視喪祭。以上都說明孔子之所以重視喪祭，主要是為了「民德歸厚」；主張隆喪久喪是出於維護禮制教化。孔子認為鬼神世界是由人類祖先與歷代英靈所組成的，僅承認其為天道的一部分，並非天道之主宰。鬼神對於當前人間狀況，只能盡些觀察及監督之責，他們值得我們尊敬，但是不能因此干預人間的作為。喪祭儀式可以加強人們的宗法觀念，有利於宗法等級的鞏固，祭神祀鬼，不過盡人道而已。可見孔子重視喪祭，與其說是事鬼神，倒不如說是為了事人。

總之，在鬼神觀念占統治地位的那個時代，孔子既沒有否定鬼的存在，也沒有像後來的墨子那樣明確肯定鬼神存在，他一面懷疑鬼神，著力於人事，一面利用事鬼敬神這一種人間喜聞樂見、普遍接受的形式，施行教化，順乎民情，合乎時勢。這種理性的死後世界論有進步的意義。

孟子作為孔子後學的最重要的代表，繼承並發揚了孔子的生死觀，特別是申張了肇始於孔子的不苟且偷生、不逃避死亡、勇於擔當、捨生取義的崇高的人生價值觀。[108]悅生惡死乃人之常情，也是孟子之常情，但孟子沒有止於此一常情，而是把仁義禮看得高於生死，賦予了人的生死仁義禮的價值。孟子所謂「欲甚於生」就是仁、義、禮，而「惡甚於死者」就是背棄仁義禮的言與行。這種「捨生取義」的人生價值追求顯然是對孔子「朝聞道、夕死可矣」思想的發揮與展開。在孟子看來，道德操守、禮儀規範要遠重於人生幸福和人之生命。如孟子說：「一簞食，一豆羹，得之則生，弗得則死。爾而與之，行道之人弗受；蹴爾而與之，乞人不屑

108 《孟子・告子上》云：「生亦我所欲也，義亦我所欲也，二者不可得兼，捨生而取義者也。生亦我所欲，所欲有甚於生者，故不為苟得也；死亦我所惡，所惡有甚於死者，故患有所不辟也。」卷11，頁200。

也。」[109]孟子如此突出道義的至上價值，並不意味著孟子就輕視生命，如〈盡心上〉云：「知命者，不立乎巖牆之下。」當然，孟子的「知命」保身也是為了「盡道」的。孟子特別區分了正命與非命的問題，「盡其道而死者，正命也；桎梏死者，非正命也。」[110] 因此人在世上需要關心的不是個體死後的歸屬，而是出生至死亡這段期間的作為是否符合道德原則。

孟子之後的儒學大師荀子是戰國後期最重要的學者，作為先秦儒家的總結者，他特別注重死亡所體現的禮治文化與人類文明生活的意義，尤其區分了君子之死與小人之死，突出君子之死的道德價值。荀子認為人由出生開始，到死亡為終結，君子敬始慎終，始終如一。[111]至於葬禮祭祀並非真有鬼神，而是一種具人文意義的儀節。[112]

荀子在此特別強調了禮的重要價值，「死生事大」，在這裡就是生死禮大也。只有把禮貫徹於人的生死終始全過程，才算是「人道畢矣」、「聖人之道備矣」。死成為檢驗人們能否真正踐行禮制的一個重要標準。事生而不事死，慎始而不及終，則禮就不完整，就不徹底，當然也就不合先王聖人之道。其次注重在死亡上的葬、祭、銘誄以等級之別，除了體現生人的哀思之情，更主要的則在文飾人類的群居生活，體現「稱情應文」的精神。荀子所代表的是儒家重

109 《孟子．告子上》，卷11，頁200。

110 《孟子．盡心上》，卷13，頁228。

111 《荀子．禮論》：「禮者，謹於治生死者也。生，人之始也；死，人之終也。終始俱善，人道畢矣。故君子敬始而慎終，終始如一，是君子之道，禮義之文也。」，頁238。

112 《荀子．禮論》：「明死生之義，送以哀敬而終周藏也。故葬埋，敬藏其形也；祭祀，敬事其神也；其銘誄系世，敬傳其名也。事生飾始也，送死飾終也。終始具而孝子之事畢，聖人之道備矣。」頁245。

視禮樂文化的外緣面向部分，因為它能夠從外而內誘發人之涵養及情感，禮樂能使人處於詩與藝術之中。[113]

總之，儒家注重從生觀照死，儒家不以死為意，所注重的是得其正而死，注重死所體現的生人之禮。死亡的重要意義主要是體現了禮的完整性、適宜性以及文明性、文飾性。荀子還特別注重孔儒關於君子之死與小人之死的區別，並借以申張君子之死的精神的道德的價值。儒家發揚理性主義的人文價值觀壓倒了對於死亡的恐懼，現實的「道德」活動實踐才是核心目標。由此而觀，儒家學說中的「道德」理論具有優位性，強調「精神生命」的價值。儒家所強調的「不朽」，並非是指人的「靈魂不死」，而是指人在其行為中所蘊含的精神意義不會消失。

儒家看重在世時道德的價值，所以人們固然應當重視生，但同時也該重視實踐道德價值，這也是儒家學說的實質內容。孔子發展的儒家學說，並以內在修養的「仁」為最高道德標準，加上外在規範的「禮」為中心概念，如此構成道德的基本核心。簡單地說，儒家希望每個人能努力修養德行，進而以此為基礎向外實踐道德。

「仁」是儒學的核心特質，有忠恕惻隱的仁愛精神、萬物一體的超越意識以及生生不已的生機活力，「仁」不是任何特殊的道德條目而是「全德」之稱，「仁」的含義便是「愛」，不僅是愛自己，更要愛別人。[114]「仁」可以簡化成自愛、仁民、親親、愛物等四個

---

113 梁漱溟：「人類遠高於動物者，不徒在其長於理智，更在其富於情感。情感動於衷而形著於外，斯則禮樂儀文之所從出而為其內容本質者。」見氏著：〈儒佛異同論〉，《梁漱溟先生論儒佛道》（桂林：廣西師範大學出版社，2004年），頁87。

114 李霞：「儒家的仁愛精神不僅僅只是愛人，而且還蘊含萬物一體的超越意識，這是儒家仁道精神更高一層次的內涵。孔子對此雖未明言，但他所謂『己欲立而立人，己欲達而達人』及『己所不欲，勿施於人』的行仁思路卻賦予『仁』

層面：也就是儒者要先通過自我反省的功夫，以忠恕之道對待他人，由自愛推己及人，以此態度面對世界萬物。

儒家心目中有教養的君子，必須具備仁、剛、智、直等德行，這一切德行都必須在「慎」的界限內，才能到達「中庸」之道；另外，只有「禮儀」能成功地塑造君子的形象；還有君子必須通過不斷地學習，也就是文獻經典的學習，以及不斷地自我反省才能成就。[115]中國傳統儒學向來重視「教化」[116]，主張通過正確的道德教化，培養人的道德責任並發揮善良的本性，以及通過「推己及人」的方式形成良好的社會風氣，達到化民成俗的目的，有道德的君子更要以此自我激勵。[117]儒教關心的是人的道德修養問題、人格理想問題、人際和諧問題以及生命價值的永恆問題，這些都表現在君子的修養論上，早期的儒教之道就是教導儒者如何成為聖人以及具備理想人格的學問。[118]

儒家強調的道德內容之理論依據並非來自神祕的啟示，或是訴求形上力量。儒家很重視「文獻經典」的學習，這些經典的來源歸

以推己及人、由內而外的超越趨向：至於他所謂『踐仁以知天』，更是開啟了儒家以『仁』來融天人於一體的思想先河。」見氏著：《圓融之思——儒道佛及其關係研究》（合肥：安徽大學出版社，2005年），頁9。

115 （德）馬克斯・韋伯著（Max Webber），洪天富譯：《儒教與道教》（*Konfuzianismus und Taoismus*），頁27。

116 陳來：「儒家注重文化教養，以求在道德上超離野蠻狀態，強調控制情感、保持儀節風度、注重舉止合宜，而排斥巫術，這樣一種理性化的思想體系是中國文化史的漫長演進的結果。」見氏著：《古代宗教與倫理——儒家思想的根源》（臺北：允晨文化實業公司，2005年），頁18。案：儒家重視的教化，強調的是人性的自覺，而非借助外在的巫術信仰，這是它不同於道教的地方。

117 劉天振：《明代通俗類書研究》（濟南：齊魯書社，2006年），頁185。

118 王杰：〈「儒學、儒教與宗教學」學術研討會綜述〉，《理論前沿》第23期（2006年），頁45。

結於聖人，這是價值的依據。[119]因此，儒家的學習過程並不追求神祕性的體悟，而是一種對人類價值的內在思索，關心的是人在此生此世的生活哲學。可以說儒家對人的自我價值的尊重及對人的地位的充分肯定，是學說最重要的思考主軸。[120]延伸至漢代以後的儒學發展，許多的道德原則與倫理規範不斷透過繼承者的思考與實踐被建立起來。

所有宗教都承認「靈魂說」和「有神論」，而且靈魂必須是不滅的；可是儒教則不同，他的理論在建立之初就與「有神論」拉開距離，孔子堅決不語怪力亂神。儒教雖講「天命、天道、天理」[121]，但是又否定它神靈和神性的意義。[122]儒教不談鬼神但卻有祭祀之禮，看似矛盾其實不然。有學者以為孔子知道社會人生是極需要宗

119 儒家的經典學習，主要以六經為教材，主要為《詩》、《書》、《禮》、《樂》、《易》、《春秋》六經，孔子對這些經書的認識與宗教信仰者對經籍的認識完全不同，從這些經書出處而論，儒家就不像其他佛、道二教那樣看作是出於上帝、鬼神的經典，例如基督徒認為他們的教義來自上帝的啟示，佛教徒認為所有的佛經都是出自佛陀之口，道教也說他們的經書都是出自神仙之手，具有神祕性和神聖性，這是孔子的經典出處和其他二教不同的地方。見陳詠明：《儒學與中國宗教傳統》（北京：宗教文化出版社，2003年），頁175。

120 洪修平：《中國佛教與儒道思想》（北京：宗教文化出版社，2004年），頁370-371。

121 孔子對天命、天道的看法，繼承了殷周以來的原始天道思想，有時候孔子認為天是自然的不能對人事有所掌控，有時孔子又認為天是有意志主宰的。孔子應該是以人為主體，通過實踐道德成為君子為重點，在他的理念中這樣的實踐道德修養比「天」的性質還重要，它才是人的生存主體所在，孔子暫不言天命，但不是否定天命，可以說存而不論，他更重視的是人的主體性。見牟宗三：《心體與性體》第1冊（臺北：正中書局，1968年），頁21。

122 陳詠明：「三代以上有『真鬼神』，三代以下就沒有『真鬼神』了。乍聞似屬一種怪論，但這是站在儒家立場而言的，符合中國古代思想發展的真實情況。商、周時代人們把鬼神看作是實體的神靈，認為他們有個性，有超自然能力。三代以後、儒、道等學說以氣來解釋鬼神，使鬼神失去了實體性。」見氏著：《儒學與中國宗教傳統》，頁322-323。

教的，他看到社會自發的那些宗教活動弊害很多，想使這些活動合理化來穩定人心以適應社會的需要。[123]但是儒家祭祀活動，主要是敬天祭祖。超出此範圍的祭祀行為，儒家的態度就較為隱晦，基本上採取排斥的立場。

儒教的本質是一種倫理，它是「入世」的，所關注的都是此生的事物。雖然孔子是儒教所崇拜的人物，但儒教並不像佛教一樣以信仰釋迦牟尼佛的方式崇拜孔子，儒教期待未來能出現一位救世主式的模範皇帝。儒教的儒者希冀自己此生能成為「君子」，時刻內省做事謹慎並懷抱心靈的平靜與和諧，還要擺脫一切非理性的欲望，儒教徒只想通過「自制」來解決此生的所有問題，而「君子不器」正說明儒教要的君子是通才。儒者和朋友交往要講究「交互性」，並重視「經典的學習」也就是六經，另外儒教還是和平主義者。[124]儒教的倫理道德觀念重視的是「三綱五常」、「禮教」，它的教理皆是有益於社會生存發展的理論，從先秦的祭祀天神到祖先的宗教祭典，還有漢代董仲舒「天人感應說」，一直到宋代朱熹將儒教的「倫理道德」提升到「本體」的高度無不如此，由此可見儒教的倫理道德實踐可以說是儒教理想的核心。儒教徒追求的是成為君子也就是聖賢，不同於佛教徒以佛為理想的人格典範，更不同於道教徒以追求長生成仙為人生目標。

儒家思想是中國傳統思想文化的主流，它所關心的是人在此生此世的生活哲學，基本上是「入世」的，它不同於佛教的「出世」以及道教的「超世」。就儒家的理論來說，有宗教的空間，如祖先

---

123 梁漱溟等著：〈儒佛異同論〉，《梁漱溟先生論儒佛道》（桂林：廣西師範大學出版社，2004年），頁85。

124 （德）馬克斯·韋伯著（Max Webber），洪天富譯：《儒教與道教》（*Konfuzianismus und Taoismus*），頁125-138。

有靈的問題就是向宗教傾斜的重大的課題。但是儒家並不積極發展內部隱含的宗教議題，雖然探究其人文精神之極致，隱含「終極關懷」（ultimate concern）之精神義蘊，此或有宗教之跡。[125]另外，就社會學的觀點來看，儒家也有宗教的特性，如一定的組織、共同的信仰、傳承的意義，與相對應的儀式，甚至還有至上神存在的空間。[126]因此，哲學的儒家，與社會的儒教，兩者共同存在於中國文化中。廣義的「儒教」包含儒家傳統的義理、訓示、道德實踐、禮儀程序以及文化習俗。狹義的「儒教」，則強調其具有宗教性，如祖先崇拜與形成團體共識等。[127]

儒家向儒教轉向，最主要的原因是民間在接受儒家思想過程中，沒有興趣對儒家理論進行根本性的理解，對於理論的推論辯證過程，並不在意。[128]因此，民間對於儒家的認識多只是教條性質的背誦與實踐，甚至產生僵化。在文化的累積與教育的傳授下，加上政府積極表彰儒家思想，因此，民間對儒教的崇敬並不亞於宗教，

125 劉述先：〈論孔子思想中的「天人合一」一貫之道——一個當代新儒學的闡釋〉，《中國文哲研究集刊》第10期（1997年3月），頁1-23。案：此文以田立克（P. Tillich）之「終極關懷」觀點，論述儒學的宗教性。

126 傅佩榮以為先秦時，「帝」、自然神與祖宗神是同時並存之觀念，其中「帝」為至上神。參見氏著：《儒道天論發微》（臺北：臺灣學生書局，1985年），頁2。又李震以為中國古代經典《詩》、《書》、《易》中的「天」或「帝」，即是宗教意義下的至上神，因此古代原始儒家是有神論者。參見氏著：《人與上帝——中西無神主義探討》卷1（臺北：輔仁大學，1986年），頁15。

127 根據劉述先以為「儒家」與「儒教」之爭議是定義上的問題。儒家在宗教學上並非全宗教，而是準宗教。但是在思想與操作上亦有宗教之特點。參見劉述先：〈儒家宗教哲學的現代意義〉，收於《生命情調的抉擇》（臺北：臺灣學生書局，1985年），頁55-72。

128 民間儒教擁護者對於主流儒家思想的吸收要到清末才有較為積極的建構。參見鍾雲鶯：《清末民初民間儒教對主流儒學的吸收與轉化》（臺北：臺灣大學出版中心，2008年）。

甚至超越宗教，形成根深柢固的意識型態，影響許多行為上的判斷，並且以之進行道德上的取捨問題。或許，以西方宗教學的角度來討論儒家是否為宗教，根本就是一個錯誤的路徑。[129]因為實際上，儒家在社會實踐與影響而言，與宗教差異不大。

第五節　三教合一的觀點

印度佛教從東漢傳入中國後，經過長期與中國的儒、道思想交流，在排斥與融合的過程中，產生三教調和、合一的思想逐漸成為學界討論的問題之一。[130]

在隋唐三教指的是儒家、道教、佛教三家，「三教調和」的理念在中國學術界很早就產生，最遲在漢、魏之際已出現。漢獻帝時牟子著有《理惑論》，對於佛教、道家、儒家三者予以平等對待。牟子是佛教進入中國後，較早提出佛教與中國本土思想有相通之處的學者。[131]牟子無疑是三教調和的重要人物，他提出的觀點是儒、釋、道對社會的「教化功能」一致，都是勸人為善，都是自具其理，沒有理由互相排斥攻擊。[132]牟子的觀點成為日後主張、實踐三

---

129 李大華：「(儒家)宗教精神與西方宗教精神的表現並不完全相同。」見氏著：〈中國宗教的超越性問題〉，收入黃俊傑主編《傳統中華文化與現代價值的激盪與調融》第2冊(臺北：喜馬拉雅基金會，2002年)，頁8。

130 傅偉勳：「印度佛教移植中土之後，長期間曾與代表中國思想文化傳統的儒道二家相互衝擊，彼此影響，終於導致大乘佛教的逐步中國化，道家與宋明心學一派的禪宗化，以及三教合一思潮的興起。」見氏著：〈儒道佛三教合一的哲理探討〉，《佛教與中國文化國際學術會議論文集》下輯(1995年)，頁679。

131 湯用彤：《漢魏兩晉南北朝佛教史》(臺北：臺灣商務印書館，1998年)頁74、121。

132 《弘明集》卷1：「牟子曰：『不可以所習為重所希為輕，……天道法四時，人道法五常。』老子曰：『有物混成先天地生，可以為天下母，吾不知其名，強字

教調和、合一理論的重要論據。

魏晉南北朝時儒、釋、道三教爭論不休，有學者以為「三教一致」(同流、合一）的思考一直是當時重要的學術論題。[133]實際上由牟子《理惑論》的出現，可以看出當時佛教以外來新興宗教的態勢，面對本土之儒、道思想，所必須採取的模式就是融入，而不是排斥、攻擊。當然，魏晉時期道家思想興盛，談玄之風大盛，這對思想思辨提供良好的環境，因此佛教思想可以被視為是一種新的思辨方式或是觀點，進入學界討論。[134]這也是佛教在日後逐漸擴充其影響力，並建立中國化佛教理論與儀式的良好環境。[135]

以魏晉南北朝時期來看，儒、道、佛三者彼此進行論辨、批判，但是調和主要的傾向與基調，還是以儒家為主導。尤其明顯的儒家的倫理學觀點與論述，成為另外兩者必須接納至體系中的重

之曰道，道之為物，居家可以事親，宰國可以治民，獨立可以治身。……』」見《大正藏》，冊52，第2102號，頁135下21。案：在牟子看來，儒道二家對社會都有事親、治民、治身的教化功能。

133 任繼愈：「儒、釋、道三教圍繞各種問題曾展開激烈爭論。在這些爭論中，總的來說，儒釋道三教一致（同流，合一）論占主導地位。這種情況的產生，是由於三教所依附的社會基礎和所發揮的社會作用是相同或一致的。」見氏著：《中國佛教史》第3卷（北京：中國社會科學出版社，1988年），頁94。

134 馬西沙、韓秉方：「這一時期的特點是，儒、道、釋三教在激烈對峙的同時，又互相滲透，互相混融，而以熱衷於易、老、莊的研討，研究『本末』、『體用』之理的魏晉玄學的興盛，更為三教在思想上的進一步融合奠定了基礎，構築起橋樑。」見氏著：《中國民間宗教史》下冊（北京：中國社會科學出版社，2004年），頁574。

135 洪修平：「從歷史上看，自牟子《理惑論》提出最早的三教一致論以來，三教一致的觀點在三教關係論中一直占有重要的地位，為佛教在中土的發展提供了良好的氛圍。兩晉南北朝時期，名士、佛徒和道士，都從不同的角度提出了三教一致、三教融合的思想。」見氏著：〈儒佛道三教關係與中國佛教的發展〉，《南京大學學報（哲學・人文科學・社會科學)》第39卷第3期（2002年），頁86。

心。[136]此點在日後的三教關係中一直沒有改變，也就是說，傳統以來儒家的倫理學成為道、佛必須遵循的規則。以佛教角度來看，面對儒家的強勢、道家玄學的形上學說，必須加以吸納，以求能在中國順利傳播，擴大影響力，逐漸形成中國化佛教的特色，並且開始建構適合中國環境、文化的理論體系。[137]

道教提倡「三教一致」的思想起於晉代的葛洪，[138]在其論述中儒家的色彩頗重，尤其是倫理思想。佛教觀點較少，反映佛教初期進入中國，與其他思想交流較有侷限。

到了隋、唐時期，隨著自由論辨的學術風氣改變，加上現實利益的衝突與傳統文化的本位之爭，三教之間的衝突越演越烈。不僅有理論上的爭辯，在各方面的現象都反映了當時激烈的衝突。[139]不

136 魏晉的三教關係中，道佛二教是以儒家的倫理道德觀念來確立自己的政治地位。見楊軍：《宋元三教融合與道教發展研究》（四川：四川大學道教與宗教文化研究所博士論文，2007年），頁32。

137 楊軍：「儒家的優勢在於作為意識形態統治思想的地位牢不可破，不僅曾被視為異端的道教要服從於儒家，而且具有精深哲理思想的佛教也得對它俯首稱臣。佛教為尋求生存發展的空間，吸收儒家的倫理綱常於佛教的義理之中，融攝道家『本無』、『自然』的思想於佛教理論之中，使佛教具有了明顯的中國化特色。道教則以官方化的轉變密切了與統治集團的關係，吸收佛教義理提高了自身理論水平。」見氏著：《宋元三教融合與道教發展研究》，頁36。

138 黃心川：「道教提倡『三教一致』的思想始於晉時葛洪。葛洪使道教思想系統化時，提出以神仙養生為內，儒術應世為外，將道教的神仙方術與儒家的綱常名教相結合。」見氏著：〈「三教合一」在我國發展的過程、特點及其對周邊國家的影響〉，《哲學研究》第8期，頁26。

139 黃心川：「隋開皇年間的三教辯論大會；大業時令沙門、道士致敬王者而引發的鬥爭；唐武德年間的儒道聯合反對佛教的鬥爭；貞觀時的釋、道先後之爭；高宗時的多次佛、道大辯論；高宗、武后和中宗時的『老子化胡說』之爭；唐中後期多次舉行的佛、道大辯論；武宗時的滅佛，韓愈等儒者的反佛、道思想等等。」見氏著：〈「三教合一」在我國發展的過程、特點及其對周邊國家的影響〉，《哲學研究》第8期，頁27。

過，隨著唐朝文化開放的格局逐漸形成，加上佛教在民間傳播迅速而且頗有技巧，使得佛教走向興盛時期。此期出現玄奘、鑑真等僧侶，為佛教的傳播貢獻極大心力。由於高僧輩出，加上中國佛教一向沒有如西方教會之組織，所以此期佛教迅速發展，衍生出許多宗派。[140]

唐朝除了武帝對佛教採取激烈的禁制措施之外，其餘的皇帝對於三教多有採獲。如唐玄宗遍注三家的經典，[141]這並非他的學術興趣，只是表達對一切有助於社會穩定、統治順利的支持。

官方會對三教表達善意，最主要是除了道教與佛教對於儒家倫理學的接納之外，道教、佛教對於中國政治現實與統治權威的接受，也是一個重點。理論上道教、佛教的指向應該是出世，對於現實的權威與體制採取漠視或是平等的態度。然而中國傳統的政治現實與壓力不容許此種態度產生，所以關於面對政治威權的態度必須調整。唐代以後，佛教徒調整其對世俗的態度，面對政治勢力大抵上採取依順遵從。[142]如此，才能確保宗教傳播活動不受政治干擾，甚至得到支持。然而，佛教、道教的出世態度，在日後依舊成為儒家攻擊的焦點，這是其理論上的範限所在。實際上，道教與佛教面對政治勢力的態度，與儒家相差不大。

唐代以後，民間對於三教了解越來越多，此期在民間的生活中，三教逐漸共同成為日常儀式或行為的一部分。顯然這是儒釋道三教長期相互批判、融合的結果，也可以說是三教的「社會功能」

140 馬西沙、韓秉方：:「這個階段裡，佛教空前興盛，湧現了如玄奘等一批名僧大德，形成了植根於中國土壤之中的天臺宗、華嚴宗和禪宗等宗派，標誌佛教中國化的完成。」見氏著:《中國民間宗教史》下冊，頁574。

141 唐玄宗對儒家的經典《孝經》、道教的經典《道德經》、佛教的經典《金剛經》都親自做了注釋，可知他三教並重的主張。

142 魯湘子:〈略論儒釋道三教合一的內在因素〉，《社會科學研究》第6期，頁82。

互補之下的產物。[143]

宋、元時期，承前代三教彼此影響的歷史發展，加上當時社會氛圍有利於思想的探索，因此三教融合的現象逐漸在思想界中出現。[144]此期三教交融具體的論著頗多，較著名者有宋代契嵩《輔教篇》、張商英《護法論》，元代耶律楚材《湛然居士集》、李屏山《鳴道集說》、劉謐《三教平心論》等。其中李綱（1083-1134）在《易》經研究中引入佛教《華嚴經》，最具象徵意義。[145]不過此期的融合並非三個教派合而為一，而是各自基本特質不變的情況下相互融攝與補充。[146]

宋代儒家面對佛教、道家（教）最主要的壓力來自於形上學與因明學。儒家長期以來對於形上世界採取簡略的論述，此期發現形上理論的價值不亞於倫理學。於是在北宋張載以後，對於形上學的討論成為理學的重點之一。然而宋代儒家的形上理論的形成，在某些地方的確借鑑佛教的形上理論與因明之學，所以理學雖然在「道

143 見劉曉東：〈「三教合一」思潮與「三一教」──晚明士人學術社團宗教化轉向的社會考察〉，《東北師大學報（哲學社會科學版）》第1期（2002年），頁21。

144 楊軍：「『三教合一』是在中國思想領域所形成的以儒學為主、儒釋道合流的思想文化現象。宋元時期的儒釋道在經歷了兩晉南北朝時期以及隋唐五代時期的兩次大融合以後，完成了從外部形態到精神實質的相融相攝。本時期的三教關係狀態形成，既有其歷史發展的必然性，更與當時的社會背景、社會思想文化發展、統治者的支持以及三教人士的主張密不可分。」見氏著：〈宋元時期「三教合一」原因探析〉，《江西社會科學》第2期（2006年），頁96。

145 林義正：〈李綱易說研究：兼論其易與華嚴合轍論〉《臺大文史哲學報》第75期（2002年12月），頁67-98。

146 張玉璞：「儒、佛、道所謂的三教合一並非是三個教派的合而為一，從而誕生一種新的宗教或哲學流派，也不是三教各自思想的消解、泯滅，從而產生一種新的思想，而是指在儒、佛、道三教並行、各自基本特質不變格局下的三教思想的相互融攝與相互補充。」見氏著：〈三教融攝與宋代士人的處世心態及文學表現〉，《孔子研究》第2期（2005年），頁88。

統」觀點上對於佛教激烈的排斥，但是其內在卻展現出調和佛學的觀點形成完整的理論體系，在詮釋意義上相對先秦儒家而言，不啻為一種更新。[147]尤以朱熹與陸九淵出現後，將理學發展推至高峰，其論述成為具有論理與系統性重要學說，然而佛教的影子卻在其學說中若隱若現。必須要強調的是，宋代士大夫雖然受到佛教影響，但是在當時「道學」氛圍下，鮮少士人會公開宣揚佛教摒棄儒家，除了自身教育背景關係之外，這樣作無疑將自逐於當時的學界與朝堂。

道教於宋、元時期亦有更新，尤其在儒家與佛教的影響下，道教理論趨向主張「三教合一」，如著名的全真教便有此主張。另外，更重要的方式在於修煉與實踐過程，有了積極的調整。過去道教主張服食丹藥，以物養生。但是根據歷史的實踐來看，服食丹藥往往導致悲慘的後果。這使得道教對於外丹的修煉更加謹慎，並且思考其他途徑。在儒家與佛教的修養實踐觀點的影響下，道教逐漸由「外丹」轉向「內丹」修煉，如著名的北宋內丹家張伯端就是代表人物。[148]內丹的修煉原則，幾乎可以說是三教擇精，合一貫串而來。

---

147 賴永海：「儒家憑借著自己在中華民族的心理習慣、思維方式、宗法倫理等方面根深蒂固的影響，以及王道政治與宗法制度的優勢，自覺或不自覺地、暗地裡或公開地把佛、道二教的思維模式和有關思想內容納入到自己的學說體系中，經過唐朝五代之醞釀孕育，至宋明時期終於吞併了佛、道二教，建立了一個治儒、釋、道三教於一爐、以心性義理為綱骨的理學體系。」見氏著：《中國佛教文化論》(北京：中國青年出版社，1999年)，頁158。

148 《性命圭旨》：「要而言之，無非此性命之道也。儒曰：『存心養性』，道曰：『修心煉性』，釋曰：『明心見性』。心性者，本體也。」見《藏外道書》(成都：巴蜀書社，1992年)，冊9，頁510。案：由《性命圭旨》這本道書可知宋元道教在當代思潮影響下，開始注重心性論，所以修煉方式也由「外丹」轉向注重心性的「內丹」修煉法。又唐大潮：「宋元明時期，道教對佛教、儒學的吸收已進入全面融會貫通的階段，『萬善歸一』的論調比比皆是，且出現了以倡『三教合一』為宗旨的新道派，表明道教的『三教合一』思想已經發展成宋代士人雖然堅守儒家立場，但是許多文人、官員對於佛教並不陌生，甚至對於理論也知之甚詳。不過，身在官場或是文化圈中，對於佛教的信仰仍有一些禁忌。然而，士人與佛教人物的交往頻繁，成為一種自然的現象。展現出儒佛在理論上的差異，並不能阻絕兩者交融的歷程。由此方面來看，也可以說佛教的勢力承唐代興盛的發展，有逐漸擴大的趨勢。[149]

民間佛教此時大行其道。宋代流行「禪宗」與「淨土宗」，譯經、刻經的情形大為增加，寺院和僧眾的數量也較前朝為多，這反映了佛教的民間的興盛程度。此期出現許多佛教論著，可以發現儒家的倫理學已經很順遂地走進佛教理論之中。[150]對於世俗勢力與政治體制的權威，也毫無掛礙地接受。[151]大致而言，佛教在魏晉南北

型。」「他在內丹理論中，既吸收儒家性命之說，又吸取佛教禪法，認為性、命必須雙修，只修性而不修命，就不能『頓超彼岸』。張伯端非常明確地將合一三教的思想貫穿於內丹修煉法則之中。」見氏著：〈宋元明道教「三教合一」思想的發展理路〉，《世界宗教研究》第1期（2006年），頁55。

149 賴永海：「隨著佛教的儒學化和世俗化，趙宋一代出現了僧侶、禪師與士大夫相互交游、酬唱的局面。……當時的佛教界，僧侶們常常是真乘法印與儒典並用；而在儒學界，士大夫們也多是既深明世典，又通達釋教。佛儒之間雖然在某些個別問題上仍還有相互對立和相互排斥的現象，但從總體上說，確呈現出一種相互匯合、交融局面。這種交融匯合從嚴格的意義上說，甚至不限於儒佛二教，而是在當時社會上處於主導地位的儒、釋、道三種思想潮流均加入了交匯之洪流，以致出現了諸如『紅花白藕青荷葉，三教原來是一家』等說法。」見氏著：〈宋元時期佛儒交融思想探微〉，《中華佛學學報》第5期（1992年），頁117-118。

150 《萬善同歸集》卷下：「是以佛法如海，無所不包；至理猶空，何門不入？眾哲冥會，千聖交歸；真俗齊行，愚智一照。開俗諦也，則勸臣以忠、勸子以孝、勸國以紹、勸家以和。」見《大正藏》，冊48，第2017號，頁988中03。案：這段經文指出佛教具有「入世」的社會功能，也可看出佛教積極調和三家的企圖心。

151 《大宋僧史略》卷下：「帝王不容，法從何立？況道流守寶，不為天下先，沙門何妨饒禮以和之。當合佛言，一切恭信，信於老君先聖也。信於孔子先師

朝開始進行中國化的過程，歷經數百年後，於宋代可謂大功告成。此期佛教理論建構出適應中國傳統文化與社會現實的教義，朝「倫理化」與「世俗化」發展，取得顯著成效，為自己獲得更廣大而深遠的影響。[152]

宋朝繼魏晉南北朝到隋唐時期三教思想融合後的發展趨勢，[153]逐漸走向調和與貫串。然而必須強調的是此期的三教關係雖然較為融洽，但是道教、佛教主動向儒家靠攏，形成了以儒家為主，道佛為輔的思想態勢仍然不變。比較有進展的一點是三教對於社會功能與向善目標上達成一致，形成一種可以融合的共識與基礎。[154]不

也。非此二聖曷能顯揚釋教，相與齊行，致君於犧黃之上乎。」見《大正藏》，冊54，第2126號，頁255上23。

152 佛教調和三教的主張，包括：一、儒為外教，佛為內教；儒以修身，佛以治心。二、儒佛二教之本在於「遷善遠惡」，均能助王以施教化，不可或缺。三、天下不可無儒，無百家，亦不可無佛。藉此讓佛教更加地「世俗化」。見楊軍：:《宋元三教融合與道教發展研究》，頁83-92。又賴永海：「宋元時期從佛教方面倡佛儒合一的各種說法，均以這樣兩個思想為基礎：第一，佛教與儒學一樣，也是有益於人倫教化的；第二，佛教並非全然出世的，它同樣是以世間為基礎，以入世的人乘、天乘為始基。這時期的佛教所以發生這種變化，究其原因，大體有二：一是中國是一個注重現實人生、講究實際的國度，全然的不顧世俗的人倫綱常，過多的強調脫塵離俗，是不適合中國國情的，是注定要被拋棄的；二是中國佛教自隋唐之後，就受到儒家心性、人性學說的深刻影響，各種佛教理論本身已在相當程度上被儒學化、倫理化，因此，注重人倫，強調入世，在一定意義上說，已不是不得已而做出的一種「姿態」，而是佛教自身的一種需求，是當時倫理化了的佛教思想的一種合乎邏輯的表現。」見氏著：〈宋元時期佛儒交融思想探微〉，《中華佛學學報》第5期，頁117。

153 見楊軍：《宋元三教融合與道教發展研究》，頁56。

154 張玉璞：「到了宋代，形成了以儒為主、佛道為輔的『三教合一』的基本格局。三教不同的社會文化功能和處世態度的相互融攝、補充，則可以滿足現實生活的個體可能具有的多方面的文化需求，或不同的個體在人生不同的階段、不同的境遇中可能具有的不同的文化需求。」見氏著：〈三教融攝與宋代士人的處世心態及文學表現〉，《孔子研究》第2期，頁87。

過，平心而論，就理論意義而言，世俗的倫理、道德的話語權仍舊牢牢掌握在儒家手上，其他兩家只能依附追隨。

明太祖朱元璋（1328-1398）對三教「社會功能」極力讚揚，並且發佈文章稱道三教在道德與教化上無可比擬的功用，[155]這個基調一直是明朝統治者對三教存在意義的觀點。傳統以來，在政治或是社會習慣上，若以三教並稱，大抵是以儒家為首、佛、道為輔。大致上，這種序列也符合明代政治思想及當時社會發展狀況。[156]雖然明朝皇帝大力提倡三教合一，然而民間社會對於三教合一的信仰並非出自於「思想體悟」，而是一種具有現實考量的需求。[157]比較特殊的是，明代佛教開始試圖主導調和三教的人物，甚至出現了揚佛抑儒道觀點。[158]這在明代以前是很難看到的，也反映明代佛教的影響力已經有與儒家分庭抗禮之勢。明代學界的宗教融合，主要在儒、佛之間進行。比較著名的著作與人物有明代姚廣孝《道餘錄》、宗本《歸元直指集》、袁宏道《西方合論》，及僧雲棲袾宏、紫柏真可、憨山德清、蕅益智旭等人。這些人物主要出現在晚明，並且通過積極的宣揚，成為頗有影響力的觀點。

---

155 朱元璋：「於斯三教，除仲尼之道祖堯舜，率三王，刪詩制典，萬世永賴，其佛仙之幽靈，暗助王綱，蓋世無窮，唯常是吉。嘗聞天下無二道，聖人無兩心。三教之立，雖持身榮儉之不同，其所濟治之理一。然於斯世之愚人，於斯三教，有不可缺也。」見《全明文》（上海：上海古籍出版社，1992年），頁146。

156 胡華楠、陳戍國、陳谷嘉：〈明初的三教合一思想〉，《船山學刊》第2期（2006年），頁164。唐大潮：《明清之際道教三教合一思想論》（北京：宗教文化出版社，2000年），頁119。

157 見劉曉東：〈「三教合一」思潮與「三一教」──晚明士人學術社團宗教化轉向的社會考察〉，《東北師大學報（哲學社會科學版）》第1期，頁24。

158 李霞：「明代佛教三教合一說的一個突出特點是並非平等地看待三教，而是表現出了揚佛教而抑儒道的門戶之見。」見氏著：〈論明代佛教的三教合一說〉，《安徽大學學報（哲學社會科學版）》第24卷第5期（2000年9月），頁57。

明清之際還出現一種民間宗教──「三一教」，「三一教」的創始人林兆恩（1517-1598）出身仕宦之家，本是兼習儒、釋、道三家思想的士人，後來宣揚三教合一，並且創立「三一教」。林兆恩之所以受當時人崇拜，並且也成為現在學界討論的人物之一，關鍵在於其理論並非泛泛空言，也不是生硬地將三教理論拼湊硬套，而是能彙整出一套脈絡，成為較有組織體系與論理邏輯的論述。[159]林兆恩主張「道一教三」說，認為三教的價值本源相同，其本體之道並無二致。[160]林兆恩對於當時的宗教亂象提出批判，發表著名的「非非三教」論，以為當時三教人物多空談理論，不知實踐。[161]林兆恩雖然已經盡其所能將三教理論與觀點平衡地納入體系之中，宣

159 何善蒙：「林兆恩，字懋勳，別龍江，道號子穀子、心隱子，晚年又號混虛氏、無始氏，莆田赤柱人，生於明正德十二年（1517），卒於明萬曆二十六年（1598），終年82歲。其祖林富曾任兵部侍郎，與王陽明過往甚密。林氏一生倡三教合一，創『三一教』，故世稱三教先生，林三教。三一教，又名夏教，以『道釋歸儒，儒歸孔子』為教旨倡三教合一而名『三一教』，林兆恩『三教合一』的宗教思想深受陽明心學影響。」見氏著：〈林兆恩『三教合一』的宗教思想淺析〉，《逢甲人文社會學報》第12期（2006年6月），頁203。又鄭志明：「林兆恩的『心學』綜合了三教的性命觀，自成一套系統，其內容並非完全拼湊而成，也未空泛的等視三家義理而混同其分際。」見氏著：《明代三一教主研究》（臺北：臺灣學生書局，1988年），頁451。

160 馬西沙、韓秉方：「在林兆恩看來，儒、道、佛三教之源本同，三教之道本一。這種亙古永存的『道』，不僅生化出天地星辰，萬物萬類，而且儒、道、釋三教也都是由這個最高本體的『道』中衍化生成而來。」見氏著：《中國民間宗教史》下冊，頁575。

161 馬西沙、韓秉方：「林兆恩痛感世之儒者、道者、釋者所誦所行，大都口是心非，背離孔、老、釋迦的本意，認為『學儒而不知盡心知性，便為儒門之異端也。學道而不知修心煉性，便為道門之異端也。學釋而不知明心了性，便為釋門之異端也』。於是下決心著書立說，指斥其非，以匡復三教正宗為己任。」見氏著：《中國民間宗教史》下冊，頁579。又黃宗羲：「林兆恩『以坐禪之病釋也，運氣之病道也，支離之病儒也，為說非之』。」見氏著：《黃梨洲文集》（北京：中華書局，1959年），頁46。

稱「合三教為一」，不過尤其論述進行分析，可以發現儒家還是居於主導地位。[162]也就是說，林兆恩以儒家的「仁」、「孝」為道德倫理思想的核心，並對佛道兩教的倫理思想加以批判與吸收，構建出三教合一的體系。[163]由於林兆恩理論頗為精細，加上有組織地進行宣傳，形成群體，所以被視為明代三教合一的代表人物。不過，由林兆恩的理論也可以看出，儒家的倫理學觀點在傳統的地位，幾乎可以說是難有敵手，具有籠罩性的影響力。

總之，儒釋道三家長期以來互相排斥也互相融合：[164]魏晉南北朝時三教都以自己為中心去統一對方的立場；直到宋元之際儒家出現了「理學」，道教出現了「全真道」，佛教也有了「禪宗」這一派，三教間的融合越多差異也就越少；明清的時候則整合成「三一教」。[165]儒釋道三教從「三教一致」到「三教鼎立」，最後「三教合一」，這種融合使中華文化呈現豐富多彩的面貌。[166]

---

162 馬西沙、韓秉方：「儘管林兆恩一再言明，儒、道、釋三教皆源於中一之道，本質皆同，各教也僅是各司其教化之職而已。……在林兆恩心目中，三教並不是並列並榮的，而應有先後之序，本末之別。故三教合一，必然是『歸儒宗孔』。」見氏著：《中國民間宗教史》下冊，頁589。

163 見馬西沙、韓秉方：《中國民間宗教史》下冊，頁575-613。

164 洪修平：「佛教與儒、道相調和的同時，佛教與儒、道的衝突和爭論也一直沒有間斷過。從總體上看，儒佛道三教之間始終有這樣一種基本格局：儒家在吸取佛教思想的同時常以佛教不合傳統禮教等為由，激烈地排斥佛教，而佛教對儒家卻總是以妥協調和為主；佛道之間雖然互相吸收利用，特別是道教模仿佛教的地方甚多，從宗教理論到修持方式，乃至宗教儀禮規範等，都從佛教那裡吸收了不少東西，但佛道之間的鬥爭卻一直很激烈。」見氏著：〈儒佛道三教關係與中國佛教的發展〉，《南京大學學報（哲學·人文科學·社會科學）》第39卷第3期，頁86。

165 參考屈小強：〈論儒、釋、道三教會通及其文化意義〉，《中華文化論壇》第4期（1995年），頁91。

166 見黃心川：〈「三教合一」在我國發展的過程、特點及其對周邊國家的影響〉，《哲學研究》第8期，頁26-28。

三教合一代表一種試圖整合世間精神與倫理指導原則的努力，具有崇高的理念。但是在中國，這種努力不僅在理論上欠缺有力而詳密的論證，以接受度來說，反而為各教主流人士攻擊為異端。傅偉勳曾經指出推動三教合一者以佛教人物最為熱衷，可惜的是這些推動者對佛教教義欠缺精深的認識。另外以折衷的方式面對三教之間的理論矛盾，也激起反擊。[167]這種反擊尤以儒家最為激烈，不僅將任何在學術上雜染他教的文士進行攻擊，甚至還主動批評宗教。儒家對於佛教的反對尤為明顯，自宋明理學發展以來，對於佛教的攻擊一直未歇。雖然他們的論點不見得正確，[168]但是在傳統上來說，儒家在學術與文化居於主導地位，所以這種攻擊往往形塑出一種堅強的文化氛圍。雖然，在思想史的角度討論三教合一，可以說這種理念並沒有取得學術上的話語權。不過，三教合一在思想界的影響力不容忽視。如明代《四書》學研究，有許多解釋融合佛教與儒家思想。[169]這反映出雖然三教合一的觀點在理論並不成功，但是各教之思想卻影響人們的思維活動——就連思想菁英也難以完全迴避。

---

167 傅偉勳：〈儒道佛三教合一的哲理探討〉，張淑芳編：《佛教與中國文化國際學術會議論文集》（臺北：中華文化復興運動總會宗教研究委員會，1995年）下輯，頁679-693。

168 傅偉勳曾經考察宋明理學在形上學、心性論、倫理學、工夫論與解脫論對佛教的攻擊，以為除了倫理學上或有道理之外，其他四項多是誤解或扭曲。參見氏著：*Morality or Beyond: The Neo-Confucian Confrontation with Mahayana Buddhism* (philosophy East and West, 1973) vol. 23，No.3.　*Chu Hsi on Buddhism: A Critical Examination* in Wing-tsit Chan, ed. Chu His and Neo-Confucianism (Univ. of Hawaii　Press, l986), pp.377-407。

169 荒木見悟：《明代思想研究》（東京：創文社，1972年），頁293-304。

第三章
明代擬話本呈現的宗教內涵

在「商業利益」與市場取向的考量下，明代擬話本的寫作將會遷就讀者的品味與認知，並且積極獲取讀者的認同。在這個前提之下，擬話本描述的將是庶民百姓的日常生活與事件，才能贏得讀者的代入感。其中書寫有關宗教活動與觀點，也必須民間大眾所熟知而能接受，才足以讓閱讀不會因陌生與隔閡而中斷。因此，在擬話本中提及的宗教內容，可視為民間對宗教認知的具體素材，在某種程度上，可以反映出當時民間對於宗教的認識、理解與實際應用的作為。在明代擬話本中可以看到原始宗教的呈現，當然也有佛教、道教、儒教的宗教呈現，而最多的是三教混雜的情形。

第一節　原始宗教的宗教內涵

明代擬話本所描述的故事內容中，可以看到自然崇拜、鬼神崇拜、祖先崇拜及部分的圖騰崇拜思想，並且有接近巫術方技的儀式行為，這些觀點與行為的源頭可推自中國原始宗教的傳統。

一　鬼神信仰

神話思維與鬼神觀念是影響整個社會的文化發展走向的心理思

維活動，並且與其他人文活動互相對應。[1]在〈八兩銀殺二命　一聲雷誅七凶〉中就有雷神劈死惡人的例子，[2]雷神屬於原始宗教的自然崇拜的部分。凡是自然界之物，都可以升階為崇拜對象。一般來說，這種自然的神祇以懲罰的力量出現的狀況比較多，如在〈兩錯認莫大姐私奔　再成交楊二郎正本〉中就有雷神顯靈的情節。[3]一般而言，在自然崇拜中，凡是具有能動性的自然物（如風、雨、火、海），其被賦予的性格或是角色大多是懲罰與災害的。這種觀點民間長遠的繼承下來，因此對這些具有能動性的自然物抱持的多是畏懼的心態。

「鬼神信仰」是原始宗教的基本概念，大致上來說神明、神靈是先在存在，而人死後化為鬼。但是也有一些在世時對人們有偉大貢獻的鬼死後可以為神，受到人們的祭拜。中國人的祖先相信鬼神主宰著人的命運，所以觸犯鬼神將會導致懲罰與災禍。人們相信靈魂離開軀體之後變為鬼魂，而魂魄既然已經脫離具有重重限制的物

1 鄭志明：「神話思維與鬼神觀念也是人類基本的一種心理思維活動，反映出社會群體共同思維的特徵，故神話思維與鬼神觀念和其他人文活動有著不少相對應的共相，可以說是一種象徵性的文化符號，影響了整個社會的文化格調及其發展走向。」見氏著：《中國社會鬼神觀念的衍變》（臺北：中華大道文化事業公司，2001年），頁28。

2 陸人龍：「一會子天崩地裂，一方兒霧起天昏，卻是一個霹靂過處，只見有死在田中的，有死在路上的，跪的、伏的，有的焦頭黑臉，有的偏體烏黑。（中略）一個是鮑雷，一個是花芳，一個是尤紹樓，一個史繼江，一個范小雲，一個邵承坡，一個郎念海，卻是一塊兒七個。」見氏著：〈八兩銀殺二命　一聲雷誅七凶〉，《型世言》，收入《明代小說輯刊》第1輯第2冊（成都：巴蜀書社，1993年），回33，卷9，頁556。

3 凌濛初：「忽然陰雲四合，空中雷電交加，李三身上枷扭，盡行脫落。霹靂一聲，掌案孔目震死在堂上。（中略）叫把孔目身屍驗看，背上有硃紅寫的『李三獄冤』四個篆字。」見氏著：〈兩錯認莫大姐私奔　再成交楊二郎正本〉，《二刻拍案驚奇》（臺北：桂冠圖書公司，2001年），卷38，頁673。

質軀體，則會具有超能力。魂魄雖然離開軀體存在，但是仍舊保留其原來的性格、情感、意志甚至是記憶，所以人們以為只要勤加崇拜，鬼神會因為接受了人們的禮境或是儀式上的餽贈，而順遂人們的意志。中國人傳統對於興建廟宇與塑造神鬼偶像相當熱衷，這反映他們企圖藉由向鬼神祈禱，以獲得理想生活的渴望。[4]當然若鬼神無法滿足人們的期待，它的香火可能會斷絕，甚至遭受到破壞，這無疑具有相當的功利現實考量。[5]

明代民眾對這種原始宗教的鬼神信仰非常篤實，認為鬼神具有超越能力、神通大能，能夠超越時間的限制，預知未來。如〈拗相公飲恨半山堂〉中王安石為受其拖累而早逝的兒子念經消業障，一日忽然想起老嫗草舍中詩句第二聯：「既無好語遺吳國，卻有浮詞誑葉濤」不禁感嘆道：「事皆前定，豈偶然哉！作此詩者，非鬼即神。不然，如何曉得我未來之事？吾被鬼神誚讓如此，安能久於人世乎！」[6]時間是萬物存有最大的限制，但是民眾以為鬼神能夠超越此種限制，預知所有未來的發展。如此展現出鬼神神通能力之卓絕，也反映出人們對於未來掌握能力的渴求與無奈。但是這篇故事

4　倪文敏：「祖先既然相信鬼神主宰著人的命運，也就自然盡力地去侍奉鬼神。不管是土生土長的道教鬼神，還是外來的佛教鬼神，只要是鬼神，古代的漢民族是一概不加懷疑地信仰、崇拜。……這類虛幻的想像不過是人們對理想生活的渴求以及對異己力量崇拜和畏懼的反應。」見氏著：〈中國的原始宗教及其演變〉，《山西社會主義學院學報》第4期，頁47。

5　馬克斯·韋伯（Max Webber）：「在中國，直到如今，僅有的一點重大成功就足以使神獲得聲望和權力（神靈〔shen ling〕），從而贏得相當多的皈依者。皇帝作為和眾神相對的臣民的代表，如果神證明了其才能，他們就賦予神頭銜和其他榮譽。不過幾次嚴重的失望就足以使廟宇永久地斷香火。」見（德）馬克斯·韋伯著（Max Webber），劉援、王予文譯：《宗教社會學》（*The sociology of religion*），頁91。

6　馮夢龍：〈拗相公飲恨半山堂〉，《警世通言》，卷4，頁47。

其實點出民間宗教混雜的現象，如故事中所言之禍延子孫是道教的「承負說」觀念，[7]王安石以念經消業障的方式解除災厄是屬於佛教的儀式。其中對鬼神的理解卻是原始宗教的概念。

鬼神之意志所以能為人所知，除了某些預示之外，更常見的方式是與人們進行溝通交流。如〈樂小舍拚生覓偶〉的入話可看到人和鬼神交易的情節。錢王因有司進奉一金色鯉魚，夜裡感得一夢。[8]錢王後來答應了龍君的請求將此魚放生，當晚即夢到龍君謝恩並承諾要重賞他金銀財寶，錢王卻說：「珍寶珍璧，非吾好也。惟我國僻處海隅，地方無千里，更兼長江廣闊，波濤洶湧，日夕相衝，使國人常有風波之患。汝能借地一方，以廣吾國，是所願也。」[9]龍王即答應錢王的要求，但借地的時間是五百劫。這篇故事表達鬼神可以與人們進行溝通，並且依循著人世間的規則進行談判、請求。本故事有宗教混淆的現象，如龍君是道教的神仙，五百劫是佛教時間，但是在敘述時便可以混淆一處，反映出在當時佛教與道教的觀點與用語相當普及，甚至可以說是日常生活表達的一部分。

由於靈魂畢竟不是實體，因此靈魂的活動或與人的溝通必須有一個依附憑藉。最常見的靈魂活動展示就是在夢境之中，因為靈魂與夢同樣具有無實體顯現，卻能意識其存在的性質。在原始思維

---

7 承負說即道教因果報應論，它主張善惡禍福前承後負，以行為者本人及其子孫為承報主體而代代相報，承報範圍涉及社會人事及自然。承負說源自春秋以來的傳統報應觀，特別為《太平經》所重視，不僅有系統論述，也成為道教重要的學說觀點。請參見熊紅豔：〈太平經承負思想中的道德蘊涵〉，《和田師範專科學校學報》第27卷2期（2007年7月），頁218-219。

8 馮夢龍：「夜夢一老人來見，峨冠博帶，口稱：『小聖夜來孺子不肖，乘酒醉，變作金色鯉魚，游於江岸，被人獲之，進與大王作御膳，謝大王不殺之恩。今者小聖，特來哀告大王，願王憐憫，差人送往江中，必當重報。』」見氏著：〈樂小舍拚生覓偶〉，《警世通言》，卷23，頁326。

9 馮夢龍：〈樂小舍拚生覓偶〉，《警世通言》，卷23，頁326。

中，死亡是靈魂永遠離開軀體，夢境就是靈魂暫時離開軀體。[10]因此在離開軀體的共通條件下，夢境成為靈魂溝通交流的最合理場域。如〈鬧樊樓多情周勝仙〉中女子死後靈魂為鬼，但是因為心願未了，進入情人夢中了卻宿願。[11]又如在〈金明池吳清逢愛愛〉中亦有一段女鬼託夢的故事。愛愛是一個鬼魂，她和吳清產生了人鬼戀，吳清後來發現她是鬼時竟招來皇甫真人斬妖伏鬼，愛愛以德報怨特來託夢。[12]

夢境在古人的眼中具有神祕性，其真實與虛幻的性質，成為精神力量與超越力量的溝通場域。神靈與人亦可以在夢境中溝通，如〈獨孤生歸途鬧夢〉妻子對神靈膜拜，神靈對在夢中其願望有所回應，並且給予預示。[13] 由於古人對於夢的性質因為一直無法有科學的認識，因此對於夢境如真似幻的特殊性質充滿了想像。這種想像往往與現實連結為一處，認為夢境將是某些魂魄或是形上力量對現實的預示、指導甚至是要求。

除了人死後靈魂脫離軀體，靈魂也可經由睡眠暫時脫離軀體繼

---

10 詹・喬・弗雷澤（James G. Frazer）在《金枝》（*The Golden Bough*）中解釋原始人類以為人體內有靈魂驅使他行動。而睡眠和死亡則分別被解釋為靈魂暫時和永恆離體。參見（英）詹・喬・弗雷澤著，徐育新等譯：《金枝》上冊，頁184。

11 馮夢龍：「夢見女子勝仙，濃粧而至。范二郎大驚道：『小娘子原來不死。』小娘子道：『打得偏些，雖然悶倒，不曾傷命。奴兩遍死去，都只為官人。今日知道官人在此，特特相尋，與官人了其心願。休得見拒，亦是冥數當然。』」見氏著：〈鬧樊樓多情周勝仙〉，《醒世恆言》，卷14，頁260。

12 馮夢龍：「感員外隔年垂念，因而冒恥相從；亦是前緣宿分，合有一百二十日夫妻。今已完滿，奴自當去。前夜特來奉別，不意員外起其惡意，將劍砍奴。今日受一夜牢獄之苦，以此相報。」見氏著：〈金明池吳清逢愛愛〉，《警世通言》，卷30，頁463。

13 馮夢龍：「遐叔久寓西川，平安無恙。如今已經辭別，取路東歸。你此去怎麼還遇得他著？可早早回身家去。須防途次尚有虛驚。保重，保重。」見氏著：〈獨孤生歸途鬧夢〉，《醒世恆言》，卷25，頁517。

續活動。[14]如在〈獨孤生歸途鬧夢〉中還有夢中離魂「交感成孕」的情節。[15]靈魂能夠在夢境之中活動溝通，很具有神祕性。小說中提到只要兩個人彼此意念深刻，就可以「精神相貫，魂魄感通」，穿越空間的限制在夢中相會。也就是說靈魂活動的場域在夢境之中，隱含靈魂的確存有的概念。[16]因此，靈魂在夢境中相遇，彼此產生的溝通或活動具有現實世界的延續性。

還有一種特殊的情況就是死後靈魂脫離軀體，但是在特殊機緣或是意志的驅使下重新回到軀體。擬話本中常提到死而復生的情節，如〈金明池吳清逢愛愛〉的入話提到人死亡後，經過呼喚則其三魂七魄重新回到軀體，而解除死亡狀態，延續生命。[17]這是愛情感動了靈魂，使靈魂死而復生的故事。死而復生的情節在世界各國的民間傳說或文學創作中時有提及，其中對死亡的定義相當一致，就是靈魂離開軀體，則為死亡。靈魂離開軀體後，又重新回歸，則為復生。這反映出人們對於靈魂的重視，並且引以為具有超越能力與主宰能力。

---

14 詹．喬．弗雷澤（James G. Frazer）：「人們以為人睡著了，靈魂就會離開身體在外漂泊，訪問什麼地方，去見什麼人，做他夢想要做的事。」見（英）詹．喬．弗雷澤（James G. Frazer），徐育新等譯：《金枝》（*The Golden Bough*）上冊，頁184。

15 馮夢龍：「其妻敘及別後相思，因說每夜夢中如此如此。所言光景，與丈夫一般無二，果然有了三個月身孕。（中略）可見夢魂相遇，又能交感成胎，只是彼此精誠所致。」見氏著：〈獨孤生歸途鬧夢〉，《醒世恆言》，卷25，頁505。

16 馮夢龍：「那白氏行思坐想，一心記掛著丈夫，所以夢中真靈飛越，有形有象，俱為實境。那遐叔亦因想念渾家，幽思已極，故此雖在醒時，這點神魂，便入了渾家夢中。此乃兩下精神相貫，魂魄感通，淺而易見之事。」見氏著：〈獨孤生歸途鬧夢〉，《醒世恆言》，卷25，頁523。

17 馮夢龍：「將女兒的頭放在腿上，親著女兒的臉道：『小娘子，崔護在此。』頃刻間那女兒三魂再至，七魄重生，須臾就走起來。」見氏著：〈金明池吳清逢愛愛〉，《警世通言》，卷30，頁456。

靈魂如果離開軀體，再也無法回歸，則在形軀的脆弱之下，死亡成為必然的結局。但是人世間的許多心願與意志尚未完成，因此靈魂往往會出現在夢境中表達意志，實踐自己未完成的願望，延續現實世界的行為完整性。[18]在〈范巨卿雞黍死生交〉中，范巨卿自殺為鬼日行千里來赴約，[19]這表現人世間活動可以在靈魂世界中延續，這種延續是在情感、事件與意志上的完全承接。

其中最為顯著的靈魂意志就是復仇，在擬話本中有許多主角化為厲鬼復仇的故事。中國傳統的思想認為人死為鬼，倘若鬼在生前遭受冤枉或心有不甘，會利用各種方式進行報復。

一般說來，鬼魂若要復仇僅能用間接的方式，但是在小說中鬼魂有時可以原來的實體顯現，進行制裁。如〈萬秀娘仇報山亭兒〉亦有鬼魂復仇的情節，大孝的尹宗見萬秀娘落難路見不平拔刀相助，可惜死在奸人的手裡，後來尹宗化為鬼魂幫助官府緝拿凶嫌。在這個故事中，靈魂擁有實體，直接實施制裁。[20]又如〈楊思溫燕山逢故人〉中亦有鬼魂復仇的情節出現。楊思厚發下重誓，表示絕不另娶。[21]後來違背誓言，前妻之鬼魂現身，讓楊思厚的誓言應

---

18 柳岳梅：「對於未知事物，人們總是既恐懼又嚮往，故鬼魂對初民而言既是災難的締造者，又是平安的傳播者。人死之後，仍然以託夢、顯形、顯聲諸手段聯絡生者，實施意旨。」見氏著：〈魏晉南北朝志怪和古代鬼神崇拜〉，《北方論叢》第4期（1998年），頁73。

19 馮夢龍：「范曰：『常聞古人有云：「人不能行千里，魂能日行千里。」』」見氏著：〈范巨卿雞黍死生交〉，《喻世明言》，卷16，頁252。

20 馮夢龍：「方才走得十餘步，則見一箇大漢，渾身血污，手裡搦著一條朴刀，在林子裡等他，便是那喫他壞了性命底孝義尹宗在這裡相遇。」見氏著：〈萬秀娘仇報山亭兒〉，《警世通言》，卷37，頁563。

21 馮夢龍：「楊思厚曾經發誓道：『若負前言，在路盜賊殺戮，在水巨浪覆舟。』」見氏著：〈楊思溫燕山逢故人〉，《喻世明言》，卷24，頁393。

圖一　〈范巨卿雞黍死生交〉，《喻世明言》，卷十六
（日本內閣文庫珍藏明天許齋本版畫）

驗。[22]這故事反映出對鬼神的許諾不能輕易違背，因為鬼神不僅具有全知能力，更重要的是祂有裁罰力量。

如〈三現身包龍圖斷冤〉中出現了鬼魂託夢，喚求現實力量協助伸張正義。話本中的孫押司因妻子與人通姦被害死，他託夢給包龍圖利用暗喻的方式試圖申冤。[23]因為靈魂無法回到原來軀體，只能利用其他方式向現實世界進行溝通。但是也有鬼魂直接向當事人復仇的故事，如著名的〈杜十娘怒沈百寶箱〉即是敘述杜十娘自殺為鬼復仇的故事。杜十娘因不滿李甲將她賣身於孫富，辜負她一片真心，便向江中一跳自殺為鬼，而死後的靈魂因為生前的遺憾終日邊，使仇人瘋狂甚至病死。[24]鬼魂復仇是為解決人世間的不平與不公縈繞在仇人的身，[25]可以說是民間企圖實踐正義與公平的一種期望。

---

22 馮夢龍：「須臾之間，忽見江中風浪俱生，煙濤並起，異魚出沒，怪獸掀波，見水上一人波心湧出，頂萬字巾，把手揪劉氏雲鬟，擲入水中。侍妾高聲喊叫：『孺人落水！』急喚思厚教救，那裡救得！俄頃，又見一婦人，項纏羅帕，雙眼圓睜，以手捽思厚，拽入波心而死。」見氏著：〈楊思溫燕山逢故人〉，《喻世明言》，卷24，頁389。

23 馮夢龍：「到任三日，未曾理事。夜間得其一夢，夢見自己坐堂，堂上貼一聯對子：要知三更事，掇開火下水。」見氏著：〈三現身包龍圖斷冤〉，《警世通言》（臺北：桂冠圖書公司，1984年），卷13，頁176。

24 馮夢龍：「十娘抱持寶匣，向江心一跳。……三魂渺渺歸水府，七魄悠悠入冥途。當時旁觀之人，皆咬牙切齒，爭欲拳毆李甲和那孫富。……李甲在舟中，看了千金，轉憶十娘，終日愧悔，鬱成狂疾，終身不痊。孫富自那日受驚，得病臥床月餘，終日見杜十娘在傍詬罵，奄奄而逝。人以為江中之報也。」見氏著：〈杜十娘怒沈百寶箱〉，《警世通言》，卷32，頁494。

25 劉苑如：「鬼怪的『形見』正是以違常、異常形式，解決人世間的諸多不平與不公，報怨、報仇或報恩，或解釋亂世中的福報與果報；其終極目的都是想要藉此『導異為常』，以期回歸於超乎現世之終極『秩序』與『常道』。」見氏著：〈形見與冥報：六朝志怪中鬼怪敘述的諷喻——一個「導異為常」模式的考察〉，《中國文哲研究集刊》第29期（2006年9月），頁39。

圖二　〈杜十娘怒沈百寶箱〉，《警世通言》，卷三十二

（明金陵兼善堂本版畫）

除了受到冤屈或傷害直接復仇之外，尚有為他人而進行制裁的故事。如〈羊角哀捨命全交〉中出現了鬼魂大戰的情節，左伯桃與羊角哀結為昆仲相約到楚王門下，奈何行至半途糧食不足，伯桃為免兩人同時餓死逼角哀負糧前去，後角哀果然為楚王重用，事後並將伯桃安葬。然因角哀的墓葬在荊軻墓之側，時常為荊軻所威脅，伯桃夢見伯桃哽咽告訴荊軻惡行，角哀竟然舉劍自刎到陰間幫助伯桃。[26]當晚風雨大作，喊殺之聲綿延數十里，清晨荊軻的墳墓裂開，白骨四散，廟中忽然起火，父老將此事稟告元王，元王賜廟於二人並題為「忠義之祠」，自此荊軻之墓絕矣。這則故事似乎反映鬼魂要對人實施報復較為簡單，而人要對鬼魂進行制裁並不容易。原因在於人們對於靈魂的樣態普遍認知是超越實體的一種精神力量，其產生是脫離軀體的一種意志形式，所以死後靈魂應當無法以原有實體樣態出現。

鬼神與人們溝通最常見的是通過夢境，但是也有鬼神直接附身於人、物之上，直接與人們進行對話的情形。如〈陳御史巧勘金釵鈿〉中出現了鬼神附身的情節。[27]故事描述顧阿秀附身在田氏的身上，對其母親哭訴她在人世間所受的苦楚，還懇求母親照顧自己的未婚夫。在這種附身的情節中，鬼魂不具實體。但是某些故事中，鬼具有實體，如在〈贈芝麻識破假形擷草藥巧諧真偶〉的入話中有

---

26 馮夢龍：「吾兄被荊軻強魂所逼，去往無門，吾所不忍。欲焚廟掘墳，又恐拂土人之意。寧死為泉下之鬼，力助吾兄，戰此強魂。」見氏著：〈羊角哀捨命全交〉，《喻世明言》，卷7，頁122。

27 馮夢龍：「只見田氏雙眸緊閉，哀哀的哭道：『孩兒一時錯誤，失身匪人，羞見公子之面，自縊身亡，以完貞性。……幸得暴自了，只是他無家無室，終是我母子擔誤了他。母親苦念孩兒，替爹爹說聲，周全其事，休絕了一脈姻親。』」見氏著：〈陳御史巧勘金釵鈿〉，《喻世明言》（臺北：桂冠圖書公司，1992年），卷2，頁58。

多情的鬼幽魂不散，容貌還會隨著時間而變化。[28]

鬼神信仰深入民間，成為一種具體的認知，並且對其超越形軀、無可捉摸的能力頗多畏懼。如在〈奪風情村婦捐軀假天語幕僚斷獄〉中，[29]官員藉著人們對於鬼神的畏懼心態，引得凶手認罪。

〈唐解元一笑姻緣〉中的唐伯虎為了到華府追求秋香，竟假借鬼神之名和同伴繼續前往蘇州進香。[30]為何唐伯虎可以詭計得逞，這是因為他利用民眾對鬼神的敬畏之心，只要是和鬼神有關的，人民不得不相信以免招來災禍。又〈鬧樊樓多情周勝仙〉中亦有鬼神崇拜的情節出現，周勝仙的鬼魂為救范二郎免於牢獄之苦，先是到他夢中託夢說已拜託五道將軍來搭救他，判官薛孔在幾日後即夢到五道將軍前來威脅：「其夜夢見一神如五道將軍之狀，怒責薛孔目曰：『范二郎有何罪過，擬他刺配！快與他出脫了。』薛孔目醒來，大驚，改擬范二郎打鬼，與人命不同，事屬怪異，宜徑行釋放。」[31]薛孔畏懼鬼神所以不得不重新解釋放了范二郎，可見民間對鬼神崇拜的強大力量。

人死後不見得只能成為鬼，有機會變為神祇。〈任孝子烈性為

---

28 凌濛初：「奴自向時別了郎君，終日思念，懨懨成病，期年而亡。今之此身，實非人類。以夙世緣契，幽魂未散，故此特來相從。」見氏著：〈贈芝麻識破假形　擷草藥巧諧真偶〉，《二刻拍案驚奇》，卷29，頁546-547。

29 凌濛初：「只見林公走下殿階來，仰面對天看著，卻像聽甚說話的，看了一回，忽對著空中打個躬道：『臣曉得這事了。』再仰面上去，又打一躬道：『臣曉得這個人了。』急走進殿上來，喝一聲：『皂隸那裡？快與我拿殺人賊！』」見氏著：〈奪風情村婦捐軀　假天語幕僚斷獄〉，《拍案驚奇》（臺北：桂冠圖書公司，1992年），卷26，頁391。

30 馮夢龍：「至夜半，忽於夢中狂呼，如魘魅之狀。眾人皆驚，喚醒問之。解元道：『適夢中見一金甲神人，持金杵擊我，責我進香不虔。我叩頭哀乞，願齋戒一月，隻身至山謝罪。天明，汝等開船自去，吾且暫回；不得相陪矣。』」見氏著：〈唐解元一笑姻緣〉，《警世通言》，卷26，頁399。

31 參見馮夢龍：〈鬧樊樓多情周勝仙〉，《醒世恆言》，卷14，頁260。

神〉講述了人死變形為鬼神的故事，任孝子死後變形為土地公，還附身在一個小孩子身上自述：

> 忽一日，有一小兒來牛皮街閒耍，被任珪附體起來。眾人一齊來看，小兒說道：「玉帝憐吾是忠烈孝義之人，各坊城隍、土地保奏，令做牛皮街土地。汝等善人可就我屋基立廟，春秋祭祀，保國安民。」說罷，小兒遂醒。[32]

土地公這種神祇應該是源至原始宗教巫術時代就有的土地神，可是本處的任孝子因為妻妾偷人憤而將奸夫淫婦殺死，依照法律應該判以死刑，然而因其快意恩仇的強烈性格，死後馬上變形為鬼神，可以保境安民，符合民眾樸素的情緒反應，也反映人民希望裁罰的公平性與即時性。

原始人認為「靈魂」是人和動物體內的小我，人的靈魂可經由睡眠或死亡離開身體，這是很樸素的靈魂觀念。[33]但是靈魂能在現實世界中的樣態與作為，就很複雜。由擬話本小說中可以看到人們對於靈魂充滿了畏懼，以為其是超越形體限制的存在，具有相當的超越能力，不僅可以超越空間，有時甚至可以超越時間的障礙。另一方面來看，人們雖然相信鬼神靈魂之能力，但是也認為這些靈魂鬼神雖然沒有形軀，不過其意志與情感與人間之規則與價值相同，甚至他們還會延續著過去的情感與意志，進而以各種力量，遂行過

---

32 馮夢龍：〈任孝子烈性為神〉，《喻世明言》，卷38，頁602。

33 詹・喬・弗雷澤（James G. Frazer）：「這個動物體內的小動物，人體內的小人，就是靈魂。正如動物或人的活動被解釋為靈魂存在於體內一樣，睡眠和死亡則被解釋為靈魂離開了身體。睡眠或睡眠狀態是靈魂暫時的離體，死亡則是永恆的離體。」見（英）詹・喬・弗雷澤（James G. Frazer），徐育新等譯：《金枝》（*The Golden Bough*）上冊，頁181。

去尚未完成的活動或想法。簡單的說，人們認為世界的存有為兩部分，一是人間，一是形上世界。兩者地位並不相等，人間仰望形上世界；形上世界控制人間。但是，兩者之事物運行的理則與人文規矩大致相當，反映出人們以現實狀態，構築形上世界的樣貌。許多無法實踐的或滿足的願望與期待，需要仰賴形上世界的預示或是懲罰。

二　萬物有靈

在擬話本中有很多妖狐鬼怪的故事，這些人類和動物之間會互相變形，這就是宗教學上萬物有靈的觀念。著名的德國哲學家恩特斯．卡西爾（Ernst Cassirer）認為初民心靈的生命觀會自然形成一個巨大的社會，在這個社會中動物和植物全部處在同一個層次上，都具有同樣的宗教尊嚴，而且一切事物都可以互相轉化，不同領域之間的事物也可以互相流動變形。[34]這種流動變形的力量，即是一種超越能力的展示，對人民來說，面對這種不穩定的型態，將是恐懼大於尊重。

如擬話本中有描寫妖怪作孽人們卻無力反抗的故事。〈計押番金鰻產禍〉描述了金鰻具有言說能力，在被捕後威脅捕魚人必須放走它，否則將使他們全家死於非命。[35]這顯示民眾懼怕妖怪的情

34 恩特斯．卡西爾（Ernst Cassirer）：「生命不被分為類和次類，它被感受為一個不斷的連續的全體。不同領域之間的限制並非不能超越，它們是流動和波蕩的，沒有任何事物具有一定不變的和固定的形狀。」見（德）恩特斯．卡西爾（Ernst Cassirer）著，甘陽譯：《人論》（*An Essay on Man*）（上海：上海譯文出版社，1985年），頁104。

35 馮夢龍：「一頭走，只聽得有人叫道：『計安！』回頭看時，卻又沒人。又行又叫：『計安，吾乃金明池掌。汝若放我，教汝富貴不可言盡；汝若害我，教你合

結，也揭示著因果報應的觀念。

一般而言，道教人物對於降服妖怪的技能頗多宣傳，他們用符咒、方術等儀式，進行對妖怪的收服、打擊與鎮壓。在擬話本中出現的靈怪都是有恩報恩、有仇報仇的直接情緒反應，這便是民眾對原始宗教的認識。民眾雖然懼怕妖怪，然而還是會主動出擊尋求道士或僧侶幫助收服妖怪，以重新找回平靜的生活，這是源自原始宗教的巫術概念，成為古人解決困惑、為難，面對難解之事所採取的應對方式。[36]

如〈張道陵七試趙昇〉中亦有描寫道士抓妖的故事，如此算是累積功德，還可以因此升天成仙。[37]以上是描寫妖怪被道士及僧侶收服的故事。[38]如〈陳從善梅嶺失渾家〉中提到白猿妖變形為人的故事，並興妖作法擄掠人間婦女，後為紫陽真君所收服。[39]猿妖可以變形為人，這是一種奇想，與原始的思維有關。有意思的是這樣

家人口死於非命。』仔細聽時，不是別處，卻是魚籃內叫聲。」見氏著：〈計押番金鰻產禍〉，《警世通言》，卷20，頁271。

36 鄭志明：「古代崇拜主要是以巫術儀式來支持其宗教崇拜的人生經驗，巫術就是神人溝通的一種神聖性的管道，雖然具有著強烈的世俗需求，其本質仍是一種神蹟或聖事，證明神祇的真實存在，及具有顯靈的特殊能力，化解掉存在的種種苦難。」見氏著：《中國社會鬼神觀念的衍變》，頁279。

37 馮夢龍：「那十二神女都是妖精，在一方迷惑男子，降災降禍。被真人將神符鎮壓，又安享祭祀，再不出現了。從此巴東居民，無神女之害，而有鹹井之利。」見氏著：〈張道陵七試趙昇〉，《喻世明言》，卷13，頁204。

38 苟波：「由於道教神仙乃是『大道』好『生』、貴『養』本性的象徵，那麼就自然要與各種害『生』害『物』、破壞道化的力量形成對立，此乃神仙與妖魔大量出現於道經並形成對抗的教義基礎。」見氏著：《道教與神魔小說》（成都：巴蜀書社，1999年），頁24。

39 參見馮夢龍：「這齊天大聖神通廣大，變化多端，能降各洞山魈，管領諸山猛獸。興妖作法，攝偷可意佳人；嘯月吟風，醉飲非凡美酒。與天地齊休，日月同長。」見氏著：〈陳從善梅嶺失渾家〉，《喻世明言》，卷20，頁299。

的變化帶給人們的不是趣味，而是恐懼。而降服妖怪，化解恐懼的則是道教人物。

〈白娘子永鎮雷峰塔〉中亦有蛇妖的故事，白娘子雖然心愛許宣，但是其欲求不滿時，還是會展示其恫嚇力量。[40]後來白蛇被法海禪師以法術神通收服在西湖的雷峰塔下，永遠不能出世。法海以僧侶的形象，卻施展道教伏魔降妖的技術，頗見兩教在民間雜染已深。

在〈大樹坡義虎送親〉的入話講述了中國民眾對老虎的崇拜，故事中韋德被奸人張稍欺心殺害，後來老虎將壞人張稍咬死並救了韋德，話本說這是鬼神遣派老虎來主持人間的公平正義。[41]有趣的是韋德夫婦後來終身念佛，看來像是宣揚佛教教義的故事，骨子裡卻藏著原始宗教的「動物崇拜」概念。[42]本篇的正話還提到老虎報恩的故事，勤自勵因路過大樹坡見一老虎被捕俯首乞憐便心生慈悲放走了牠，日後老虎竟然將自勵被逼改嫁的媳婦啣來還他以報救命之恩。[43]老虎是靈物，可以預知世間即將發生的事，不僅是原始宗教「萬物有靈」的展現，也可以說是一種圖騰主義的動物崇拜。

---

40 馮夢龍：「我如今實對你說，若聽我言語喜喜歡歡，萬事皆休；若生外心，教你滿城皆為血水，人人手攀洪浪，腳踏渾波，皆死於非命。」見氏著：〈白娘子永鎮雷峰塔〉，《警世通言》，卷28，頁438。

41 馮夢龍：「聽韋德訴出其情，方悟張稍欺心使計，謀害他丈夫，假說有虎。後來被虎咬去，此乃神明遣來，剿除凶惡。夫妻二人，感謝天地不盡。」見氏著：〈大樹坡義虎送親〉，《醒世恆言》，卷5，頁95。

42 董曉萍：「原始先民相信自己與所崇拜的動植物之間有親族血緣關係。我國遠古時代流傳下來的許多感生神話與此有關。」見氏著：〈民間信仰與巫術論綱〉，《民俗研究》第2期（1995年），頁81。

43 馮夢龍：「勤自勵猛然想起十年之前，曾在此處破開檻穽，放了一隻黃斑吊睛白額虎。『今日如何就曉得我勤自勵回家，去人叢中啣那媳婦還我，豈非靈物！』遂高聲叫道：『大蟲，謝送媳婦了！』」見氏著：〈大樹坡義虎送親〉，《醒世恆言》，卷5，頁103。

變形的觀念起源於原始宗教的靈魂觀，[44]但是隨著宗教宣揚其神通與應對解決變形的技術、儀式日趨複雜與多元，變形的觀念與展現的樣態也越趨複雜。[45]原始宗教認為靈魂可以附體而且可以附在各種器物上，在擬話本中我們可以看到人變形為動物、人變形為妖等情節，在〈旌陽宮鐵樹鎮妖〉中就有道士作法變形為牛斬妖伏魔的故事。[46]神仙果然變化無窮，展現神通並且還用計將妖怪制服，這是道教借用原始宗教的靈魂觀構造出來的變形世界。在本篇賈玉之女因誤嫁蛟精，與妖相處久了竟也變形為妖，連生下的三個孩子都是妖，這故事志怪玄奇，也是靈魂觀的飄蕩縹緲才能提供作者想像的空間。還有蜘蛛精化為人形，並在人世過正常生活的故事，在〈鄭節使立功神臂弓〉中就有如下的描述：

> 兩個上雲中變出本相相鬥。鄭信在下看時，那裡見兩個如花似玉的仙子？只見一個白一個紅，兩個蜘蛛在空中相鬥。鄭通道：「元來如此。」只見紅的輸了便走，後面白的

---

44 詹・喬・弗雷澤（James G. Frazer）：「在原始人看來，魔術似地變幻體形似乎完全是可信的，他們覺得再自然不過的事就是穀物的精靈被人從他成熟穀粒的老家裡趕出來，它會變成動物逃走，當最後一塊地裡的穀物在收割者的鐮刀下割倒的時候，人們眼見這個動物從最後一塊穀地裡竄出去。」見（英）詹・喬・弗雷澤（James G. Frazer），徐育新等譯：《金枝》（*The Golden Bough*）下冊，頁444。

45 徐志平：「變形神話影響了道教的變化之術，而道教的變化之說，亦反過來影響後起神話中之變形思維。因此，神仙變化之術愈來愈神奇，而人化異類的變形神話亦不斷傳播、演變和發展。」見氏著：《中國古代神話選注》（臺北：里仁書局，2006年），頁172。

46 馮夢龍：「真君舉慧眼一照，乃曰：『今在江滸，化為一黃牛，臥於郡城沙磧之上。我今化為一黑牛，與之相鬥，汝二人可提寶劍，潛往窺之。候其力倦，即拔劍而揮之，蛟必可誅也。』言罷，遂化一黑牛，奔躍而去。」見氏著：〈旌陽宮鐵樹鎮妖〉，《警世通言》，卷40，頁629。

> 趕來，被鄭信彎弓，覷得親，一箭射去，喝聲著，把那白蜘蛛射了下來。[47]

美貌的仙子變形為妖精，虧得鄭信不怕還與她生子，只是弔詭的是在〈旌陽宮鐵樹鎮妖〉中蛟精與人生下的孩子是妖，而本篇蜘蛛精與人生下的孩子竟然是人。在話本中仙子與妖精本來就有模糊的界限，端看作者如何巧妙運用變形靈魂觀來著墨。〈小水灣天狐貽書〉的入話楊寶曾經救過一隻黃雀鳥，後來黃雀鳥卻變形為人來報恩：

> 楊寶心中正在氣悶，只見一個童子單眉細眼，身穿黃衣，走入其家，望楊寶便拜。楊寶急忙扶起。童子將出玉環一雙，遞與楊寶道：「蒙君救命之恩，無以為報，聊以微物相奉。掌此當累世為三公。」楊寶道：「與卿素昧平生，何得有救命之說？」童子笑道：「君忘之耶？某即林中被彈，君巾箱中飼黃花蕊之人也。」言訖，化為黃雀而去。[48]

這是源至原始宗教萬物有靈的概念，後來楊寶果然富貴吉祥仕途也一帆風順。本篇的正話即提到王臣搶了狐精的書而被報復的故事，狐精曾經威脅他：「快把書還了我！尋些好事酬你！若不還時，後來有些事故，莫要懊悔。」[49]可是王臣都不理睬，後來狐精把王臣的家業弄得七零八落，這隻狐精很厲害可以變幻為人形，而且是不同的人形，把兩邊人都弄得迷迷糊糊：「這妖狐卻也奸狡利害哩！

---

47 馮夢龍：〈鄭節使立功神臂弓〉，《醒世恆言》，卷31，頁670。

48 馮夢龍：〈小水灣天狐貽書〉，《醒世恆言》，卷6，頁107。

49 馮夢龍：〈小水灣天狐貽書〉，《醒世恆言》，卷6，頁112。

隔著幾多路，卻會仿著字跡人形，把兩邊人都弄得如耍戲一般。早知如何，把那書還了他去罷。」[50]後來還是讓妖狐用計得逞搶回了書。這篇故事很簡潔地宣揚人們不要觸犯妖魅的禁忌觀點。

著名的「梁祝化蝶」的傳統故事，以變形的方式讓主角超越形軀的死亡，以另一個形式將生命與愛情繼續延續。因此，變形有時具有特殊的否定死亡意涵。[51]如〈李秀卿義結黃貞女〉提到梁祝故事：

> 英臺果然走出轎來，忽然一聲響亮，地下裂開丈餘，英臺從裂中跳下。眾人扯其衣服，如蟬脫一般，其衣片片而飛。頃刻天清地明，那地裂處，只如一線之細。歇轎處，正是梁山伯墳墓。乃知生為兄弟，死作夫妻。再看那飛的衣服碎片，變成兩般花蝴蝶，傳說是二人精靈所化，紅者為梁山伯，黑者為祝英臺。[52]

若不是原始宗教的變形靈魂觀，也不能使傳統故事刻畫得如此唯美，因為現實人生無法滿足的愛情只有變形為蝴蝶來再續前緣，用這種靈魂觀表達中國的愛情文化深刻細膩。

又如〈李公子救蛇獲稱心〉描述李元善心救蛇獲得美女青睞，龍王對李公子稱謝道：「小兒外日游於水際，不幸為頑童所獲；若非解元一力救之，則身為齏粉矣。眾族感戴，未嘗忘報。今既至

---

50 馮夢龍：〈小水灣天狐貽書〉，《醒世恆言》，卷6，頁117。

51 萬建中：「原始初民敘述『變形』是在不自覺地否定死亡，拒絕死亡，渲洩了一種強烈的生命不可毀滅的意識。」見氏著：〈原始初民生命意識的折光──中國上古神話的變形情節破譯〉，《南昌大學學報（社會科學版）》第27卷第2期（1996年6月），頁103。

52 馮夢龍：〈李秀卿義結黃貞女〉，《喻世明言》，卷28，頁433。

此，吾兒可拜謝之。」[53]蛇可以變幻為人形還可以報恩。本篇點出的重要意義在於物靈所遵循或是給予的價值，仍舊是人世間的價值。

除了動物可以互相轉換變形，連寶劍都具靈性，在〈權學士權認遠鄉姑　白孺人白嫁親生女〉的入話就有這樣的情節表現，寶劍可幻化成龍。[54]

人們對物靈變形的感受往往取決於對原物的印象與衡斷。如蛇、鼠、狐狸、老虎之類的變形，則人們的感受是厭惡、恐懼多於尊重。相對的若是龍變形，則明顯有較高的尊崇。顯然，人們將己身世界的價值觀代入物靈變形的意義之中。如此直觀而樸素，正是原始宗教的特點。

三　命定思想

宗教的理論與儀式歸根究柢都維繫在對天命或是至上神的型態、意義、內涵與作用上。一般而言，宗教對於「命定」觀點必須做出解釋，或表達立場，因為相不相信「命定」，相信程度有多少，這都將影響對人世行為與事件之進程與結果的解釋問題。

一般而言，原始宗教信仰相信命定觀，他們以為人一切都已經被至上神或是天所決定了。人們一切的行為舉措不過是依照至上神的藍圖進行，在祂強大的能力底下，我們只能伏首聽命。

然而，人們對於至上神、天命的神祕性與跟自身息息相關的未

53 馮夢龍：〈李公子救蛇獲稱心〉，《喻世明言》，卷34，頁521。

54 凌濛初：「那劍忽在匣中躍出，到了水邊，化成一龍。津水之中，也鑽出一條龍來，湊成一雙，飛舞升天而去。」見氏著：〈權學士權認遠鄉姑　白孺人白嫁親生女〉，《二刻拍案驚奇》，卷3，頁47。

來發展，充滿高度的興趣。因此，雖然命定觀在理論上已經具有籠罩性與不可改變性，但是人們就是對命定的內容充滿興趣，並且發展各種相應的技術來揭開命定的內容。商代流行的占卜，[55]反映人們對於命定充滿了興趣。當然更實用的目的在於，若能提早得知命定，則可以在行為上做出相應的調整。除了占卜的預示，在擬話本中還有夢兆預示、兒歌預示、算命預示、望氣預示等，甚至有些天生命定的說法。在中國小說中出現最多的是夢兆，後來演變有夢占。[56]

1 夢兆預示

〈俞仲舉題詩遇上皇〉中的俞仲舉就是因為皇帝的夢兆得以為朝廷重用。[57]〈老門生三世報恩〉中則描述鮮于同老來中舉的故事，而且從他的夢中得知鮮于同的官運早已命定。[58]這篇故事的主

---

55 我國早期的骨卜、龜卜，一直到筮占、星占、夢占、河圖、洛書、五德終始、望氣、風角、符瑞、譴告、面相、骨相、圖讖、星命、八字、太乙、六壬、奇門遁甲、扶乩等都屬於占卜術的一環，這些占卜術都源於民間巫術。參見吾敬東：〈巫術與古代中國宗教精神〉，《華東師範大學學報》第34卷第2期（2002年3月），頁33-34。

56 這種夢兆的命定思想，起源於人身上無法控制的生理現象，例如心臟的跳動、眼皮的跳動、做夢等，這些不能自主的現象常被迷信為某種事情即將發生的前兆。參見朱天順：《中國古代宗教初探》（臺北：谷風出版社，1986年），頁129。

57 馮夢龍：「再說俞良在孫婆店借宿之夜，上皇忽得一夢，夢遊西湖之上，見毫光萬道之中，卻有兩條黑氣沖天，竦然驚覺。至次早，宣個圓夢先生來，說其備細。先生奏道：『乃是有一賢人流落此地，遊於西湖，口吐怨氣沖天，故託夢於上皇，必主朝廷得一賢人。……』」見氏著：〈俞仲舉題詩遇上皇〉，《警世通言》，卷6，頁73。

58 馮夢龍：「光陰荏苒，不覺轉眼三年，又當會試之期。鮮于同時年六十有一，年齒雖增，矍鑠如舊。在北京第二遍會試，在寓所得其一夢。夢見中了正魁，會試錄上有名，下面卻填做詩經，不是禮記。鮮于同本是個宿學之士，那一經不

旨原是宣揚儒家的師生之情，然而鮮于同之所以能夠應試得第的關鍵是在於「天生的命定」，並應用原始宗教的夢兆概念來建立其師生關係。

又有利用夢兆概念完成人間戀情的故事，在〈宿香亭張浩遇鶯鶯〉中張浩因仰慕鶯鶯不得相見，夢見自己躡足進入鶯鶯家私會佳人，後被人叱責醒來方知是南柯一夢，然而張浩就此自我解讀應是「吉兆」，後果得鶯鶯小姐相約。[59]這可能是張浩日有所思夜有所夢，又可能是巧合，然而卻被作者解讀為夢兆。[60]而在〈趙六老舐犢喪殘生　張知縣誅梟成鐵案〉的入話中，連「不孝」都被解讀為「命定」，並藉由夢兆預示。[61]另有僕人夢中預示老爺另娶他人以示夫人年壽將盡，在〈大姊魂遊完宿願　小姨病起續前緣〉的入話中就有這樣的情節展現。[62]也有以夢兆斷案的情節，在〈許蔡院感夢擒僧　王氏子因風獲盜〉中，被害婦人以謎語託夢辦案的許察

通？他功名心急，夢中之言，不由不信，就改了《詩經》應試。」見氏著：〈老門生三世報恩〉，《警世通言》，卷18，頁250。

59 馮夢龍：「浩大驚退步，失腳墮於砌下。久之方醒，開目視之，乃伏案晝寢於書窗之下，時日將晡矣。浩曰：『異哉夢也！何顯然如是？莫非有相見之期，故先垂吉兆告我！』」見氏著：〈宿香亭張浩遇鶯鶯〉，《警世通言》，卷29，頁450。

60 龔韻蘅：「多數的夢境敘述起來總像個故事，其間有景有物，經常也能拼湊出完整的情節，這些情節是否隱匿著某種主題，伏設著深具意涵的類喻，正是人們試圖去蠡測的。」見氏著：《兩漢靈冥世界觀探究》（臺北：文津出版社，2006年），頁179。

61 凌濛初：「他老夫妻兩個，原是極溺愛這兒子的，想起道：『當初受孕之時，夢中四句言語說：『求來子，終沒耳；添你丁，減你齒。』今日老兒落齒，兒子齧耳，正此驗也。這也是天數，不必說了。』」見氏著：〈趙六老舐犢喪殘生　張知縣誅梟成鐵案〉，《拍案驚奇》，卷13，頁178。

62 凌濛初：「今早當廚老奴在廚下自說：『五更頭做一夢，夢見相公再娶王家小娘子。』夫人知道了，恐怕自身有甚山高水低，所以悲哭了一早起了。」行修聽罷，毛骨聳然，驚出一身冷汗，想道：『如何與我所夢正合？』」見氏著：〈大姊魂遊完宿願　小姨病起續前緣〉，《拍案驚奇》，卷23，頁337。

院，以找出殺身的仇人。[63]由此可見原始宗教的「夢兆」對民間文化的影響。[64]

2 占卜預示

占卜的興起是源於對「精靈」的相信，透過徵兆預測未來。[65]在〈趙伯昇茶肆遇仁宗〉中，趙旭考取功名後，因一字之誤不肯認錯被皇帝罷黜，後皇帝夢到一金甲神人前來指示，隔日便招來天臺苗太監占卜。[66]後仁宗皇帝微服出巡遇得此人，皇帝驚懼於鬼神的力量，於是重新啟用此人，貴為九五之尊的皇帝也相信這是趙旭的「命定」。在〈感神媒張德容遇虎　湊吉日裴越客乘龍〉中有李半仙以占卜預示婚期，[67]後來一番波折，還煩勞老虎親送新娘到舟成

---

63 凌濛初：「晚間朦朧睡去，只見一個秀才同著一個美貌婦人前來告狀，口稱被人殺死了。許公道：『我正要問這事。』婦人口中說出四句道：無髮青青，彼此來爭，土上鹿走，只看夜明。許公點頭記著，正要問其詳細，忽然不見。」見氏著：〈許蔡院感夢擒僧　王氏子因風獲盜〉，《二刻拍案驚奇》，卷21，頁419。

64 朱天順：「納入夢兆的夢的內容，也越來越多，甚至無所不包，只要睡覺得了夢，就可以根據該夢來分析成敗、吉凶。」見氏著：《中國古代宗教初探》，頁134。

65 馬克斯・韋伯（Max Webber）：「『占卜』的技巧最初來自對精靈的相信，這些精靈根據某些秩序原則而起作用，比如對生物。一旦知道了精靈如何起作用，人們就可以在以前經驗的基礎上，根據徵兆和預兆來預測他們的行為，以便推測其意圖，……。」見（德）馬克斯・韋伯著（Max Webber），劉援、王予文譯：《宗教社會學》（*The sociology of religion*），頁93。

66 馮夢龍：「仁宗宣問司天臺苗太監曰：『寡人夜來得一夢，夢見一金甲神人，坐駕太平車一輛，上載九輪紅日，此夢主何吉凶？』苗太監奏曰：『此九日者，乃是個『旭』字，或是人名，或是州郡。』仁宗曰：『若是人名，朕今要見此人，如何得見？卿與寡人占一課。』見氏著：〈趙伯昇茶肆遇仁宗〉，《喻世明言》，卷11，頁172。

67 凌濛初：「李老道：『據看命數已定，今年決然不得成親，吉日自在明年三月初三日。先有大驚之後，方得會合，卻應在南方。冥數已定，日子也不必選，早

親，應驗了占卜預示，民眾還為老虎立了「虎媒之祠」。

比較有趣的是，擬話本中描述有人利用卜卦算命以逞私欲。在〈三現身包龍圖斷冤〉中的孫押司之妻因與情人私通，設下陷阱要將孫押司置於死地，剛巧孫押司在日間被人卜卦算命說「今年今月今日死」，其妻將計就計將其害死。[68]這個故事最終結局是卜卦者準確地預測出主角的死亡日期，反映人們對於卜卦神祕性質還是相當尊重。

3 算命預示

「占卜術」只是側重於占驗行動之可否及吉凶，無法推知一個人的終生命運，所以後來人們開始探索獲知命的技術，也就是算命術。[69]在〈鈍秀才一朝交泰〉中就有算命預示的情節，鈍秀才時運不濟所以找人算命，先生預測他三十二歲運不好，之後享有五十年的榮華，而這個預示非常準確。[70]〈韓秀才乘亂聘嬌妻　吳太守憐

一日不成，遲一日不得。』」見氏著：〈感神媒張德容遇虎　湊吉日裴越客乘龍〉，《拍案驚奇》，卷5，頁69。

68 馮夢龍：「押司看了，問道：『此卦主何災福？』先生道：『實不敢瞞，主尊官當死。』又問：『卻是我幾年上當死？』先生道：『今年死。』又問：『卻是今年幾月死？』先生道：『今年今月死。』又問：『卻是今年今月幾日死？』先生道：『今年今月今日死。……』見氏著：〈三現身包龍圖斷冤〉，《警世通言》，卷13，頁168。

69 高壽仙：「很早以前，人們便發明了占卜的方法以期對未知領域有所了解。但是，儘管占卜的方式多種多樣，但都側重於占驗行動之可否及一時之吉凶，無法推知一個人終生的命運，也無法解釋人生的全部問題，特別是社會中經常呈現出來的消極性問題。」見氏著：《中國宗教禮俗》（臺北：百觀出版社，1994年），頁349。

70 馮夢龍：「先生道：『只嫌二十二歲交這運不好，官煞重重，為禍不小。不但破家，亦防傷命。若過得二十一歲，後來到有五十年榮華。只怕一丈闊的水缺，雙腳跳不過去。』」見氏著：〈鈍秀才一朝交泰〉，《警世通言》，卷17，頁233-234。

才主姻簿〉的入話還有小姐以相術為自己覓得如意郎君。[71]

在〈巧書生金鑾失對〉的入話中就有人因命中注定貧賤，雖然被封為三品官職，但當天就應一命嗚呼，無福消受。[72]又如〈乞丐婦重配鸞儔〉中也敘述一女子因具男相，可以享榮華富貴的故事。[73]

擬話本除了算命預示，還有兒歌預示的情節，如〈汪信之一死救全家〉中以兒歌預示注定了汪信之的死期：「二六佳人姓汪，偷箇船兒過江。過江能幾日？一盃熱酒難當。」[74]後來汪信之服毒自盡，小說是這樣解釋兒歌的預示。[75]汪革會自殺而死是命中注定，這種原始的命定觀藉由兒歌預示呈現。而天上熒惑星會化身成小兒，也是一種未知的神祕力量。除了兒歌預示外，在〈拗相公飲恨半山堂〉中還有「望氣預示」的情節，故事中提到有一高士邵雍精於數學，他曾說天下將亂地氣自南而北，那時候的地氣正好由北而

71 凌濛初：「小姐房中看過，便對哥哥說道：『公孫黑，官職又高，面貌又美，只是帶些殺氣，他年決不善終。不如嫁了公孫楚，雖然小小有些折挫，久後可以長保富貴。』」見氏著：〈韓秀才乘亂聘嬌妻　吳太守憐才主姻簿〉，《拍案驚奇》，卷10，頁132。

72 周清源：「太宗只得封他三品官職，取紫袍金帶賜之。王顯謝恩而出，方才出朝，不覺頭痛發熱起來，到半夜便已嗚呼哀哉了。太宗嘆息道：『我道他無福，今果然矣。』這不是天生的賤相麼！」見氏著：〈巧書生金鑾失對〉，《西湖二集》（臺北：三民書局，1998年），卷3，頁56。

73 天然癡叟：「至於額有主骨，眼有守精，鼻有梁柱，女人具此男相。據此面部三種，以卜他具體三種，定然是個富貴女子。只嫌淚堂黑氣，插入耳根，面上浮塵互於髮際，合受貧苦一番，方得受享榮華。」見氏著：〈乞丐婦重配鸞儔〉，《石點頭》（臺北：三民書局，1998年），卷6，頁145。

74 馮夢龍：〈汪信之一死救全家〉，《喻世明言》，卷39，頁618。

75 馮夢龍：「汪革這一死，正應著宿松城下小兒之歌。他說『二六佳人姓汪』，汪革排行十二也；『偷箇船兒過江』，是指劫船之事；『過江能幾日？一盃熱酒難當』，汪革今日將熱酒服毒，果應其言矣。」見氏著：〈汪信之一死救全家〉，《喻世明言》，卷39，頁624。

南，正印證了王安石變法擾民之事。[76]這種以地氣的方向預測未來吉凶，正是望氣的預示。

算命術雖然不具預言實現的保證性，但是卻得到廣大民眾的認同。其中有個關鍵是算命不是簡單的誇談，在中國算命技術發展的相當完整，並且具有一定的理論性與操作程度的複雜性。[77]中國算命術的發達，反映出民間對於算命術是熱烈歡迎，有很高的接受程度。職是之故，傳統以來中國人相信命定，多以「相命」的方式來論人富貴，並相信「命裡無時莫強求」的觀點。

4 天生命定

以上所言是人們主動去向未知的力量尋求預示，在擬話本中另有一股命定的力量，不需要主人翁主動去尋求它就會發生，這就是「命運」。[78]在〈蘇知縣羅衫再合〉中蘇知縣往蘭溪縣上任時，誤將搶匪認作船員，其中有一善良的徐用，勸誡其兄「少年科甲」應是天上星宿轉世的，不要傷害他以免遭到天譴，但其兄不為所勸，

---

76 馮夢龍：「『天下將治，地氣自北而南；天下將亂，地氣自南而北。洛陽舊無杜宇，今忽有之，乃地氣自南而北之徵。不久天子必用南人為相，變亂祖宗法度，終宋世不得太平。』這個兆，正應在王安石身上。」見氏著：〈拗相公飲恨半山堂〉，《警世通言》，卷4，頁42。

77 高壽仙：「算命術雖屬迷信，但又有一套玄奧的推理技術，內容十分複雜。大體言之，算命術的方法主要把人出生時所值的年、月、日、時都化為干支，然後再把干支轉化為五行，根據五行相生相剋的原理進行推論。」見氏著：《中國宗教禮俗》，頁351。

78 馬克斯・韋伯（Max Webber）：「當然，這些超神的力量會採取各種不同的形式。首先它以「命運」的面目出現。在希臘語中命運（moira）是非理性，而且尤其是，每個人的命運根本上是合乎倫理的，預定論。」見（德）馬克斯・韋伯著（Max Webber），劉援、王予文譯：《宗教社會學》（*The sociology of religion*），頁95。

後來果然得到報應。[79]後蘇知縣被搶匪推下水，但是最終獲救，話本解釋說這是「死生有命」。[80]中國人相信「死生有命」，可以說是將人的可能性作了某種限制。[81]情節最後敘述蘇知縣的兒子，以一件當年的信物——羅衫和他的親身祖母相認，從此一家團圓。這個故事典型地傳達了明代民眾的「命定觀」，官員原是命定的星宿投胎轉世，而命不該絕的必定能長命百歲，甚至是分崩離析的一家人，也有可能因為「天生命定」再次團圓。

又如〈施潤澤灘闕遇友〉提到「錢財」的命定觀，施復因平日行善得到好報，一日在自家施工的時候竟發現一大堆銀子，而當天就有一老漢前來敘述，這些銀子原本是他的，只是命中注定不屬於他，所以晚上這銀子還到夢裡來告別並說明去處，老漢便循著夢中的指示來到施家，果然無誤。[82]不只是「生死有命」，連錢財都是命中注定。在擬話本中反映出民眾樸實的「死生有命、富貴在天」之命定觀。不只生命的長短與富貴利祿都是天生命定，甚至連「婚

79 馮夢龍：「況且少年科甲；也是天上一位星宿，哥哥若害了他，天理也不容，後來必然懊悔。」見氏著：〈蘇知縣羅衫再合〉，《警世通言》，卷11，頁135。

80 馮夢龍：「再說蘇知縣被強賊抑入黃天蕩中，自古道：『死生有命』，若是命不該活，一千個也休了，只為蘇知縣後來還有造化，在水中半沈半浮，直氽到嚮水閘邊。」見氏著：〈蘇知縣羅衫再合〉，《警世通言》，卷11，頁140。

81 伍曉明：「說命可能首先讓人想到中國傳統的天命觀念。但在日常生活中，中國人信的是那個不以『天』為定語的『命』，或者至少也是一個天已由之悄然隱去的命。古語有『安之若命』，今人則說『人不跟命爭』或『認命』。這些說法均蘊涵著，命標誌著人或人力的限度或邊界。而這也就是說，這一意義上的命標誌著人本身——人的可能性的某種限度或邊界。」見氏著：〈從「死生有命」展開的思考〉，《中國哲學史》第2期（2005年），頁19。

82 馮夢龍：「不想今早五鼓時分，老漢夢見枕邊走出八個白衣小廝，腰間俱束紅絛，在床前商議道：『今日卯時，盛澤施家豎柱安梁，親族中應去的，都已到齊了。我們也該去矣。』」見氏著：〈施潤澤灘闕遇友〉，《醒世恆言》，卷18，頁352。

姻」也是天生命定的，擬話本中充分反映原始民眾這種樸素的思考，在〈感神媒張德容遇虎　湊吉日裴越客乘龍〉的入話就有這樣的故事，因小姐所配非人，在新郎揭開蓋頭時，小姐變為驚人醜貌嚇走新郎，[83]使新娘另擇「命定郎君」嫁之。女子擇良人而嫁，但可否貴為二品夫人也是「天生命定」，又如〈韓侍郎婢作夫人　顧提控椽居郎署〉中有金甲神人夢示新郎，其新娶之妾乃二品夫人之命格，不可造次。[84]於是新郎將之收為義女，另擇人嫁之，果然貴為二品夫人。

原始人類以「萬物有靈」的觀念看待世界，以自己為主向外界投射認為一切東西都和自己一樣具有生命，而面對強大自然界的威脅，他們常常會利用巫術來達成自己的需要和目的，這便是原始宗教的濫觴，而中國的原始宗教意識亦是以此觀念展開發展的。

在擬話本中我們看到民眾對「鬼神」的信仰，鬼神不但可掌管人間的姻緣，還可以威脅人間的判官來決定生死，甚至可以「預示」人間的禍福，所以有人利用民眾畏懼鬼神的心理來達其所願，在擬話本中反映出人民非常害怕鬼神的「復仇」。而介於神鬼之間的「妖」亦是人們害怕的對象，如果有恩於妖可以招來善報，反之，觸犯妖魅必帶來惡報，這是原始宗教「萬物有靈」的觀念。

因為擬話本的書寫必須顧慮到讀者的需求，而原始宗教是民眾最熟悉的宗教信仰，所以在擬話本中我們可以看到原始宗教的「鬼

83 凌濛初：「盧生道：『小弟揭巾一看，只見新人兩眼通紅，大如朱盞，牙長數寸，爆出口外兩邊。那裡是個人形？與殿壁所畫夜叉無二。膽俱嚇破了，怎不驚走？』」見氏著：〈感神媒張德容遇虎　湊吉日裴越客乘龍〉，《拍案驚奇》，卷5，頁67。

84 凌濛初：「朦朧中見一個金甲神人，將瓜鎚撲他腦蓋一下，蹴他起來道：『此乃二品夫人，非凡人之配，不可造次胡行！若違我言，必有大咎。』」見氏著：〈韓侍郎婢作夫人　顧提控椽居郎署〉，《二刻拍案驚奇》，卷15，頁304。

神信仰」、「萬物有靈」的觀念以及夢兆、占卜、相命術等預測命運的「命定思想」一再地被書寫，「死生有命，富貴在天」的觀念反覆地在擬話本中出現，甚至連「婚姻」都是命定的。當然在民間不會討論到命定與預測術其實是一種可能會產生衝突的矛盾。如既然命定是無可改變，則預測技術就算準確地預知命定，則焉可改變？另一方面來看，如果人們可以以預知的方式停止命定，則命定的力量未免也太過微小，又焉可以言絕對命定？由擬話本來看，民間對於命定的性質沒有深刻的理解，不管是絕對命定還是部分命定，他們只是簡單地相信命定的存在，並且以為預測術的結果將可以為他們提供趨吉避凶的法門。

從先秦到明代原始宗教的信仰一直在中國穩定地發展並沒有消失，而擬話本中常常出現的中國原始宗教之「鬼神信仰」及「巫術觀念」影響到中國的佛教、道教及其他宗教。總之，文化的累積從先秦到明代沒有斷裂過，原始宗教質樸的概念在民間持續流傳，並且被後期宗教所吸收。

第二節　佛教的宗教內涵

在明代擬話本中呈現非常多佛教的宗教內涵，包括因果業報的思想、轉世輪迴的觀念，當然還有一些是修行者貪財好色的負面故事呈現，最吸引民眾的則是佛教「神通異變」的能力。

一　因果報應

「因果報應」理論亦為佛教的基本教義之一，佛陀認為世間一切的存在都有它的因果關係，所謂善惡有報。因果報應學說是在

「四聖諦」及「十二因緣學說」的基礎下發展而成的。[85]

如〈前世怨徐文伏罪　兩生冤無垢復讎〉中有一人在外極為柔順，回到家便與父母頂嘴，原來是仇人投胎為兒子報仇所致。[86]又如〈蔣興哥重會珍珠衫〉故事中吳大郎因為調戲人妻，最後得到報應：其妻嫁與蔣興哥為妻，自己卻死於非命。正如本篇入話中所云:「勸人安分守己，隨緣作樂，莫為『酒』、『色』、『財』、『氣』四字，損卻精神，虧了行止。求快活時非快活，得便宜處失便宜。說起那四字中，總到不得那『色』字利害。」[87]傳統對於性有很多的禁忌，並且往往視為檢證道德的重要標準。吳大郎便是違反性的道德，觸犯性道德的標準，故代價就是失去生命。而吳知縣成全三巧兒，最後升官發財，正如本篇結尾所云：

> 珠還合浦重生采，劍合豐城倍有神。堪羡吳公存厚道，食財好色競何人！此人向來艱子，後行取到吏部，在北京納寵，連生三子，科第不絕，人都說陰德之報，這是後話。再說蔣興哥帶了三巧兒回家，與平氏相見。論起初婚，王氏在前：只因休了一番，這平氏到是明媒正娶，又且平氏年長一歲，讓平氏為正房，王氏反做偏房。[88]

吳知縣做好事連生三子，三巧兒一時失足，從正室變為偏房便是報

---

85 方立天：《佛教哲學》（北京：中國人民出版社，1987年），頁156。

86 陸人龍：「只是這徐英，生得標緻，性格兒盡是溫雅，但有一個，出門歡喜入門惱。在學中歡歡喜喜，與同伴頑，也和和順順的，一到家中，便焦躁。對著徐文也不曾叫個爺，背著彭氏也不曾叫個娘，開口便是『老奴才』、『老畜生』、『老淫婦』、『老養漢』。」見氏著：〈前世怨徐文伏罪　兩生冤無垢復讎〉，《型世言》，收入《明代小說輯刊》第1輯第2冊，回35，卷9，頁576。

87 馮夢龍：〈蔣興哥重會珍珠衫〉，《喻世明言》，卷1，頁1。

88 馮夢龍：〈蔣興哥重會珍珠衫〉，《喻世明言》，卷1，頁32。

應。在〈沈小霞相會出師表〉亦宣揚善有善報的思想，沈小霞之父生前上書嚴嵩父子的罪狀，雖然中間經歷磨難重重並被陷害，但最後卻得到善報，擬話本在結尾處這樣評論：「當初只道滅門絕戶，如今依舊有子有孫；昔日冤家，皆惡死見報。天理昭然，可見做惡人的到底喫虧，做好人的到底便宜。」[89]這亦是佛教報應觀的延續，只是在現世完成報應而已，擬話本反映這種善惡有報的思想不勝枚舉。

在〈鈍秀才一朝交泰〉的入話就有因為糟蹋糧食不懂得惜福而遭受到報應的故事，故事中吳涯丞相在富有的時候曾經暴殄糧食，在他落魄的時候隔壁的老僧以精米救濟他，才知救濟之物是他平日暴殄的糧食經由老僧日曬後所得，是夜丞相遂自殺而死。[90]在故事中，浪費食物是種因，落魄身死是果報，兩者在同一時空中順接完成，這樣的故事對平民百姓自然有恫嚇作用。[91]

又如〈呂大郎還金完骨肉〉的入話亦提到一則有關作惡得報的故事，故事中的金員外因討厭自己妻子布施僧侶，竟然惡從心生做了毒餅布施僧眾，那和尚在不知情的狀況下將餅子轉送給來寺廟遊玩的金員外之子，兩個小官人頓時七竅流血身亡。[92]這就是惡有惡

---

89 馮夢龍：〈沈小霞相會出師表〉，《喻世明言》，卷40，頁657。

90 馮夢龍：「老僧道：『此非貧僧家常之飯，乃府上滌釜洗碗之餘，流出溝中，貧僧可惜有用之物，棄之無用；將清水洗盡，日色曬乾，留為荒年貧丐之食。今日誰知仍濟了尊府之急。正是一飲一啄，莫非前定。』」見氏著：〈鈍秀才一朝交泰〉，《警世通言》（臺北：桂冠圖書公司，1984年），卷17，頁232。

91 周齊：「這種業報說在當時無論是對於統治階層，還是對百姓平民，都會起到恫嚇作用，但更為顯見的卻是論證了現實的合理性，說現實生活中的一切都『定數』。」見趙樸初、任繼愈等著：〈慧遠及其因果報應說〉，《佛教與中國文化》（臺北：國文天地雜誌社，1988年），頁260。

92 馮夢龍：「學童道：『方才到福善庵吃了四個餅子，便叫肚疼起來。那老師父說，這餅子原是我家今早把與他喫的。他不捨得喫，將來恭敬兩位小官人。』

報，話本藉由這樣的筆法宣揚佛教思想，隱隱呈現不可吝於布施僧侶的觀點。而本篇的正話則述敘「善有善報」的故事，故事中的呂玉因為拾金不昧，因此累積功德，所以能夠和失散多年的兒子再度重享天倫之樂。

還有〈陳御史巧勘金釵鈿〉中梁尚賓誘騙魯公子的未婚妻，致使其未婚妻自縊身亡，後來魯公子竟娶梁尚賓的前妻田氏：

> 到完婚以後，田氏方才曉得就是魯公子，公子方才曉得就是梁尚賓的前妻田氏。自此夫妻兩口和睦，且是十分孝順。顧僉事無子，魯公子承受了他的家私，發憤攻書。顧僉事見他三場通透，送入國子監，連科及第。所生二子，一姓魯，一姓顧，以奉兩家宗祀。梁尚賓子孫遂絕。[93]

梁尚賓行騙他人妻子，導致惡有惡報並且絕子絕孫，而被害者魯公子還得到梁尚賓的前妻，功成名就子孫滿堂，此為善報，以此教化世人莫做虧心事，歸納這兩則故事的宗旨不外是教人「戒色」，而且他的報應皆是在現世中完成的。

另有殺人償命的報應，且在現世中完成，在〈王大使威行部下　李參軍冤報生前〉中講述被殺的少年在現世投胎，在偶然的機遇下巧遇仇人，[94]雖不認識卻一見就討厭，隨即利用權勢殺了仇

金員外情知蹺蹊了，只得將砒霜實情對阿媽說知。」見氏著：〈呂大郎還金完骨肉〉，《警世通言》，卷5，頁54。

93 馮夢龍：〈陳御史巧勘金釵鈿〉，《喻世明言》（臺北：桂冠圖書公司，1984年），卷2，頁59。

94 凌濛初：「及到席間，燈下一見王公之貌，正是我向時推在崖下的少年，相貌一毫不異。一拜之後，心中悚惕，魂魄俱無。曉得冤業見在面前了。」見氏著：〈王大使威行部下　李參軍冤報生前〉，《拍案驚奇》，卷30，頁449。

人。這是佛家勸人戒殺的故事，也充分說明報應不爽。果報的報償方式有很多種類，如損失錢財、遭受折磨、孤苦一生，甚至是喪失生命。果報的原則大抵上還是有一定的比例原則存在，業大則報重。如〈楊抽馬甘請杖　富家郎浪受驚〉入話中就提到前世之小怨，今世則被輕微責打的形式償還業報。[95]

比較有趣的是在某些宣揚道教教義的小說中提到佛教的報應觀。[96]顯見百姓報應觀念有很高的接受度。就某方面來看，報應觀念展現出行為與後果的必然連結性，也就是說，行為的後果必有公平與正義的理則，這種理則性將超越時間與空間的限制，這樣的說法讓百姓對於人間的苦難與不平，有了足以安頓身心的解釋。

二　轉世輪迴

釋迦牟尼佛把「業力說」和「輪迴說」結合起來，就成為佛教「輪迴業報」的主張。[97]在〈月明和尚度柳翠〉故事中描述了和尚

95 凌濛初：「此乃我前生欠下他的。昨日微服閒步，正要完這夙債。今事已畢，這官人原沒甚麼罪過，各請安心做官罷了，學生也再不提起了。」見氏著：〈楊抽馬甘請杖　富家郎浪受驚〉，《二刻拍案驚奇》，卷33，頁605。

96 周清源：「當時赫連勃勃，畫佛於背，迫僧禮拜，天雷震死；子昌滅佛教，身死國滅。魏太武除僧毀寺，見弒人手。周武帝除佛法，次年晏駕，子夭國死。唐武宗去塔寺，亦以次年崩，無子。宋徽宗改佛為金仙，約僧留髮，遂為金人所擄。報應昭然，豈可不信？」見氏著：〈吳山頂上神仙〉，《西湖二集》，卷25，頁505-506。

97 方立天：「所謂輪迴，『輪』是車的輪盤，『迴』指車的轉動。輪迴是比喻眾生的生死流轉，永無終期，猶如車輪旋轉不停一般。」、「他把靈魂不滅、輪迴不斷的主張，稱為『常見』外道，認為是一種將靈魂和輪迴視為恆常實有的錯誤理論；又把否定靈魂和輪迴的主張，稱為『斷見』外道，說它是一種斷滅心身的錯誤理論。他從主體的行為和道德責任的角度出發，吸取和改造了其他流派的思想，把業力說和輪迴說結合起來，闡發了業報輪迴的主張。」見氏著：《中國佛教文化》（北京：中國人民大學出版社，2006年），頁106-107。

轉世的故事，玉通禪師因得罪柳府尹被設計破戒，他自知破了色戒便隨即坐化而去且寫下了八句辭世頌：「自入禪門無掛礙，五十二年心自在；只因一點念頭差，犯了如來淫色戒。你使紅蓮破我戒，我欠紅蓮一宿債；我身德行被你虧，你家門風還我壞。」[98]後玉通禪師即投胎為柳府尹的女兒，並且壞其門風四處與人私通，最後還成為妓女。本故事描述得道的高僧利用轉世實踐因果報償，表達業報必還的理則堅持。其中另外一個引人注目的焦點在於對「轉世輪迴」的觀念深信不疑。

〈明悟禪師趕五戒〉故事中亦描述了和尚轉世的故事，明悟禪師轉世為佛印，五戒禪師則轉世為蘇東坡，一日東坡與佛印相約到前世修行的孝光禪寺，印證轉世因果之不虛。[99]東坡對前世的影像歷歷在目甚至在夢中出現。佛教主張形軀只是暫時於人間停駐的借物，當形軀敗壞，人的靈魂可以脫離身軀，在輪迴轉世的過程中，藉著另一個形軀繼續在人世間繼續生滅的循環。

又如〈梁武帝累修歸極樂〉亦提到轉世說，以為此世因緣聚會的親朋好友，在前世都有一段因緣才能在此生相聚。[100]而本篇又提到梁武帝的前世更是精彩，梁武帝原來是畜生道的曲蟮，因為聽經不斷的增上生，先是投胎為范道在光化寺出家，後又投胎為大財主黃岐之子黃復仁，第三世則投胎到帝王之家成為梁武帝蕭衍。古代

98 馮夢龍：〈月明和尚度柳翠〉，《喻世明言》，卷29，頁446。

99 馮夢龍：「訪問僧眾，備言五戒私污紅蓮之事。那五戒臨化去時，所寫《辭世頌》，寺僧兀自藏著。東坡索來看了，與自己夢中所題四句詩相合，方知佛法輪迴並非誑語，佛印乃明悟轉生無疑。」見氏著：〈明悟禪師趕五戒〉，《喻世明言》，卷30，頁469-470。

100 馮夢龍：「黃復仁化生之時，卻原來養娘轉世為范雲，二女侍一轉世為沈約，一轉世為任昉，與梁公同在竟陵王西府為官，也是緣會，自然義氣相合。」見氏著：〈梁武帝累修歸極樂〉，《喻世明言》，卷37，頁577。

帝王是天下最富貴、最幸運的象徵，甚至還需要某種「天命」。本篇主角能夠得到地位，主要是因為其本尊不斷念經修行，所以可以累世增加功德，福澤增生。

如〈拗相公飲恨半山堂〉中，王安石因為施政激進，致使民怨沖天，所以百姓將畜養的畜生喚為「王安石」，這便是民眾懷抱樸實的佛教思想，咒怨王安石作惡多端下輩子會輪迴到畜生道。[101]由於佛教有六道輪迴的觀念，因此報償的結果往往顯現在「六道輪迴」的升降之中。[102]

在擬話本中不只修行者可以自由選擇自己生死的時間，由此延伸的神奇事蹟，還包括投胎為仇人子女報仇的故事，在〈王大使威行部下　李參軍冤報生前〉中就有這樣的情節，[103]雖然這是為了宣揚佛教因果業報而有的情節，但凡人皆有此能力，那麼人們又何必需要修行了脫生死呢？這是擬話本中遺留下的問題。由此還可看出民間流傳已久的「子女是來討債」的樸素思想。又如〈訴窮漢暫掌

---

101 馮夢龍：「故此民間怨恨新法，入於骨髓。畜養雞豕，都呼為拗相公、王安石，把王安石當作畜生。今世沒奈何他，後世得他變為異類，烹而食之，以快胸中之恨耳！」見氏著：〈拗相公飲恨半山堂〉，《警世通言》（臺北：桂冠圖書公司，1984年），卷4，頁46。

102 《添品妙法蓮華經》，卷1：「六道眾生生死所趣。」見《大正藏》（臺北：新文豐出版公司，1983年《東京大藏出版株式會社》影印本），冊9，第264號，頁135下22。《佛說觀佛三昧海經》，卷6：「三界眾生輪迴六趣，如旋火輪。」見《大正藏》，冊15，第643號，頁674中22。佛教理論以為一切眾生從無始以來，就在六道中輪迴流轉。六道是：地獄道、畜生道、餓鬼道、阿修羅道、人道、天道。六道輪迴的原則大致是善者入天、人、阿修羅之三善道，惡者入三惡道。

103 凌濛初：「父母正要問他詳細，說自家思念他的苦楚，只見雲郎忽然變了面孔，挺豎雙眉，扯住父衣，大呼道：『你陷我性命，盜我金帛，使我啣冤茹痛四五十年，雖曾費耗過好些錢，性命卻要還我，今日決不饒你！』」見氏著：〈王大使威行部下　李參軍冤報生前〉，《拍案驚奇》，卷30，頁444。

別人錢　看財奴刁買冤家主〉的入話也講述仇人轉世償業報的故事，張善友兩個兒子相繼而亡，他到東嶽大帝前告苦，才知大兒子前世偷了自家財物今世來償還的，二兒子是前世仇人特來尋仇，因緣了結便相繼而亡。[104]而〈庵內看惡鬼善神　井中談前因後果〉的入話也有類似的情節，丘俊前生寄放銀兩在今世親娘處，今生投胎為其子散盡家財，數目剛好是當年寄放之資。[105]這個故事表達「輪迴業報」觀點中，一切皆有定數，而且保證公平的原則。

佛教的「因果報應」論認為做惡會在三世感惡果，也就是行為的報償並不一定在固定的時間空間中出現，相對應關係有可能出現在「三世」任何一個時間點上。佛教傳入中國之後有了「轉世輪迴」說並提到「地獄觀」，這些因宗教傳入後改變的思想也提供了小說創作者更多的素材。在〈桂員外途窮懺悔〉一文中就提到了轉世輪迴的情節，桂員外因做了忘恩負義的事，已死的兒子附身在生病母親的身上敘述全家的因果報應，明示家人為贖前罪將投胎為犬報答恩人。[106]人能夠轉世為犬，這觀念應該是受到佛教六道輪迴中「畜生道」說法的影響。這個故事對人們來說具有強烈的威嚇意味，這表達出人們對於轉世輪迴具有高度的敬畏之心。

佛教以三世說吸引了中國人的目光，它利用三世說來傳達「因

---

104 凌濛初：〈訴窮漢暫掌別人錢　看財奴刁買冤家主〉，《拍案驚奇》，卷35，頁534-535。

105 凌濛初：「丘俊的大娘，看見房裡坐的不是丘俊的模樣，吃了一驚。仔細看時，儼然是向年寄包裹的客人南少營。（中略）不多幾時，酒色淘空的身子，一口氣不接，無病而死。伯皐算算所費，恰正是千金的光景。」見氏著：〈庵內看惡鬼善神　井中談前因後果〉，《二刻拍案驚奇》，卷24，頁470。

106 馮夢龍：「冥王以我家負施氏之恩，父親曾有犬馬之誓，我兄弟兩個同母親於明日往施家投於犬胎。一產三犬，二雄者我兄弟二人，其雌犬背有肉瘤者，即母親也。父親因陽壽未終，當在明年八月中亦託生施家做犬，以踐前誓。」見氏著：〈桂員外途窮懺悔〉，《警世通言》，卷25，頁391。

果業報」的思想。[107]所謂「輪迴」，指的是眾生的生死流轉像車輪一樣，不停旋轉永無終期。最明顯的一篇是〈閒雲庵阮三償冤債〉，故事中阮三因為和小姐在佛寺幽會後就暴斃身亡，事後阮三託夢於小姐自述因果，表達複雜的因果交雜關係。阮三因為前世欠下了感情債，所以在今生償還並因此喪失了生命，亦是佛教利用三世說來表達果報思想的例證。[108]

根據佛經的說法，眾生所造的業會感得果報，報分為現報、生報、後報，今生的業會感得來世的果報，甚至可能要到地獄受報。[109]在擬話本中就有一則故事的果報是在來世完成的還兼雜「地獄說」[110]，即為〈鬧陰司司馬貌斷獄〉，故事中重湘怨天尤地毀謗

---

107 方立天：「佛教的因果論和中國傳統報應觀念相融合，形成一種新的命運論，即善得善報，惡得惡報，人在過去、現在、未來三世輪迴的觀念。這種觀念不僅長期以來支配了不少平民百姓的人生觀，而且改變了一部分士大夫階層的價值觀。」見氏著：《中國佛教文化》，頁418。

108 馮夢龍：「小姐，你曉得夙因麼？前世你是個揚州名妓，我是金陵人，到彼訪親，與你相處情厚，許定一年之後再來，必然娶你為妻。及至歸家，懼怕父親，不敢稟知，別成姻眷。害你終朝懸望，鬱鬱而死。因是夙緣未斷，今生乍會之時，兩情牽戀。閒雲庵相會，是你來索冤債；我登時身死，償了你前生之命。」見氏著：〈閒雲庵阮三償冤債〉，《喻世明言》，卷4，頁93。

109 周齊：「根據佛典所說，眾生造作的『業』由於呈現的形式和程度有區別，而『報』也有『三報』：現報、生報、後報。慧遠解釋說，人是由『心』來承受報應的，而『業』也是由『心』自感、自應形成的，表現出來就成『三業』。『心』的感應有快慢，所以報應也有了先後。今生之報往往是前世作業的結果，福禍倚伏，在前世就確定了，所以現世就會有善人得惡報，惡人得善報的情況，對於這些人來說，現世的行為應得的報應還未顯現。」見趙樸初、任繼愈等著：〈慧遠及其因果報應說〉，《佛教與中國文化》，頁260。

110 方立天：「這是六凡中地位最低、最為痛苦的受罪處。作惡多端、罪行累累的就在這裡受罪。佛教通常描繪地獄裡面烈火熊熊，布滿熾熱的銅床鐵柱，墮落在地獄裡的要受火焚燒。地獄有三類，第一類是根本地獄，其中又分八熱地獄和八寒地獄。如八熱地獄中的第八阿鼻地獄，也稱無間地獄，罪人受苦永無間斷，最為痛苦。第二類是近邊地獄，第三類是孤獨地獄，在山間曠野、樹下空中等處。」見氏著：《中國佛教文化》，頁100。

陰司，閻王笑道：

> 天道報應，或遲或早，若明若暗；或食報於前生，或食報於後代。假如富人慳吝，其富乃前生行苦所致；今生慳吝，不種福田，來生必受餓鬼之報矣。貧人亦由前生作業，或橫用非財，受享太過，以致今生窮苦；若隨緣作善，來生依然豐衣足食。由此而推，刻薄者雖今生富貴，難免墮落；忠厚者雖暫時虧辱，定注顯達。[111]

這段話明顯有佛教因果報應輪迴的思想，也就是報應並不一定在現世中完成，有可能來世要償還果報，而一般民眾畏果不畏因，所有的命運都是操之在己的，這是佛教思想在明代擬話本中的呈現。佛教的戒律有一條是「不妄語」，在本篇中亦有因妄語而得到報應的例子，司馬貌判許復算命不準來世必須折壽，[112]以此善惡果報警惕世人不該隨便信口開河、必須清淨口業。而本篇的果報還包括六道輪迴，司馬貌判做惡多端的人來世要投胎到畜生道：「其刻薄害人，陰謀慘毒，負恩不報者，變作戰馬，與將帥騎坐。」[113]整篇故事結合佛教思想作為勸誡世人的基調很鮮明。

---

111 馮夢龍：〈鬧陰司司馬貌斷獄〉，《喻世明言》，卷31，頁476。

112 馮夢龍：「你算韓信七十二歲之壽，只有三十二歲，雖然陰騭折墮，也是命中該載的。如今發你在襄陽投胎，姓龐，名統，表字士元，號為鳳雛，幫劉備取西川。注定三十二歲，死於落鳳坡之下，與韓信同壽，以為算命不準之報。今後算命之人，胡言哄人，如此折壽，必然警醒了。」見氏著：〈鬧陰司司馬貌斷獄〉，《喻世明言》，卷31，頁485。

113 馮夢龍：〈鬧陰司司馬貌斷獄〉，《喻世明言》，卷31，頁486。

圖三　〈鬧陰司司馬貌斷獄〉，《喻世明言》，卷三十一

（日本內閣文庫珍藏明天許齋本版畫）

「人間為惡，陰間受報」替人們開啟了另一個希望。[114]如〈遊酆都胡母迪吟詩〉中胡母迪為岳飛抱不平，鬼卒押至地獄與閻王對談，冥王解釋道：「夫天道報應，或在生前，或在死後；或福之而反禍，或禍之而反福。須合幽明古今而觀之，方知毫釐不爽。但據目前，譬如以管窺天，多見其不知量矣。」[115]胡母迪要求閻王帶他參觀地獄，盡觀惡報方才相信：

> 一夜又以沸湯澆之，皮肉潰爛，號呼之聲不絕。綠衣吏指鐵床上三人，對胡母迪說道：「此即秦檜、方俟卨、王俊。這鐵籠中婦人，即檜妻長舌王氏也。其他數人，乃章惇、蔡京父子、王黼、朱勔、耿南仲、丁大全、韓侂胄、史彌遠、賈似道，皆其同奸黨惡之徒。[116]

而行善則有善報，冥王帶著胡母迪參觀地獄時曾介紹道：「座上皆歷代忠良之臣，節義之士，在陽則流芳史冊，在陰則享受天樂。每遇明君治世，則生為王侯將相，扶持江山，功施社稷。今天運將轉，不過數十年，真人當出，撥亂反正。諸公行且先後出世，為創功立業之名臣矣。」[117]可見明代擬話本反映出當時的明代社會對「地獄說」深信不疑。又如〈鬧陰司司馬貌斷獄〉故事也提到了地獄的種種惡報，甚至要轉世到畜生道淪為戰馬。[118]民眾更深信果報

114 游友基：「陰陽報應，打通了陰間、陽間，此岸、彼岸。在人間為善作惡，無以回報，待到陰間則一一報應。」見氏著：〈融合與碰撞：釋道思想對『三言』思想藝術的滲透〉，《山西師大學報（社會科學版）》第23卷第2期（1996年4月），頁45。

115 馮夢龍：〈遊酆都胡母迪吟詩〉，《喻世明言》，卷32，頁494-495。

116 馮夢龍：〈遊酆都胡母迪吟詩〉，《喻世明言》，卷32，頁495。

117 馮夢龍：〈遊酆都胡母迪吟詩〉，《喻世明言》，卷32，頁497。

118 馮夢龍：〈鬧陰司司馬貌斷獄〉，《喻世明言》，卷31，頁473-487。

可能會在來世才出現，還有可能會轉世到地獄受折磨，人世間的不平等現象都是「因果業報」的表現。[119]

然而佛教的「三世說」是為了「因果業報」的宗教意識服務的，「地獄觀」也是為了勸誡世人莫做惡事以免受苦，整體來說，這和中國原始的「天道禍福」、「善惡有報」觀念相似，也可以說是原始宗教影響到佛教及佛教中國化的產物。佛教的思想提供了民眾更多的想像空間，所以如再生、轉生、離魂等觀點在人們思維中出現，也成為文學創作中的素材。[120]

不過，由擬話本的敘述來看，人們對於佛教的因果輪迴與報應相當有興趣，甚至引為一種道德上的相對應關係。不過，這種對應關係理論上應該是複雜而具有對襯性質。但是，在擬話本中可以看到民間對於因果輪迴的認知是一事對應一事，相當簡直樸素。另外，報應並不具對襯性。某件小事將會導致來生重大的改變。這樣的思維讓民間對於行為更加謹慎，將避免行小惡，否則來世恐怕有大禍。也樂意多行小善，來世可能有大報償。擬話本小說有許多篇章反映上述思考，表達民眾對於因果輪迴之類的觀點，並沒有理論探究的興趣，但是在實踐上具有放大與簡化的特徵。

---

119 杜繼文：「人際間的貧富壽夭，社會的不平等現象，都是『因果報應』的表現。把這種『因果報應』進一步擴大成為支配社會人生的神祕主義鐵律，就構成了佛教的宗教基礎。」見趙樸初、任繼愈等著：〈佛教和中國古代哲學〉，《佛教與中國文化》，頁78。

120 孫昌武：「佛教誇飾無節的奇思異想，也給中國小說增加了不少情節。在早期佛教故事中，就有許多『幻設』。後來這種幻想與佛教的宗教觀念結合，就形成了文學創作在情節上的幾個重要模式。一個是再生、轉生、離魂等。這是由於佛教神不滅論而發展出的幾個觀念。」見氏著：《佛教與中國文學》，頁284。

三　負面故事

明代的佛教發展與政治有緊密關係，仔細考察明代中央政府對於佛教的管理似乎是因人設事，在不同的主政者下有不同的管理策略。但是大體上對於佛教的態度採取兩面手法，即是既限制又寬鬆。在思想宣傳上政府大多緊密監視，但是在組織與福利上，卻是寬泛許多。[121]因此，在明代的佛教教義進展不大，但僧眾人數過於龐大，造成僧團管理上的混亂與濫雜，導致當時有許多抨擊佛教發展的聲音出現。[122]

明代民間對於某些宗教人物假借修行之名，而妄為作惡的現象頗為注意。在明代文人筆記之中，有許多文人對仕宦之時以查禁假宗教之名為惡的施政行為頗為自豪。擬話本中對於佛教的人物，有時是以負面的方式進行敘述。如〈覺闍黎一念錯投胎〉的入話就批評不忠不孝之人躲在佛門，並非真心修行的論述。[123]在〈王本立天涯求父〉中還出現了佛門住持不讓凡夫空手投師問道的例子，讓王珣大嘆僧道炎涼。[124]這樣的社會亂象也反映在明代擬話本中，出現

---

121 周齊：《明代佛教與社會》（北京：人民出版社，2005年），頁248-252。

122 王永會：「在明代的中國佛教僧團繼續發展的同時，相伴隨而來的就是僧團管理的混亂與濫雜。於此史載頗多。如前所說『京師游僧萬數』、『京師僧如海』……。」見氏著：《中國佛教僧團發展及其管理研究》（成都：巴蜀書社，2003年），頁151。

123 周清源：「可恨世上不忠不孝、無禮無義之賊，造了逆天罪案，卻都去躲在佛門，思量做個遮箭牌。這樣說將起來，那佛菩薩便是個亂臣賊子的都頭、姦盜詐偽的元帥了。既做了孔夫子的罪人，難道佛菩薩偏饒過了你不成？世上沒有這樣糊塗的佛菩薩。」見氏著：〈覺闍黎一念錯投胎〉，《西湖二集》，卷7，頁129。

124 天然癡叟：「眾僧齊道：『阿喲！佛門雖則廣大，那有白白裡兩個肩頭，一雙空手，到此投師問道的理。』內中又有一個道：『只說做和尚的喫十方，看這人到是要喫廿四方的。莫要理他。』王珣本是質直的人，見話不投機，歎口氣

了非常多佛教的負面故事。[125]如〈閒雲庵阮三償冤債〉就有尼姑貪財的情節：

> 那尼姑貪財，見了這兩錠細絲白銀，眉花眼笑道：「大官人，你相識是誰？委我幹甚事來？」張遠道：「師父，這事是件機密事，除是你幹得，況是順便，可與你到密室說知。」說罷，就把二錠銀子，納入尼姑袖裡，尼姑半推不推收了。[126]

佛門清淨的修行者竟然還涉及桃色交易，收了別人的金錢用計使阮三官與小姐相見進而發生關係，還間接害死了阮三官。話本這樣的書寫，是反映明代社會對佛教僧團的不信任，當時的佛教團體頗多而且素質良莠不齊，佛門寺廟具有隱密性與神聖性竟成了犯罪的溫床。

在〈簡帖僧巧騙皇甫妻〉中，簡帖僧先是偷了播臺寺的二百兩銀器逃走；後來又因貪戀婦人美色，用計使得丈夫休了這婦人再將她娶回：

> 兩個說來說去，恰到家中門前。入門去，那婦人問道：「當

道：『咳！從來人說炎涼起於僧道，果然不謬。大和尚在法堂上講《圓覺經》，眾沙彌只管在廚房下，計論田產銀錢、齋襯饅頭，可不削了如來的面皮。』」見氏著：〈王本立天涯求父〉，《石點頭》，卷3，頁63。

125 游友基：「他在『三言』裡，對僧道尼之流，往往露出諷刺、嫌棄的感情，因為他們沒有按照三教的真正教義行事，而僅僅『襲其跡』，因而不免於『誤世』。」見氏著：〈融合與碰撞：釋道思想對「三言」思想藝術的滲透〉，《山西師大學報（社會科學版）》第23卷第2期（1996年4月），頁41。

126 馮夢龍：〈閒雲庵阮三償冤債〉，《喻世明言》，卷4，頁86。

> 初這個簡帖兒，卻是兀誰把來？」這漢道：「好教你得知，便是我教賣餶飿的僧兒把來你的。你丈夫中了我計，真個便把你休了。」[127]

最後簡帖和尚伏法，正義終究獲得伸張。在〈汪大尹火焚寶蓮寺〉中亦有和尚騙色的故事。寶蓮寺的和尚看準世俗中人想要「求子」的心態，特地設計讓求子的婦女住在寺中，等到晚上睡熟便來姦宿，這些婦女怕聲張有辱名節通常忍辱生下和尚的兒子，[128]這個醜聞最後被汪大尹給揭穿還判了和尚重罪。又如〈聞人生野戰翠浮庵　靜觀尼晝錦黃沙衖〉敘述男扮女裝的尼姑，以「縮陽之術」瞞人耳目，並藉此奸淫婦女的佛教負面故事。[129]〈張淑兒巧智脫楊生〉則敘述佛門的和尚不只貪財，還犯了佛教的戒律「殺生」，故事中楊延和一行書生到寺廟掛單不幸誤入賊窟，這群和尚心中暗喜並設下陷阱要將他們的行李財產奪為己用，不但殺雞請書生吃飯犯了佛門「勿殺生」的戒律，甚至連人都殺且手段殘忍令人不忍卒睹。[130]在擬話本中也有因貪色殺人的和尚，如〈程朝奉單遇無頭婦　王通判

127 馮夢龍：〈簡帖僧巧騙皇甫妻〉，《喻世明言》，卷35，頁537。

128 馮夢龍：「原來這寺中僧人，外貌假作謙恭之態，卻到十分貪淫奸惡。那淨室雖然緊密，俱有暗道可入，俟至鐘聲定後，婦女睡熟，便來姦宿。那婦女醒覺時，已被輕薄，欲待聲張，又恐反壞名頭，只有忍羞而就。」見氏著：〈汪大尹火焚寶蓮寺〉，《醒世恆言》（臺北：桂冠圖書公司，1991年），卷39，頁837。

129 凌濛初：「身係本處遊僧，自幼生相似女，從師在方上學得採戰伸縮之術，可以夜度十女。一向行白蓮教，聚集婦女奸宿。雲遊到此庵中，有眾尼相愛留住。因而說出能會縮陽為女，便充做本庵庵主，多與那夫人小姐們來往。」見氏著：〈聞人生野戰翠浮庵　靜觀尼晝錦黃沙衖〉，《拍案驚奇》，卷34，頁512。

130 馮夢龍：「又有一個四川和尚，號曰覺空，悄向悟石道：『這些書呆不難了當，必須先把跟隨人役完了事，才進內房，這叫作斬草除根，永無遺患。』悟石點頭道：『說得有理。』遂轉身向家人安歇去處，掇開房門，見頭便割。」見氏著：〈張淑兒巧智脫楊生〉，《醒世恆言》，卷22，頁445-446。

雙雪不明冤〉中和尚求歡不成，憤而提戒刀殺人。[131]

除此之外，在〈張舜美燈宵得麗女〉的入話竟有為掩人耳目而假扮僧尼的偷情女性，及為此女牽紅線的老尼，極盡毀壞僧尼的形相：

> 次夜，生復伺於舊處。俄有青蓋舊車，迤邐而來，更無人從，車前掛雙鴛鴦燈。生覩車中，非昨夜相遇之女，乃一尼耳。車夫連稱：「送師歸院去。」生遲疑間，見尼轉手而招生。生潛隨之，至乾明寺。老尼迎門謂曰：「何歸遲也？」尼入院，生隨入小軒，軒中已張燈列宴。尼乃卸去道裝，忽見綠鬢堆雲，紅裳映月。生女聯坐，老尼侍傍。（中略）女喜曰：「真我夫也。」於是與生就枕，極盡歡娛。[132]

此假女尼乃別人之妾，竟然與生私奔，而促成其奸情的竟是一位老尼。

然而將僧侶的行為描寫得如此不堪，除了以此展現故事之奇之外，也反映出當時有部分的宗教代理人行事苟且，貪婪無厭的社會事件。明代僧團實在太多，導致良莠不齊，時有假借宗教之名為惡作亂的情況產生。因此擬話本某些篇章對於宗教代理人抱持著否定嘲諷的態度。如諷刺和尚不事生產，還直言佛門中人貪財貪利比一

131 凌濛初：「見店門不關，挨身進去，只指望偷盜些甚麼。不曉得燈燭明亮，有一個美貌的婦人，盛裝站立在床邊。看見了不由得心裡不動火，抱住求奸，他抵死不肯。一時性起，拔出戒刀來殺了。」見氏著：〈程朝奉單遇無頭婦　王通判雙雪不明冤〉，《二刻拍案驚奇》，卷28，頁540-541。

132 馮夢龍：〈張舜美燈宵得麗女〉，《喻世明言》，卷23，頁368。

般民眾還要厲害，[133]有學者觀察明清之時的僧團佛院活動情形，認為除了已經失去宗教原有的苦修清靜的堅持之外，對於某些襲取宗教外衣而為非作惡的狀況也頗多批判，並且以為佛教發展至此，「法久弊深」，這是佛教世俗化狀態下，必有的情形。[134]

擬話本很弔詭的反應：一般民眾或多或少知道宗教代理人的惡行，由許多負面故事的呈現可知，然而他們還是繼續選用這種簡易的修行方法，或許因為找不到更好的安身立命之法，並執著相信有一天會遇到活佛轉世——「真正的救贖者」，所以一再在地尋覓，不斷地換道場，執著相信有真理，並深信只要奉行儒家的道德觀和「行善」、「布施」便會有好結果。

人民選擇「寧可信其有，不可信其無」的態度，對來生可否成佛的偉大終極理想不感興趣，但又怕佛教宣稱的因果輪迴。執政者利用人們這種心態，所以接受佛教、鼓勵佛教團體，甚至宣揚教義強化人民信仰，使人民不致為惡過多，甚至連為非作歹的強盜也相信這些宗教儀式，可見宗教代理人宣揚教義之成功，當然這也反映出民眾對於宗教信仰有著強烈的需求。

四　神通異變

在原始佛教經典中，暗示著神通是學習佛教所能得到的特殊能

133 馮夢龍：「那和尚們名雖出家，利心比俗人更狠。這幾甌清茶，幾碟果品，便是釣魚的香餌，不管貧富，就送過一個疏簿，募化錢糧。（中略）設遇著不肯捨的，就道是鄙吝之徒，背後百樣詆毀，走過去還要唾幾口涎沫。」見氏著：〈汪大尹火焚寶蓮寺〉，《醒世恆言》，卷39，頁835-836。

134 王永會：「佛教在中國經過1300多年的發展，至於明清之世，開始走向衰敗，所謂『法久弊深』也。」見氏著：《中國佛教僧團發展及其管理研究》，頁149。

力，值得追求。[135]但是根據原始佛教的教義來看，其著重的是自我的解脫，並不是追求神通，這並不是第一義。[136]神通只是一種附屬的能力，並不是佛教意義與體系中的重點價值。

佛門的神通異變，並不是原始佛教教義所強調的部分，但是在魏晉南北朝時期，佛教初至中國，為了增加宣教的吸引力，在傳播過程中有意地將佛教神通能力進行渲染。這種情形在唐代僧講時，也經常出現。所以，民間對於佛教教義理解或許有程度上的區別，但是對於佛教的神通卻是知之甚詳，甚至以為信仰佛教必能得神通助力。因此擬話本中一再出現神通異變的特殊情節，這不僅是擬話本繼承前人話本之故，保留佛教宣揚神通的故事情節，也有藉此奇事，吸引讀者閱讀的動機。在〈梁武帝累修歸極樂〉中就有道林長老與梁武帝蕭衍禮拜講經退敵的故事：

> 道林長老入定時，見這景象。次日，來請梁主在寺裡，打箇釋迦阿育王大會。長老拜佛懺祝，武帝也釋去御服，持法衣，行清淨大捨，素牀瓦器，親為禮拜講經。你看這佛力浩大，非同小可！這里祈佛做會，那條枝國人馬，下得

135 如《雜阿含經》，卷18：「是故比丘，禪思得神通力，自在如意，為種種物悉成不異。比丘當知，比丘禪思，神通境界不可思議。是故比丘，當勤禪思，學諸神通。」見《大正藏》，冊2，第99號，頁129上03。這段經文揭示著修習可得到神通力量，擁有自在如意的力量。因此勉勵比丘們勤修禪思，以得神通之力。

136 關於此問題可參見丁敏：〈佛教經典中神通故事的作用及其語言特色〉《佛學與文學——佛教文學與藝術學術研討會論文集（文學部分）》（臺北：法鼓文化事業公司，1998年），頁23-57。本文在結論部分特別指出：「對神通故事的描述，態度是相當謹慎的，是為了迎合印度當時社會崇尚神通的風氣，而採用神通故事作為宣教的權宜策略，非常清楚描述它在佛教整體修行中的位階。指出追求神通並不相應於佛教的解脫之道，佛教的解脫是智慧的解脫之道。原始佛教充滿了創教之始重人文理性的色彩。」頁54。

海，開船不到三四日，就阻了颶風，各船幾乎覆沒。[137]

講經念佛在原始佛教教義是為了修心養性，然而在擬話本中竟成了退敵的最大武器。讀經念佛不過是佛教儀式與修行中極為常見之事，但是卻有保國驅敵的絕大效用。以此宣講佛教的神通異變可以消災解厄，更試圖凸顯佛教神通力量之龐大。

如〈陳可常端陽仙化〉中亦有僧侶展現「神通」的情節出現，陳可常是一位在生前被人誤解的僧眾，水落石出的那一天可常寫下了辭世頌並坐化而去，在火化屍體的那一刻神奇的事情發生了，眾人在火光中看到可常出現自述其乃歡喜尊者投胎轉世。[138]這種佛教的神通深深吸引了明代民眾的目光，佛教得道的高僧可以自己選擇死亡的時間，這是魏晉以來中國佛教對外宣揚的重要神通，[139]預知死亡意味著對死亡有一定的了解與控制，這對一般人來說當然是很值得崇拜的神祕力量。

佛教的觀世音菩薩能變化各種形象來救度眾生，[140]在擬話本中

137 馮夢龍：〈梁武帝累修歸極樂〉，《喻世明言》，卷37，頁583。

138 馮夢龍：「眾人只見火光中現出可常，問訊謝郡王、夫人、長老併眾僧：『只因我前生欠宿債，今世轉來還，吾今歸仙境，再不往人間。吾是五百尊羅漢中名常歡喜尊者。』」見氏著：〈陳可常端陽仙化〉，《警世通言》，卷7，頁86。

139 佛教以為修行有證有得者，三毒煩惱已淨盡，內心光明如鏡，當下生死自在解脫，預知時至之本領自得，不必外力告知。如六祖惠能大師在過世前曾對弟子預示：「七月一日，集徒眾曰：『吾至八月，欲離世間，汝等有疑，早須相問，為汝破疑，令汝迷盡。』見丁福保：《六祖壇經箋注・付囑品第十》（臺北：天華出版公司，1979年），頁98。

140 即青：「觀世音能顯化為各種形象，或以佛、羅漢和菩薩的形象，或以國王大臣的形象，或以富貴工商主的形象，或以男以女、以老以幼的形象，或以鬼神、『非人』的各種形象，向眾生傳教說法。因此，觀世音的形象可以說有各種各樣。觀世音信仰普及以後，寺院中的觀世音菩薩的造像也有各種不同形象。由於觀世音的神話迎合了廣大佛教信徒想通過神靈奇蹟擺脫現實苦難的宗

連得道的高僧都可以變化萬物，這是對佛教神通的誇大。

〈宋小官團圓破氈笠〉中就提到一位老僧擁有神奇的法力還可變化莫測，故事中的宋金因被丈人遺棄，不知從何而來的老僧提挈宋金，他於袖中取出一卷《金剛般若經》交予宋金念誦並隨即消失不見。[141]得道的高僧可以在世間來去自如，還可以變化出茅庵及《金剛經》來度化眾生。宗教人物的變形與物靈變形不同的是前者可以無限變化，後者多數只能變為人形。另外，變形的目的也不同，宗教人物的變形是為了拯救蒼生、懲罰惡人；物靈的變形不是如此，除了體驗人間生活之外，大多數心存不軌。

〈明悟禪師趕五戒〉也提到佛教中人特有的神通，五戒禪師因為犯了色戒隨即寫了八句辭世頌坐化而去，明悟禪師為了度化五戒怕他墮落惡道，竟然有這樣的神通可以馬上坐化投胎成為明悟禪師的好友並度化他。[142]除了修行人有神通，佛教的寶物「金剛經」也具神力，在〈進香客莽看金剛經　出獄僧巧完法會分〉就描述白居易手抄的《金剛經》在遺失一紙後，會自動發光引領「住持」領回。[143]

教心理，因而得到迅速傳播，關於觀世音的神話也就越變越多。」見趙樸初、任繼愈等著：〈佛教的阿彌陀、觀世音和彌勒信仰〉，《佛教與中國文化》，頁238。

141 馮夢龍：「宋金和老僧打坐，閉眼誦經，將次天明，不覺睡去。及至醒來，身坐荒草坡間，並不見老僧及茅庵在那裡，《金剛經》卻在懷中，開卷能誦。」見氏著：〈宋小官團圓破氈笠〉，《警世通言》，卷22，頁314-315。

142 馮夢龍：「當時也教道人燒湯洗浴，換了衣服，到方丈中，上禪椅跏趺而坐，分付徒眾道：『我今去趕五戒和尚，汝等可將兩個龕子盛了，放三日一同焚化。』囑罷圓寂而去。眾僧皆驚，有如此異事！」見氏著：〈明悟禪師趕五戒〉，《喻世明言》，卷30，頁464。

143 凌濛初：「適間迷路，忽見火光沖天，隨亮到此，卻只是燈火微明，正在怪異。方才見老丈見教，得此紙時，也見火光，乃知是此紙顯靈，數當會合。」見氏著：〈進香客莽看金剛經　出獄僧巧完法會分〉，《二刻拍案驚奇》，卷1，頁14。

大抵而言，擬話本中佛教展示的神通異變極盡想像之能事，幾乎無所不能，無所不驗。這或許有兩個原因：一是擬話本系統繼承前人的文學遺產，將魏晉以降之宣揚佛教故事傳承下來。二是反映人們對於佛教的深刻期望，尤在神通異變所能給予的協助。

第三節　道教的宗教內涵

道教繼承先民對於生存的探索與思考所建立的方法與技巧，建立一套醫學養生理論，並且形成了道法祕術系統，[144]以消災解難，祈求願望實現為目的。道法祕術主要是指消災祈福的占卜預測數，如相地、相宅、星命、太一、六壬、遁甲等等。[145]占卜預測法術在道教中占重要的地位。另外，道教溝通人神的主要媒介還有一套「符咒之法」，符咒是符籙與咒語的合稱。[146]在擬話本中可以看到「神通異變」、「降妖伏魔」、「方術儀式」的道教呈現。

---

144 先民積極的探索和思考創造了種種的方法與技巧，因其具備神祕性質，故稱之為道法祕術。參閱詹石窗：〈消災祈福的法術禁忌〉，《道教文化十五講》（北京：北京大學出版社，2005年），頁261。

145 「占筮」是「占卜」與「易筮」的合稱。道教雖然以《周易》為本，但並非原封不動地照搬，而是根據自身的特點和需要加以改造、發揮，從而形成了形式多樣的占筮體系。其中最重要的有太一、六壬、遁甲，等等，此類占卜法度都屬於《易》學占筮的變體。參閱詹石窗：〈消災祈福的法術禁忌〉，《道教文化十五講》，頁262-266。

146 詹石窗：「『符』指的是用朱筆或墨筆所畫的一種點線合用、字圖相兼、且以屈曲筆畫為主的神祕形象，道門中人聲稱它具備了驅使鬼神、治病禳災等眾多功能；『咒』指的是具有特殊音頻效應的口訣，道門廣泛地用以養生輔助、祈福消災或者召驅鬼神以達到施行者的特殊目的。」見氏著：〈消災祈福的法術禁忌〉，《道教文化十五講》，頁270。

一　神通異變

佛教在中國宣揚傳播的過程中，有意無意地展示神通異變的驚人效力。其實遠在先秦的道家典籍中就有「仙人」觀念，秦漢的方士對於神仙存在的宣傳更是不遺餘力。

承接著先秦以至漢以來的道家與方術觀念，在東漢末年，道教正式崛起，並且在中國掀起動亂，此時道教為了吸引民眾的支持，大力宣傳神通。道教徒跟隨宗教領袖，認為人體可以藉著修行或服食得到超越的神通，進而成為仙人。至魏晉南北朝時期，道教的理論有長足的發展，逐漸構成體系。在道教的修煉理論裡，對養生修行的實踐功夫很注重，最主要是希望藉此達成超越世俗形軀的終極目標。[147]道教雖然有養生理論，但是其在實際宣傳的過程中，對神通異能頗有著墨，因此百姓對於道教的神仙觀念特別熟知，也極感興趣。在以宣揚道教教義、信仰的故事中，神通的展現無疑是一個突出的重點。

最有名的一篇道教話本便是〈張道陵七試趙昇〉，其中就有真人念咒變形的故事。[148]真人可以變化自己的身體，可以變成獅子、大鵬金翅鳥，還可以變化成物——紅日，甚至可以將萬物變化大小——片石變巨山，這樣的幾近萬能的神通，毫無疑問地吸引了民眾目光。又如〈唐明皇好道集奇人　武惠妃崇禪鬬異法〉中出現了道教法師公遠為了娛樂皇帝和佛教高僧鬥法的故事，道教法師運用

147 徐兆仁：《道教與超越》（北京：中國華僑出版社，1991年），頁394。

148 馮夢龍：「真人搖身一變，變成獅子逐之。鬼帥再變八條大龍，欲擒獅子。真人又變成大鵬金翅鳥，張開巨喙，欲啄龍睛。鬼帥再變五色雲霧，昏天暗地。真人變化一輪紅日，升於九霄，光輝照耀，雲霧即時流散。」見氏著：〈張道陵七試趙昇〉，《喻世明言》，卷13，頁197-198。

法術派請玉清神女取得佛教高僧密封的袈裟，[149]以此表達道教的神通較佛教高明。另外本篇結尾還敘述玄宗欲殺道教法師時，法師運用法術得免身死的奇行異事。[150]

又如〈張古老種瓜娶文女〉中亦有神通異變的情節，文女本上天玉女投胎轉世，竟可帶挈一家十三口白日升天：

> 來到六合縣。問人時，都道二十年前滋生駟馬監裡，有個韋諫議，一十三口白日上升，至今升仙臺古蹟尚存，道是有個直閣，去了不歸。韋義方聽得說，仰面大哭。二十年則一日過了，父母俱不見，一身無所歸。[151]

道教的宗教本義便是要修道成仙，然而本篇故事一家十三口俱可成仙並不是因為全家清靜修行，而是因為有一人本是上天玉女投胎，所以造福全家白日升天，這樣的情節亦是對道教修道成仙的誤解。而仙境一日人間二十年，是對道教仙境世界的渲染，使民眾對仙境更加嚮往；另外張古老的神通使凡人成仙，似乎預示道教的成仙主要靠的是先天的機緣，而非後天的努力。這種觀念雖然對道教的修行理論是一種破壞，但是對百姓來說，不勞而獲，一步登天似乎可以引起他們極高的興趣。

〈李謫仙醉草嚇蠻書〉中亦有凡人成仙的情節，故事中李白被

---

149 凌濛初：「菩薩力士，聖之中者。甲兵諸神，道之小者。至於太上至真之妙，非術士所知。適來使玉清神女取之，雖有菩薩金剛，連形也不得見他的，取若坦途，有何所礙？」見氏著：〈唐明皇好道集奇人　武惠妃崇禪鬬異法〉，《拍案驚奇》，卷7，頁104-105。

150 凌濛初：〈唐明皇好道集奇人　武惠妃崇禪鬬異法〉，《拍案驚奇》，卷7，頁105。

151 馮夢龍：〈張道陵七試趙昇〉，《喻世明言》（臺北：桂冠圖書公司，1984年），卷13，頁512。

說成是天上謫仙人，而且成仙的時候，竟有仙人展現「神通」讓江中風浪突然大作，再到李白面前迎接李白回歸仙班。[152]以道教的「神通」與仙人觀點凸顯李白的才氣絕倫，也反證道教以為仙人會下凡度世以及在人世仍具有超越能力的概念。道教除了仙人可以展現神通，道教中人在成仙修道的過程中也有神通異變的展現，並且會運用神奇的「法器」[153]，在〈呂洞賓飛劍斬黃龍〉中呂洞賓的師父就曾送給呂洞賓一劍，此劍能飛取人頭，只要念咒並說出該人的住址姓名，此劍便可化身為青龍去取此人的性命。[154]

葛洪曾提到道教的幻術有九百多種，在南朝的道士就懂得「隱身術」、「變身術」等道術。[155]擬話本中就提到了道教神奇的「隱形術」且可「死而復生」，在〈莊子休鼓盆成大道〉中就有這樣的情節，莊子休為了試驗其妻是否真心守節，便佯裝已死且引用道教的神奇法術變化楚王孫來誘惑其妻，結果其妻竟背棄莊子另結新歡，

---

152 馮夢龍：「忽然江中風浪大作，有鯨魚數丈，奮鬣而起，仙童二人，手持旌節，到李白面前，口稱：『上帝奉迎星主還位。』舟人都驚倒，須臾甦醒。只見李學士坐於鯨背，音樂前導，騰空而去。」見氏著：〈李謫仙醉草嚇蠻書〉，《警世通言》（臺北：桂冠圖書公司，1984年），卷9，頁116。

153 葛兆光：「道教驅鬼避邪法器中與符籙相類似的印、鏡、劍，它所具有的神祕功能，也是從『獲取威力較高的神的象徵物以戰勝厲鬼邪惡』這種心理中產生的，只不過，這種心理又與人們從它各自所具有的實際功能中想像出來的神祕功能相融合，似乎使它的神力更鑿鑿有據，令人相信罷了。」見氏著：《道教與中國文化》，頁103。

154 馮夢龍：「師父曰：『此劍能飛取人頭，言說住址姓名，念呪罷，此劍化為青龍，飛去斬首，口中銜頭而來。有此靈顯。有咒一道，飛去者如此如此；再有收回咒一道，如此如此。』」見氏著：〈呂洞賓飛劍斬黃龍〉，《醒世恆言》（臺北：桂冠圖書公司，1991年），卷21，頁428。

155 葛兆光：「南朝時的道士也很懂這種幻術，有玩隱身術的，有入水不沈、踩刀不傷的，有呼喚禽獸的，有變形易貌使人不識的。據葛洪說，他看到的這類幻術有九百多種，可見當時這類幻術是很流行的。」見氏著：《道教與中國文化》，頁188。

莊子後來死而復生，他的妻子自覺慚愧所以自縊而亡，從此莊子終身不娶且得道成仙。[156]這個故事應是宣揚道教鄙視儒家夫妻人倫的故事，而莊子看破世情的功夫也是道教要宣揚的教義之一，但是吸引民眾注意的則是莊子的「神通異變」。又如〈勘皮靴單證二郎神〉中也有妖人「隱形遁法」的情節出現。[157]另外在擬話本中還出現了「點石成金」的神通，在〈旌陽宮鐵樹鎮妖〉中真君可以用靈丹點瓦石為金，是為了讓百姓納稅，免除百姓的痛苦。[158]又如〈馬神仙騎龍升天〉的入話敘述道教修行者可以騰雲駕霧飛行千里，甚至可以帶挈皇帝同行。[159]而〈疊居奇程客得助　三救厄海神顯靈〉中則描述仙女幫助凡人成功的故事，[160]仙女運用仙術使程宰生意興隆並獻身，而程宰年過六十，容貌卻只有四十來歲，都是遇著仙女

---

156 馮夢龍：「莊生用手將外面一指，婆娘回頭而看，只見楚王孫和老蒼頭踱將進來，婆娘喫了一驚。轉身不見了莊生，再回頭時，連楚王孫主僕都不見了。——哪裡有什麼楚王孫，老蒼頭，此皆莊生分身隱形之法也。」見氏著：〈莊子休鼓盆成大道〉，《警世通言》，卷2，頁20。

157 馮夢龍：「我聞得妖人善能隱形遁法，可帶些法物去，卻是豬血狗血大蒜臭屎，把他一灌，再也出豁不得。」見氏著：〈勘皮靴單證二郎神〉，《醒世恆言》，卷13，頁245。

158 馮夢龍：「話說真君未到任之初，蜀中饑荒，民貧不能納租，真君到任，上官督責甚嚴，真君乃以靈丹點瓦石為金，暗使人埋於縣衙後圃。（中略）民皆大喜，即往後圃開鑿池塘，遂皆拾得黃金，都來完納，百姓遂免流移之苦。」見氏著：〈旌陽宮鐵樹鎮妖〉，《警世通言》，卷40，頁598。

159 周清源：「葉法善道：『臣適在西涼府觀燈而回。』玄宗道：『西涼府去此甚遙，往返怎生如此之速？』法善道：『臣行道法，千里如在目前。』玄宗道：『朕可去否？』法善道：『可去，但閉目與臣同行，則可去也。』見氏著：〈馬神仙騎龍升天〉，《西湖二集》，卷30，頁614。

160 凌濛初：「程宰被哥子說破，曉得瞞不住，只得把昔年遇合美人，夜夜的受用，及生意所以做得著，以致豐富，皆出美人之助，從頭至尾，述了一遍。程寀驚異不已，望空禮拜。」見氏著：〈疊居奇程客得助　三救厄海神顯靈〉，《二刻拍案驚奇》，卷37，頁666。

之故，[161]擬話本極力描寫道教仙女的神通異變。

基本上來說，擬話本中反映的道教神通異能比佛教更為多元，而且在神通能力的程度上似乎沒有極限，可以超越時間與空間的所有限制。在一神論的宗教中，主神是萬能的。可是道教不是一神論，其仙人眾多，而且可以不斷創生派衍，而每個仙人都幾乎具有絕高的神通，這點與其他宗教相比頗具特色。

二　降妖伏魔

降妖伏魔在擬話本中通常有兩種情況：一種是修行者「成道」的標誌，也就是通過降妖伏魔的考驗最終成仙；另外一種是為了度化眾生而展現降妖伏魔的神通。[162]

降妖伏魔是民眾賦予道教真人的首要任務，為了使百姓能夠安居樂業，必須將這些危害人世生靈的妖魔鬼怪剷除。在〈張道陵七試趙昇〉中就有一段張道陵斬妖伏魔的情節出現：

> 白虎神大驚，忙問：「汝何人也？」真人曰：「吾奉上帝之命，管攝四海五嶽諸神，命我分形查勘。汝何方孽畜，敢在此虐害生靈？罪業深重，天誅難免！」白虎神方欲抗

---

161 凌濛初：「後來程宰年過六十，在南京遇著蔡林屋時，容顏只像四十來歲的，可見是遇著異人無疑。若依著美人蓬萊三島之約，他日必登仙路也。」見氏著：〈疊居奇程客得助　三救厄海神顯靈〉，《二刻拍案驚奇》，卷37，頁668。

162 宋珂君：「關於『降魔』的情節，有兩種情況：一是作為修行者成道的標誌出現；一是寫成道後降魔度生的部分。降魔成道與降魔度生的區別在於：前者往往是仙佛設置的，是為考驗修行者的道心採取的初步考驗。」見氏著：《明代宗教小說中的佛教「修行」觀念》（北京：中國社會科學出版社，2005年），頁321。

> 辨，只見前後左右都是一般真人，紅光遍體，唬得白虎神眼縫也開不得，叩頭求哀。[163]

張道陵修煉內丹功得以降伏白虎神，但並不趕盡殺絕，這符合道家思想「慈」的部分。道教修行的主要目的是為了成仙，修行方式是要清心寡欲及服丹藥，並不特別強調降妖伏魔的任務；可是民間百姓卻以實用價值取向來看待道教，所以擬話本中屢屢出現道教真人降妖伏魔的情節。

又如〈皂角林大王假形〉的入話亦講述有關降妖伏魔的故事，欒太守習得道教「書符」的法術，一日到廬山廟拈香，假神道得知欒太守行天心正法恐被識破先行逃走，太守一路追趕並展現道教「神異法術」將妖怪逼出原形，使地方再度獲得安寧。[164]道教中人最能吸引民眾注意的便是降妖伏魔的能力，這可以說是人民生命安全的保障。

擬話本以降妖伏魔為主旨的作品還有〈崔衙內白鷂招妖〉，正文提到羅真人以道術叫來仙童幫忙除妖，將自稱為仙人的妖怪打出原形，並救了崔衙內的性命。[165]又如〈一窟鬼癩道人除怪〉中的癩道人也是以香燭符水作法請來天兵天將幫忙除怪，只是此次收服的

163 馮夢龍：〈張道陵七試趙昇〉，《喻世明言》，卷13，頁195-196。

164 馮夢龍：「乃請筆硯書成一道符，向空中一吹，一似有人接去的。那一道符，徑入太守女兒房中。且說書生在房裡覷著渾家道：『我去必死！』那書生口啣著符，走至欒太守面前。欒太守打一喝！『老鬼何不現形！』那書生即變為一老狸，叩頭乞命。」見氏著：〈皂角林大王假形〉，《警世通言》，卷36，頁542。

165 馮夢龍：「羅真人令道童捉下那婦女。（中略）喝教現形，班犬變作一隻大蟲，乾紅衫女兒變作一個紅兔兒，道：『骷髏神，元來晉時一個將軍，死葬在定山之上。歲久年深，成器了，現形作怪。』羅真人斷了這三怪，救了崔衙內性命。」見氏著：〈崔衙內白鷂招妖〉，《警世通言》，卷19，頁269。

是鬼怪而非妖怪。[166]此處暗示著道教人物的神通並非用在滿足私欲，而是用來濟世拯民，如此則發揮宗教積極揚善的理念，進一步暗示民眾若真誠信仰，則將獲得拯救。

道教得道的真人降妖伏魔不能只依靠自己的力量，通常他們會「念咒書符」[167]，邀請天上的神仙幫忙。咒語的功用不在於自身，而是表達一種溝通物界與形上界的過程。不過道士降妖伏魔也並非每次都成功，在〈金明池吳清逢愛愛〉就有失敗的例子。[168] 道教人物竟然要凡夫靠運氣來降伏妖魔，無怪乎最後會失敗。這是因為法力不足，修行不夠，與道教技術的效用無關。

又如〈皂角林大王假形〉中有一陰鼠精假裝為神明，要求民眾提供童男童女祭拜。趙知縣上任發現民眾這種迷信的現象，於是祈求道教的正神九子母娘娘降妖。[169]妖精經九子母娘娘收服後就不再

166 馮夢龍：「吳教授即時請那道人入去，安排香燭符水。那個道人作起法來，念念有詞，喝聲道：『疾！』只見一員神將出現：（中略）神將聲喏道：『真君遣何方使令？』真人道：『在吳洪家裡興妖，併馳獻嶺上為怪的，都與我捉來！』」見氏著：〈一窟鬼癩道人除怪〉，《警世通言》，卷14，頁192-193。

167 葛兆光：「祝咒乃是將神力以『密碼』的形式附著在規定的語言上在口頭使用的法術，那麼符籙則是將神力以『符號』的形式附著在規定的『文字』（或圖形）上，並書寫在特定的物品上（如紙、絹、木、石）使用的法術。」、「這種符本來是巫覡的專利，可是道教興起後，也學會了這種巫術，並且把符與讖緯家的圖讖合二為一，弄得更加神祕莫測，並無數倍地擴展了它的使用範圍。」見氏著：《道教與中國文化》，頁97、99。

168 馮夢龍：「真人便就酒樓上結起法壇，焚香步罡，口中念念有詞。行持了畢，把一口寶劍遞與小員外道：『員外本當今日死。且將這劍去，到晚緊閉了門。黃昏之際，定來敲門。休問是誰，速把劍斬之。若是有幸，斬得那鬼。員外便活；若不幸誤傷了人，員外只得納死。……』」見氏著：〈金明池吳清逢愛愛〉，《警世通言》，卷30，頁462。

169 馮夢龍：「趙知縣上前認時，便是九子母娘娘。趙知縣即時拜謝。娘娘道：『早來祁禱之事，吾已都知。盒子中物，乃是東峰東岱岳一個狐狸精。皂角林大王，乃是陰鼠精。非狸不能捕鼠。知縣不妨到御前奏上，宣揚道力。」見氏著：〈皂角林大王假形〉，《警世通言》，卷36，頁549。

作怪，皇帝還因此在民間普蓋九子母娘娘神廟。除了神仙能夠「降妖伏魔」，身為宗教代理人的道士也具有此種特殊的能力。如在〈勘皮靴單證二郎神〉中韓夫人被假扮為二郎神的妖人淫污，太尉即請來五嶽觀的潘道士作法抓妖，潘道士到韓夫人的臥房巡視一番便知作怪的不是鬼祟而是妖人。[170]又如〈唐明皇好道集奇人　武惠妃崇禪鬬異法〉中也有道士降妖伏魔的情節。[171]道教之宗教代理人展現神奇的能力得以驅逐妖魔鬼怪，揭示著道教的神通異能可以與超越世界的鬼神進行溝通，這點與佛教觀點亦不相同。

三　方術儀式

道教除了內外丹修煉方式，隨後又與「術數」緊密結合而有「扶乩」的儀式，這種術數是源於古代的巫術。[172]發展出許多特殊的修煉方式，包括服食、導引、行氣、房中術、存想等等。[173]由於

---

170 馮夢龍：「潘道士別了太尉，先到西園韓夫人臥房，上上下下，看了一會。又請出韓夫人來拜見，看他的氣色，轉身對太尉說：『太尉在上，小道看來，韓夫人面上，部位氣色，並無鬼祟相侵，只是一個會妖法的人做作。……』」見氏著：〈勘皮靴單證二郎神〉，《醒世恆言》，卷13，頁437。

171 凌濛初：「而今且說這葉法善，表字道元，先居處州松陽縣，四代修道。法善弱冠時，曾遊括蒼白馬山，石室內遇三神人，錦衣寶冠，授以太上密旨。自是誅蕩精怪，掃馘凶妖，所在救人。」見氏著：〈唐明皇好道集奇人　武惠妃崇禪鬥異法〉，《拍案驚奇》，卷7，頁99。

172 高壽仙：「所謂術數，就是用陰陽、五行、八卦、干支等循環錯綜配合，以其生剋制化的數理，附會人事，推測人和國家的吉凶、命運，種類非常繁雜，主要有星象、望氣、卜筮、星命、奇門遁甲、六壬、測字、算命、相面、起課、占夢、風水、扶乩等等。各類術數有的是古代巫教的直接延伸，也有的是後代才形成的，但其淵源仍可上溯到古代巫教時期。」見氏著：《中國宗教禮俗》，頁344。

173 參見李養正：《道教概說》（北京：中華書局，1989年），頁105-115。

理論上的寬容，以及道教一向缺乏具有絕對權威的領導者，也沒有太多的學者發展教義，這導致後來道教的發展趨向複雜化，甚至可以說到了混亂的地步。[174]大致上說來，道教的修煉方式與儀式，很難說有一個整體的體系或是共通的守則，往往出現許多例外與變形。

道教有一著名的「扶鸞降神」儀式，主要功用是與形上界進行溝通，以獲得預示或是判斷。[175]在〈沈小霞相會出師表〉中亦有這樣的情節出現，皇帝懷疑嚴嵩父子行為乖張，故請來方士降神詢問：

> 時有方士藍道行，善扶鸞之術。天子召見，教他請仙，問以輔臣賢否。藍道行奏道：「臣所召乃是上界真仙，正直無阿，萬一箕下判斷有忤聖心，乞恕微臣之罪。」嘉靖爺道：「朕正願聞天心正論，與卿何涉？豈有罪卿之理？」藍道行書符念咒，神箕自動，寫出十六個字來，道是：「高山番草，父子閣老。日月無光，天地顛倒。」[176]

方士書符念咒則可請來天界的神明論斷人世間的是非，天界的神靈具有全知的觀點，這一點深深吸引了百姓的目光，所以人世間的疑難雜症都可以請萬能的神為之解決。雖然道教的方術儀式最初始應是為了修煉成仙之用，而非為了解決人世間的紛雜，但是在宗教傳

174　見牟鍾鑒、胡孚琛、王葆玹：〈序〉，《道教通論——兼論道家學說》，頁1。

175　「鸞」是民間流傳的一種降神儀式，最遠可推到先秦。儀式表達神人靈光合作的功化工作，實際操作主要是使用「Y」字型桃木和柳木合成的木筆，而由乩生執筆揮動成字，並經唱錄生依字跡抄錄成為文章詩詞，以此給予預示，並有專人解釋。參見蘇鳴東：《天道概論》（臺北：天巨書局，1985年），頁179。

176　馮夢龍：〈沈小霞相會出師表〉，《喻世明言》，卷40，頁654。

播過程中，道教的方術儀式無疑做出了巨大貢獻。

如〈金令史美婢酬秀童〉中也有道士扶鸞作法的「儀式」呈現，金令史懷疑其婢秀童偷銀子，於是召來莫道人作法：

> 莫道人做張做智，步罡踏斗，念呪書符。小學生就舞起來，像一個捧劍之勢，口稱「鄧將軍下壇」。其聲頗洪，不似小學生口氣，金滿見真將下降，叩首不迭，志心通陳，求判偷銀之賊。[177]

書符召將的道教儀式應是源至原始宗教的召神儀式，神明附體的儀式也是源至原始宗教的鬼神附體。又如〈楊抽馬甘請杖　富家郎浪受驚〉中描述有人自小就有特異功能，還會在學堂中聚集學生舞仙童。[178]道教吸納原始宗教的概念，將之匯入體系之中，並且發展出特殊的儀式，這種儀式與原始宗教的巫、祝等職司的專門技術類似，是古老的文化現象。[179]

除了「扶鸞降神」的儀式，擬話本中還描寫了非常多的道教方術，如〈假神仙大鬧華光廟〉中有假神仙舉霍去病之例，欲以太陰精氣的方法度人的故事，[180]雖然這是假神仙騙人的道法，但是道教

177 馮夢龍：〈金令史美婢酬秀童〉，《警世通言》，卷15，頁206。

178 凌濛初：「自小時節，不知在哪裡遇了異人，得了異書，傳了異術。七八歲時在學堂中便自蹺蹊作怪，專一聚集一班學生，要他舞仙童，跳神鬼，或扮個劉關張三戰呂布，或扮個尉遲恭單鞭奪槊。」見氏著：〈楊抽馬甘請杖　富家郎浪受驚〉，《二刻拍案驚奇》，卷33，頁605。

179 龔韻蘅：「在文化還處於原始階段的古代中國，人們已對天地事物中包含的各種鬼神發生了興趣，並且積極地開發人與鬼神間的種種關聯，於是便產生了巫、祝等專業的職司，以專門的技術疏通有形的此世與無形的彼世，這是人類最古老的文化現象之一。」見氏著：《兩漢靈冥世界觀探究》，頁136。

180 馮夢龍：「神君曰：『霍將軍體弱，吾欲以大陰精氣補之。霍將軍不悟，認為淫

的方術種類複雜混亂，讓有心求道之人亦不知如何選擇，甚至容易墮入妖怪的圈套，本篇就是最好的例子。但道教所強調的「修心」，正是要訓練自己不為妖魅所惑。故事中還提到眾人為救度被假神仙迷惑的魏生，一群人準備了香燭紙馬到寺廟祁求神明，還以朗讀疏文並隨即燒化稱為「散福」。

又如〈宋小官團圓破氈笠〉中提到一種道教的求子儀式，有心求子的人必須做成黃布袱或黃布袋並裝裹佛馬楮錢，待到廟裡燒過香後懸掛在自家佛堂便可得了。[181]這樣的法術類似原始宗教的巫術，至明代仍舊是為人所襲用的求子模式。有趣的是，原始巫術、道教的儀式卻是在佛堂進行，顯見宗教的界限在民間已然不顯。

在著名的〈旌陽宮鐵樹鎮妖〉中亦記載非常多道教的方術儀式。道教降妖伏魔的任務是不容置疑的，不論是為了自利成仙或者是真心救度眾生，道士都必須煉就相對的方術儀式來達成降妖伏魔的任務。本篇就記載真君以「鎮蛟之文」制服妖怪的文字，[182]妖怪從此不作亂。這種方術應該是道教為了和佛教一較高下而發展出來的道法祕密系統，展現道教比佛教高強的法力神通。又如〈唐明皇好道集奇人　武惠妃崇禪鬥異法〉中還有道教法師使用法術運送新

欲，遂爾見絕。今日之病，不可救矣。』去病遂死。仙家度人之法，不拘一定，豈是凡人所知，惟有緣者信之不疑耳。」見氏著：〈假神仙大鬧華光廟〉，《警世通言》，卷27，頁409。

181 馮夢龍：「原來宋敦夫妻二口，困難於得子，各處燒香祈嗣，做成黃布袱、黃布袋裝裹佛馬楮錢之類。燒過香後，懸掛於家中佛堂之內，甚是志誠。」見氏著：〈宋小官團圓破氈笠〉，《警世通言》，卷22，頁306。

182 馮夢龍：「真君即立了石碑一片，作鎮蛟之文以禁之，其文曰：『奉命太玄，得道真仙。劫終劫始，先地先天。無量法界，玄之又玄。勤修無遺，白日昇仙。神劍落地，符法昇天。妖邪喪膽，鬼精逃潛。』」見氏著：〈旌陽宮鐵樹鎮妖〉，《警世通言》，卷40，頁611。

鮮的水果討好皇帝的故事。[183]而〈吳山頂上神仙〉中則有道教修行人以方術儀式祈雨成功的例子。[184]

對民眾來說，修道的過程或是理想並不是重點，在現實生活中，道教提供的是解決困境的方式。至於如何解決，方法是否合理，與道教理論是否符合，這並非考量重點。這些道教的「方術儀式」有時已經變為一種符號，它是否實際有效並非最重要，重要的是它可以給人們帶來希望和安定。[185]人類便是因為這樣的「希望」去尋求宗教慰藉。[186]對民眾來說，儀式是一種象徵，只要這種象徵具有足夠的意義，則身心可以獲得安慰，這樣便有了信奉的動力。

四　負面故事

在擬話本中有非常多的道教負面故事，真實反映民眾對這些宗

---

183 凌濛初：「此時劍南出一種菓子，叫作『日熟子』，一日一熟，到京都是不鮮的了。張葉二人，每日用仙術遣使取來，過午必至，所以玄宗常有新鮮的到口。」見氏著：〈唐明皇好道集奇人　武惠妃崇禪鬥異法〉，《拍案驚奇》，卷7，頁102。

184 周清源：「冷啟敬自寫一道表文，申奏上帝，願減自己壽命三年，祈一場雨澤，以救百萬生靈。將表文焚化，登壇作法，踏罡步斗，敲起令牌，念了木郎、雷神二呪數遍，大呼風伯方道彰、雷公江赫沖，速速行雲降雨，救吾百姓。」見氏著：〈吳山頂上神仙〉，《西湖二集》，卷25，頁522。

185 葛兆光：「道教的齋、醮逐漸積澱為一種形式，一種符號，至於它的具體內容與目的，它的實際效用與靈驗都成了次要的了，重要的只是在這種心醉神迷、眼花繚亂的形式中，人們可以忘卻煩惱，寄託希望，獲得心理上的自由、解脫，贏得生活的信心……。」見氏著：《道教與中國文化》，頁91。

186 貝格爾（P. Berger）：「人類處境的另一本質因素是希望，在歸納信仰的同樣邏輯之內存在著從希望出發的論證。」見貝格爾（P. Berger）著，高師寧譯：《天使的傳言——現代社會與超自然的再發現》（*A rumor of angels: modern society and the rediscovery of the supernatural*）（香港：漢語基督教文化研究所，1996年），頁77。

教活動的質疑，在〈西山觀設籙度亡魂　開封府備棺追活命〉中就有道士趁作法之便誘拐良家婦女，還用召亡魂的藉口和死者的遺孀產生不倫：

> 知觀道：「須用白絹作一條橋在孝堂中，小道攝召亡魂渡橋來相會。卻是只好留一個親人守著，人多了陽氣盛，便不得來。又須關著孝堂，勿令人窺視，洩了天機！」[187]

雖然故事中的遺孀不守婦道也需連帶負責，然而在明代的民眾心裡還是將焦點放在身為宗教代理人的法師身上，對他們的道德要求也較一般人高，並質疑這種宗教儀式對死者的幫助是否有效。

在〈天臺匠誤招樂趣〉的入話就有身為宗教代理人的女道士魚玄機，因好色爭風吃醋而殺人的故事。[188]又如〈丹客半黍九還　富翁千金一笑〉中有道教丹客包娼設局騙人的故事，後來還是娼家幫助受害的富翁返家，還勸戒他勿再信仰道教煉丹之說。[189]本篇的勸世意味頗味重，也呈顯道教修行的弊端。

---

187 凌濛初：〈西山觀設籙度亡魂　開封府備棺追活命〉，《拍案驚奇》，卷17，頁234。

188 周清源：「那秀才是與魚玄機極相好之人，綠翹因魚玄機不在，回覆了去。魚玄機法事畢了回來，疑心那秀才與綠翹偷情，做了替身，甚是吃醋。柳眉倒豎，杏眼圓睜，將星冠除下，羽衣脫去，拏了一條鞭子，把綠翹剝得赤條條的，渾身上下打了數百皮鞭而死，埋在後園樹木之下。」見氏著：〈天臺匠誤招樂趣〉，《西湖二集》，卷28，頁579。

189 凌濛初：「簾內人道：『妾與君不能無情，當贈君盤費，作急回家！此後遇見丹客，萬萬勿可聽信！妾亦是騙局中人，深知其詐。君能聽妾之言，是即妾報君數宵之愛也。』言畢，著人拿出三兩一封銀子來遞與他，富翁感謝不盡，只得收了。」見氏著：〈丹客半黍九還　富翁千金一笑〉，《拍案驚奇》，卷18，頁269。

在〈甄監生浪吞秘藥　春花婢誤洩風情〉中也有因好煉丹而亡身的負面故事，甄希賢因深信採戰之術，在方士傳授藥方後自行使用而亡，斷案的許公將害人的方士杖打一百。[190]自魏晉南北朝道教宣揚服食之說以來，歷代許多人熱衷於服食丹藥，以期獲得長生或是特殊能力。然而根據歷史的教訓，服食的下場一般來說多以喪失生命作結。然而，人們卻仍舊樂此不疲。明代皇帝就有數位因為服食而駕崩者，擬話本在此處宣講服食之用，無疑是歷史經驗的總結，也具有深刻的教育意義與啟示作用。

擬話本中的道教故事都是宣揚個人羽化成仙、降妖伏魔的奇異事蹟，它以「神通異變」、「降妖伏魔」、「神仙信仰」來表現「揚善懲惡」、「扶正壓邪」的道教教義。另外在「神通異變」方面，擬話本中可以看到道教修行者時常和佛教修行者較勁，道教時常宣稱自己的法術較佛教高明。

道教是中國土生土長的宗教，它們的「方術儀式」受到原始宗教「巫術」的影響很深，因為「神通」能力是一般民眾非常需要的現實理想，遇有難題，民眾習慣性的會請求「巫師」解決問題，而「道教代理」人最後也代替了傳統「巫師」的角色幫人民解決問題，得到人民的信仰與崇拜。所以有「扶鸞」的道教儀式與「降妖伏魔」的法術出現，這些都是源於原始宗教的「巫術系統」。在當時對許多現象蒙昧不解的年代，這些儀式與法術將可以得到民眾的信任，而且可以讓他們獲得身心的安慰。

---

190 凌濛初：「當下將玄玄子打了廿板，引庸醫殺人之律，問他杖一百，逐出境，押回原籍。又行文山東六府，凡軍民之家，敢有聽信術士道人邪說、採取煉丹者，一體問罪。發放了畢。」見氏著：〈甄監生浪吞秘藥　春花婢誤洩風情〉，《二刻拍案驚奇》，卷18，頁269。

第四節　儒教的宗教內涵

儒家的宗教呈現，在擬話本中主要表現有「傳統女德」、「夫婦人倫」、「兄弟之情」、還有「朋友之義」的思想展現。這是一種遵守「禮」的基本規範，能夠使君子抑制自己的熱情得到心靈的平靜，它是一切善的根源。[191]

一　傳統女德

宣揚「傳統女德」的作品在擬話本中處處可見，如〈陳御史巧勘金釵鈿〉中，顧阿秀因父親嫌貧愛富有意悔婚，她承繼傳統女性的美德──「從一而終」並以死和父親抵抗，[192]其母為安撫阿秀就私下用計叫來女婿，誰知被奸人頂替而將女兒玷污，顧阿秀知情後決意尋死，這是儒家傳統女德的表現──「烈女不事二夫」，更何況被奸人玷污，只有以死殉節。又如〈宣徽院仕女鞦韆會　清安寺夫婦笑啼緣〉中也有女兒因父母悔婚而守節自殺的故事。[193]

---

191 馬克斯・韋伯（Max Webber）：「我們在中國發現的是警覺的自制、內省與謹慎，尤其是對任何形式的熱情（包括欣喜在內）的抑制，因為熱情會擾亂心靈的平靜與和諧，而後者正是一切善的根源。不過，此種擺脫並不像佛教那樣擴展到所有的欲望，而只是針對一切非理性的欲望。」見（德）馬克斯・韋伯（Max Webber）著，洪天富譯：《儒教與道教》（*Konfuzianismus und Taoismus*）（南京：江蘇人民出版社，2005年），頁128。

192 馮夢龍：「若魯家貧不能聘，孩兒情願守志終身，決不改適。當初錢玉蓮投江全節，留名萬古。爹爹若是見逼，孩兒就拼卻一命，亦有何難！」見氏著：〈陳御史巧勘金釵鈿〉，《喻世明言》，卷2，頁42。

193 凌濛初：「結親結義，一與訂盟，終不可改。兒見諸姊妹家榮盛，心裡豈不羨慕！但寸絲為定，鬼神難欺！豈可因他貧賤，便想悔賴前言！非人所為，兒誓死不敢從命。」見氏著：〈宣徽院仕女鞦韆會　清安寺夫婦笑啼緣〉，《拍案驚奇》，卷9，頁127。

〈閒雲庵阮三償冤債〉中也有類似的情節，陳小姐與阮三郎情投意合並在寺廟中有了夫妻關係，事後三郎當場死亡，而陳小姐又有三個月的身孕，真是左右為難，但是她有傳統婦女的道德，她說：「莫若等待十個月滿足，生得一男半女，也不絕了阮三後代，也是當日相愛情分。婦人從一而終，雖是一時苟合，亦是一日夫妻，我斷然再不嫁人，若天可憐見，生得一個男子，守他長大，送還阮家，完了夫妻之情。那時尋個自盡，以贖玷辱父母之罪。」[194] 雖然陳小姐未守閨女之禮，然事後反悔還懂得遵守婦女「從一而終」的儒家傳統道德，從十九歲守寡一生不嫁，教子成名，最後還得到朝廷的貞節牌坊。提到「從一而終」的女德觀念的篇章還有〈滕大尹鬼斷家私〉，故事中的女主角梅氏在丈夫臨死的時候發誓守節：「說哪裡話！奴家也是儒門之女，婦人從一而終；況又有了這小孩兒，怎割捨得拋他？好歹要守在這孩子身邊的。」[195]足見明代擬話本強調「女德」的重要。而女人守節便是為了擔任「媳婦」、「母親」的角色，以此維持中國社會的秩序。[196]

另外〈楊思溫燕山逢故人〉故事中安排劉氏在丈夫死後出家追薦丈夫：「這劉金壇原是東京人，丈夫是樞密院馮六承旨。因靖康年間同妻劉氏僱舟避難，來金陵，去淮水上，馮六承旨彼冷箭落水身亡，其妻劉氏發願，就土星觀出家，追薦丈夫，朝野知名，差做觀主。」[197]又安排鄭夫人自殺守節：

194 馮夢龍：〈閒雲庵阮三償冤債〉，《喻世明言》，卷4，頁92。

195 馮夢龍：〈滕大尹鬼斷家私〉，《喻世明言》，卷10，頁154。

196 杜維明（Tu Wei-ming）：「儒家家庭倫理特別強調責任的價值，所以媳婦的角色必定先於妻子的角色，而在有孩子的情況下，母親的角色必定先於妻子的角色。」見杜維明（Tu Wei-ming）著、陳靜譯：《儒教》（*Confucianism*）（臺北：麥田出版公司，2002年），頁121。

197 馮夢龍：〈楊思溫燕山逢故人〉，《喻世明言》，卷24，頁391。

> 韓思厚執手向前，哽咽流淚。哭罷，鄭夫人向著思厚道：「昨者盱眙之事，我夫今已明矣。只今元夜秦樓，與叔叔相逢，不得盡訴衷曲。當時妾若貪生，必須玷辱我夫。幸而全君清德若瑾瑜，棄妾性命如土芥；致有今日生死之隔，終天之恨。」[198]

丈夫死後或是因故被奸人擄去，婦女必須「從一而終」且要為丈夫守節守志，這是傳統女德的展現。

又如〈李秀卿義結黃貞女〉中，黃貞女為了生計，女扮男裝與父親到外地做生意，後來父死與李秀卿結拜為兄弟日夜同處共同打拚，回到家鄉後李秀卿發現黃貞女是女兒身後，欲與之婚配，可是黃貞女說：「嫌疑之際，不可不謹。今日若與配合，無私有私，把七年貞節，一旦付之東流，豈不惹人嘲笑？」[199]就為了貞節怕人非議，情願失去意中人。即使如〈金玉奴棒打薄情郎〉中的玉奴差點被薄情郎害死，她還是要遵守中國傳統婦女「從一而終」的道德觀，玉奴說道：「奴家雖出寒門，頗知禮數。既與莫郎結髮，從一而終。雖然莫郎嫌貧棄賤，忍心害理，奴家各盡其道，豈肯改嫁，以傷婦節？」[200]可見傳統女德影響社會之深。

而〈沈小霞相會出師表〉中沈小霞的妻妾聞淑女，為了讓丈夫能活命，不惜犧牲自己作為人質留在奸人的身邊。又〈賈廉訪贋行府 牒　商功父陰攝江巡〉入話中有妾丁氏為了救夫而自攬其罪並在獄中自縊的情節。[201]這些明代擬話本中的女性在在展現過人的道

---

198 馮夢龍：〈楊思溫燕山逢故人〉，《喻世明言》，卷24，頁388。

199 馮夢龍：〈李秀卿義結黃貞女〉，《喻世明言》，卷28，頁438。

200 馮夢龍：〈金玉奴棒打薄情郎〉，《喻世明言》，卷27，頁426。

201 凌濛初：「丁氏到了女監，想道：『只為我一身，致得丈夫受此大禍。不若做我

德勇氣，以夫為尊，也就是傳統婦女三從四德的表現。明代擬話本的作者安排這樣的情節，女性不論婚前婚後都一定要「從一而終」不可再改嫁，作者如此書寫是反映明代社會文化的特殊現象。

二　夫婦人倫

儒家家庭倫理強調夫婦有別，「男有學，女有歸」，儒家的夫妻關係強調的不是親密感，而是一種責任感。[202]在〈鬧陰司司馬貌斷獄〉展現了儒家高度的「夫婦人倫」之情，重湘在地獄做了六個時辰的閻羅王，玉帝見他斷案英明，賜與他來生得享富貴，重湘啟告閻王：「荊妻汪氏，自幼跟隨窮儒，受了一世辛苦，有煩轉乞天恩，來生仍判為夫妻，同享榮華。」[203]重湘在獲得殊榮的同時，不忘糟糠之妻，還懂得啟稟閻王轉告玉帝讓其妻來生同享富貴，足見重湘良好情操的展現，這是儒家的夫妻之情。在〈汪信之一死救全家〉中亦有一小段夫妻情誼的展現，汪世雄的妻子張氏勸告公公汪信之出面自首，未獲採納，導致家破人亡，其妻慨然赴火而死，汪世雄終身不娶教導其子，亦是儒家夫妻人倫高貴情操的展現。

〈蔣興哥重會珍珠衫〉故事中蔣興哥因出外經商，其妻三巧兒偷漢子，蔣興哥在不得已的狀況之下將其妻送回娘家，然而在三巧

一個不著，好歹出了丈夫。』他算計定了。解審察院，見了陳定，遂把這話說知。」見氏著：〈賈廉訪贗行府牒　商功父陰攝江巡〉，《二刻拍案驚奇》，卷20，頁394。

202 杜維明（Tu Wei-ming）：「因為夫妻間的親暱關係可能導致裙帶關係，如果核心家庭的利益取代了對其他家族成員以及更大群體的關心，那麼，裙帶關係就會反過來導致社會的無責任感。」見杜維明（Tu Wei-ming）著、陳靜譯：《儒教》（*Confucianism*），頁122。

203 馮夢龍：〈鬧陰司司馬貌斷獄〉，《喻世明言》，卷31，頁487。

兒改嫁於吳進士時，他卻將十六個陪嫁箱籠原封不動的送給三巧兒，書中提到：

> 卻說南京有個吳傑進士，除授廣東潮陽縣知縣，水路上任，打從襄陽經過。不曾帶家小，有心要擇一美妾。一路看了多少女子，並不中意。聞得棗陽縣王公之女，大有顏色，一縣聞名，出五十金財禮，央媒議親。王公到也樂從，只怕前婿有言，親到蔣家，與興哥說知。興哥並不阻當。臨嫁之夜，興哥顧了人夫，將樓上十六個箱籠，原封不動，連鑰匙送到吳知縣船上，交割與三巧兒，當個賠嫁。[204]

蔣興哥是個厚道的人，念及夫妻之情，儘管妻有負於他，他還是以禮相待，後來蔣興哥被人陷害，三巧兒顧及昔日之情大力相救，最後吳知縣亦有成人之美，使其夫妻重新團圓。這個故事呈顯的是儒家的夫妻人倫。

丈夫對妻子有情有義的篇章還不止如此，如〈金玉奴棒打薄情郎〉的入話部分提到朱買臣為拋棄他的妻子買置田產，導致妻子羞顏自殺而死：

> 其妻再三叩謝，自悔有眼無珠，願降為婢妾，伏事終身。買臣命取水一桶潑於階下，向其妻說道：「若潑水可復收，則汝亦可復合。念你少年結髮之情，判後園隙地與汝夫婦耕種自食。」其妻隨後夫走出府第，路人都指著說道：「此

204 馮夢龍：〈蔣興哥重會珍珠衫〉，《喻世明言》，卷1，頁25。

> 即新太守夫人也。」於是羞極無顏，到於後園，遂投河而死。[205]

朱買臣之妻在其寒窗苦讀的時候嘲笑他，並拋棄買臣另嫁他人，而買臣在功成名就之後依舊念及夫妻之情，還贈與下堂妻田園耕種，只是礙於傳統禮節不能再度接納其妻，主因就在於買臣之妻已另嫁他人，但是朱買臣的度量在明代社會已算突出。

在〈單符郎全州佳偶〉也有類似的情節表現，單司戶的未婚妻春娘家破人亡，被轉賣至全州樂戶楊家改名楊玉，單司戶在偶然的機會下遇見楊玉，並知道她便是失散多年的未婚妻，於是試探她是或否願意脫離樂籍，楊玉道：「妾聞『女子生而願為之有家』，雖不幸風塵，實出無奈。夫家宦族，即使無恙，妾亦不作團圓之望。若得嫁一小民，荊釵布裙，啜菽飲水，亦是良人家媳婦，比在此中迎新送舊，勝卻千萬倍矣。」[206]遂央鄭司理為楊玉除去樂籍：

> 單司戶先與鄭司理說知其事，司理一力攛掇，道：「諺云：『貴易交，富易妻。』今足下甘娶風塵之女，不以存亡易心，雖古人高義，不是過也。」遂同司戶到太守處，將情節告訴。單司戶把父親書札呈上。太守看了，道：『此美事也，敢不奉命。』次日，四承務具狀告府，求為釋賤歸良，以續舊婚事，太守當面批准了。[207]

單司戶願娶風塵女楊玉為妻，不因楊玉淪落風塵而毀棄婚約，具有

205 馮夢龍：〈金玉奴棒打薄情郎〉，《喻世明言》，卷27，頁421。

206 馮夢龍：〈單符郎全州佳偶〉，《喻世明言》，卷17，頁261。

207 馮夢龍：〈單符郎全州佳偶〉，《喻世明言》，卷17，頁262。

十足的道德勇氣，而楊玉亦非水性楊花之人不願在風塵中打滾，促成了一件美滿姻緣，也是夫妻人倫的表現。又娼妓在法律上屬「賤民」，不得與「良民」締結婚姻，[208]所以必須央鄭司理為楊玉除籍。而〈衛朝奉狠心盤貴產　陳秀才巧計賺原房〉中馬氏賢慧但其夫不賢，於是馬氏私下藏了田產，待其相公有了悔意才將田產拿出，幫助其夫改過自新，[209]這也是夫婦人倫的義理展現。

三　兄弟之情

兄弟人倫自古便是儒家所要求的重要德行，我們的所有乃受惠於父母兄長，所以儒家強調「孝悌是仁之本」、並將「長幼有序」、「兄友弟恭」的修養視為一種責任。[210]在〈滕大尹鬼斷家私〉故事中滕大尹之子在其父死後欲獨霸家產，而其父親在臨死前留下一幅行樂圖交予其妾梅氏，滕大尹發現行樂圖內有一幅字紙，內容寫道：「老夫官居五馬，壽踰八旬。死在旦夕，亦無所恨。但孽子善述，方年周歲，急未成立。嫡善繼素缺孝友，日後恐為所戕。新置

208 此良民不得與賤民通婚的法律問題，請參見瞿同祖：《中國法律與中國社會》（臺北：里仁書局，1984年），頁317-323。

209 凌濛初：「陳秀才喜自天來，卻還有些半信不信，揭開看時，只見雪白的擺著銀子，約有千餘金之物。陳秀才看了，不覺掉下淚來。馬氏道：『官人為何悲傷？』陳秀才道：『陳某不肖，將家私蕩盡，賴我賢妻熬清守淡，積攢下偌多財物，使小生恢復故業，實是枉為男子，無地可自容矣！』」見氏著：〈衛朝奉狠心盤貴產　陳秀才巧計賺原房〉，《拍案驚奇》，卷15，頁210。

210 杜維明（Tu Wei-ming）：「體認到我們乃受惠於我們的父母和兄長，我們的福祉與他們是休戚相關的，這樣的責任意識並不是單方面的服從，而是在回報一筆永遠無法償還的債務，並且也意識到自動擔起償還這筆債務的責任是一件在道德上令人愉快的事。」見杜維明（Tu Wei-ming）著、陳靜譯：《儒教》（*Confucianism*），頁124。

大宅二所及一切田戶，悉以授繼。惟左偏舊小屋，可分與述。此屋雖小，室中左壁埋銀五千，作五罈；右壁埋銀五千，金一千，作六罈，可以準田園之額。後有賢明有司主斷者，述兒奉酬白金一百兩。八十一翁倪守謙親筆。年月日花押。」[211]太守巧計使得梅氏母子得到遺產，故事中敘述善述後來功成名就，子孫亦飛黃騰達，而善繼不顧兄弟人倫下場淒涼家業耗盡，其子孫則遊手好閒：

> 後來善述娶妻，連生一子，讀書成名。倪氏門中，只有這一枝極盛。善繼兩個兒子，都好遊蕩，家業耗廢。善繼死後，兩所大宅子，都賣與叔叔善述管業。里中凡曉得倪家之事本末的，無不以為天報云。詩曰：從來天道有何私？堪笑倪郎心太癡，忍以嫡兄欺庶母，卻教死父算生兒。軸中藏字非無意，壁下理金屬有司。何似存些公道好，不生爭競不興詞。[212]

違反儒家兄弟人倫德行者必遭嚴懲，此為教化百姓必須友愛兄弟的篇章。又如〈青樓市探人蹤　紅花場假鬼鬧〉中也有違反兄弟人倫的故事，楊僉事本要算計姪子的，最後反被姪子拿得遺產，[213]話本解釋這是天理不滅的結果。

另外在〈三孝廉讓產立高名〉也有宣揚儒家「兄弟之情」的篇章出現，許武為了讓其弟能夠早日舉「孝廉」，故意「爭產」使其

211 馮夢龍：〈滕大尹鬼斷家私〉，《喻世明言》，卷10，頁161。

212 馮夢龍：〈滕大尹鬼斷家私〉，《喻世明言》，卷10，頁165-166。

213 凌濛初：「僉事原不曾有子，家中竟無主持，諸妾各自散去。只有楊二房八歲的兒子楊清是他親姪，應得承受，潑天家業多歸於他。楊僉事枉自生前要算計並姪兒子的，豈知身後連自己的倒與他了？這便是天理不泯處。」見氏著：〈青樓市探人蹤　紅花場假鬼鬧〉，《二刻拍案驚奇》，卷4，頁91-92。

弟有廉讓的美名，[214]做兄長的有這番苦心，其弟還有孔融讓梨之心不敢同許武爭產，都是難得的賢良之人，後來三人同舉孝廉名傳千里，這是儒家兄弟之情的真正實踐。又如〈趙五虎合計挑家釁　莫大郎立地散神奸〉中莫大郎懂得友愛兄弟，將流落在外的弟弟接回家住，[215]使外人無計可施不能趁亂奪產。而〈擊豪強徒報師恩　代成獄弟脫兄難〉中還有兄弟搶著認罪的感人故事。[216]

四　朋友之義

儒家的朋友之情是一種「道德互勉」的互惠關係，不以階級考量。[217]在〈俞伯牙摔琴謝知音〉中就有「朋友之義」的表現，俞伯牙因為好友鍾子期為他苦讀而死，於是將琴摔破說是知音已死不再彈琴，還奉養子期的父親以盡天年，[218]這便是儒家「朋友之義」的

214 馮夢龍：「我故倡為析居之議，將大宅良田，強奴巧婢，悉據為已有。度吾弟素敦愛敬，決不爭競。吾暫冒貪饕之跡，吾弟方有廉讓之名。」見氏著：〈三孝廉讓產立高名〉，《醒世恆言》，卷2，頁25。

215 凌濛初：「唐太守又旌獎莫家，與他一個『孝義之門』的匾額，免其本等差徭。此時莫媽媽才曉得兒子大郎的大見識。世間弟兄不睦，靠著外人相幫起訟者，當以此為鑑。」見氏著：〈趙五虎合計挑家釁　莫大郎立地散神奸〉，《二刻拍案驚奇》，卷10，頁211。

216 陸人龍：「居仁回家，夫妻兄弟完聚，好不歡喜。外邊又知利仁認罪保全居仁，居仁又代監禁，真是個難兄難弟。」見氏著：〈擊豪強徒報師恩　代成獄弟脫兄難〉，《型世言》，收入《明代小說輯刊》第1輯第2冊，回13，卷4，頁255-256。

217 杜維明（Tu Wei-ming）：「朋友既不以爵位也不以年齡為基礎，而是互惠精神的模範表現。社會等級是儒家倫理的重要主題，但是它肯定不適用於『朋友之信』。以道德勸勉為核心的友情，為師生關係提供了基礎。」見杜維明（Tu Wei-ming）著、陳靜譯：《儒教》（*Confucianism*），頁125。

218 馮夢龍：「下官傷感在心，不敢隨老伯登堂了。（中略）待下官回本朝時，上表告歸林下。那時卻到上集賢村，迎接老伯與老伯母同到寒家，以盡天年。吾即

展現，將好友的父親當作自己的父親並且辭官歸隱奉養其父。

又如〈晏平仲二桃殺三士〉亦出現為朋友之義自刎而死的情節，所不同的是此三人是中了晏平仲的計自刎而死：

> 公孫接按劍而言曰：「誅龍斬虎，小可事耳。吾縱橫於十萬軍中如入無人之境，力救主上，建立大功，反不能食桃，受辱於兩國君臣之前，為萬代之恥笑，安有面目立於朝廷耶？」言訖，遂拔劍自刎而死。田開疆大驚，亦拔劍而言曰：「我等微功而食桃，兄弟功大反不得食，吾之羞恥，何日可脫？」言訖，自刎而死。顧冶子奮氣大呼曰：「吾三人義同骨肉，誓同生死；二人既亡，吾安能自活？」言訖，亦自刎而亡。[219]

此三人因固守朋友之義，這樣的忠誠被有心人士晏平仲利用，三人死於非命，這樣的儒教思想在擬話本中出現，是不知變通的朋友之義。

另有一篇〈吳保安棄家贖友〉亦提到朋友之義，故事中提到郭仲翔對吳保安有知遇之恩，後來不幸落在敵營為俘虜，保安捨棄家庭並辛苦在外工作十年就為了贖取郭仲翔，事後保安不幸身亡，仲翔為了報答朋友之義，曾經上疏皇帝說道：

> 臣以中華世族，為絕域窮困。蠻賊貪利，責絹還俘。謂臣宰相之侄，索至千匹。而臣家絕萬里，無信可通。十年之

子期，子期即吾也。老伯勿以下官為外人相嫌。」見氏著：〈俞伯牙摔琴謝知音〉，《警世通言》，卷1，頁10。

219 馮夢龍：〈晏平仲二桃殺三士〉，《喻世明言》，卷25，頁402。

圖四　〈俞伯牙摔琴謝知音〉，《警世通言》，卷一

（明金陵兼善堂本版畫）

> 中，備嘗艱苦，肌膚毀劙，靡刻不淚。牧羊有志，射鴈無期。而遂州方義尉吳保安，適至姚州，與臣雖係同鄉，從無一面，徒以意氣相慕，遂謀贖臣。[220]

郭仲翔願意將財物及官位捐給朋友之子吳天佑，皇帝與文武百官皆誇讚他義氣，賜給吳天祐縣尉之職而郭仲翔原官如故，由此可知有德之人可以升官。本篇亦是顧及朋友之義，但是吳保安拋妻棄子，並未顧及夫婦之義。又如〈衛朝奉狠心盤貴產　陳秀才巧計賺原房〉入話中賈秀才用計為朋友向慧空和尚討回家產：

> 賈秀才低頭一想，道：「計在此了。」便走過前面來，將慧空那僧衣僧帽穿著了，悄悄地開了後窗，嘻著臉與那對樓的婦人，百般調戲。直惹得那婦人焦燥，跑下樓去。賈秀才也仍復脫下衣帽，放在舊處，悄悄下樓，自回去了。[221]

貪心的慧空和尚因此被對門的人家打了一頓，又怕住在此惹是生非，故將此房還給李生，這都是賈秀才的功勞。

擬話本中出現的朋友之義，皆有一個共同脈絡，就是「士為知己者死」，他們為了朋友之義可以犧牲儒家其他倫理，包括孝順之義、夫婦之情、君臣之義、兄弟之情，且擬話本的作者在結尾對於這樣的行為大加讚賞，顯示擬話本作者對儒家思想的認知有侷限性。

儒家思想博大精深，反映出民間思想的擬話本只引用有利於自身處境的儒家思想。從傳統女德的引用就可看出民眾的好惡，傳統

---

220 馮夢龍：〈吳保安棄家贖友〉，《喻世明言》，卷8，頁135。

221 凌濛初：〈衛朝奉狠心盤貴產　陳秀才巧計賺原房〉，《拍案驚奇》，卷15，頁204。

女德包含三從四德，可是擬話本中一再引用「從一而終」的觀念，顯現一般民眾害怕女性琵琶別抱，藉此傳統女德穩固社會倫理。而夫婦人倫的引用也是一再強調：夫妻本是同林鳥，吃苦享樂在一起。尤其明代女性害怕丈夫功成名就之後便拋棄糟糠之妻，所以在明代擬話本中一再強調男性在富貴後必須固守夫妻人倫的德行，以此教化人心，這樣的情節似乎也暗示現實社會中男性的邪惡欲望橫流，人性的弱點畢露，故須藉由擬話本一再壓抑男性的欲望達到真善美的德行。儒家最核心的思想是道德，這是最高原則，擬話本中對此極力捍衛。

另外，儒家不是沒有儀式。儒家的思想與理念不僅展現在人際關係上，更重要的是在禮儀之中具體表達理念之意義。因此，各種禮節的施展、各種儀典的進行，儒家都訂有規範。當然，因為擬話本描述的多為民間生活之故，所以這些禮節與儀典，在擬話本中較少看到。不過，儒家對儀典禮節的重視，在民間形成對某些儀式行為極為注重，如喪禮、葬禮、婚禮、祭禮等等。這些可視為儒家實踐活動的具體作為，也可以展現儒家對民間深遠的影響。

第五節　三教混雜的宗教內涵

宗教混雜的現象早在唐宋時代就發生，到了明清時代更加明顯。[222]中國人不自覺地將儒釋道三教合一，有時是「儀式」的混

222 宋珂君：「『三教合一』的現象，早在唐宋就露出端倪，明清時代已成定論。在這一進程中，中國大多數讀書人以自己精湛的佛學修養和深厚的傳統文化功底，自覺地成為『三教合一』的推動者和實踐者。可以說，中國的知識分子大多是『三教合一』的實踐者。他們是三教的聚合點，起著溝通儒、釋、道三教文化信仰的重要作用。」見氏著：《明代宗教小說中的佛教「修行」觀念》（北京：中國社會科學出版社，2005年），頁113。

雜，有時是「思想」的混雜。

一　儀式混雜

人們藉由儀式來表達宗教的整體價值與終極關懷。[223]在著名的道教擬話本〈張道陵七試趙昇〉中就有一段宗教儀式混雜的情節出現。[224]懺悔解罪是佛教的儀式，今生有病是前世業障又源於佛教的基本教義；而「藥籤」治病是道教的儀式，[225]此為佛道二教混雜的儀式。另外，此處令民眾心生畏懼的報應觀，是非常樸實的原始宗教報應觀，所以凡有疾病者都具實書寫自己生平所為不善之事，並謹記惡有惡報不敢再犯。

在〈張孝基陳留認舅〉中也有宗教儀式混雜的情節，張孝基的岳父過世，女兒媳婦都十分傷心，張孝基為表孝心即請來僧道做法事。[226]超渡亡魂應該是原始宗教招魂的儀式後來被道教借用，而本

223 鄭志明：「宗教的經驗不單只是崇拜的心理，而是把這些心理活動轉化為宗教的儀式，因此任何的宗教不可能只侷限在心理的觀念系統上，必然經由具體的神話與儀式的傳達，充分地展現其整體價值與終極關懷。」見氏著：《中國社會鬼神觀念的衍變》，頁279。

224 馮夢龍：「所居門前有水池，凡有疾病者，皆疏記生身以來所為不善之事，不許隱瞞；真人自書懺文，投池水中；與神明共盟約，不得再犯，若復犯，身當即死；設誓畢，方以符水飲之。」見氏著：〈張道陵七試趙昇〉，《喻世明言》，卷13，頁194-195。

225 鄭志明：「藥籤的出現是比較晚，在道藏中未出現有藥籤，藥籤大約是民間醫藥發達後的產物，一般稱為『仙方』、『神方』、『靈方』等，有別於醫生的藥方，是人們正常醫療管道的輔助手段，期待經由與神明的交感，獲得靈驗的奇蹟，來化解疾病纏身之苦。」見氏著：《臺灣傳統信仰的鬼神崇拜》（臺北：大元書局，2005年），頁286。

226 馮夢龍：「女兒媳婦都哭得昏迷幾次。張孝基也十分哀痛。衣衾棺槨，極其華美。七七之中，開喪受弔，延請僧道，修做好事，以資冥福。擇選吉日，葬於祖塋。」見氏著：〈張孝基陳留認舅〉，《醒世恆言》，卷17，頁324。

篇話本中連佛教的僧侶都出現，而且是和道士一起共事，足見宗教儀式混雜之嚴重。又如〈賈廉訪贋行府牒　商功父陰攝江巡〉入話中也將僧道念經設醮混合在一起，[227]話本很自然地敘述這件事，反映這是民間社會的普遍現象。

〈新橋市韓五賣春情〉中吳山被胖和尚冤魂糾纏，其父王玉親自設醮追拔，希望可以救兒子一命：

> 防禦請了幾眾僧人，在金奴家做了一晝夜道場。只見金奴一家敝夢，見個胖和尚拿了一條拄杖去了。吳山將息半年，依舊在新橋市上生理。一日，與主管說起舊事，不覺追悔道：「人生在世，切莫為昧己勾當。真個明有人非，幽有鬼責，險些兒丟了一條性命。」從此改過前非，再不在金奴家去。[228]

故事中胖和尚會附身在凡人吳山的身上，述說自己的願望，這種鬼神附身的故事是中國原始宗教既有的樣貌。而設醮的儀式源於佛教，後來被道家吸收，成為僧道共用的方式，是佛道二教混雜的儀式，這也反映出明代這種佛道混合的現象十分普遍。[229]

227 凌濛初：「巢大郎驚得只是認不是、討饒，去請僧道念經設醮，安靜得兩日，又換了一個口聲，道：『我乃陳妾丁氏，大娘死與我何干？為你家貪財，致令我死於非命，今須償還我！』巢大郎一發懼怕，燒紙拜獻，不敢吝惜，只求無事。」見氏著：〈賈廉訪贋行府牒　商功父陰攝江巡〉，《二刻拍案驚奇》，卷20，頁395。

228 馮夢龍：〈新橋市韓五賣春情〉，《喻世明言》，卷3，頁77。

229 葛兆光：「在上位文化層次（指文化素養較高的士大夫層）中理學、禪宗、道教開始合流的同時，下位文化層次（指文化素養較差的各階層）中，儒學、佛教、道教也在合流，尤其是明清時期，佛、道兩教的混融現象的確十分明顯。」見氏著：《道教與中國文化》，頁324。

儒釋道三教在民間長期累積融合，然而民眾在遇到急難的時候則將三家儀式統合運用，只求能解決目前的困境，〈陳從善梅嶺失渾家〉就是最好的例子：

> 且說陳巡檢與同王吉自離東京，在路兩月餘，至梅嶺之北，被申陽公攝了孺人去，千方無計尋覓。（中略）見一個草舍，乃是賣卦的，在梅嶺下，招牌上寫：「楊殿幹請仙下筆，吉凶有準，禍福無差。」陳巡檢到門前，下馬離鞍，入門與楊殿幹相見已畢。殿幹問：「尊官何來？」陳巡檢將昨夜失妻之事，從頭至尾，說了一遍。楊殿幹焚香請聖，陳巡檢跪拜禱祝。只見楊殿幹請仙至，降筆判斷四句，詩曰：「千日逢災厄，佳人意自堅。紫陽來到日，鏡破再團圓。」[230]

故事中陳從善的妻子被申陽公擄走，陳在無計可施的情況下四處求神拜佛，先是見一個賣卦的並要求卜卦降神，卜卦的源流是源自儒家，而焚香禱祝請求降神又是源自道教儀式，這是儒道儀式混雜的例子。擬話本反映出民眾在無計可施的情況下只能請求宗教慰藉，不論儀式如何混雜，只要能解決目前的困境就可。另外，本篇還提到了大惠禪師，陳從善亦拜託佛教的大惠禪師出手相救，禪師便對申陽公講說佛法：「尊聖要解虎項金鈴，可解色心本性。色即是空，空即是色，一塵不染，萬法皆明。莫怪老僧多言相勸，聞知你洞中有一如春娘子，在洞三年。他是貞節之婦，可放他一命還鄉，

230 馮夢龍：〈陳從善梅嶺失渾家〉，《喻世明言》，卷20，頁302。

圖五　〈陳從善梅嶺失渾家〉，《喻世明言》，卷二十

（日本內閣文庫珍藏明天許齋本版畫）

此便是斷卻欲心也。」[231]但申陽公不聽勸導，後來還是道教的紫陽真人降伏了申陽公。

又如〈木綿庵鄭虎臣報冤〉故事中，賈似道以其需要取用中國傳統方術及佛教儀式。他平日因多行不義，先是招來術士問來日之事：

> 有一術士，號富春子，善風角鳥占。賈似道招之，欲試其術，問以來日之事。富春子乃密寫一紙，封固囑道：「至晚方開。」次日，似道宴客湖山，晚間於船頭送客，偶見明月當頭，口中歌曹孟德「月明星稀，烏鵲南飛」二句。時廖瑩中在旁說道：「此際可拆書觀之矣。」紙中更無他事，惟寫「月明星稀，烏鵲南飛」八箇字。似道大驚，方知其術神驗，遂叩以終身禍福。富春子道：「師相富貴，古今莫及，但與姓鄭人不相宜，當遠避之。」[232]

風角鳥占乃是中國古代的占卜術，賈似道因擔心其富貴不保，故詢問術士未來吉凶禍福，並招方術之士及雲水道人在內留宿，閒來無事便與術士道人閒講討教。這反映明代富貴之人大都相信宗教的神祕力量，所以願意奉養這些術士道人以避凶禍。而話本中描述賈母仙逝時，賈似道以佛教的齋醮儀式祁福，這又是依其需要選用佛教儀式：

> 卻說兩國夫人胡氏，受似道奉養，將四十年，直到咸淳十年三月某日，壽八十餘方死。衣衾棺槨，窮極華侈，齋醮

231 馮夢龍：〈陳從善梅嶺失渾家〉，《喻世明言》，卷20，頁304。

232 馮夢龍：〈木綿庵鄭虎臣報冤〉，《喻世明言》，卷22，頁353。

> 追薦，自不必說。過了七七四十九日，扶柩到臺州，與賈涉合葬。舉襄之日，朝廷以鹵簿送之。自皇太后以下，凡貴戚朝臣，一路擺設祭饌，爭高競勝。有累高至數丈者，裝祭之次，至顛死數人。百官俱戴孝，追送百里之外，天子為之罷朝。那時天降大雨，平地水深三尺。送喪者都冒雨踏水而行，水沒及腰膝，泥滓滿面，無一人敢退後者。[233]

此中不但有佛教的追薦儀式，還有儒家喪葬的戴孝儀式。然而儒佛在根本思想上是不同的，儒家是「世間法」而佛教是「出世法」。[234]二者的儀式混合得出的思想也是矛盾的。從這篇話本可充分看到儒釋道三教儀式的綜合混雜，這反映出明代百姓依其需求選擇三教的儀式運用在生活當中。

在〈金光洞主談舊蹟　玉虛尊者悟前身〉中馮相竟用佛教的禪定功夫到達道教的仙境，[235]也是一種宗教混雜的現象。又如〈聞人生野戰翠浮庵　靜觀尼晝錦黃沙衖〉中母親為了求神保佑女兒身體健康，卻遭到壞心的尼姑以算命的方式要求母親將女兒送入佛門修行以保長命，[236]偏偏婦人見識淺短害了女兒，本篇以原始宗教的儀

---

233 馮夢龍：〈木綿庵鄭虎臣報冤〉，《喻世明言》，卷22，頁354。

234 梁漱溟等著：「儒家從不離開人來說話，其立腳點是人的立腳點，說來說去總還歸結到人身上，不在其外。佛家反之，他站在遠高於人的立場，總是超開人來說話，更不復歸結到人身上——歸結到成佛。前者屬世間法，後者則出世間法，其不同彰彰也。」見氏著：〈儒佛異同論〉，《梁漱溟先生論儒佛道》（桂林：廣西師範大學出版社，2004年），頁84。

235 凌濛初：「漸漸路入青霄，行去多是翠雲深處。下視塵寰，直在底下。虛空之中。過了好些城郭。將有一飯時候，車才著地住了。小童前稟道：『此地勝絕，請相公下觀。』」見氏著：〈金光洞主談舊蹟　玉虛尊者悟前身〉，《拍案驚奇》，卷28，頁413。

236 凌濛初：「尼姑道：『姑娘命中犯著孤辰，若許了人家時，這病一發了不得，除

式──「算命」及「求神」，來達成佛教修行的結果，由此可見民間對宗教代理人的完全信任。〈沈將仕三千買笑錢　王朝議一夜迷魂陣〉中則有因賭博贏錢導致命變的情節，後來誠心懺悔才得回福報。[237]本篇解釋不義之財不可得也就是不能賭博，這是屬於佛教的戒律，而算命卻是源自原始宗教的儀式，誠心懺悔又是佛教的修行儀規，[238]這也是宗教儀式混雜的例子。

在〈寸心遠格神明　片肝頓蘇祖母〉中也有道教和佛教儀式混合的故事，妙珍刲肝救祖母，因而傷口潰爛，夢到道教神人告訴她治癒之法，而妙珍最後竟然想皈依佛門為尼，[239]在這裡可以看到道教的神奇方術，又可看到佛教的修行儀式。

二　思想混雜

〈鬧陰司司馬貌斷獄〉有儒佛思想混雜的情節，司馬貌在陰間

非這個著落，方合得姑娘貴造，自然壽命延長，身體旺相。只是媽媽自然捨不得的，不好啟齒。』」見氏著：〈聞人生野戰翠浮庵　靜觀尼晝錦黃沙衖〉，《拍案驚奇》，卷34，頁514。

237 凌濛初：「相士道：『你莫說是戲事！關著財物，便有神明主張。非義之得，自然減福。』丁生悔之無及，忖了一忖，問相士道：『我如今盡數還了他，敢怕仍舊不妨了？』相士道：『才一發心，暗中神明便知。果能悔過，還可占甲科，但名次不能如舊。』」見氏著：〈沈將仕三千買笑錢　王朝議一夜迷魂陣〉，《二刻拍案驚奇》，卷8，頁159-160。

238 宋珂君：「佛教寺廟的修行儀規從東晉以來形成某種套路，其中早晚課頌以及放生、懺罪、受戒等各種佛教儀式，多從宋元延續下來，但最終定型統一是在明代。」見氏著：《明代宗教小說中的佛教「修行」觀念》，頁67。

239 陸人龍：「前夜神人道：『瘡口可以紙灰塞之，數日可癒。』妙珍果然將紙燒灰去塞，五六日竟收口，瘢瘡似縷紅線一般。（中略）城中鄉宦、舉監、生員、財主，都要求他作妻作媳。他道：『我已許天為尼，報天之德。』」見氏著：〈寸心遠格神明　片肝頓蘇祖母〉，《型世言》，收入《明代小說輯刊》第1輯第2冊，回4，卷1，頁110。

斷案，判韓信無禮於君折壽十年。[240]這篇話本的主旨是為了宣揚佛教的因果報應思想並連結「地獄說」，故安排司馬貌在陰間斷案，然而斷案的依據竟然是儒家的「君臣之義」，韓信忘恩負義竟受君王禮拜，所以必須承受折壽的果報，這便是佛教與儒家思想的混雜。另外在〈喬彥傑一妾破家〉中也有宗教思想混雜的情節，本篇的主旨應是勸誡世人勿因「好色」娶妾而家破人亡，故事的主人翁喬彥傑就是因為「好色」弄得家破人亡，這應是屬於佛教的「色戒」思想，然而故事最後卻安排喬彥傑投湖而死化為厲鬼復仇，[241]這種鬼神附身的復仇現象又是屬於「原始宗教」的思想，這是小說反映出民眾混雜的宗教思想。

在〈張道陵七試趙昇〉中也出現一段宗教思想混雜的例子，不但有道家思想、儒家思想，更可以看到佛教的影子：

> 原來白虎神是金神，自從五丁開道，鑿破蜀山，金氣發洩，變為白虎；每每出現，生災作耗。土人立廟，許以歲時祭享，方得安息。真人煉過金丹，養就真火，金怕火尅，自然制伏。當下真人與他立誓：不許生事害民！白虎神受戒而去。[242]

---

240 馮夢龍：「許復道：『蕭何丞相三薦韓信，漢皇欲重其權，築了三丈高壇，教韓信上坐，漢皇手捧金印，拜為大將，韓信安然受之。詩曰：大將登壇閫外專，一聲軍令賽皇宣。微臣受卻君皇拜，又折青春一十年。』見氏著：〈鬧陰司司馬貌斷獄〉，《喻世明言》，卷31，頁480。

241 馮夢龍：「口中大罵道：『王青！那董小二奸人妻女，自取其死，與你何干？你只為詐錢不遂，害得我喬俊好苦！一門親丁四口，死無葬身之地。今日須償還我命來！』眾人知道是喬俊附體，替他磕頭告饒。」見氏著：〈喬彥傑一妾破家〉，《警世通言》，卷33，頁509。

242 馮夢龍：〈張道陵七試趙昇〉，《喻世明言》，卷13，頁196。

此段很明顯可以看到宗教混雜的現象，土人立廟為求消災解厄，是原始宗教的意涵；而真人煉金丹，是道教的修行方式；另外金怕火尅是源自儒家經典《易經》的五行思想；最後白虎神受戒而去，受戒二字應該是佛教最先啟用的專門術語。

又如〈宋四公大鬧禁魂張〉中亦有儒佛混雜的思想，張員外因為慳吝惹來宋四公大鬧：「只見一個漢，渾身赤膊，一身錦片也似文字，下面熟白絹裩拽扎著，手把著個笊籬，覷著張員外家裡，唱個大喏了教化。口裡道：『持繩把索，為客周全。』主管見員外不在門前，把兩文撇在他笊籬裡。張員外恰在水瓜心布簾後望見，走將出來道：「好也，主管！你做甚麼，把兩文撇與他？一日兩文，千日便兩貫。」大步向前，趕上捉笊籬的，打一奪，把他一笊籬錢都傾在錢堆裡，卻教眾當直打他一頓。」[243]宋四公見此情形路抱不平，給了笊籬的二兩銀子，且伺機要去搶張員外的家產，後更用計讓張員外困於獄中自縊而死：

> 可惜有名的禁魂張員外，只為「慳吝」二字，惹出大禍，連性命都喪了。那王七殿直王遵、馬觀察馬翰，後來俱死於獄中。這一班賊盜，公然在東京做歹事，飲美酒，宿名娼，沒人奈何得他。那時節東京擾亂，家家戶戶，不得太平。直待包龍圖相公做了府尹，這一班賊盜，方才懼怕，各散去訖，地方始得寧靜。有詩為證，詩云：只因貪吝惹非殃，引到東京盜賊狂。虧殺龍圖包大尹，始知官好自民安。[244]

243 馮夢龍：〈宋四公大鬧禁魂張〉，《喻世明言》，卷36，頁544。
244 馮夢龍：〈宋四公大鬧禁魂張〉，《喻世明言》，卷36，頁563。

張員外因為慳吝不懂得布施窮人，最後命喪黃泉，這是引自佛教的布施觀。而本篇話本的結尾提到包龍圖相公做了府尹則官好民自安，這個又是儒家的思想，只有賢君在位民間才不會有盜賊作亂，故可以說本篇的中心主旨是混和儒佛兩家的思想，中國的讀書人大多自覺地將儒釋道三教思想合一實踐。[245]

又如〈鹽官邑老魔魅色　會骸山大士誅邪〉入話中有佛道混合原始宗教的思想，佛寺的僧人殺人奪財，還將屍體放在甕中，擬話本安排觀音顯靈鑽入甕中，使得僧人被捕破案。[246]觀世音菩薩是佛道二教共同信仰的對象，可是用這種方式破案，卻混合原始宗教的觀點。而〈覺闍黎一念錯投胎〉中也有佛教混合原始宗教的思想：彌遠前生是修行者，因一念之差而投胎往生為惡人，然而在擬話本中所呈現的宗教制裁者，竟然是原始宗教的鬼神並非佛教所強調的自己。[247]在〈烈婦忍死殉夫　賢媼割愛成女〉中有人用原始宗教求神問卜的方式替女兒決定婚姻，而此次問的神竟然是佛，[248]這是中

245 宋珂君：「中國大多數讀書人以自己精湛的佛學修養和深厚的傳統文化功底，自覺地成為『三教合一』的推動者和實踐者。可以說，中國的知識分子大多是『三教合一』的實踐者。他們是三教的聚合點，起著溝通儒、釋、道三教文化信仰的重要作用。」見氏著：《明代宗教小說中的佛教「修行」觀念》，頁113。

246 凌濛初：「眾人見僧口招，因為布施修閣，起心謀殺，方曉得適才婦人，乃是觀音顯靈。哪一個不念一聲『南無靈感觀世音菩薩』！要見佛天甚近，欺心事是做不得的。」見氏著：〈鹽官邑老魔魅色　會骸山大士誅邪〉，《拍案驚奇》，卷24，頁353。

247 周清源：「彌遠眼淚直流，再三嘆息道：『早知如此，悔不當初！我前生原是覺闍黎，只因一念之差，誤投託於此地，昧了因果報應，作惡甚多，害人不計其數。（中略）不可像我平日放心放意作惡，只道神鬼不知，決無報應。』見氏著：〈覺闍黎一念錯投胎〉，《西湖二集》，卷7，頁154。

248 陸人龍：「那姑娘又談起親事，周氏與陳鼎彝計議道：『但憑神佛罷，明日上天竺祈籤，若好便當得。』見氏著：〈烈婦忍死殉夫　賢媼割愛成女〉，《型世言》，收入《明代小說輯刊》第1輯第2冊，回10，卷3，頁205。

國人將佛當作原始宗教的神一樣崇拜的例子。還有〈喬勢天師禳旱魃　秉誠縣令召甘霖〉中以原始宗教的巫術混合佛教的業障說，祁雨的天師將天旱解釋為百姓罪業深重。[249]另外在〈錯調情賈母詈女　誤告狀孫郎得妻〉入話中有原始宗教混合儒家思想的故事，陳氏為反抗婆婆要求與其同居人奸淫，陳氏堅守儒家女德守志自縊而亡，[250]然而話本最後卻安排陳氏化為厲鬼向婆婆索命，這種厲鬼復仇的行為是原始宗教的概念。而〈疊居奇程客得助　三救厄海神顯靈〉中則描寫道教修行者有原始宗教「命定」的觀念，美人預示修行者將有三大難的磨鍊。[251]又〈吳越王再世索江山〉中敘述吳越王的鬼魂趁著太宗寵用佞臣的時候投胎復仇，[252]轉世輪迴是佛教的思想，皇帝不該寵用佞臣又是儒家思想，鬼魂復仇則屬於原始宗教的思想，這是宗教混雜的顯著例子。

---

249 凌濛初：「天師笑道：『亢旱乃是天意，必是本方百姓罪業深重，又且本縣官吏貪污不道，上天降罰，見得如此。我等奉天行道，怎肯違了天心，替你們祈雨？』」見氏著：〈喬勢天師禳旱魃　秉誠縣令召甘霖〉，《拍案驚奇》，卷39，頁588。

250 凌濛初：「陳氏對太婆道：『媳婦做不得這樣狗彘的事，尋一條死路罷。不得伏侍你老人家了。卻是我決不空死，我決來要兩個同去。』（中略）是夜在房竟自縊死。」見氏著：〈錯調情賈母詈女　誤告狀孫郎得妻〉，《二刻拍案驚奇》，卷35，頁622。

251 凌濛初：「美人執著程宰之手，一頭垂淚，一頭分付道：『你有三大難，今將近了，時時宜自警省，至期吾自來相救。過了此後，終身吉利，壽至九九，吾當在蓬萊三島等你來續前緣。』」見氏著：〈疊居奇程客得助　三救厄海神顯靈〉，《二刻拍案驚奇》，卷37，頁665。

252 周清源：「但吳越王原是英雄，經百戰而有十四州江山，今日子孫盡數歸於宋朝，他英靈不泯，每每欲問宋朝索還江山，無奈太宗之後，歷傳真、仁數帝，都是有道之主，無間可乘。直等到第八朝天子，廟後徽宗，便是神霄玉府虛淨宣和羽士道君皇帝，寵用一干佞臣……。」見氏著：〈吳越王再世索江山〉，《西湖二集》，卷1，頁29。

〈姚伯子至孝受顯榮〉中則記述鬼神幫助孝子的故事，[253]孝道是儒家強調的首要德行，但是孝順父母是出於本性的良知良能，並非畏懼鬼神的懲罰，而本篇孝子卻經由鬼神的幫助完成孝道，這和儒家「不語怪力亂神」的思想相衝突，這也反映出民間宗教思想的混雜。又如〈認回祿東嶽帝種鬚〉中敘述東嶽帝君要賞賜周必大陰德救人，可惜周必大面相不好，東嶽帝君即與周必大種帝王鬚。[254]東嶽帝君屬於道教的神仙，面相則為中國原始宗教所講究的方術，而因為救人而得到善報是屬於原始宗教的信仰，可見其宗教思想的混雜。

在〈祖統制顯靈救駕〉中敘述玉帝將仙女嫁給忠直的凡夫，[255]玉帝是道教的仙人，而善有善報是原始宗教的思想，這也是其中混雜的地方。又〈忠孝萃一門〉中敘述孝子欲尋父親遺體的故事，後來父親託夢告訴遺體所埋位置。[256]父親託夢是原始宗教的鬼神信仰，而忠孝的道德實踐是儒家的道德規範，此謂混合之處。

---

253 周清源：「漁父大笑道：『我見你是大孝之人，所以特撐船來渡你，難道是要銀鐲之人！你只看這兵火之際，二更天氣，連鬼也沒一個，這船兒從何而來？』（中略）吾本桐江土地神，感君行孝哭江濱。城隍命我非閒事，說與君家辨假真。」見氏著：〈姚伯子至孝受顯榮〉，《西湖二集》，卷6，頁124。

254 周清源：「東嶽帝君判斷趙正卿已畢，開口道：『周必大陰德通天，當為人間太平宰相，惜骨格窮酸，難登顯位。』即分付小鬼判官道：『可速與周必大種帝王鬚一部。』兩個判官小鬼即取一綹鬚過來，根根種在周必大嘴上。」見氏著：〈認回祿東嶽帝種鬚〉，《西湖二集》，卷24，頁496。

255 周清源：「你道吳堪忠直不欺，連玉帝也把個仙女嫁他，升了天界。可見人在世上，只是一味做個好人，自有好處。」見氏著：〈祖統制顯靈救駕〉，《西湖二集》，卷29，頁601。

256 周清源：「孝心虔誠之極。夜夢父親星冠霞帔，羽衣雲履，左右二童子執著旛節侍衛，道：『上帝憐吾不辱君命，盡忠罵賊而死，今隸在孝弟明王部下，位列仙官，吾之骨殖在大石塊之下。努力忠孝，則吾死之日，猶生之年，不必痛苦。』」見氏著：〈忠孝萃一門〉，《西湖二集》，卷31，頁653。

明代擬話本反映出中國民間信仰的複雜性，儒家與佛教、道教在日常生活中彼此安然的共存。在文化菁英之間所爭論的思想衝突或背反，在百姓的心中並不是值得被思考的問題。理論上儒家、佛教與道教三者的最高理境、價值目標與實踐修行方式，有很大的差異。但是這些差異在民間並沒有造成困擾。民眾所關心的是實際的應用問題，也就是說在發生問題時，何種宗教信仰或是行為理則足以安頓身心，就逕直採用。

因此，在人際關係中，以儒家的道德準則進行交流；在鬼魅出現時，以道教方式鎮壓；在喪葬禮節中，以佛教儀式祈求超越輪迴。甚至進一步混雜在一處，如以某些故事的描述中，可以看到道教與佛教的儀式混雜一處，而其間最高的指導原則竟然是儒家的道德準則。

會造成這種混淆的原因，主要是民眾智識水平有限，對於精深理論欠缺理解的興趣與能力，民眾關心的是「生存」問題，而民間宗教就是求生存的宗教，是最適合普羅民眾的。當然，中國宗教自漢末後長期進行衝突與融合的過程，讓儒家、道教與佛教三者之間彼此互相接納消容，因此形成多元化的宗教信仰樣態。這點，在明代擬話本中展露無遺。

在擬話本中並沒有對三教混雜融合、互補的情形提出批評，彷彿這是理所當然的現象。顯見民間對三教彼此互攝共存，同時俱足的現象有很高的接受程度。如果以論理的角度，對三教融合或混雜可以有很多批評。但是就民眾生活而言，三者的共通之處在於朝向善的目標前進，更重要的是面對三者的觀點與儀式，其間的差異並不重要，能夠帶領人們往理想的生活邁進，能夠解決人們身心困頓或疑惑，就是信仰的動力與價值。因此，三教之融合與混雜並不是重點，而是民間對於信仰與價值觀的取捨問題。當然，三教在民間之所以會有融合混雜的現象，這是歷史長期發展的結果。最重要的關鍵在於中國傳統以來就是宗教自由的國家，所有的宗教都能自然順適地在不違背政府的底線下發展。政府也對各種宗教給予一定的支持。因此，人民在生活中接受歷史文化與傳統的薰陶、教育，對三教之重要理念、儀式有一定的認識。這也構成人民對於三教之理念與儀式可以自由地選擇的重要背景之一。

第四章
明代擬話本描述的修行過程

宗教信仰或思想除了理論之外，還建構具體的操作方式，以達成宗教揭示的目標。簡單地來說，任何的宗教思想除了提供思維理論之外，還會建立修行實踐的方法與程序，以供人們操作。因此，就宗教思想體系而言，理論與實踐（修行）是一體兩面、共依共存的關係。理論提供目標或解釋，而實踐（修行）的操作程序是為了達成目標或是信賴解釋的具體作為。若宗教信仰的理論與修行兩者出現矛盾，則表示理想與實踐無法連結，這將導致整個體系出現邏輯上的缺失。在中國的宗教信仰方面，理論與實踐大致上的連結相當完善，並沒有太多罅隙。然而，問題出現在民間對於宗教理論的興趣與認知並沒有想像中的深入與完整，其所注重的多在具體的修行法門或是操作程序上，所以往往會出現混雜失序的現象。

第一節　原始宗教的修行過程

原始宗教表達信仰的方式主要是積極地透過良好行為的展現，以求神明讚賞。消極地避免宗教信仰中的禁忌行為，以表達畏懼。另外，在儀式進行時往往以崇拜奉獻的方式，表達對神靈的尊崇。

一　積善

中國人不僅信仰鬼神，他還認為鬼神能夠主持人間的公平正義並會有「獎善罰惡」的能力，並且會主動地干預國家的興衰、權力的分配以及人間一切的行為活動。[1]基於對神靈的崇拜，民眾會積極地實踐符合神靈意志的行為，以求得到獎賞。傳統中國原始觀念就有「行善」得「福」的觀點，可視為這種樸素思考的展現。

擬話本提到凡人可以經由行善而成為鬼神，享受供養，並且擁有權力。在〈沈小霞相會出師表〉這篇小說的結尾就出現了一個大平反的結局，沈襄被奸人害死後成為城隍並託夢給友人。[2]這是民眾樸實的願望，積善便可以成為人人景仰的鬼神，不需經由繁複的修道程序，這是原始宗教簡捷的因與果關係。本故事也表達在人世間無法滿足的公平正義，可以經由未知的鬼神世界來完成，這是民眾對原始宗教的信仰。又如〈愚郡守玉殿生春〉中敘述野鬼為報埋骨之恩，幫助該生高中科舉的故事。[3]行善可以得到善報，這種報償相當具體而現實。這反映出原始信仰中人與鬼神的相互關係是具體而現實，並非追求心靈的平靜或超脫。

---

1 倪文敏：「鬼神觀念涉及中國古代的報應觀念。中國古人認為，上帝正直，他會根據人的行為，給人以或好或壞的報應。生活在天上的神、地下的閻王與鬼，都有著超人的能力，不僅掌管著天堂地獄，而且還掌管著人的命運和世間大大小小的事情，直接干預著人的生活、國家的興衰、帝王的寶座、人的生老病死、事業的成功失敗、生兒育女、旱澇、風俗等等。」見氏著：〈中國的原始宗教及其演變〉，《山西社會主義學院學報》第4期，頁47。

2 馮夢龍：「忽一日，夢見沈青霞來拜候道：『上帝憐某忠直，已授北京城隍之職。屆年兄為南京城隍，明日午時上任。』馮主事覺來甚以為疑。至日午，忽見轎馬來迎，無疾而逝。二公俱已為神矣。」見氏著：〈沈小霞相會出師表〉，《喻世明言》，卷40，頁657。

3 周清源：「只見一陣冷風逼人，風過處，閃出一個女子，到桌子前面，深深拜謝道：『妾即日間所埋之骸骨也。終朝暴露，日曬風吹，好生愁苦。感蒙相公埋葬之德，又蒙滴酒澆奠，恩同天地，無以為報，願扶助相公名題金榜。相公進場之日，但於論冒中用三個『古』字，決然高中。牢記牢記，切勿與人說知！』」見氏著：〈愚郡守玉殿生春〉，《西湖二集》（臺北：三民書局，1998年），卷4，頁89。

如〈劉小官雌雄兄弟〉中亦提到「積善」的原始宗教概念。劉公因沒有子嗣，自己揣度應是上輩子做了惡事才有這樣的惡報，所以今生做事特別小心，即便是做生意亦是童叟無欺。[4] 不僅如此，劉公只要看到需要幫忙的人，便會兩肋插刀，義不容辭，因此得到善報，收了義子承繼香火。[5]劉氏夫婦因為這樣的善行，得到「連收義子」的善報，其中一子是女扮男裝，在其夫婦死後二人結為夫妻延續劉家香火。這雖然有佛教前世今生的報應觀，卻又有儒家的孝道觀（傳宗接代是儒家最重要的孝道表現）；然而溯其源流，卻是出自於樸素的原始宗教報應觀，民眾希冀藉由「崇拜」與「奉獻」達成「願望」。[6]佛教因果論的最終關懷是希望超越因果之外，達到涅槃寂靜的境界。但是民間對於因果論的理解卻在於兩者之間的連結性。所以，人民將會以希望得到什麼「果」，而主動塑造、建構其「因」。所以，行善種因往往是為了得到「善果」。這種樸素的因果論，其實在中國原始宗教觀點中已經存在許久。所差者，僅在與因果論有關聯之輪迴論，這是原始宗教所未有的觀念。

4　馮夢龍：「我身沒有子嗣，多因前生不曾修得善果，所以今世罰做無祀之鬼，豈可又為恁樣欺心的事！倘然命裡不該時，錯得了一分到手，或是變出些事端，或是染患些疾病，反用去幾錢，卻不到折便宜。不若退還了，何等安逸。」見氏著：〈劉小官雌雄兄弟〉，《醒世恆言》，卷10，頁189。

5　馮夢龍：「劉公夫婦大喜道：『若得你肯如此，乃天賜與我為嗣！豈有為奴僕之理！今後當以父子相稱。』小廝道：『即蒙收留，即今日就拜爹媽。』便掇兩把椅兒居中放下，請老夫婦坐了。四雙八拜，認為父子，遂改姓為劉。」見氏著：〈劉小官雌雄兄弟〉，《醒世恆言》，卷10，頁195。

6　陳筱芳：「中國傳統報應觀的終極關懷是果，企圖通過好因獲得好報，斷絕導致惡報的因而力行可獲善報的因。佛教果報論的終極關懷是因果之外的涅槃境界，關注之因是為了從因上斷盡導致生死輪迴的業報，最終擺脫因果，徹底解脫。差異產生的原因，在於古代中國和印度文化中存在不同的價值取向、關注領域、生命意識和思維特點。」見氏著：〈中國傳統報應觀與佛教果報觀的差異及文化根源〉，《社會科學研究》第3期（2004年），頁67。

當然，很多時候行善並沒有什麼特殊目的，往往是善意為之，甚至是隨手為之。但是，其因行善而得到的報償則相當豐厚。如在〈烏將軍一飯必酬　陳大郎三人重會〉因「一飯之恩」[7]而保住自己與妻子的性命，而報恩的人竟是罪大惡極強盜。本故事表達得到報酬的過程與施贈的具體對象並不是重點，只要行善能有報酬，這就足以讓人們堅定地信仰並實踐。

另外也有因為積善而升官的故事，在〈韓侍郎婢作夫人　顧提控掾居郎署〉中就有這樣的情節，顧提控解救貧女，以禮待之沒有非分之想，後得皇帝任用為官。[8]又〈凶徒失妻失財　善士得婦得貨〉中則記載因救人得妻的善報，而為惡的還因此失去妻子。[9]

還有〈施潤澤灘闕遇友〉的入話，提到有人因為行善而改變面相的故事，原本有縱理紋入口是餓死之相，後來因拾金不昧而有富貴之相，最後果真位極人臣。[10]相面術有它自己的內在邏輯，以此

7 凌濛初：「小可感仁兄雪中一飯之恩，於心不忘。屢次要來探訪仁兄，只因山寨中多事不便。日前曾分付孩兒們，凡遇蘇州客商，不可輕殺，今日得遇仁兄，天假之緣也。」見氏著：〈烏將軍一飯必酬　陳大郎三人重會〉，《拍案驚奇》（臺北：桂冠圖書公司，1992年），卷8，頁52。

8 凌濛初：「因妾家裡父母被盜扳害，得他救解，幸免大禍。父母將身酬謝，堅辭不受，強留在彼，他與妻子待以賓禮，誓不相犯。獨處室中一月，以禮送歸。」見氏著：〈韓侍郎婢作夫人　顧提控掾居郎署〉，《二刻拍案驚奇》（臺北：桂冠圖書公司，2001年），卷15，頁307。

9 陸人龍：「朱安國乘危射利，知圖財而不知救人，而已聘之妻遂落朱玉手矣。是天禍凶人，奪其配也，人失而寧知已得之財復不可據乎？朱玉拯溺得婦，鄭氏感恩委身，亦情之順。」見氏著：〈凶徒失妻失財　善士得婦得貨〉，《型世言》，收入《明代小說輯刊》第1輯第2冊（成都：巴蜀書社，1993年），回25，卷7，頁424。

10 馮夢龍：「過了數日，又遇向日相士，不覺失驚道：『足下曾作何好事來？』裴度答雲：『無有。』相士道：『足下今日之相，比先大不相牟。陰德紋大見，定當位極人臣，壽登耄耋，富貴不可勝言。』」見氏著：〈施潤澤灘闕遇友〉，《醒世恒言》，卷18，頁338。

系統性地分析人的命運。[11]又本篇的正話，提到施復因「拾金不昧」而避禍的故事，這都是因為行善得善報。[12]

若是因果論與命定論相結合，則會有衝突產生。因為命定即是事物發展的所有狀況已經被決定，人們一切作為不過是在形上意志或是至上神的規劃下進行。但是因果論卻以善惡之因，論善惡之果。則行善行惡依照命定論，豈不是也已經被決定了嗎？如此的因果還有意義嗎？傳統觀念對此的解釋是：命定論依舊有效，但是因果可以改變先天的命運。如在〈袁尚寶相術動名卿　鄭舍人陰功叨世爵〉中亦有因行善改變面相的故事。[13]另外〈吳衙內鄰舟赴約〉的入話亦提到潘生因做惡事改變命運的故事，潘生本來「命定」為今科狀元，但因寄宿他人之家與其女有私情，損及陰德，天帝命削去前程另換他人。[14]在〈李克讓竟達空函　劉元普雙生貴子〉入話中也有因行惡而改變部分命定的例子，蕭秀才因拆散人家夫妻而減其爵祿。[15]凡此種種都顯現原始宗教「天道禍福」的觀念，而且人

11 高壽仙：「相面術內容荒誕不經，但卻有自己的內在邏輯，是一套系統的預測人的命運的技術。它根據人的形體神色特徵，把人分成不同類別，其方法主要有兩種。一種是把人分成金木水火土五類，（中略）另一種是以飛禽走獸命名，把人劃分成幾十種類型。」見氏著：《中國宗教禮俗》（臺北：百觀出版社，1994年），頁354。

12 馮夢龍：「施復乃將前晚討火落了兜肚，因而言及，方才相會留住在家，結為兄弟。又與兒女聯姻，並不要宰雞，虧雞警報，得免車軸之難。所以不曾過湖，今日將葉送回。」見氏著：〈施潤澤灘闕遇友〉，《醒世恆言》，卷18，頁349。

13 凌濛初：「此君滿面陰德紋起，若非救人之命，必是還人之物。骨相已變，看來有德於人，人亦報之。今日之貴，實由於此。」見氏著：〈袁尚寶相術動名卿　鄭舍人陰功叨世爵〉，《拍案驚奇》，卷21，頁320。

14 馮夢龍：「潘朗夢中喚云：『此乃我家旗匾。』送匾者答云：『非是。』潘朗追而看之，果然又一姓名矣。送匾者云：『今科狀元合是汝子潘遇，因做了欺心之事，天帝命削去前程，另換一人也。』」見氏著：〈吳衙內鄰舟赴約〉，《醒世恆言》，卷28，頁584。

15 凌濛初：「靈官道：『前日為蕭秀才時常此間來往，他後日當中狀元，我等見了

們還可以運用自己微薄的力量——積善，以改變部分的命定。

「命定觀」其實是原始宗教信仰中一個重要的觀點，但是擬話本中的故事卻常提出「命定」可以被改變，行善或是為惡，都將讓「命定」的禍福因此而變動。所謂「積善之家，必有餘慶」，表達出原始觀點對善良行為的肯定與追求，並且認為這樣的行為並將獲得豐厚的報償。就理論上而言，因果論與命定論有矛盾與衝突產生，但是人們將兩個觀點結合為一處，以為在命定之下，因果論仍舊可以運行。這種調適的意見，顯見民間宗教的彈性與直捷的思維模式。

二　避禍

原始宗教的修行方式除了「積善」之外，另外一個重要的方式便是「避禍」。原始宗教有許多禁忌，大致上來說這些禁忌是介於巫術與祁禱之間的神祕行為。[16]在〈羊角哀捨命全交〉中提到民眾對毀壞神廟的禁忌。[17]由此可看出百姓對未知神祕力量的畏懼。又如〈汪信之一死救全家〉有毀壞神廟遭受懲罰的情節：汪信之一時情緒失控毀壞福應侯廟，夢中見神道來懲罰。[18]此處的禁忌表達不敬

他坐立不便，所以教你築墻遮蔽。今他於某月某日，替某人寫了一紙休書，拆散了一家夫婦，上天鑑知，減其爵祿。今職在吾等之下，相見無碍，以此可拆。』」見氏著：〈李克讓竟達空函　劉元普雙生貴子〉，《拍案驚奇》，卷20，頁52。

16 呂大吉：《宗教學通論》，頁365。

17 馮夢龍：「次日，角哀再到荊軻廟中大罵，打毀神像。方欲取火焚廟，只見鄉老數人，再四哀求曰：『此乃一村香火，若觸犯之，恐貽禍於百姓。』須臾之間，土人聚集，都來求告。角哀拗他不過，只得罷了。」見氏著：〈羊角哀捨命全交〉，《喻世明言》，卷7，頁122。

18 馮夢龍：「怪哉！分明見一神人，身長數丈，頭如車輪，白袍金甲，身坐城堵

神靈將會受到懲罰，當然以現在的觀點來看，尊敬神明與否與道德無關，然而由宗教的角度來看，不敬神明、神祇的罪惡滔天，將會受到嚴重的懲罰。

又如〈認回祿東嶽帝種鬚〉的入話敘述楚霸王自刎的江邊，人們必須燒紙祭獻才能平安度過，[19]這種連結很有意思，項羽是千古風雲人物，百姓過江不會感嘆其英雄事蹟，卻畏懼他的鬼魂作祟。

宗教禁忌的時間很多，例如婦女的月經期、妊娠期、生產期等時間都是有禁忌的。[20]在〈蘇知縣羅衫再合〉中鄭夫人被奸人所抓，到臨盆時刻逃出奸人的手裡，本想投靠寺廟分娩；可是老尼不敢留她，她認為這是對佛門聖地的一種污穢，[21]最後老尼選擇一間偏僻的小屋讓鄭夫人生產。[22]生產竟然是一種對佛門的污穢，這應

上，腳垂至地。神兵簇擁，不計其數，旗上明寫『福應侯』三字。那神人舒左腳踢我下馬，想是神道怪我燒毀其廟，所以為禍也。」見氏著：〈汪信之一死救全家〉，《喻世明言》，卷39，頁619。

19 周清源：「話說楚霸王烏江自刎之後，土人憐其英雄，遂立廟於江邊，甚是靈應，凡舟船往來，都要燒紙祭獻，方保平安，若不祭獻，便有覆溺之患。」見氏著：〈認回祿東嶽帝種鬚〉，《西湖二集》，卷24，頁483。

20 呂大吉：「關於神聖的時間的禁忌，與人類生活密切有關的季節轉變的關鍵時刻，個人生命成長的轉變時刻（如出生、剃髮、命名、成人、婦女月經期、妊娠期、生產期、結婚、死亡），神聖人物的誕辰和忌日等等，都被認為是與其他時節不同的神聖時間，在不同時間都規定有相應的禁忌和儀式活動。」見氏著：《宗教學通論》，頁371。

21 馮夢龍：「鄭夫人道：『實不相瞞，奴家懷九個月孕，因昨夜走急了路，肚疼，只怕是分娩了。』老尼道：『奶奶莫怪我說，這裡是佛地，不可污穢。奶奶可往別處去，不敢相留。』見氏著：〈蘇知縣羅衫再合〉，《警世通言》，卷11，頁139。

22 詹・喬・弗雷澤（James G. Frazer）：「在許多民族中間，對分娩後的婦女都有與上所說相似的限制，其理由顯然也是一樣的。婦女在此期間都被認為是處於危險的境況之中，她們可能污染她們接觸的任何人和任何東西；因此她們被隔絕起來，直到健康和體力恢復，想像的危險期度過為止。」見（英）詹・喬・弗雷澤（James G. Frazer），徐育新等譯：《金枝》（*The Golden Bough*）上冊，頁208。

不是原始佛教的教義。擬話本中作者藉由鄭夫人之口對佛教提出質問，佛教本以慈悲為主，救度眾生是不可以有分別心的。其實本故事提到的禁忌並非佛教主張的禁忌，而是一種原始對婦女生產與血的畏懼。

大致說來，擬話本中提到違反倫理學原則的情節不少，但是牽涉到宗教禁忌行為敘述，就少了許多。這或許與擬話本的寫作宗旨為積極倡善勸教有關。但是由許多篇章還是可以看到違反某些禁忌之後，必會有悲慘下場的情節。

三　儀式

在擬話本中出現了非常多原始宗教的求神儀式，例如拜神、謝神、求姻緣、求考試、求神還願等情節。這種儀式是原始宗教的修行方式，這樣的「獻祭」和「祈禱」是為了對神明表達宗教感情，[23]信仰者通過這樣的宗教行為求神幫助，滿足自己的目的和需要。[24]在〈蘇知縣羅衫再合〉中就有強盜在搶劫前先行「祭神」求順利的情節，搶劫回來還殺豬燒利市紙以謝神，遵從原始宗教的求神儀式。[25]又如〈李公佐巧解夢中言　謝小娥智擒船上盜〉中亦有

23 呂大吉：「祈求的方式可以是奉獻禮品，換取神的幫助，可以是阿諛奉承求其慈悲，也可以是卑躬屈節求其憐憫……，這些常見於宗教生活中的現象就是獻祭與祈禱。」見氏著：《宗教學通論》，頁379-380。

24 馬克斯・韋伯（Max Webber）：「在宗教生活中所看到的作為真正祈求的個人的祈禱在其他方面也無二致，但在大多數情況下這種祈禱採取了一種完全公事公辦、理性化的形成，它明顯表現出為了神完成祈求並從而要求適當回報。」見（德）馬克斯・韋伯著（Max Webber），劉援、王予文譯：《宗教社會學》（*The sociology of religion*），頁85。

25 馮夢龍：〈蘇知縣羅衫再合〉，《警世通言》，卷11，頁134-137。

強盜賽神以求福祐的情節。[26]連作奸犯科的強盜對鬼神都有「崇拜」的心態，更何況是一般民眾，而佛道二教是勸人為善、嚴禁做惡的宗教，對信徒無理的要求，神明應該是不會接受。然而在原始宗教的領域似乎沒有這樣的矛盾。只要敬獻，就相信會獲得報償。這是世間人與人之間的交易觀點，而被轉接到人與鬼神之間的相處原則。

另外在〈樂小舍拚生覓偶〉中有夢中拜神求姻緣的情節。[27]樂和因為傾心於順娘，故在夢中向鬼神求姻緣，並備有香燭果品獻祭，樂和的誠心感動了鬼神，最後兩人得其良緣。只是潮王廟的水神竟成了月下老人，可見鬼神的功力無邊。而話本中還出現一個詭異的情節，樂和和順娘同時落水，而浮起的時候兩人卻是緊緊相抱不生不死的模樣。[28]這事應是潮王顯靈的結果，明代民眾喜歡看這樣的話本書寫，也希望在現實中無法滿足的愛情，可以藉由鬼神的力量來達成。主角的求神行為具有強烈的「功利」性質，最後也完滿達成心願。值得注意的是，敬獻之物與所獲得的報酬並不對等。這也是民間宗教祈願行為的特點：敬獻之物與所求之願的價值有很大的落差。民間對宗教的期望，永遠大於他所願意付出的。

此外，巫術的利用也是原始宗教一種普遍的修行過程，它是以

---

26 凌濛初：「如此大魚，也是罕物！我輩託神道福佑多年，我意欲將此魚此酒，再加些雞肉菓品之類，賽一賽神，以謝覆庇，然後我們同散福受用方是。」見氏著：〈李公佐巧解夢中言　謝小娥智擒船上盜〉，《拍案驚奇》，卷19，頁278。

27 馮夢龍：「聞說潮王廟有靈，乃私買香燭果品，在潮王面前祈禱，願與喜順娘今生得成鴛侶。拜罷，爐前化紙，偶然方勝從袖中墜地，一陣風捲出紙錢的火來燒了。急去搶時，止剩得一個侶字。樂和拾起看了，想道：『侶乃雙口之意，此亦吉兆。』」見氏著：〈樂小舍拚生覓偶〉，《警世通言》，卷23，頁328。

28 馮夢龍：「此時八月天氣，衣服都單薄，兩個臉對臉、胸對胸，交股疊肩，且是偎抱得緊，分拆不開，叫喚不醒，體尚微暖，不生不死的模樣。」見氏著：〈樂小舍拚生覓偶〉，《警世通言》，卷23，頁333。

「通神」為基礎的宗教行為。[29]巫術是一種廣泛存在世界各地的宗教現象，[30]它通過一定的儀式來操縱某種神祕力量以滿足一定的目的。[31]按其價值層面，分為行善的「白巫術」與害人的「黑巫術」。[32]英國學者弗雷澤（James G. Frazer）將之稱為「交感巫術」，又分為模擬巫術（順勢巫術）與接觸巫術兩類。[33]

如〈張福娘一心貞守　朱天錫萬里符名〉的入話就記載養育幼兒的偏方，[34]重要的是，要借多子大娘的舊衣裙鋪嬰兒床，像是一種接觸巫術。巫術是一種實用的技術，所有的動作都是為了達到目

---

29 鄭志明：「巫術是通神的宗教行為，來自於人們對超人力量的信仰，將信仰的思想與觀念轉化成具體的操作技術與方法，將人與神緊密地結合在一起，滿足人神交通之後的生命安頓。」見氏著：《臺灣傳統信仰的宗教詮釋》（臺北：大元書局，2005年），頁36。

30 袁珂：「原始宗教發展到巫術盛行的階段，就表明原始人雖然實際上還是無知的和軟弱的，但是在他們的思想觀念中，已經有了要用各種虛幻的方式設法去控制自然、戰勝敵人的願望，這種願望，便和神話所表現的某些精神實質，有些相近了。」見氏著：《中國神話傳說》，頁14。

31 呂大吉：《宗教學通論》，頁341。

32 高壽仙：「從價值層面著眼，學者們常將巫術區分為白巫術和黑巫術，前者是指祈雨、祈子、驅鬼、治病一類的以行善為目的的巫術，後者則是指巫蠱一類的以害人為目的的巫術。」見氏著：《中國宗教禮俗》，頁336。

33 詹．喬．弗雷澤（James G. Frazer）：「巫師根據第一原則即『相似律』引申出，他能夠僅通過模仿就實現任何他想做的事，從第二個原則出發，他斷定，他能通過一個物體來對一個人施加影響，只要該物體曾被那個人接觸過，不論該物體是否為該人身體之一部分。基於相似律的法術叫作『順勢巫術』或『模擬巫術』。基於接觸律或觸染律的法術叫作『接觸巫術』。」見（英）詹．喬．弗雷澤（James G. Frazer），徐育新等譯：《金枝》（*The Golden Bough*）上冊，頁15。

34 凌濛初：「待生子之後，借一個大銀盒子，把衣裙鋪著，將孩子安放盒內。略過少時，抱將出來，取他一個小名，或是合住，或是蒙住。即易長易養，再無損折了。」見氏著：〈張福娘一心貞守　朱天錫萬里符名〉，《二刻拍案驚奇》，卷32，頁589-590。

的的手段。[35]這種巫術在一開始的時候多為「個體巫術」，後來為了整體部落的共同需要而有了「公眾巫術」，進而產生專職的巫師。[36]

中國古代的信仰世界複雜而神祕，因為相信萬物有靈，故即便是樹、石頭都可以成為祭祀祈福的對象，〈任孝子烈性為神〉講述了水神預示的故事，任珪因妻子紅杏出牆，又被岳父、岳母全家欺騙，心有不甘便到供奉水神的晏公廟問卜。[37]這種殺雞買卦的儀式非常殘忍，是源自古代的巫術信仰，[38]這水神是否是正信神靈有待查證，但若真有神靈卻要任珪連殺五人未免太過殘忍，然而自古以來民間百姓便不假思索地信仰，直接表達不滿的情緒。

又如〈楊謙之客舫遇俠僧〉故事中亦出現了具有巫術特徵的情節。楊謙之的妻子具有法術並對楊謙之說，這三日內有一個穿紅的妖人來見你時，切不要睬他。當天晚上，那妖人果然化身為一隻大蝙蝠來取楊謙之的性命，楊妻以念咒畫符的法術使這老人甘心伏法。[39]本篇故事的發生地點是在貴州，貴州自古以來就存在著一些

---

35 （英）馬林諾夫斯基（Bronislaw Malinowski）著，李安宅編譯：《巫術科學宗教與神話》（北京：中國民間文藝出版社，1986年），頁75。

36 張紫晨：《中國巫術》（上海：三聯出版社，1990年），頁60。

37 馮夢龍：「前話一一禱告罷，將刀出鞘，提雞在手，問天買卦：『如若殺得一箇人，殺下的雞在地下跳一跳；殺他兩箇人，跳兩跳。』說罷，一刀剁下雞頭，那雞在地下一連跳了四跳，重複從地跳起，直從梁上穿過，墜將下來，卻好共是五跳。」見氏著：〈任孝子烈性為神〉，《喻世明言》，卷38，頁597。

38 詹・喬・弗雷澤（James G. Frazer）：「『順勢』或『模擬』巫術通常是利用偶像為達到將可憎的人趕出世界這一充滿仇恨的目的而施行，……。」見（英）詹・喬・弗雷澤（James G. Frazer），徐育新等譯：《金枝》（*The Golden Bough*）上冊，頁17。案：殺死的雞連跳五條，像是「順勢巫術」，擷取其「相似律」。

39 馮夢龍：「楊公驚得捉身不住。李奶奶念動呪，把這道符望空燒了。卻也有靈，這惡物就不似髮頭飛得急捷了。說時遲，那時快，李奶奶打起精神，雙眼定睛，

巫蠱之術，地點選在貴州為本篇故事增添了不少神祕色彩，楊謙之新任貴州知縣，俠僧為保護楊謙之的安全，故贈與一會法術的妻子，其妻使用的法術和原始巫術頗像，[40]看來此處描寫的宗教類型比較接近原始宗教。[41]

在〈薛錄事魚服證仙〉還有以觀本命星燈「招魂」的情節。[42]雖然這篇名義上是道教的道士作法，然而其關鍵「招魂」應該是源至原始宗教的巫術。[43]這種「招魂」的觀念，後來也被道教及佛教吸收。[44]而〈程元玉店肆代償錢　十一娘雲崗縱譚俠〉的入話有「香丸女子」使用法術報仇雪恨的故事，而其所砍下的人頭可以經由法術變為李子在口中吃了。[45]這種奇異的法術和原始宗教的巫術

看著這惡物，喝聲：『住！』疾忙拿起右手來，一把去搶這惡物，那惡物就望著地撲將下來。」見氏著：〈楊謙之客舫遇俠僧〉，《喻世明言》，卷19，頁289。

40 袁珂：「巫術當中最為常見的，便是咒語，人們相信憑藉語言的力量可以去影響自然，制勝敵人。」見氏著：《中國神話傳說》，頁14。

41 詹．喬．弗雷澤（James G. Frazer）：「在人類發展進步過程中，巫術的出現早於宗教的產生，人在努力通過祈禱、獻祭等溫和諂媚手段以求哄誘安撫頑固暴躁、變幻莫測的神靈之前，曾試圖憑借符咒魔法的力量來使自然界符合人的願望。」見（英）詹．喬．弗雷澤（James G. Frazer），徐育新等譯：《金枝》（*The Golden Bough*）上冊，頁57。

42 馮夢龍：「以此將這天樞星上一燈，特為本命星燈。若是燈明，則本身無事，暗則病勢淹纏，滅則定然難救。其時道士手舉法器，朗誦靈章，虔心禳解，伏陰而去，親奏星官，要保祐薛少府重還魂魄，再轉陽間。」見氏著：〈薛錄事魚服證仙〉，《醒世恆言》，卷26，頁538。

43 詹．喬．弗雷澤（James G. Frazer）：「巫師夢中可以獲知失魂者的姓名，便連忙通知失魂者。通常總是有好些人同時出現這種遭遇；他們的名字都在巫師夢中顯現，大家都來請這位術士幫助招魂。」見（英）詹．喬．弗雷澤（James G. Frazer），徐育新等譯：《金枝》（*The Golden Bough*）上冊，頁188。

44 佛教在人死後開始用佛經超渡亡魂，但這和原始佛教所講的「業論」互相違背。

45 凌濛初：「懷中取出一包白色有光的藥來，用小指甲挑些些，彈在頭斷處，只見頭漸縮小，變成李子大。侍兒一個個撮在口中喫了，吐出核來，也是李子。」見氏著：〈程元玉店肆代償錢　十一娘雲崗縱譚俠〉，《拍案驚奇》，卷4，頁52。

相類似。

原始宗教並沒有完整的理論體系，對死後的世界大致上只是複製現實的狀況與運作模式、規則。所謂的宗教修行與實踐，在原始宗教的觀點中，只是表達對鬼神的信仰與畏懼。原始宗教很單純地認為只要對形上世界表達畏懼或禮敬，則能在現實世界中「趨吉避凶」，擁有美好的生活。簡單地來說，原始宗教認為只要累積一定的善行為，就可以反禍為福，這就是原始宗教的修行方式。在擬話本中民眾以「積善」的方式，也就是崇拜、奉獻神明便可以達成願望，甚至改變命運，這是「善惡有報」的思想；而「避禍」的方式包括不可毀壞神廟，遵守宗教禁忌，信守對鬼神的承諾；而原始宗教的「儀式」有求神、祭神的方式，是一種堅定的鬼神信仰，包括自然崇拜、圖騰崇拜等等。

行善可以改變命定，行惡則會剝削命中的富貴。而「求神還願」可以說是一種基於現實利益與心理安定的考量，「善惡有報」雖然看似平等報償觀念，但是在某個角度來看也具有濃厚的功利色彩。最顯著的特色就是現實利益與生活問題是決定信仰的種類與程度最大的考量點，[46]這點在擬話本中展露無遺。中國原始宗教、信仰並沒有完善的理論與實踐體系，因此多半是以簡單的理則與行為規範在運作。其觀點相當的樸素，講求善惡必有報償，而報償行為必須是現實而具體。雖然這種觀點樸素而簡約，然而卻在民間擁有廣大的影響力，構成中國民間宗教信仰中的重要思考。

---

46 吳淳：「對中國宗教加以考察我們會發現，它似乎普遍缺少集體意識和集體精神。對於一般的信眾而言，中國宗教，無論是道教還是佛教都沒有嚴格定期的集體生活，不僅如此，多教崇拜實際上也瓦解了這種可能。進一步，由於得不到集體生活中更高目標的激勵，中國宗教一般來說只是滿足於功利與具體層面，缺乏倫理與理想追求。」見氏著：〈中國宗教集體精神的缺失〉，《華東師範大學學報（哲學社會科學版）》第36卷2期（2004年3月），頁28。

第二節　佛教的修行過程

佛教的理想則是要教人「明心見性」並「了脫生死」以「成佛」，[47]「八正道」就是佛陀所證悟的實踐方法。[48]然而後期的佛教發展卻強調眾生皆有佛性，把出世的佛教變為世俗化的宗教，使得佛教在中國社會更加深入民心並強調修行的簡易。[49]

一　佛門戒律

佛教信仰者要成為一位具有宗教代理人身分，最重要的是要經過寺院的傳戒，也就是要經過某些社群或組織進行儀式性的認證，[50]然後遵守社群或組織訂定的戒律規矩。

---

47 方立天：「佛教的基本教義，是指佛教龐大蕪雜的宗教思想中，最重要、最核心的思想、理論、學說和信仰。它大體上包含了相互密切關聯著的兩個方面：一是關於人生方面，闡述人生現象的本質，指出解脫人生苦難的途徑和人生應當追求的理想境界，這是關於倫理宗教理想的學說，是整個佛教教義的基礎，最為重要；二是從探索人生問題出發，繼之探索人與宇宙交涉的問題，由此而開展尋求宇宙的『真實』，形成了『緣起』、『無常』、『無我』（『空』）的世界觀，這是最富哲學色彩的宗教理論，也是倫理宗教理想的哲學基礎。」見氏著：《中國佛教文化》（北京：中國人民大學出版社，2006年），頁98。

48 汪建武：「所謂八正道即是：正見即遠離妄見而正觀四諦佛理；正思維即斷滅邪妄貪欲之意念，正確思考和理解佛教義理；正語，即修口業，不虛言、不惡口、不兩舌、不綺語；正業，即身、口、意三業清淨，遠離殺、盜、淫、妄、酒，修持五戒；正命即過符合佛教戒律規定的正當合法的生活，正精進，即勤修涅槃之道法，勇猛精進不息；正念，即遠離顛倒妄想，念念不忘佛理正道；正定，即通過禪定修持，身心專於一境，達到空如的實在。」參見氏著：〈佛教基本教義探析〉，《湖北師範學院學報》第23卷第2期（2003年2月），頁23。

49 參見賴永海：《中國佛性論》（上海：人民出版社，1988年），頁304-315。

50 張運華：「佛教信仰者要真正成為一名佛教徒，作為佛門中的一員，僅僅『剃髮染衣』是不夠的，重要的是必須經過寺院的傳戒，才能獲得普遍承認，否則就釋迦牟尼佛在生前並沒有為僧團制定任何戒律，僧人的戒律是根據所發生的事情逐漸形成的，當僧人遇到疑難雜症時會請釋迦牟尼佛裁決，此判例則成為戒律。[51]佛門戒律內容繁多，然而在擬話本中最重視的竟然是「色戒」。佛教的戒律源於佛教的教義，小乘佛教認為所有導致苦的原因是受「情欲」左右，所以「色戒」便成為所有戒律中最基本的一環。[52]或許「情欲」問題最容易觸犯，也有具體的判別標準，更重要的是生活常見且可以引起閱聽者的興趣，所以在話本中敘述的佛教故事中，談到宗教人物違反「色戒」的部分頗多。

〈明悟禪師趕五戒〉就有五戒禪師破色戒的故事，使禪師破戒的對象稱作「紅蓮」，她是從小就被收養在寺中的孤兒，忽一日禪師見到長成十六歲清秀的紅蓮模樣，一時邪念生起：

長老一見紅蓮，一時差訛了念頭，邪心遂起，嘻嘻笑道：

不是一個真正的佛教徒，用佛門中說法就是『形同沙彌』，而不是『法同沙彌』。傳戒是寺院設立法壇，為出家的僧尼或在家的居士傳授戒法的一種宗教儀式，也叫作開戒或放戒。」見氏著：《中國傳統佛教儀軌》(臺北：立緒文化事業公司，1998年)，頁67。

51 方立天：「釋迦牟尼並沒有為僧團制定任何體制。僧團的戒律是根據所發生的事例逐漸形成的。遇到發生事件和疑難時，僧人請釋迦牟尼裁決，於是他的決定被認為是關於此事的『法律』，也就是戒律。釋迦牟尼制定的戒律，涉及個人品德行為，包括衣、食、住等生活方式的各個方面的一系列禁忌，構成了信徒們的宗教實踐，也成為維護僧團組織和秩序的有力槓桿。」、「戒，作為三學之一，是指佛教為出家和在家的信徒制定的戒規，借以防非止惡，從是為善。按其內容又分為止持戒和作持戒兩大類。所謂止持戒，『止』，防止，止息，意指防非止惡的各種戒，如五戒、八戒、十戒和具足戒等。所謂作持戒，『作』，修習善行，意指奉持一切善行的戒，如二十犍度等。」見氏著：《中國佛教文化》，頁19、113。

52 參見嚴耀中：《佛教戒律與中國社會》，(上海：上海古籍出版社，2007年)，頁6。

> 「清一，你今晚可送紅蓮到我臥房中來，不可有誤。你若依我，我自抬舉你。此事切不可洩漏，只教他做箇小頭陀，不要使人識破他是女子。[53]

佛門修行者所守的戒律竟然這樣不堪一擊，若在寺廟中沒有女眷自然能夠秉除邪念，一旦有美色在前誘惑則難以抗拒。佛門的修行者必須根除一切欲望，否定現實，因為修行者的目的是要成佛，故對於現實人間一切樂因必須看破，承認他是虛幻的，因此後來佛教界對於根除色欲有一套「白骨觀」，[54]以知無常而除卻貪欲執著之念。

在〈赫大卿遺恨鴛鴦縧〉中也有佛門弟子破色戒的故事，故事中敘述一群尼姑色迷心竅將俗世的男子剃光頭藏在庵中，後來還間接地將這名男子害死並埋葬在後院，而另一個尼姑庵則傳出私藏扮為尼姑的和尚，最後由官府斷出真相。[55]這樣的故事很明顯地在宣揚佛教的「色戒」思想。而本篇話本還出現了暗諷出家人「不事生產」的文字。[56]出家人為謀衣食導致行為失檢，表達佛教某些負面的現象。[57]

---

53 馮夢龍：〈明悟禪師趕五戒〉，《喻世明言》，卷30，頁462。

54 《楞嚴經》：「觀不淨相，生大厭離，悟諸色性，以從不淨白骨微塵歸於虛空，空色二無，成無學道。」卷5。

55 馮夢龍：「可憐老和尚，不見了小和尚；原來女和尚，私藏了男和尚。分明雄和尚，錯認了雌和尚。為個假和尚，帶累了真和尚。斷過死和尚，又明白了活和尚。滿堂只叫打和尚，滿街爭看迎和尚！只為一個葬和尚，弄壞了庵院裡嬌滴滴許多騷和尚。」見氏著：〈赫大卿遺恨鴛鴦縧〉，《醒世恆言》，卷15，頁286。

56 馮夢龍：「我們出家人，並無閒事纏擾，又無兒女牽絆，終日誦經念佛，受用一爐香，一壺茶，倦來眠紙帳，閒暇理絲桐，好不安閒自在。」見氏著：〈赫大卿遺恨鴛鴦縧〉，《醒世恆言》，卷15，頁266。

57 出家人為謀衣食，有人當街跪乞；還有人不擇身分拜人為父母；甚至有人為了如〈月明和尚度柳翠〉中就描寫了玉通禪師因得罪柳府尹，被設計破戒的故事。[58]玉通禪師自知破了色戒隨即坐化而去，修行者若犯了色戒，修行便功虧一簣得重頭再來。又如〈佛印師四調琴娘〉中亦談到「色戒」，東坡學士有意試探佛印禪師是否能夠堅守「色戒」，特引琴娘前去破戒。[59]還好佛印禪師戒行堅定，不但沒有破戒還幫助琴娘擇嫁良人免受東坡責難。

除了修行人的色戒，勸世的擬話本也告誡一般人要嚴守色戒，如〈喬兌換鬍子宣淫　顯報施臥師入定〉中就有犯邪淫得報的故事，[60]藉此勸人勿淫人妻女以免受報。又如〈趙縣君喬送黃柑　吳宣教幹償白鏹〉中有人因好色被騙千金，[61]擬話本藉此宣揚「戒色」的好處。而一般人如果和修行人淫亂，亦會有報應，如〈聞人

得到供養，自列為「首座」作樣欺人。見王永會：《中國佛教僧團發展及其管理研究》（成都：巴蜀書社，2003年），頁155-156。

58 馮夢龍：「紅蓮被長老催逼不過，只得實說：『臨安府新任柳府尹，怪長老不出寺迎接，心中大惱，因此使妾來與長老成其雲雨之事。』長老聽罷大驚，悔之不及，道：『我的魔障到了，吾被你賺騙，使我破了色戒，墮於地獄。』」見氏著：〈月明和尚度柳翠〉，《喻世明言》，卷29，頁446。

59 馮夢龍：「『賤妾乃日間唱曲之琴娘也，聽得禪師詞中有愛慕賤妾之心，故黌夜前來，無人知覺，欲與吾師效雲雨之歡，萬乞勿拒則個。』佛印聽說罷，大驚曰：『娘子差矣！貧僧夜來感蒙學士見愛，置酒管待，乘醉亂道，此詞豈有他意。娘子可速回。』」見氏著：〈佛印師四調琴娘〉，《醒世恆言》，卷12，頁224。

60 凌濛初：「我只因見你姿色，起了邪心，卻被胡生先淫媾了妻子。這是我的花報。胡生與吾妻子，背了我淫媾，今日卻一時俱死。你歸於我，這卻是他們的花報。此可為妄想邪淫之戒！先前臥師入定轉來，已說破了。」見氏著：〈喬兌換鬍子宣淫　顯報施臥師入定〉，《拍案驚奇》，卷32，頁493。

61 凌濛初：「可憐吳宣教一個好前程的，著了這一些魔頭，不自尊重，被人弄得不尷尬，沒個收場。奉勸人家少年子弟，血氣未定，貪淫好色，不守本分，不知利害的，宜以此為鑑！」見氏著：〈趙縣君喬送黃柑　吳宣教幹償白鏹〉，《二刻拍案驚奇》，卷14，頁286。

生野戰翠浮庵　靜觀尼晝錦黃沙衖〉中就講述聞人生少年時和翠浮庵尼姑淫亂，導致後來宦途不順。[62]克制情欲是佛教的主要戒律，身為女性的比丘尼難堅守色戒，故事中的聞人生被尼姑誘惑犯下惡行，最後兩者俱損，皆付出生命的代價。[63]

佛門戒律針對「酒色財氣」這類屬於世俗中的享樂活動，或是情緒發洩行為有著嚴苛的規定，因此戒除或是避免這類的活動娛樂是佛門修行中必守的規則。在〈蘇知縣羅衫再合〉的入話就以擬人法的方式將酒色財氣變為四位美女，互相辯論彼此「無過」的故事，結尾發現「酒色財氣」都會害人。[64]不只佛門中人需守此四戒，就算是世俗之人也應該以此戒律自我警惕。

在擬話本中雖然大部分以負面的手法反映佛門戒律之難守，但是也有人謹言慎行嚴守戒律得到善報，在〈小夫人金錢贈年少〉就有這樣的情節，故事中的張勝雖然只是凡夫俗子並非佛門中人，然而他既不貪財也不貪色，雖然生為鬼魂的小夫人一直苦苦相纏，但因為張勝立心至誠所以可以免禍。[65]

佛教戒律還有「忍辱」，在〈明悟禪師趕五戒〉這篇擬話本

62 凌濛初：「聞人生曾遇著高明的相士，問他宦途不稱意之故。相士道：『犯了少年時風月，損了些陰德，故見如此。』聞人生也甚悔翠浮庵少年孟浪之事，常與人說尼庵不可擅居，以此為戒。」見氏著：〈聞人生野戰翠浮庵　靜觀尼晝錦黃沙衖〉，《拍案驚奇》，卷34，頁529。

63 嚴耀中：「佛教諸律的一個中心在於制欲，而食色性也，男女之欲莫大焉，『女人多情態，壞人正道』，是戒律的一個主要威脅。」見氏著：《佛教戒律與中國社會》，頁416。

64 馮夢龍：「酒是燒身焇焰，色為割肉鋼刀，財多招忌損人苗，氣是無煙火藥。四件將來合就，相當不久分毫。勸君莫戀最為高，才是修身正道。」見氏著：〈蘇知縣羅衫再合〉，《警世通言》，卷11，頁128。

65 馮夢龍：「只因小夫人生前甚有張勝的心，死後猶然相從。虧殺張勝立心至誠，到底不曾有染，所以不受其禍，超然無累。如今財色迷人者紛紛皆是，如張勝者萬中無一。」見氏著：〈小夫人金錢贈年少〉，《警世通言》，卷16，頁228。

中，亦出現了「忍辱」的情節。東坡自從知道自己是五戒禪師轉世，便想剃度出家：

> 東坡到相國寺相辭佛印，佛印道：「學士宿業未除，合有幾番勞苦。」東坡問道：「何時得脫？」佛印說出八箇字來，道是：「逢永而返，逢玉而終」又道：「學士牢記此八字者！學士今番跋涉忒大，貧僧不得相隨，只在東京等候。」東坡怏怏而別。到定州未及半年，再貶英州；不多時，又貶惠州安置；在惠州年餘，又徙儋州；又自儋州移廉州；自廉州移永州；蹤跡無定，方悟佛印「跋涉忒大」之語。[66]

以佛教而言，能夠出家修行是累世修來的福氣，蘇東坡前世為五戒禪師因犯了色戒便轉世為人，但是當東坡悟道想要出家時，佛印禪師卻告訴他你的宿業未清不可出家，為了還他的果報，蘇東坡必須忍受飄泊之苦，不斷的被貶官也就是佛印禪師所預示的偈語「跋涉忒大」，這就是一種「忍辱」的修行方式。而「戒殺」也是非常重要的修行方式，如〈屈突仲任酷殺眾生　鄆州司令冥全內侄〉入話中就有牛臨死求饒的情節，[67]藉此宣揚佛教「慈悲」的教義。

佛門對「貪、瞋、癡」的情緒反應視為修行的大忌，並且引為必守的戒律，在〈覺闍黎一念錯投胎〉的入話中就有高僧因為一時

---

66 馮夢龍：〈明悟禪師趕五戒〉，《喻世明言》，卷30，頁470。

67 凌濛初：「仔細看時，那第四牛也像昨日的一樣不吃草，眼中淚出。看見他兩個蹝來，把雙蹄跪地，如拜訴的一般。」見氏著：〈屈突仲任酷殺眾生　鄆州司令冥全內侄〉，《拍案驚奇》，卷37，頁560。

瞋恨而投胎為蛇的故事。[68]

二　布施行善

原始佛教的教義並不特別強調「布施行善」的宗教修行，然而隨著大乘佛教的繼承，它以救苦救難普渡眾生為出發，強調慈悲喜捨、自利利他的思想。[69]

〈閒雲庵阮三償冤債〉中陳夫人常往來寺廟燒香布施，不論是小菜或是佛像的妝點都不吝惜：

> 夫人道：「我見你說沒有好小菜吃粥，恰好江南一位官人，送得這幾甕瓜菜來，我分兩甕與你。這些小東西，也謝什麼！」尼姑合掌道：「阿彌陀佛！滴水難消。雖是我僧家口吃十方，難說是應該的。」夫人道：「這聖像完了中間一尊，也就好看了。那兩尊以次而來，少不得還要助些工費。」[70]

妝點佛像在佛教的布施來說層級是非常高的，因為佛教的傳播必須

68 周清源：「這蛇就是汝之師父，修行有年，將成正果，只因慳吝一個缽盂，惱恨之極，變成蟒蛇。適才來此，要吞啖這個沙彌。若吞了這個沙彌，當墮地獄，再無出世之期。我今與他受戒，他明白前因，當捨此蟒蛇之身矣。」見氏著：〈覺闍黎一念錯投胎〉，《西湖二集》，卷7，頁134。

69 方立天：「大乘佛教繼承、改造並發展了小乘佛教的倫理道德觀，它以救苦救難、普渡眾生為道德出發點，強調『慈悲喜捨』、『自利利他』、『自覺覺人』，以個人解脫和眾人解脫的統一為真正解脫的目標。比小乘佛教增加了對待人際關際和關心社會的新內容。」見氏著：《中國佛教文化》，頁213。

70 馮夢龍：〈閒雲庵阮三償冤債〉，《喻世明言》，卷4，頁86-87。

用形象化的佛像來做宣傳。[71]尤其對寺院運作來說，能夠收到捐獻，對佛像乃至於建築進行裝修擴增，將有助於更多的信徒進行布施，這具有實際上的收益。

對信徒來說，布施就是一種修行，雖然本篇陳夫人的布施是有其目的，是為了來世能夠享受較為優渥的生活，這和原始佛教所重視的出於慈悲心而進行布施是有差別的。又如〈進香客莽看金剛經　出獄僧巧完法會分〉中的相國夫人，其布施方式非常特別，因發現家中當鋪有一《金剛經》，是僧人年荒將來當米吃的，夫人知曉後決定送還《金剛經》，將當金五十石米權為齋僧之費。[72]

除此之外，也有人為報恩，將錢財布施佛寺，如〈袁尚寶相術動名卿　鄭舍人陰功叨世爵〉入話中的張客為報還珠之恩，在恩人不求回報的情況下，改以供養佛僧報恩。[73]還有〈癡郎被困名韁　惡髡竟投利網〉記載了以「行善簿」修行的方式。[74]

佛門的布施行善，最大的善事莫過於「救人」，因為生命的尊貴性與不可回復性，以致民間有救人一命勝造七級「浮屠」的俗

---

71 羅哲文、黃彬：「佛教的傳播，一是利用佛經來說教，二是用形象化的實物或圖畫來宣傳，佛塔、佛像就是最突出的形象。」見趙樸初、任繼愈等著：〈中國古代佛教寺院的音樂活動〉，《佛教與中國文化》，頁114。

72 凌濛初：「張客見林上舍再三再四不受，感戴洪恩不已，拜謝而去，將珠子一半於市貨賣，賣得銀來，舍在有名佛寺齋僧，就與林上舍建立生祠供養，報答還珠之恩。」見氏著：〈袁尚寶相術動名卿　鄭舍人陰功叨世爵〉，《拍案驚奇》，卷21，頁314。

73 凌濛初：〈進香客莽看金剛經　出獄僧巧完法會分〉，《二刻拍案驚奇》，卷1，頁6。

74 陸人龍：「張秀才夫妻遂立了一個行善簿，上邊逐日寫去：合今日饒某人租幾斗，今日讓某人利幾錢，修某處橋助銀幾錢，砌某處路助銀幾錢，塑佛、造經、助修寺、助造塔，放魚蝦、贖龜鱉，不上半年，用去百金。」見氏著：〈癡郎被困名韁　惡髡竟投利網〉，《型世言》，收入《明代小說輯刊》第1輯第2冊，回28，卷7，頁468。

諺。[75]在〈劉小官雌雄兄弟〉就有這樣的故事，劉公因無子嗣所以廣做善事希冀改變命運，只要有人需要幫忙，劉公一定挺身而出，並且腦中就有佛門「救人之命勝過布施造廟」的觀念。[76]雖然擬話本中的劉公不希冀小兄弟報答他安葬其父之恩，然而他心中所要的報答卻是更至上的超越力量報答，因為只有在人世間救人行善才可以在來世得到好報，這樣的擬話本書寫反映出佛教「布施行善」的觀念已深深地扎根在人民的心理，不只是好人也會布施行善，強盜也會布施，在〈顧阿秀喜捨檀那物　崔俊臣巧會芙蓉屏〉中就有強盜布施自己搶奪的財物予寺廟，[77]導致行蹤敗露被捕的故事，這使我們看到民眾混淆真實的佛教教義，以為只要布施行善就可以贖罪。信徒的布施與自身的道德水準或是行為無關，而是以滿足自我祈願為目的。

又如〈賣油郎獨占花魁〉中的朱重在和美娘結婚後又得以和美娘的家人團聚，朱重為感謝天地神明便發願到寺廟布施燈油，[78]就因為這樣樸實善良的行為，使得朱重再次感受到天地神明的靈驗，得以和他的父親秦公再次團圓。這篇故事宣揚佛教「布施得善報」

75 方立天：「塔廟，最早也叫作『浮圖寺』，這是因為最初的塔叫『浮圖』、『浮屠』或『佛圖』等，是供奉佛陀的殿閣。」見氏著：《中國佛教文化》，頁140。

76 馮夢龍：「指著竹箱道：『奉此骸骨歸葬。不想又遭此大難。自分必死，天幸得遇恩人，救我之命。只是行李俱失，一無所有，將何報答大恩？』劉公道：『官人差矣！不忍之心，人皆有之。救人一命，勝造七級浮屠。若說報答，就是為利了，豈是老漢的本意。』」見氏著：〈劉小官雌雄兄弟〉，《醒世恆言》，卷10，頁197。

77 凌濛初：〈顧阿秀喜捨檀那物　崔俊臣巧會芙蓉屏〉，《拍案驚奇》，卷27，頁399。

78 馮夢龍：「朱重感謝天地神明保佑之德，發心於各寺廟喜捨合殿香燭一套，供琉璃燈油三個月；齋戒沐浴，親往拈香禮拜。先從昭慶寺起，其他靈隱、法相、淨慈、天竺等寺，以次而行。」見氏著：〈賣油郎獨占花魁〉，《醒世恆言》，卷3，頁63。

的觀點可謂淋漓盡致，而情節動人，充滿浪漫色彩的擬話本書寫當然比說教的佛經來得感人。

理論上佛教的布施是一種無私心私欲的隨緣隨喜之贈予或協助，並無特殊的目的性。但是由擬話本中的布施行為來看，民眾深信布施之行為必定有相應之報酬。當然，對於許多宗教代理人來說，這種觀點對布施行為具有積極的效應，便有意無意地宣揚，竟成了民間信仰佛教的重要實踐與表現方式。

三　弘法度生

早期小乘佛教並沒有「弘法度生」的教義，可是後期大乘佛教則發展出弘揚佛法救度眾生的觀念。[79]佛教修行有很多方式，「弘法度生」亦是其中一種，在〈月明和尚度柳翠〉這篇故事中，柳翠前世為玉通和尚，因為被奸人設計破了色戒，今世投胎為柳翠復仇，月明和尚對他說因果業報。[80]佛教認為眾生愚昧不了解人世間都是虛幻的，故佛門的修行者必須度化眾生，就像觀世音菩薩的慈悲心及發願，要將世間人度盡才成佛。

---

79 宋珂君：「佛教救度眾生的觀念，被明代的宗教小說廣泛利用，宗教小說中『度生』故事往往是篇幅最長的情節，大部分小說都是諸多『度生』故事的連綴。小說中主人公成道後取經、降魔、說法、遊戲人間等行為，都可以看作是『度生』的一種方式。度生是主人公修行歷程中的必經之路，因為只有經過在人群中的刻苦磨鍊，修行者的道德才能趨向完美，修行道果的力量才能顯現。」見氏著：《明代宗教小說中的佛教「修行」觀念》（北京：中國社會科學出版社，2005年），頁322。

80 馮夢龍：「柳翠問道：『何為因果？』法空長老道：『前為因，後為果；作者為因，受者為果。假如種瓜得瓜，種豆得豆，種是因，得是果。不因種下，怎得收成？好因得好果，惡因得惡果。所以說，要知前世因，今生受者是；要知後世因，今生作者是。』」見氏著：〈月明和尚度柳翠〉，《喻世明言》，卷29，頁451。

又如〈桂員外途窮懺悔〉中也有「弘法度生」的情節，只是這樣的「弘法度生」故事是有其私人目的，故事中施濟年過四十膝下猶虛，一心持誦白衣觀音經並且廣為印刷布施眾生以傳佛法，且在神前許願若得子將要布施三百金修蓋寺廟，後來果然得子並到廟裡還願。[81]「弘法度生」原是希望將「善」信念傳達給尚未信仰的民眾，以求其能迷途知返。理論上，這種修行方式表現出對信仰的堅定與投入，[82]然而在擬話本中「弘法」的目的沾染了私人的欲望，反映明代民眾信仰的「功利」傾向。

而〈庵內看惡鬼善神　井中談前因後果〉入話中也提到請高僧做佛事佑人平安的故事，[83]又如〈顧阿秀喜捨檀那物　崔俊臣巧會芙蓉屏〉中崔俊臣為報已故恩人恩情，特在墓前建起水陸道場。表達民眾很自然地將人世間「餽贈」的行為轉移到陰間，以廣做佛事的方式對「冥府」進行餽贈，希望其能因此行為滿足持贈者的願望。「水陸道場」是中國佛教特有的修行方式，[84]除了設齋食供養水陸有情眾生，又有誦經、禮懺、說戒、奉浴、齋僧、放生、放燄口等活動。儀節之繁多，意義之深遠，為佛教儀式中規模最大，也最隆重者。理論上舉辦「水陸法會」乃是以眾緣共同成就，發一善心隨喜參與，就有無量的不可思議功德存在。但是擬話本中的水陸

---

81 馮夢龍：〈桂員外途窮懺悔〉，《警世通言》，卷25，頁376。

82 宋珂君：「宗教小說中『弘法度生』的情節，反映了佛教的慈悲精神與『百尺竿頭更進一步』的修行原則，與大乘佛教『不為自己求安樂，但為眾生脫離苦』的菩薩情懷大有淵源。」見氏著：《明代宗教小說中的佛教「修行」觀念》，頁330。

83 凌濛初：「我而今有個主意，在他包裡取出五十金來，替他廣請高僧，做一壇佛事，祈求佛力，保佑他早早回來。倘若真個死了，求他得免罪苦，早早受生，也是我和他相與一番。」見氏著：〈庵內看惡鬼善神　井中談前因後果〉，《二刻拍案驚奇》，卷24，頁468。

84 道昱：〈水陸法會淵源考〉，《普門學報》第37期（2007年1月），頁1-20。

法會舉辦的目的卻往往有著現實的功利目的。

「放生」在後期佛教的發展中，成為一種重要的修行方式，在〈壽禪師兩生符宿願〉的入話就曾論述放生的種種好處。[85]又如〈救金鯉海龍王報德〉中也宣揚放生的好處，楊廉夫因為放生一尾金色鯉魚，[86]後來得到豐厚的報償。還有〈王孺人離合團魚夢〉中有婦人因丈夫突遇災禍，便認為是丈夫平時喜歡吃魚殺生害命所得的惡報，[87]「放生」在佛教後期發展的修行中是相當普及的概念，因為佛教認為眾生平等，眾生皆有佛性，六道眾生都可修行成佛。而生命是如此珍貴，所以若能放生，則累積的功德之巨大可想而知。如此意義拓衍之下，放生成了迅速累積功德的法門，使民眾趨之若鶩。

四　念經坐禪

佛教的修行方式可以總結為戒、定、慧三學，「戒」指的是行為的約束，也是防惡修善的道德實踐；「定」指的是禪定的功夫，也就是意志的鍛鍊；「慧」是對生命與世界真相的了悟，也是增長

---

85 周清源：「天地間極不好的是殺生，陰府惟此罪為最重。極大的功德莫過於放生，若人肯放生，便生生世世永不墮輪迴地獄餓鬼畜生之苦，永不受刀兵水火殺害之災，在世得輪王福，富貴、功名、子息種種如意，壽命延長，死後定生西方極樂國土。」見氏著：〈壽禪師兩生符宿願〉，《西湖二集》，卷8，頁156。

86 周清源：「楊廉夫一日出遊市上，見漁翁網一尾金色鯉魚，有三尺多長，不住潑潑剌剌的跳，遂以三百文錢贖而放之湖中，那金色鯉魚徘徊顧望久之，方才鱗豎鬣張而去。」見氏著：〈救金鯉海龍王報德〉，《西湖二集》，卷23，頁470。

87 天然癡叟：「喬氏見團魚說話，連叫奇怪，就手把刀去斫他。卻被團魚一口齧住手腕，疼痛難忍，霎然驚醒。想道：『我丈夫平時喜喫團魚，我常常為他烹煮。莫非殺生害命，至有今日夫妻拆散之報？』」見氏著：〈王孺人離合團魚夢〉，《石點頭》（臺北：三民書局，1998年），卷10，頁243。

智慧的修行活動。[88]在〈避豪惡懦夫遠竄　感夢兆孝子逢親〉中就有弟子悟道情願出家的話語出現。[89]而坐禪了悟的情節在擬話本中亦時常出現，在〈東廊僧怠招魔　黑衣盜奸生殺〉中就有僧人坐禪了悟前世因果的例子。[90]佛教的「念經坐禪」就是「定」無漏學。念經可使信徒淨化心靈、拋棄雜念、固化信念。[91]坐禪是佛教的重要修行方式，凡是較複雜的宗教思想或哲學，大多可歸屬於「冥契主義」的修行方式。三教都有教人平心靜氣，求思慮精純虛一，以求反窺本心，觀照萬物的冥契方式。但是，這種修行方式以佛教最有理論體系，也最常實踐，幾乎可以說成為佛教修行實踐活動的代表性作為。

「念經」是佛門修行的基本工夫，以念經為修行方式的情節在擬話本中也常常出現，如〈梁武帝累修歸極樂〉就有曲蟮「聽經念

88 宋珂君：「佛教的『戒定慧』三無漏學的修行過程，從外在的可視行為來看，可以表現為苦行、禪定（打坐）、誦經、觀想（存想）、念佛、持咒、直指頓悟等。當然，有些修行人可以僅僅練習一種方法，便能開悟、這叫『一門深入』；某些『上上根基』的修行者也有可能一聞千悟，不需漸次修行；有的則需要廣學多聞，進行多種方法的訓練，才能去除貪欲，開啟智慧。」見氏著：《明代宗教小說中的佛教「修行」觀念》，頁313。

89 陸人龍：「王喜因道：『前日原有願侍奉菩薩終身，如今依了菩薩言語，咱在此出了家罷。』大慈道：『檀越有妻有子，也要深慮。』王喜道：『沙場上、火神廟時，妻子有甚幹？弟子情願出家。』」見氏著：〈避豪惡懦夫遠竄　感夢兆孝子逢親〉，《型世言》，收入《明代小說輯刊》第1輯第2冊，回9，卷3，頁195。

90 凌濛初：「蒲團上靜坐了三晝夜，坐到那心空性寂之處，恍然大悟：元來馬家女子是他前生的妾，為因一時無端疑忌，將他拷打鎖禁，有這段冤怨。今世做了僧人，戒行精苦，本可消釋了。只因那晚聽得哭泣之聲，心中悽慘，動了念頭，所以魔障就到。」見氏著：〈東廊僧怠招魔　黑衣盜奸生殺〉，《拍案驚奇》，卷36，頁558。

91 張榮明：「宗教中的念經具有特定的心理功能：念經能淨化心靈，使信徒拋棄雜念；念經也能固化心靈，使信徒精神專一；念經還能強化信念，使信徒的心靈得到依托和撫慰。」見氏著：《中國思想與信仰講演錄》（桂林：廣西師範大學出版社，2008年），頁134。

經」修行得人身的故事。[92]不識字的普能，憑藉背誦法華經也可以修行，足見念經的殊勝功德。後代佛教的淨土宗提倡只要一心稱念「阿彌陀佛」就可往生西方極樂世界，亦是同樣的道理。本篇又提到范道的後世黃復仁與其妻鎮日只是看經念佛參禪打坐，約為雙修兄姐。[93]二人能夠看破世間的色欲，又有這樣的福氣可以到西莊上冷落處修行，打坐念經所得的功德使二人累世增上生，黃復仁後來投胎為梁武帝，而小姐則投胎為道林支長老。

藉由「聽經」修行的方式在〈李將軍錯認舅　劉氏女詭從夫〉中也出現，劉女與其夫金氏因故不能生聚，死後化為鬼魂向劉父哭訴並告知可經由「聽經」重新投胎為夫婦。[94]聽經可以遂其所願，此例亦反映佛教所強調的「六道眾生皆可修行」之義，鬼道亦不例外。念經可以修成無上菩提正果，如〈東廊僧怠招魔　黑衣盜奸生殺〉就有這樣的情節展現兩僧潛心禮佛修行，[95]這較符合原始佛教基本教義，也反映出部分高僧行止。[96]

---

92 馮夢龍：「這曲蟮得了聽經之力，便討得人身，生於范家。長大時，父母雙亡，捨身於光化寺中，在空谷禪師座下，做一箇火工道人。（中略）普能雖不識字，卻也硬記得些經典。只有《法華經》一部，背誦如流。」見氏著：〈梁武帝累修歸極樂〉，《喻世明言》，卷37，頁569。

93 馮夢龍：「復仁見小姐堅意要修行，又不肯改嫁，與小姐說道：『恁的，我與你結拜做兄姊，一同雙修罷。』小姐歡喜，兩個各在佛前禮拜。誓畢，二人換了粗布衣服，粗茶淡飯，在家修行。」見氏著：〈梁武帝累修歸極樂〉，《喻世明言》，卷37，頁573。

94 凌濛初：「兒生前不得侍奉親闈，死後也該依傍祖壟。只是陰道尚靜，不宜勞擾。況且在此溪山秀麗，草木榮華，又與金郎同棲一處。因近禪室，時聞妙理。不久就與金郎託生，重為夫婦。」見氏著：〈李將軍錯認舅　劉氏女詭從夫〉，《二刻拍案驚奇》，卷6，頁134。

95 凌濛初：「兩僧各處一廊，在佛前共設咒願：誓不下山，只在院中持誦，必祈修成無上菩提正果。」見氏著：〈東廊僧怠招魔　黑衣盜奸生殺〉，《拍案驚奇》，卷36，頁549。

96 宋珂君：「明代幾乎所有的高僧都由禪悟入手，而廣學教理，最後又都主張指歸

圖一　〈梁武帝累修歸極樂〉，《喻世明言》，卷三十七

（日本內閣文庫珍藏明天許齋本版畫）

淨土，以念佛法門指導學人修行。」見氏著：《明代宗教小說中的佛教「修行」觀念》，頁61。

又如〈桂員外途窮懺悔〉中亦有「念經懺悔」的情節，故事中桂員外因為忘恩負義，連累妻小投胎為犬到恩人家報恩，桂員外有心悔過造佛堂三間早晚念經持齋，後來其妻小終於脫離畜生道。[97]擬話本宣揚這樣的念經坐禪修行方式能夠消除業障，對明代民眾而言是相當有吸引力的。若仔細分辨其中論述，會發現這和原始佛教的教義「業論」互相違背。佛教主張個人造業應該是要自身獨立承擔，可是擬話本中佛教卻有道教的「承負觀」，一人造業全家受報，甚至可以替家人念經消業障。又如〈屈突仲任酷殺眾生　鄆州司令冥全內侄〉也有念經消業障的情節出現，故事中屈突仲因殺生罪業甚重，地獄判官命他刺血抄經消業障，[98]也就是經由「懺悔」的簡易修行方式可以消業障，符合一般民眾的需求。

另外「燒香祝禱」也是擬話本中常見的佛教修行方式，如〈鹽官邑老魔魅色　會骸山大士誅邪〉中老夫妻齋戒求子，終於如願以償，這是一種源於「原始宗教」的修行方式。[99]而且這種修行方式非常功利，其目地是為了得子，並不是為了悟道，與原始佛教的修行目的不同。本篇還提到臨危時大叫「觀世音」名號得救的故事。[100]

---

97 馮夢龍：「桂遷罄囊所有，造佛堂三間，朝夕佞佛持齋，養三犬於佛堂之內。桂女又每夜燒香為母兄懺悔。如此年餘，忽夢母兄來辭：『幸仗佛力，已脫離罪業矣。』早起桂老來報，夜來三犬，一時俱死。」見氏著：〈桂員外途窮懺悔〉，《警世通言》，卷25，頁394。

98 凌濛初：「判官道：『汝罪業太重，非等閒作福，可以免得。除非刺血寫一切經，此罪當盡。不然，他日更來，無可再救了。』」見氏著：〈屈突仲任酷殺眾生　鄆州司令冥全內侄〉，《拍案驚奇》，卷37，頁565。

99 凌濛初：「夫妻兩個，齋戒虔誠，躬往天竺。三步一拜，拜將上去，燒香祈禱，不論男女，求生一個，以續後代。如是三年，其妻果然有了妊孕。十月期滿，晚間生下一個女孩。」見氏著：〈鹽官邑老魔魅色　會骸山大士誅邪〉，《拍案驚奇》，卷24，頁468。

100 凌濛初：「今日見我到底不肯，方才用強，叫幾個猴形人，拿住手腳，兩三個婦女來脫小衣。正要姦淫，兒曉得此番定是難免，心下發極，大叫靈感觀世音

「觀世音」在佛教的體系裡原是一種「慈悲」的本體與超越的悟境，然而民間信仰將其「具體化」，強調其「超能力」。[101]這種佛教修行方式是「簡化」的方式，能符合一般民眾的需要。

中國佛教之所以能夠真正傳播的原因，除了它和中國原始宗教「善惡有報」的思想結合並接受「儒家」的道德觀外，最重要的原因應該是佛教修行的「簡易性」，佛門戒律有千百種，可是在佛教宗教代理人的渲染下，在擬話本中呈現「色戒」是最重要的戒律，這是宗教代理人遷就世俗的表現。另外，因為「飲食男女、人之大欲」是世俗人們最難突破的修行原則，因此被佛教團體列為最需要遵守的重要戒律。

擬話本中呈現佛教修行的第二個原則便是勸人「布施行善」，然而一般人誤以為這是佛教的原始教義，其實不然，這應是佛教結合「儒家道德」而有的修行方式，可是在擬話本中我們看到人們的「布施」是為了「求子」及「得福報」，並不是出於自己的良知良能，這又和儒家所言不同。

另外，佛教的另一修行方式──「弘法度生」，超渡亡魂的儀式，也和佛教的原始教義相衝突，個人造業個人擔，如何可以經由超渡儀式將別人的業障清除，甚至連後來「淨土宗」所言的「帶業往生」修行方式，也和釋迦牟尼佛所創立的原始佛教教義相衝突。

起來。只聽得一陣風過處，天昏地黑，鬼哭神嚎，眼前伸手不見五指，一時暈倒了。直到有許多人進洞相救，才醒轉來。」見氏著：〈鹽官邑老魔魅色　會骸山大士誅邪〉，《拍案驚奇》，卷24，頁362。

101 鄭志明：「觀音信仰源自於佛教的義理系統，屬於佛教的宗派，其本質應該是神聖性的存在，以其誓願來救度眾生，是一重慈悲的本體與超越的悟境。可是傳統社會的觀音早就被鬼神信仰所同化，其內在的義理結構被民間的集體意識暗中轉換，加入了不少世俗性格，強調其救護眾生的靈驗事蹟，以及摒除現實苦難的特異功能。」見氏著：《臺灣傳統信仰的鬼神崇拜》（臺北：大元書局，2005年），頁102。

而「念經坐禪」是非常原始的宗教修行方式，後來卻演變為以懺悔、抄經、布施等修行方式便可以消除業障；而只要「燒香祝禱」就有「得子」的福報，另外遇到危險只要稱呼「觀世音菩薩」的名號就能得救，這些都是後來演變的簡易修行法。中國後來發展的「禪宗」、「淨土宗」都簡化了原始佛教的基本教義，這些在明代的擬話本中一一呈現。「淨土宗」宣揚臨終時只要稱念「阿彌陀佛」名號就可以往生淨土，這都和原始佛教的基本教義有若干落差。

凡此種種呈現中國佛教能夠傳播的重要原因是修行的「簡易性」，並且針對「世俗化」的行為與欲望給予積極地回應，為了得到更多民眾的信仰，佛教代理人違反了原本的宗教理論體系，設計了一套簡易的修行方式讓民眾信仰，以符合百姓樸素的信仰認知與實踐行為。

第三節　道教的修行過程

道教篤信「神仙信仰」，認為「長生成仙」的目標，是值得花費畢生的力量去追尋，而且可以達成的終極理境。[102]道教的理想是強調煉丹追求「長生不老」甚至「成仙」，自魏晉以後道教追求長生不死、羽法成仙的基本宗旨已經確定，其宗教思想意識可以歸結為對「修道成仙」的篤誠信仰。成仙的境界將讓原來的凡人擁有超

102 馬克斯・韋伯（Max Webber）:「我們可以推想到，早期隱居者的救贖目標，首先是為了長壽，其次是為了獲得神祕力量。一句話，長壽與神祕力量，是大師們以及待在他們身邊侍奉左右的一小群弟子們的目標。」見（德）馬克斯・韋伯（Max Webber）著，洪天富譯：《儒教與道教》（*Konfuzianismus und Taoismus*）（南京：江蘇人民出版社，2005年），頁145。

越能力，「仙人」自然能超越人間至上之君權，當然也能擺脫世俗的束縛，超脫了人世間的災禍和爭名奪利的現象。[103]

一　歷劫成仙

在上界的仙人並非可以永保仙位，如果他犯下錯誤必須下凡歷劫，等到修行圓滿再回歸仙班。道教有非常多的神明，這些神明若思凡或犯下了其他罪行就要謫世「歷劫」修行，在〈張古老種瓜娶文女〉中文女就是因為思凡被貶凡間歷劫修行，並視其在凡間的表現才可回復仙位。[104]文女在凡間歷經了千般波折，先是以十八歲的美貌嫁給一個八十歲的老翁，並且要辛苦的賣瓜，而其兄韋義方跑來相救，文女還被張古老沿路責打。文女就是因為這樣的歷劫所以可以回復仙位；相反的，韋義方原本可列入仙班，但因為其性烈如火、救妹心切，看到張古老便劈頭砍下去，這便是殺心太重，所以不能列入仙班只能做一個城隍爺，這是因其行為而導致相對應的懲罰。

在〈福祿壽三星度世〉中劉本道本是上界仙人投胎，因為好與鶴鹿龜三物玩耍耽誤正事，所以被玉帝貶下凡間歷劫，後來謫限期滿則由上界仙人引領回歸仙班。[105]又如〈程元玉店肆代償錢　十一

103　參見胡孚琛、呂錫琛：《道學通論》（北京：社會科學文獻出版社，1999年），頁515。

104　馮夢龍：「我本上仙長與張古老。文女乃上天玉女，只因思凡，上帝恐被凡人點污，故令吾託此態取歸上天。韋義方本合為仙，不合殺心太重，止可受揚州城隍都土地。」見氏著：〈張古老種瓜娶文女〉，《喻世明言》，卷33，頁513。

105　馮夢龍：「那劉本道原是延壽司掌書記的一位仙官，應好與鶴鹿龜三物玩耍，懶惰正大事，故此謫下凡世為貧儒，謫限完滿，南極壽星引歸天上。」見氏著：〈福祿壽三星度世〉，《警世通言》，卷39，頁585。

娘雲崗縱譚俠〉的入話亦描述紅線在人間歷劫圓滿修道成仙的故事。[106]

又如〈薛錄事魚服證仙〉中亦講述歷劫成仙的故事，薛錄事與其妻原本是天上的神仙，因為思凡被謫下凡間，後來被牧童點破：

> 你曉得神仙中有個琴高，他本騎著赤鯉升天去的。只因在王母座上，把那彈雲璈的田四妃，覷了一眼，動了凡心，故此兩人並謫人世。如今你的前身，便是琴高；你那顧夫人，便是田四妃。為你到官以來，迷戀風塵，不能脫離，故又將你權充東潭赤鯉，受著諸般苦楚，使你回頭。[107]

薛錄事因觸犯天條必須在人間歷劫修行，故天帝讓他化為鯉魚承受百般苦楚，更差點成為桌上佳餚使之體悟到「人生如夢」；天帝又請牧童點化薛錄事，薛錄事將此話告知夫人，二人恍然大悟一起焚香靜坐修證前因，事後兩人白日升天：

> 頃刻間，祥雲繚繞，瑞靄繽紛，空中仙音嘹亮，鸞鶴翱翔，仙童仙女，各執旛幢寶蓋，前來接引。少府乘著赤鯉，夫人駕了紫霞，李八百跨上白鶴，一齊升天。[108]

道教歷劫成仙的故事都有一個共同脈絡，首先神仙一定是先觸犯天

---

106 凌濛初：「後來，紅線說出前世是個男子，因誤用醫藥殺人，故此罰為女子，今已功成，脩仙去了。這是紅線的出處。」見氏著：〈程元玉店肆代償錢　十一娘雲崗縱譚俠〉，《拍案驚奇》，卷4，頁51。

107 馮夢龍：〈薛錄事魚服證仙〉，《醒世恆言》，卷26，頁544-545。

108 馮夢龍：〈薛錄事魚服證仙〉，《醒世恆言》，卷26，頁547。

條被貶凡間，繼而在人間接受種種磨難直到「看破世情」悟道，最後一定有仙人點醒並幫助他重返仙籍。而小說中描寫道教的仙界，通常有仙樂還有異香，極盡的華麗不同於凡間，這就是深深吸引民眾想修道成仙的原因，可以在仙界長生不死，並且滿足一切欲望。

二　修道成仙

道教對修行者的品德非常重視，在決定傳予仙道之前必定會先試煉修行者，通常都是跟品德有關的試驗，只有在求道者通過種種試驗後道教的仙人才會傳以道法。道家的道德觀與儒家不同，但是道教的道德觀卻與儒家相當一致。也就是說道教的道德試煉，大多是以儒家的論理學原則作為評斷標準。道教並沒有說清楚道德與成仙的關聯性，只是將兩者直觀地連結在一處。在擬話本中，這種道德與成仙的關聯相當強烈，反映出民眾在情感上的認知：仙人之所以能上位，乃因其道德良好。因此，道教神仙絕對是良善而且具有崇高的道德水準。

道教一再強調的修道成仙，重點是要洗淨自己的心靈，讓身邊的事物儘量簡化，保持自己的精氣神飽滿。「修心」正是內丹派修行的關鍵。先秦《莊子》在許多篇章即揭示「內化修養」對於求道的重要。莊子認為通過修道可以使人返老還童，延年益壽，成為真人、至人、神人。[109]道教在發展之初即宣稱其根源由道家而來，事

---

109 莊子提出了「斷絕欲望」和「心齋坐忘」等修道方法，他的修道方法還包括：導引、守一、坐忘。莊子認為通過這些方法可以成為無限神通的真人、至人、神人。這些真人、至人、神人，可以入水不被淹，入火不覺熱，遨遊於太空與天地同壽並具有特異的神通。見卿希泰、唐大潮：《道教史》（南京：江蘇人民出版社，2006年），頁15-16。

實上道家與道教在理論上的關係即在道家歸本自然的說法，以及描述過程中提及的「超人」現象，為道教所接受，並加以積極地誇大、推衍。

〈呂洞賓飛劍斬黃龍〉中提到「道德」對成仙的重要，這個故事很具意義。呂洞賓答應其師父要到人間尋找一個忠孝兼具的人傳以仙道，[110]結果在人間尋覓的一群男女令他非常失望，一日洞賓化作骯髒道人去度化一個已有慧根的女娘，可惜這女娘態度傲慢，不符合仙人應有的德行，因此放棄收徒之念。道家對內化的道德實踐非常重視，認為這是修道重要的條件之一。這種觀點在擬話本中經常出現，暗示著道教的核心不僅為成仙而已，還隱含對道德的重視與要求。

在〈張道陵七試趙昇〉中，趙昇在成仙之前必須經過道家祖師爺張道陵種種試煉：

> 第一試，辱罵不去；第二試，美色不動心；第三試，見金不取；第四試，見虎不懼；第五試，償絹不吝、被誣不辨；第六試，存心濟物；第七試，捨命從師。原來這七試，都是真人的主意。那黃金、美女、大蟲、乞丐，都是他役使精靈變化來的；賣絹主人，也是假的：這叫作將假試真。凡入道之人，先要斷除七情，那七情？喜、怒、憂、懼、愛、惡、欲。[111]

---

110 馮夢龍：「師父聽得說，呵呵大笑：『吾弟住口！世上眾生不忠者多，不孝者廣。不仁不義眾生，如何做得神仙？吾教汝去三年，但尋的一個來，也是汝之功。』洞賓曰：『只就今日拜辭吾師，弟子雲遊去了。』」見氏著：〈呂洞賓飛劍斬黃龍〉，《醒世恆言》，卷21，頁428。

111 馮夢龍：〈張道陵七試趙昇〉，《喻世明言》，卷13，頁203。

凡入道之人必須先斷除七情六欲，也就是要清心寡欲，這是源至道家的思想。道教援引道家絕聖棄智之思考觀點，將根絕情緒列為修行的入門功夫。道教弟子想要成仙，必須先具有仙緣，並不是人人都可以成仙。就算有仙緣，還要經過試煉，才有登列仙班的可能性。故事中的趙昇便是經過張真人種種試煉後，在張真人飛升成仙的時候帶挈他一道成仙，[112]這個故事宣揚修道成仙首在道心堅固，但是這種信仰的強度並非常人所能忍受。

如著名的〈李道人獨步雲門〉中亦提到「修道成仙」的故事，李道人一心求道努力找到洞天福地並得到仙人的幫助，無奈因為塵緣未了想偷窺塵世的子孫，只好被仙人送回人間重新修行，可是山中七日世上已千年，李道人無法找到過去的親人也真的看破世間的虛幻，從此開了一間藥房努力濟世行善，[113]最後屍解成仙。還有〈旌陽宮鐵樹鎮妖〉記載了一段真君以美婦數百人試驗弟子的根氣，他的弟子不下千數，最後能夠不被誘惑的只有十人而已。[114]可見要修煉成仙除了「養生」之外，還必須從「精神」和「情欲」方面予以克制。[115]

---

112 馮夢龍：「至期，真人獨召王長、趙昇二人謂曰：『汝二人道力己深，數合沖舉；尚有餘丹，可分餌之。今日當隨吾上升矣。』亭午，群仙儀從畢至，天樂擁導，真人與王長、趙昇在鶴鳴山中，白日升天。」見氏著：〈張道陵七試趙昇〉，《喻世明言》，卷13，頁205。

113 馮夢龍：「元來李清這一次回來，大不比當初性子，有積無散。除還了金大郎鋪內賒下各色傢伙，並生熟藥料的錢，其餘只勾了日逐用度，盡數將來賑濟貧乏，略不留難。這叫作廣行方便，無量功德。」見氏著：〈李道人獨步雲門〉，《醒世恆言》，卷38，頁821。

114 馮夢龍：「卻說真君屢敗孽龍，仙法愈顯，德著人間，名傳海內。時天下求為弟子者不下千數，真君卻之不可得，乃削炭化為美婦數百人，夜散群弟子寢處。次早驗之，未被炭婦污染者得十人而已。」見氏著：〈旌陽宮鐵樹鎮妖〉，《警世通言》，卷40，頁607。

115 葉春林、肖烽：「人的生命是魂（精神）與魄（形體）或心與身的統一。道教又如〈陳希夷四辭朝命〉亦提到道教中人陳摶「修道成仙」的故事，陳摶一覺睡了八百年，他曾四辭朝命，終身不近女色，修道的方法非常多，首先是煉形歸氣之法：「夢見毛女授以煉形歸氣、煉氣歸神、煉神歸虛之法，遂奉而行之，足跡不入城市。」[116]毛女授予陳摶的便是仙家吐納之法，非常人所能學，必須具有仙骨的人才可學。除此之外，陳摶還修行另一種道法，謂之「蟄法」，亦是由五個白鬚仙人授予的：

> 忽一日，有五個白鬚老叟來問《周易》八卦之義。陳摶與之剖晰微理，因見其顏如紅玉，亦問以導養之方。五老告之以蟄法。（中略）陳摶得此蟄法，遂能辟穀。或一睡數月不起；若沒有這蟄法，睡夢中腹中饑餓，腸鳴起來，也要醒了。[117]

由此可知，修煉道家法術必須要有仙人授予才可，也就是要具備「仙緣」，也可以解釋成陳摶具有「仙命」。陳摶因為學習這種「蟄法」，可以在睡夢中修煉，最後竟成仙：「言未畢，屈膝而坐，揮門人使去。右手支頤，閉目而逝，年一百一十八歲。門人環守其屍，至七日，容色如生，肢體溫軟，異香撲鼻。乃製為石匣盛之，仍用石蓋；束以鐵鎖數丈，置於石室。」[118]陳摶死後的容貌呈現異相，

倫理不僅主張養形，更注重養神，保持情緒的穩定與精神健康。道教認為，欲使生命長生久視，修煉成仙，僅從物質和形體方面養生是遠為不夠的，必須從精神和情欲方面予以療養。」見氏著：〈論「三言」「二拍」中的道教倫理〉，《湖南社會主義學院學報》第4期（2006年8月），頁34。

116 馮夢龍：〈陳希夷四辭朝命〉，《喻世明言》，卷14，頁210。

117 馮夢龍：〈陳希夷四辭朝命〉，《喻世明言》，卷14，頁212。

118 馮夢龍：〈陳希夷四辭朝命〉，《喻世明言》，卷14，頁216。

因此被人判斷為成仙，有異香撲鼻是異相之一，陳摶可以如此順利地修道成仙，除了有仙人授予的各種法術之外；他還時常幫皇帝解答人生的疑惑造福社稷百姓亦是原因之一，雖然四辭朝命不願為官，然而對社會還是有其貢獻，或許也可以解釋為這是「看破功名」的道家修養。

遇到真仙指點是成仙的不二法門，如〈盧太學詩酒傲王侯〉就講述了一段「遇仙成道」的故事，盧太學的行止與一般人不同，即便是王公大人想邀請他小酌，他也未必答應因此得罪王侯，考慮的條件便是需要具有脫俗的人格特質，而他最後的去處也在話本中留下了謎樣的結局——在山中遇到一赤腳道人便隨他而去，有可能是遇仙成道。[119]這故事還反映出不得志的儒者對「才子是仙人謫世」的寄託與安慰。遇仙成道的故事在〈何道士因術成奸　周經歷因奸破賊〉的入話中也有展現，本篇的主角雖得到神君授以秘術，但因不聽神君勸戒而導致法力全失，[120]可見「道心」對道教修行者的重要。

119 馮夢龍：「一日遊采石李學士祠，遇一赤腳道人，風致飄然，盧柟邀之同飲。（中略）道人答道：『此酒乃貧道所自造也。貧道結庵於廬山五老峰下，居士若能同遊，當日日斟酌耳。』盧柟道：『既有美醞，何憚相從！』」見氏著：〈盧太學詩酒傲王侯〉，《醒世恆言》，卷29，頁627。

120 凌濛初：「神君大怒，罵道：『庸奴不聽吾言，今日雖然倖免，到底難逃刑戮，非吾徒也。』拂衣而入，洞門已閉上，是塊大石。侯元悔之無及，虔心再叩，竟不開了。自此侯元心中所曉符呪，漸漸遺忘，就記得的，做來也不十分靈了。」見氏著：〈何道士因術成奸　周經歷因奸破賊〉，《拍案驚奇》，卷31，頁455。

三　服食成仙

道教的煉丹分為「內丹」與「外丹」：所謂「內丹」是以人體為爐鼎，以人的精、氣、神為藥物，進行修煉；[121]外丹則是指煉製丹藥以服食。道家中人要修煉成仙，必須服丹藥，在〈張道陵七試趙昇〉故事中就提到張真人服丹藥的成果：

> 真人年六十餘，自服丹藥，容顏轉少，如三十歲後生模樣。從此能分形散影，常乘小舟，在東西二溪往來遊戲；堂上又有一真人誦經不輟。若賓客來訪，迎送應對；或酒杯棋局，各各有一真人，不分真假，方知是仙家妙用。[122]

張真人服丹藥之後常保年輕不老，又可以自由往來人世間，還能變化分身，這就是道教深深吸引明代民眾的原因，除了長生不老還可以不死，甚至可以自由地在宇宙空間移動。

〈甄監生浪吞秘藥　春花婢誤洩風情〉入話中也有仙人服食的故事，且服食的萬年靈藥形似小犬小兒。[123]而凡夫因一己的偏執將之視為血肉之物，而失去長生不老的機會。另外本篇的正話提到

---

121 蔣艷萍：「道教修煉以道家的宇宙觀為理論基礎，認為包括人在內的宇宙萬物都是『道』化生的產物，只有符合『道』的規律，與天地萬物合一，處於自然的生存狀態，才是最佳境界。」見氏著：《道教修煉與古代文藝創作思想論》（長沙：岳麓書社，2006年），頁26。

122 馮夢龍：〈張道陵七試趙昇〉，《喻世明言》，卷13，頁195。

123 凌濛初：「老翁道：『此一小犬、小兒，豈是仙味？』道人道：『此是萬年靈藥，其形相似，非血肉之物也。如小犬者，乃萬年枸杞之根，食之可活千歲。如小兒者，乃萬年人參成形，食之可活萬歲。』」見氏著：〈甄監生浪吞秘藥　春花婢誤洩風情〉，《二刻拍案驚奇》，卷18，頁359-360。

「煉丹」加上「採戰之術」可長生不老。[124]不只是人類運用採戰之術煉成內丹，在〈贈芝麻識破假形　擷草藥巧諧真偶〉中還有狐妖與人以此術煉丹的故事。[125]

又如〈杜子春三入長安〉中也有煉丹成仙的故事，杜子春得到高人指點本可煉丹成仙，仙人教他看顧丹竈不論遇到任何境界都不可驚慌，然而杜子春因情愛未除失口叫出聲，使老人數十年勤修命的丹藥功虧一簣。[126]這個故事顯示出煉丹藥並不只依靠外在的物質，還必須依靠內心清除七情六欲才可。[127]

在〈旌陽宮鐵樹鎮妖〉中也有服食成仙的情節，真君追殺蛟精的路上遇到一真心求道的女妖，那女子祈求真君傳道，真君指引她到高蓋山修煉，還以服食成仙的方法教導她：將山上的苦參甘草投入井中並日飲其水即可成仙，女妖便照真君的方法服食修煉果然得道成仙。[128]甚至是鄉里中人也以此井水治病。又如〈吳山頂上

124 凌濛初：「有的又說，內丹成外丹亦成，卻用女子為鼎器與他交合，採陰補陽，捉坎填離，煉成嬰兒姹女，以為內丹，名為『採戰工夫』；乃黃帝、容成公、彭祖御女之術，又可取樂，又可長生。」見氏著：〈甄監生浪吞秘藥　春花婢誤洩風情〉，《二刻拍案驚奇》，卷18，頁362。

125 凌濛初：「那狐道：『好教郎君得知，我在此山中修道，將有千年。專一與人配合雌雄，煉成內丹。向見郎君韶麗，正思借取元陽，無門可入。卻得郎君鍾情馬家女子，思慕真切，故爾傚傚其形，特來配合。』」見氏著：〈贈芝麻識破假形　擷草藥巧諧真偶〉，《二刻拍案驚奇》，卷29，頁554。

126 馮夢龍：「他是個得道之人，教我看守丹竈，囑付不許開言。豈知我一時見識不定，失口叫了一個噫字，把他數十年辛勤修命的丹藥，都弄走了。他道我再忍得一刻，他的丹藥成就，連我也做了神仙。」見氏著：〈杜子春三入長安〉，《醒世恆言》，卷37，頁800。

127 蔣艷萍：「情與欲是人類天然的稟賦，不可能完全遣除，但如果任由放濫，也將會損害自己的身體。道教典籍中有大量論述嗜欲傷生的言論。」見氏著：《道教修煉與古代文藝創作思想論》，頁30。

128 馮夢龍：「真君乃指以高蓋山，可為修煉之所，且曰：『此山有苦參甘草，上有一井，汝將其藥投於井中，日飲其水，久則自可成仙。』（中略）遂登山採取

神仙〉也敘述服食成仙的故事，[129]這是道教最基本的修行方式，也是民間普遍奉行的簡易修行法門。

四　濟世成仙

道教和原始宗教巫術和方術有密切的關係，幾乎可以說在具體操作層次上，道教與巫術有著深刻的關聯。根據《太平經》一書的要旨，可以分析其源流與特徵為「以陰陽五行為家，而多巫覡雜語」。[130]書中確有大量祠祀、祈禱、齋戒、禁咒、丹書呑字、符籙等原始宗教巫術內容。道教人士宣稱這些技術儀式，符籙巫術等，其用心在於「濟世」，一種出發於良善的宗教目的而進行的儀式、行為。[131]不過，道教人物濟世的目的不見得像儒家理論所揭示的是要發揚人類原初的善性，純粹地展現善心善性。道教人物濟世，還有另外一個目的在於成仙長生。「神仙信仰」是道教思想的核心，[132]

苦參甘草等藥，日於井中投之，飲其井泉，後女子果成仙而去。」見氏著：〈旌陽宮鐵樹鎮妖〉，《警世通言》，卷40，頁620。

129 周清源：「冷啟敬自煉成金丹之後，便就出幽入冥，飛行變化，分形出神，無不巧妙。」見氏著：〈吳山頂上神仙〉，《西湖二集》，卷25，頁518。

130 《太平經》重視人的生命價值，認為有生必有死，所以應該重視死亡問題，他神化漢代道家的養生學說，宣揚守一、辟谷、食器等神仙方術，還宣揚丹書呑字、祝讖召神等符籙祝禱巫術。他不講煉製外丹服餌成仙，但認為神仙術中有不死之藥，孝子和善臣應當為父母及國軍求到不死之藥和長生之術。他還強調人能否成仙不死，是命中注定的。賢、聖、道、仙、真、神，六人生各自有命，沒有仙命的人命籍不入仙簿，《太平經》最關心的是現實社會目標，其說教在於把人們學道向善的目的統一在致太平上。見金正耀：《道教與煉丹術論》（北京：宗教文化出版社，2001年），頁28-29。

131 金正耀：《道教與與煉丹術論》，頁8。

132 李養正：「究竟什麼是道教的核心內容？是老莊哲學思想。是神仙信仰，抑或是符籙禁咒呢？我以為老莊哲學不過是道教吸取來文飾其教的；符籙禁咒不過道教所有的教義都是圍繞著這個核心而發展的，修道成仙是目的而他的手段便是濟世。「濟世」也就是道家所強調的「慈心」。也就是說，「濟世」是「成仙」必要的修行過程。

道教有「濟世」的宗教目的，在上位的仙人若犯錯必須貶謫到凡間歷劫修行，有的則是自願下凡濟世。在〈旌陽宮鐵樹鎮妖〉中提到了仙人自動下凡「濟世」的故事。[133]上界真仙有感於人間苦難，竟然自願下凡傳道，仙人的靈魂可以自由往來於仙界及人世間。由這個故事還可以看到仙界傳法的嚴謹性——孝悌王傳與蘭公，蘭公再傳予諶母，最後才將此道傳給許遜。

在〈杜子春三入長安〉中就有「改過向善」以成仙的例子，故事中的杜子春有幸遇到仙人提點，原本是個浪蕩的敗家子卻得仙人三次金援並等待他改過向善，就在子春痛改前非並廣造義田、義學、義塚之後，[134]仙人便予以試驗欲傳以道法，無奈子春的七情六欲未除，只好重新修道變賣所有家產並布施貧窮以「濟世」，後果然修得正果飛天成仙。本篇可以說是道教修道成仙的典型例子，必須先「修心」才能夠修道，其次就是要「濟世」。而本篇「修心」

是一種迷信方術，道教也有的道派是不崇尚符籙諸術的；只有神仙信仰才是其核心內容，去掉神仙信仰，也就不成其為道教了。」見氏著：〈談談道教的幾點特徵〉，《道教與傳統文化》，頁27。案：由此可見，道教思想的核心價值是神仙信仰。

133 馮夢龍：「斗中一仙，乃孝悌王姓衛名弘康字伯沖，出曰：『某觀下凡有蘭期者，素行不疚，兼有仙風道骨，可傳以妙道。更令付此道與女真諶母，諶母付此道於許遜。口口相承，心心相契，使他日真仙有所傳授，江西不至沈沒，諸仙以為何如？』」見氏著：〈旌陽宮鐵樹鎮妖〉，《警世通言》，卷40，頁588。

134 馮夢龍：「豈知子春在那老者眼前，立下個做人家的誓願，（中略）又在兩淮南北，直到瓜州地面，造起幾所義莊，莊內各有義田、義學、義塚。不論孤寡老弱，但是要養育的，就給衣食供膳他；要講讀的，就請師傅教訓他；要殯殮的，就備棺槨埋葬他。」見氏著：〈杜子春三入長安〉，《醒世恆言》，卷37，頁795-796。

的重點便是看出「錢財乃身外之物」的道理。又如〈馬神仙騎龍升天〉也描述濟世成仙的故事，如果想成仙必須先立善。[135]

在擬話本中所呈現的道教修行方式，包括歷劫成仙、修道成仙、服食成仙、濟世成仙等等。歷劫成仙的修行方式明顯受到佛教「轉世輪迴」的觀念影響；而修道成仙的修行方式是源於道家「清心寡欲」的原則，然而道家強調「自然無為」，這和道教「成仙」的目的衝突，且煉丹時必須「去欲」，這對凡夫也是一大考驗；另外濟世成仙的修行方式則是受到「儒家」的影響。

第四節　儒教的修行過程

儒家追求的是成為君子也就是聖賢，不同於佛教徒以佛為理想的人格典範，更不同於道教徒以追求長生成仙為人生目標。儒家的理想是要人民成為固守倫理並具有仁心的「君子」，[136]因此人在世上需要關心的不是個體死後的歸屬，而是出生至死亡這段期間的作為是否符合道德原則。

---

135 周清源：「我家世代為小吏，所以備知這些弊端，我今發願不肯為吏，棄家學道，到處濟人利物為事，功成行滿，白當上升天界。《丹經》上道：『人欲地仙，當立三百善；欲天仙，當立千二百善。』」見氏著：〈馬神仙騎龍升天〉，《西湖二集》，卷30，頁629。

136 牟鍾鑒：「儒家倫理正是實際生活中自發倫理的自覺化和理論化，因此中國傳統社會的倫理思想始終以儒家倫理為主導；儒家倫理觀念幾乎成為全民意識，它的地位是不可取代的。儒家倫理以仁愛為基石，以忠孝為核心，以仁、義、禮、智、信為普遍原則，形成包括家庭道德、政治道德和一般社會道德的倫理體係，重點在處理君臣、父子、夫婦、兄弟、朋友五種社會人際關係。」見氏著：〈下篇：中國宗教與傳統文化互動的歷史脈絡〉，收入《中國宗教與中國文化》，卷1（北京：中國社會科學出版社，2005年），頁199。案：儒家的倫理學是儒教理想的核心觀念，主要是建立在個人的修養論上。

一　忠孝之道

「仁道」是儒家的根本思想，而以此發展出的道德德目，則有忠孝之道，然而在原始儒家經典「忠」指的是「盡己」之意，並非後代衍生出的義涵——「忠君愛國」，那是執政者為鞏固自己政治利益而擴大解釋，這也反映在明代擬話本中。著名的話本《型世言》就記載許多忠臣殉命的故事，如〈矢智終成智　盟忠自得忠〉中就講述一忠臣命自己妻子自殺，然後伴君走天涯，最後還出家當和尚不與人爭利的故事。[137]又《西湖二集》中的〈忠孝萃一門〉中敘述忠臣必出孝子的觀念。[138]事實上，儒家的原始義涵並沒有強調儒者必須為國盡忠而死，這是後代誤解儒家的地方，連佛道二教也都自然地將「忠君」視為儒家的重要德目且具體引用，而且將「忠孝」視為一體，無怪乎明代擬話本反映出這種現象，如《西湖二集》中的〈薰蕕不同器〉也強調盡忠的重要；而《型世言》中的〈千金不易父仇　一死曲伸國法〉、〈逃陰山運智南還　破石城抒忠賊〉及〈寶釵歸仕女　奇藥起忠臣〉等篇，只看回目也可使人感受到作者教「忠」的目的。

另外，孝養尊親是儒家的根本思想，《論語・學而篇》提到：「孝悌也者，其為仁之本歟！」[139]，孔子認為以「仁」為基礎的倫理可以進一步擴展為社會的倫理和政治的倫理來處理君臣、父子、

---

137 陸人龍：「其時朝中已念他忠，來召他，各官也慕他忠，來拜，也不知他已與胡僧兩個飄然長往，竟不知所終。這便是我朝一個不以興廢動心，委曲全君，艱難不避的知士麼！」見氏著：〈矢智終成智　盟忠自得忠〉，《型世言》，收入《明代小說輯刊》第1輯第2冊，回8，卷2，頁182。

138 周清源：〈忠孝萃一門〉，《西湖二集》，卷31，頁637-653。

139 《論語・學而》，卷1，頁5。

兄弟、夫婦、朋友之間的關係，因此孝弟就成為仁之本了。[140]儒者便是以「孝養尊親」的具體行為，展現道德性與理想性。

自孔子創立儒家以來，孝養尊親便是儒家的重要德行，在〈沈小霞相會出師表〉這篇故事中有一段討論孝道的情節。[141]儒家強調「不孝有三，無後為大」，[142]所以賈石認為二沈應以大孝為重，保全自己的生命以維繫沈家宗祀，不需拘泥於小孝。但徐夫人認為倘若父親遇難，兒子不應貪生怕死而需前往戰場替父親收屍並莊重舉行葬禮，才是孝道。賈石和徐夫人的論點各有其理，但歸納其共同脈絡都是在行儒家的孝道。

〈蔡瑞虹忍辱報仇〉中亦提到儒家的孝道實踐，瑞虹因全家誤上賊船死於非命只留瑞虹一人獨存，瑞虹忍辱偷生尋機復仇，最後大仇得報還記得要替父親尋找後嗣以盡孝道，[143]其子長大後得知母親孝行便上表報告皇帝啟建貞節牌坊。在〈盧夢仙江上尋妻〉中提到一名少婦夫死不願改嫁，但惟恐違逆公姑染上不孝之罪，故選

140 見余敦康著：〈下篇：中國宗教與倫理〉，收入《中國宗教與中國文化》，卷2，頁247-248。

141 馮夢龍：「賈石道：『尊大人犯了對頭，決無保全之理。公子以宗祀為重，豈可拘於小孝，自取滅絕之禍？可勸令堂老夫人，早為遠害全身之計。尊大人處賈某自當央人看覷，不煩懸念。』二沈便將賈石之言，對徐夫人說知。」見氏著：〈沈小霞相會出師表〉，《喻世明言》，卷40，頁639。

142 《孟子・離婁》：「不孝有三，無後為大！」趙岐注：「於禮有不孝者三事：謂阿意曲從，陷親不義，一不孝也；家窮親老，不為祿仕，二不孝也；不娶無子，絕先祖祀，三不孝也。」收入（清）阮元校刻：《十三經注疏》（臺北：藝文印書館，1979年），卷7，頁137。

143 馮夢龍：「我父親當初曾收用一婢，名喚碧蓮，曾有六月懷孕。因母親不容，就嫁出與本處一個朱裁為妻。後來聞得碧蓮所生，是個男兒。相公可與奴家用心訪問。若這個兒子還在，可主張他復姓，以續蔡門宗祀，此乃相公萬代陰功。」見氏著：〈蔡瑞虹忍辱報仇〉，《醒世恆言》，卷36，頁778。

擇自盡保全女節。[144]又如〈西山觀設籙度亡魂　開封府備棺追活命〉中也有孝子為掩其母紅杏出牆之過，忍受其母誣告「不孝」之罪，[145]在〈悍婦計去孀姑　孝子生還老母〉中還有孝子設計以妻換母，將被妻子賣掉的母親贖回。[146]

儒家的「孝道」是通往道德的第一步，體現家庭的價值。[147]這可以說是儒家在理論與實踐上最受世人重視，也最足以代表儒家精神的道德觀。當然，孝順的對象除了父母之外，還有親族關係。另外，孝順不僅只是對父母奉其養、順其心，還有許多面向需要觀照。如子孫的繁衍，就是一個孝順實踐的重要問題。在〈木綿庵鄭虎臣報冤〉中有繁衍子嗣以為盡孝情節。賈涉與妻子結婚多年膝下猶虛，故另納一妾為傳宗接代，可是妻子妒妾，賈涉與朋友商議該

144 天然癡叟：「孝婦李妙惠，矢心守志，奈何公姑不聽，強我改適。違命則不孝，順顏則失節。無可奈何，謹陳絮酒，叩泣几筵。英靈不昧，鑑我微忱。蕪詞上祝，來格來歆。」見氏著：〈盧夢仙江上尋妻〉，《石點頭》，卷2，頁34。

145 凌濛初：「敲著氣拍，問道：『你娘告你不孝，是何理說？』達生道：『小的年紀雖小，也讀了幾行書，豈敢不孝父母！只是生來不幸，既亡了父親，又失了母親之歡，以致興詞告狀，即此就是小的罪大惡極。憑老爺打死，以安母親，小的別無可理說。』」見氏著：〈西山觀設籙度亡魂　開封府備棺追活命〉，《二刻拍案驚奇》，卷17，頁248。

146 陸人龍：「一邊叫他母親出來，一邊著人看船中婦人何如。這邊盛氏出來，見了兒子道：『我料你孝順，決不丟我在此處。只是如今怎生贖我？』于倫道：『如今我將不賢婦來換母親回去。』盛氏道：『這等你沒了家婆，怎處？』于倫道：『這不賢婦要他何用？』」見氏著：〈悍婦計去孀姑　孝子生還老母〉，《型世言》，收入《明代小說輯刊》第1輯第2冊，回3，卷1，頁99-100。

147 杜維明（Tu Wei-ming）：「儒家用來確保禮儀完整性的基本價值之一就是孝。孔子認為『孝』是通往道德完善的第一步。要提高個人的尊嚴和身分認同，其作法不是疏遠於家庭，而是要培養我們自己對父母兄弟的真正情感。學習在心念之中體現家庭的價值，其能夠使我們超越自我中心，或者借用現代心理學的話來說，可以使封閉的私我轉變為開放的自我。」見杜維明（Tu Wei-ming）著、陳靜譯：《儒教》（*Confucianism*）（臺北：麥田出版公司，2002年），頁114。

如何保全此妾：

> 陳履常請得賈涉到衙，飲酒中間，見他容顏不悅，叩其緣故。賈涉抵諱不得，將家中妻子妒妾事情，細細告訴了一遍。又道：「賈門宗嗣，全賴此婦。不知堂尊有何妙策，可以保全此妾？倘日後育得一男，實為萬幸，賈氏祖宗也當銜恩於地下。」陳履常想了一會，便道：「要保全卻也容易，只怕足下捨不得他離身。」賈涉道：「左右如今也不容相近，咫尺天涯一般，有甚捨不得處？」陳履常附耳低言：「若要保全身孕，只除如此如此……」[148]

為了「不孝有三，無後為大」這句話，賈涉與陳履常設計讓此妾到陳家為奴，躲過其妻的妒害，後來此妾安全地生下賈似道，傳賈家宗脈，然後再將此妾另送與他人，以免受其妻毒害。賈似道長成之後官運飛黃騰達，但還謹記中國儒家的孝道，密差門下尋訪其生母。[149]歷史上賈似道作惡多端，直接影響南宋國運，被視為奸臣。在擬話本中描述其良心未泯，還懂得在富貴之後尋訪其生母，飲水思源盡儒家的孝親之道。這個故事其實揭示著就算是奸佞小人，也會有孺慕尊親之情。如果連孝親之情都不具備，那麼將是如禽獸一般不堪。

---

148 馮夢龍：〈木綿庵鄭虎臣報冤〉，《喻世明言》，卷22，頁340。

149 馮夢龍：「三日後，密差門下心腹訪問生母胡氏，果然跟箇石匠，在廣陵驛東首住居。訪得親切，回復了似道，似道即差轎馬人夫擺著儀從去迎接。本衙門聽事官率領人夫，向胡氏磕頭，到把胡氏險些唬倒。聽事官致了制使之命，方才心下安穩。（中略）胡氏乘轎在前，石匠騎馬在後，前呼後擁，來到制使府。似道請母親進私衙相見，抱頭而哭。」見氏著：〈木綿庵鄭虎臣報冤〉，《喻世明言》，卷22，頁346。

在〈汪信之一死救全家〉中，汪信之自知難逃一死，事先安排一家大小免於災禍：

> 卻說汪革乘著兩隻客船，徑下太湖。過了數日，聞知官府挨捕緊急，料是藏躲不了，將客船鑿沈湖底，將家小寄頓一箇打魚人家，多將金帛相贈，約定一年後來取。卻教劉青跟隨兒子汪世雄，間道往無為州漕司出首，說父親原無反情，特為縣尉何能陷害，見今逃難行都，乞押去追尋，免致興兵調餉。此乃保全家門之計，不可遲滯。[150]

汪信之臨死之前，能冷靜沈著的面對問題，發揮儒家智者的表現，巧妙安排一家大小的去處，並犧牲自己一人使全家活命，這亦是符合儒家重視親族的道德精神。另外在〈懵教官愛女不受報　窮庠生助師得令終〉中亦描寫因「不孝」導致惡報的故事，老翁生女不孝但卻獲得姪兒孝養，後來將產業交給親姪繼承。[151]

此外，孝道可以在喪禮、祭禮中展現。孔子認為宗教迷信大有可用之處，特別是在「祭祀」和「重喪」方面。[152]儒家認為祭禮與喪禮展現高度的人文精神，並且足以藉此禮儀的施展，表達一種秩序，一種情緒，一種源自於人性良善的感懷。如〈張員外義撫螟蛉

150 馮夢龍：〈汪信之一死救全家〉，《喻世明言》，卷39，頁621-622。

151 凌濛初：「眾人爭上前看時，上面寫道：『平日空囊，止有親姪收養。今茲餘橐，無用他姓垂涎！一生宦資，已歸三女，身後長物，悉付侄兒！書此為照。』」見氏著：〈懵教官愛女不受報　窮庠生助師得令終〉，《二刻拍案驚奇》，卷26，頁511。

152 朱天順：「孔子從實用的觀點來考察宗教迷信時，則認為宗教迷信對推廣和貫徹其仁孝道德觀和復周禮的主張，大有可利用之處，所以給宗教迷信也添加了許多東西，特別是在祭禮的復古和重喪方面。」見氏著：《中國古代宗教初探》（臺北：谷風出版社，1986年），頁290。

子　包尤圖智賺合同文〉中提到孝子重視葬禮的故事，安住對養父母說先將親生父母的屍骨埋葬後，再回來侍俸養父母，[153]這是儒家的孝道修養。而對死者遺體的照護，是以不打擾為原則，在〈行孝子到底不簡屍　殉節婦留待雙出柩〉中就有孝子為保護父親遺體不受干擾，不惜身殉讓大尹不能簡屍，以保護父親九泉之下能夠安息。[154]

在中國宗教發展中，道教興起於漢末，根源於本土，因此對於孝順的德行全盤接受，甚至引為成仙之必要條件之一。原始佛教在理論上對孝順行為並不注重，甚至認為成沙門之後對父母之關係即為平等之對待。但是這個爭議在南北朝就解決了，從此中國佛教也提倡孝順是一種必須的道德行為。因此毫不意外地在擬話本中看到孝順尊親具有至高無上的道德地位，它是所有行為準則中的第一義。所有的宗教信仰、思想都不能違背此一法則。甚至明白表示遵循孝順原則的人必將獲得獎賞，不孝之人必有重懲。

二　由仁行義

儒家道德體系的最高範疇是「仁」，它是儒家對善的定義，這

---

153 凌濛初：「就對員外郭氏道：『稟過爹爹母親，孩兒既知此事，時刻也遲不得了。乞爹爹把文書付我，須索帶了骨殖，往東京走一遭去。埋葬已畢，重來侍奉二親，未知二親意下何如？』員外道：『這是行孝的事，我怎好阻當得你？』」見氏著：〈張員外義撫螟蛉子　包尤圖智賺合同文〉，《拍案驚奇》，卷33，頁500。

154 凌濛初：「王世名見大尹執意不回，憤然道：『所以必欲簡視，止為要見傷痕，便做道世名之父毫無傷，王俊實不宜殺，也不過世名一死當之，何必再簡？今日之事要動父親屍骸，必不能勾。若要世名性命，只在頃刻可了。』」見氏著：〈行孝子到底不簡屍　殉節婦留待雙出柩〉，《二刻拍案驚奇》，卷31，頁584。

種愛是不需要依靠神的訓誡和啟示。[155]「仁」便是實際生活中的自覺，由自愛而愛人，而且是有親疏差別的愛，這樣的仁道精神使得中國傳統的倫理思想始終以儒家為主導。再以這樣的「仁心」去判斷應該做的事便是「義」的具體表現。

在〈葛令公生遣弄珠兒〉故事中提到一位重賢輕色的長官葛令公，葛原有一愛妾名為綠珠，因屬下大將申徒泰心儀於她，不但不惱羞成怒還將綠珠贈與他為妻，因此越發得到下屬的尊重。[156]葛令公重賢輕色，是行仁義的儒家之道。

〈裴晉公義還原配〉中唐璧的未婚妻黃小娥不幸被擄掠到裴晉公家中成為歌妓，裴晉公在得知事情的真相後將黃小娥送還唐璧，得到唐璧的感念：

> 次日，唐璧又到裴府謁謝。令公預先分付門吏辭回，不勞再見。唐璧回寓，重理冠帶，再整行裝。在京中買了幾個童僕跟隨，兩口兒回到家鄉，見了岳丈黃太學，好似枯木逢春，斷弦再續，歡喜無限。過了幾日，夫婦雙雙往湖州赴仕。感激裴令公之恩，將沈香雕成小像，朝夕拜禱，願其福壽綿延。後來裴令公壽過八旬，子孫蕃衍，人皆以為陰德所

155 陳詠明：「『仁』的內涵是『愛人』、『泛愛眾』。這種愛不是一般的博愛，是一種有等差親疏之分別、向外推展的愛。它不依靠神的啟示和訓誡，深深扎根於人的自然感情，出自人的深潛本能。仁在孔子的價值系統中占有的重要位置是顯而易見的。在《論語》中，如果誰要是達到仁，誰也就同時占有了其他美德。」見氏著：《儒學與中國宗教傳統》（北京：宗教文化出版社，2003年），頁132-135。

156 馮夢龍：「弄珠兒敘起嶽雲樓目不轉睛之語，令公說你鍾情於妾，特地割愛相贈。申徒泰聽罷，才曉得令公體悉人情，重賢輕色，真大丈夫之所為也。這一節，傳出軍中，都知道了，沒一個人不誇揚令公仁德，都願替他出力盡死。」見氏著：〈葛令公生遣弄珠兒〉，《喻世明言》，卷6，頁114。

致。詩云：無室無官苦莫論，周旋好事賴洪恩。人能步步存陰德，福祿綿綿及子孫。[157]

重義輕色是儒家倡導的道德行為，裴晉公行仁由義得到上天的恩寵，不但官運亨通子孫滿堂，亦得到屬下的敬重。

在〈呂大郎還金完骨肉〉也有儒家「由仁行義」的修養之道展現，故事中的呂玉因為拾金不昧獲得善報，他能夠將心比心想到失竊銀兩的失主心急如焚，所以不取不義之財，[158]也因為這樣的善心才能和失蹤多年的兒子相逢。雖然呂玉的善心是出自自己本能的良心，以儒家的仁心「推己及人」去做應做的事，然而擬話本中提到行善得善報，卻不是儒家的原始思想。因為儒家的為善並不考慮報償，只是純然由內心所發的善性驅使。但是在擬話本中，良善行為往往會有豐裕的後酬，這也是擬話本一再出現的模式。

儒家行仁義的修行之道是出自內在良知的自我覺醒，並非受到鬼神力量之恫嚇。仁義之道是儒家最重要的修養德行之一，也是能化為外在具體行為，可供檢視的道德準則。明代擬話本中有許多描述實踐儒家仁義行為的君子，如〈窮馬周遭際賣䭔媼〉故事中，馬周在困窮的時候受到王公的幫助，當時他身無財物曾想脫下狐裘當酒錢贈與王公，可是王公不接受，馬周遂題詩於壁上：「古人感一飯，千金棄如屣。匕箸安足酬？所重在知己。我飲新豐酒，狐裘不用抵。賢哉主人翁，意氣傾閭里！」[159]後來馬周果然飛黃騰達，馬

---

157 馮夢龍：〈裴晉公義還原配〉，《喻世明言》，卷9，頁147。

158 馮夢龍：「呂玉想道：『這不意之財，雖則取之無礙，倘或失主追尋不見，好大一場氣悶。古人見金不取，拾帶重還。我今年過三旬，尚無子嗣，要這橫財何用！』」見氏著：〈呂大郎還金完骨肉〉，《警世通言》，卷5，頁55。

159 馮夢龍：〈窮馬周遭際賣䭔媼〉，《喻世明言》，卷5，頁100。

周記得當日的誓言，守信欲以千金贈王公，王公本不肯收，馬周道：「壁上詩句猶在，一飯千金，豈可忘也？」[160]王公遂收下並成為新豐富民，由這裡可以看出馬周是一個信守承諾的人，這便是儒家的仁義之道。又馬周平步青雲一直升官成為吏部尚書，昔日的長官達奚刺史先前侮辱過馬周，深怕馬周懷恨在心不敢補官，馬周主動地請他相見：

> 再說達奚刺吏，因丁憂回籍，服滿到京。聞馬周為吏部尚書，自知得罪，心下憂惶，不敢補官。馬周曉得此情，再三請他相見。達奚拜倒在地，口稱：「有眼不識泰山，望乞恕罪。」馬周慌忙扶起道：「刺史教訓諸生，正宣取端謹之士。嗜酒狂呼，此乃馬周之罪，非賢刺史之過也。」即日舉薦達奚為京兆尹。京師官員見馬周度量寬洪，無不敬服。[161]

馬周懂得儒家之道：「吾日三省吾身」，不因升官發達即泯滅良知公報私仇，反而更加敬重賢能，反省自己喝酒誤事並不怪當初的長官達奚刺史辱罵他，這便是行仁義的君子，靠著「自我內省」學以成人，[162]因此得到其他下屬的敬重，而且還終身富貴。

〈汪信之一死救全家〉這篇話本中有很多「由仁行義」的例子，首先是忠僕劉青為埋葬主人犧牲生命的故事：

---

160 馮夢龍：〈窮馬周遭際賣䭔媼〉，《喻世明言》，卷5，頁103。

161 馮夢龍：〈窮馬周遭際賣䭔媼〉，《喻世明言》，卷5，頁103。

162 杜維明（Tu Wei-ming）：「自我反省和個人內省作為日常功課的一部分，是不斷進行著的。在這個意義上，儒家的自我不是一個靜態的結構，而是一個始終在改變的動態過程。」見杜維明（Tu Wei-ming）著、陳靜譯：《儒教》（*Confucianism*），頁139。

> 再說汪革死後，大理院官驗過，仍將死屍梟首懸掛國門。劉青先將屍骸藏過，半夜裡偷其頭去藁葬於臨安北門十里之外。次日私對董三說知其處，然後自投大理院，將一應殺人之事，獨自承認，又自訴偷葬主人之情。大理院官用刑嚴訊，備諸毒苦，要他招出葬屍處，終不肯言。是夜受苦不過，死於獄中。[163]

中國人向來注重死後要保全屍體的習俗，忠僕劉青為了讓主人汪革死後全屍不惜犧牲自己的生命。這樣的忠僕在〈大姊魂遊完宿願　小姨病起續前緣〉中也出現，忠僕金榮在小主人投靠無門時，念著舊日情誼收容其夫婦。[164] 除了忠心的男僕之外，在擬話本中也描述了忠心的女僕，而且還割股餵主，在〈俠女散財殉節〉中就有這樣的故事呈現。[165]

在〈汪信之一死救全家〉中汪革的兄長汪孚擁有儒家兄弟人倫的良好美德，在其弟死後願意將所有的產業讓給其弟之子汪世雄，汪革對其姪汪世雄說道：「今日將我的產業盡數讓你，一來是見成事業，二來你父親墳塋在此，也好看管，也教你父親在九泉之下，消了這口怨氣。」[166]自古只見兄弟爭產之事，鮮少見兄長在弟弟死

---

163 馮夢龍：〈汪信之一死救全家〉，《喻世明言》，卷39，頁147。

164 凌濛初：「曾記得父親在日，常說有個舊僕金榮，乃是信義的人。見居鎮江呂城，以耕種為業，家道從容。今我與你兩個前去投他，他有舊主情分，必不拒我。」見氏著：〈大姊魂遊完宿願　小姨病起續前緣〉，《二刻拍案驚奇》，卷23，頁344。

165 周清源：「見病勢漸危，無可奈何，只得焚一炷香禱告天地，剪下一塊股肉下來，煎湯與娘子吃。那娘子已是幾日湯水不下嚥，吃了這湯覺得有味，漸漸迴生，果是誠心所感。」見氏著：〈俠女散財殉節〉，《西湖二集》，卷19，頁414。

166 馮夢龍：〈汪信之一死救全家〉，《喻世明言》，卷39，頁626。

後非但不霸占弟弟的產業，還將自己的產業送給姪兒，汪革這樣的行徑可謂真君子，需要過人的道德修養才能做到這樣，這是伯伯對姪兒的慈愛之情，是儒家孝悌之情的具體實現。[167]

汪革為何會惹來殺身之禍，起因於思慮不周密，做事未合乎禮義的原則。程彪、程虎二人本為汪世雄的老師，在辛苦教導汪世雄一年之後，竟然沒有得到合理的待遇，所以懷恨在心，思想如何出這口怨氣：

> 再說程彪、程虎二人，初意來見洪教頭，指望照前款留，他便細訴心腹，再求他薦到箇好去處，又作道理。不期反受了一場辱罵，思量沒處出氣。所帶汪革回書未投，想起：「書中有別諭候秋涼踐約等話，不知何事？心裡正恨汪革，何不陷他謀叛之情，兩處氣都出了？好計，好計！只一件，這書上原無實證，難以出首，除非如此如此。」[168]

程彪、程虎二人思慮不合乎禮義想要害人固然不對，但是汪信之在細微處並沒有做到儒家的戒慎恐懼，在無意間占人便宜導致殺身之禍，亦需要深自檢討，這樣的書寫方式可以教化民眾做事要合乎禮儀以免招致災禍。

又如〈沈小霞相會出師表〉中賈石收容忠義之士沈鍊，亦屬於由仁行義的修養，沈鍊因上表歷數嚴嵩之罪，被奸臣陷害導致無家

167 杜維明（Tu Wei-ming）：「孝悌之所以被認為是為仁之本，其部分原因在於儒家相信道德的自我修養，始於意識到血緣紐帶為個人的實現提供了一個切實的機會。」見杜維明（Tu Wei-ming）著、陳靜譯：《儒教》（*Confucianism*），頁124。

168 馮夢龍：〈汪信之一死救全家〉，《喻世明言》，卷39，頁612。

可歸，賈石將自己的屋子讓與賢人沈鍊一家居住：

> 賈石道：「小人雖是村農，頗識好歹。慕閣下忠義之士，想要執鞭墜鐙，尚且不能；今日天幸降臨，權讓這幾間草房與閣下作寓，也表得我小人一點敬賢之心，不須推遜。」話畢，慌忙分付莊客，推個車兒，牽個馬兒，帶個驢兒，一夥子將細軟家私搬去，其餘家常動使家火，都留與沈公日用。沈鍊見他慨爽，甚不過意，願與他結義為兄弟。[169]

賈石雖然只是一個市井小人物，也懂得敬賢之道，將自己的房子讓與賢者沈鍊居住，自己在卻搬到外面賃屋而居，這樣的修養亦是儒家的行仁由義，而且是不易做到的修養德行，擬話本如此書寫亦可教化一般平民百姓懂得尊重忠義之士。

除此之外，在〈吳保安棄家贖友〉這篇擬話本中亦提到吳保安為朋友兩肋插刀「知其不可而為之」的儒家精神，他一共花了十年的時間賺取金錢為贖好友郭仲翔，郭仲翔在異邦忍辱偷生只盼有一天能回國再奉獻，這亦符合儒家的「窮則獨善其身，達則兼善天下」的基本修養，最後得到封官：

> 楊安居表奏：「故相郭震嫡姪仲翔，始進諫於李蒙，預知勝敗；繼陷身於蠻洞，備著堅貞。十年復返於故鄉，三載效勞於幕府。蔭既可敘，功亦宜酹。」於是郭仲翔得授蔚州錄事參軍。[170]

---

169 馮夢龍：〈沈小霞相會出師表〉，《喻世明言》，卷40，頁635。

170 馮夢龍：〈吳保安棄家贖友〉，《喻世明言》，卷8，頁133。

有德行的儒家君子，上天亦會垂憐於他，郭仲翔雖有智慧進諫於長官李蒙，可是李蒙不聽勸導，導致自己在異邦受苦，然而他亦無怨無悔、不屈不撓，這樣有德行的人最後就得到了晉爵封官的殊榮。

在〈顧阿秀喜捨檀那物　崔俊臣巧會芙蓉屏〉中還有讀書人惺惺相惜以仁義相待的故事，高公見落魄的崔英無處容身，因愛惜其才氣故在困頓中收留他。[171]又如〈通閨闥堅心燈火　鬧囹圄捷報旗鈴〉中也有縣令愛才的故事，[172]可見文獻經典的學習對讀書人而言是非常重要的，尤以《論語》為要，可以效法聖人孔子的人格及意欲。[173]在〈滿少卿饑附飽颺　焦文姬生讎死報〉中也有老翁周濟秀才的故事，[174]這是儒家「以人為本」的相互關懷。另外在〈懵教官愛女不受報　窮庠生助師得令終〉中還有老師幫助貧生，該生飛黃騰達後報恩的故事。[175]

---

171 凌濛初：「高公見他說罷，曉得是衣冠中人，遭盜流落，深相憐憫。又見他字法精好，儀度雍容，便有心看顧他。對他道：『足下既然如此，目下只索付之無奈，且留吾西塾，教我諸孫寫字，再作道理。意下如何？』」見氏著：〈顧阿秀喜捨檀那物　崔俊臣巧會芙蓉屏〉，《二刻拍案驚奇》，卷27，頁401。

172 凌濛初：「縣宰要試他才思，取過紙筆來與他道：『你情既如此，口說無憑，可將前後事寫一供狀來我看。』幼謙當堂提筆，一揮而就。」見氏著：〈通閨闥堅心燈火　鬧囹圄捷報旗鈴〉，《拍案驚奇》，卷29，頁434。

173 杜維明（Tu Wei-ming）：「如果我們把《論語》視為一部以一位聖人的人格及意欲為中心的聖典，是提供給那些渴望還原或恢復某段歷史時刻或神聖時間的人，那麼我們就差不多可以理解《論語》在中國長久地受到尊崇的原因了。」見杜維明（Tu Wei-ming）著、陳靜譯：《儒教》（*Confucianism*），頁108。

174 凌濛初：「店小二說是個秀才，雪阻了的，老漢念斯文一脈，怎教秀才忍飢？故此教他送飯。荒店之中，無物可喫，況如此天氣，也須得杯酒兒敵寒。秀才寬坐，老漢家中叫小廝送來。」見氏著：〈滿少卿饑附飽颺　焦文姬生讎死報〉，《二刻拍案驚奇》，卷11，頁221。

175 凌濛初：「他是童生新進學，家裡甚貧，出那拜見錢不起。有半年多了，不能勾來盡禮。齋中兩個同僚，攛掇我出票去拏他。我只是不肯，後來訪得他果貧，去喚他來見。是我一個做主，分文不要他的。」見氏著：〈懵教官愛女不受報　窮庠生助師得令終〉，《二刻拍案驚奇》，卷26，頁508。

另外也有縣令赤誠感動天的故事，在〈喬勢天師禳旱魃　秉誠縣令召甘霖〉中縣令為民眾祈雨成功：

> 怎當得眾人愚迷的多，不曉得精誠所感。但見縣官打殺了天師，又會得祈雨，畢竟神通廣大，手段又比天師高強，把先前崇奉天師這些虔誠，多移在縣令身上了。[176]

縣令的行為符合儒家行仁由義的修養，但並非盲目崇拜鬼神，這是儒者跟一般大眾不同的地方，但愚民因為天師求雨不成而縣令祈雨成功，轉而將崇拜轉移到縣令身上，足見民眾信仰的功利性，只問結果，能解決問題的人或神靈就值得崇拜。

儒教以「忠孝之道」及「由仁行義」的方式修行，儒家最重視的就是孝道，這樣的孝道觀也影響到其他後期宗教包括佛教道教，而儒家的「葬禮」是孝道的最高表現，然而這並不表示儒家相信鬼神，而是「祭神如神在」，且「由仁行義」的表現是由內心而發的「良知良能」，不受鬼神威脅，可是在擬話本中我們看到一般人行善後會有豐厚的報償，這已遠離了儒家良知良能的行善表現。這也可以看到儒家在民間存在著理論與實踐的割裂，也就是說，內在意指與外在道德行為具有功利性的現實考量，與儒家本心直指為善，沛然莫之能禦的為善動機，有著相當的差距。

第五節　三教混雜的修行過程

佛教在傳入中國後，為了使中國人能夠迅速的接受佛教，它要

176 凌濛初：〈喬勢天師禳旱魃　秉誠縣令召甘霖〉，《拍案驚奇》，卷39，頁593。

先與中國的本土宗教互相融合，特別是道教，於是出現了混雜的宗教修行過程。[177] 反映民間文化的「擬話本」也有三教混雜的「修行過程」表現，這應該是受到當代社會普遍流行的修行觀念影響，進而影響到擬話本的創作。[178]

一　修行道德

佛教進入中國之後，立即遇到與中國傳統思想與政治文化激烈碰撞的問題。自漢武帝獨尊儒術之後，中國在倫理學上的發言權幾乎可以說為儒家所占據，並且在實際的政教措施中具體實踐。因此，面對宗教必須提出的道德觀方面，佛教必須遷就儒家的傳統，才能夠繼續發展。

就以「孝」為例來說明，佛教將「孝」分為「出世間」與「世間」兩個部分，其中「出世間」的「孝」就是要使父母依「佛法」修行藉此在未來世得到較好的福報，而「世間法」的部分則依循儒家所倡導的孝道。[179]因此在擬話本中我們可以看到混雜的宗教道德觀，因為就原始佛教的教義而言，它和儒家的傳統道德有些部分是互相違背的。[180]如出家人不娶妻則無後嗣，違反了中國人「不孝有

---

177 參見任繼愈主編：《中國佛教史》卷1（北京：中國社會科學出版社，1981年），頁7。

178 宋珂君：「明代的宗教小說表現出出水乳交融的『三教合一』特徵。小說的作者隨意地應用三教的修行術語，以至有些研究者認為，小說的作者對宗教並無真實學問根基，或對宗教修行並沒有基本認識，實際上這只說明了作者深受明代社會普遍流行的『修行』觀念的影響，進而影響到小說的創作罷了。」見氏著：《明代宗教小說中的佛教「修行」觀念》，頁115。

179 參見嚴耀中：《佛教戒律與中國社會》，頁112。

180 方立天：「《牟子理惑論》較早地反映出儒家和佛教在倫理道德觀念上的分歧，這這種分歧主要集中在三個方面：一是出家僧人文身斷髮和《孝經》所說『身

三，無後為大」的觀念，而佛教中國化後則將此現象解釋為出家是替父母求福報，為「盡大孝」的論點。

又如〈訴窮漢暫掌別人錢　看財奴刁買冤家主〉中有人因前生不敬佛又殺生，今世本應受惡報凍餓而死，卻因平生還行孝道，判官判他可當幾年的財主，[181]由此可知，佛教的教義在中國化後，摻入了中國人最重視的「孝道」觀。在〈寸心遠格神明　片肝頓蘇祖母〉中也有佛門子弟以儒家的孝道觀修行的故事。[182]

還有〈江都市孝婦屠身〉中提到一名少婦為使丈夫能回家奉養母親，不惜賣身為盤中餐，而丈夫還得到神明的幫助回到家鄉，[183]本篇最後安排此名少婦被封為上善金仙，以儒家的孝道修行最後卻變成道教的神仙。又〈莽書生強圖鴛侶〉中敘述儒家讀書人強逼民女拋棄父母隨他私奔，雖然該生後來高中科舉，然而最後還是因此

體發膚，受之父母，不敢毀傷』的教訓相違背，也就是說，僧人剃度有違於孝，二是出家僧人不娶妻，沒有後嗣，這不僅使本人得不到人生的幸福，也被認為是最不孝的行為；三是出家僧人披袈裟，見人不行跪起之札，違背了中國傳統禮儀。」見氏著：《中國佛教文化》，頁220。

181 凌濛初：「今日據著他埋天怨地，正當凍餓，念他一點小孝，可又道：『天不生無祿之人，地不長無名之草。』吾等體上帝好生之德，權且看有別家無碍的福力，借與他些。與他一個假子，奉養至死，償他這一點孝心罷。」見氏著：〈訴窮漢暫掌別人錢　看財奴刁買冤家主〉，《拍案驚奇》，卷35，頁537。

182 陸人龍：「火光之中，放出舍利如雨，有百許顆。眾人將來置在瓶中，仍將他田產賣來建塔於上，人至今稱『孝女冢』，又稱『神尼塔』。總之，千經萬典，孝義為先。人能真實孝親，豈不成佛作祖？」見氏著：〈寸心遠格神明　片肝頓蘇祖母〉，《型世言》，收入《明代小說輯刊》第1輯第2冊，回4，卷1，頁115。

183 天然癡叟：「即向空拜道：『多謝神明憐憫我妻孝烈，現身面諭，送我還家奉母。後日干戈寧靜，世道昌明，當赴殿庭叩謝呵護之恩。』拜罷起來。眾人問其緣故，周迪先說宗二娘殺身，後說三閭大夫顯聖，將神馬送歸的事，細述一遍。眾人齊稱奇異。」見氏著：〈江都市孝婦屠身〉，《石點頭》，卷11，頁284。

惡行得到報應，[184]這是以儒家的道德觀及佛教的果報觀勸喻世人。

在〈兩縣令競義婚孤女〉也出現了混雜的宗教道德觀，兩縣令基於儒家的仁義觀競行好事義婚孤女，可是話本的最後卻安排孤女已去世的父親託夢給兩位縣令因行善而得善報。[185]這種「善惡有報」的思想是源自原始宗教的善惡觀並非原始儒家的本意，儒家行善是基於自己原本的良知良能不求回報，作者這樣書寫反映出民眾有混雜的宗教道德觀。

又如〈李公子救蛇獲稱心〉也有混雜的宗教道德觀，故事中描述李元善心救蛇獲得美女稱心，是一篇以道教思想為基調的擬話本，其中極力描寫仙宮的異相，[186]這樣的仙境如此美妙有仙樂有異香，令人嚮往，然而李元酒醒後並不流連忘返，他以儒家的孝道辭行。[187]以道教為基調的小說竟隱藏著儒家的倫理道德思想，孝道是儒家倫理的首要德行，李元並不能忘卻塵世間的父母，以儒家思想

184 天然癡叟：「臨終時惡病纏身，乃因平白地強逼紫英，使他不得不從，壞此心術，所以有此花報。果報在於後世，花報即在目前。奉勸世人，早早行善。」見氏著：〈莽書生強圖鴛侶〉，《石點頭》，卷5，頁131。

185 馮夢龍：「月香吾之愛女，蒙君高誼，拔之泥中，成其美眷，此乃陰德之事，吾已奏聞上帝。君命中本無子嗣，上帝以公行善，賜公一子，昌大其門。……鄰縣高公公與君同心，願娶孤女，上帝嘉悅，亦賜二子高官厚祿，以酬其德。」見氏著：〈兩縣令競義婚孤女〉，《醒世恆言》，卷1，頁14。

186 馮夢龍：「出殿後，轉行廊，至一偏殿。但見金碧交輝，內列龍燈鳳燭，玉爐噴沈麝之香，繡幕飄流蘇之帶。中設二座，皆是蛟綃擁護，李元驚怕而不敢坐。王命左右扶李元上座。兩邊仙音繚繞，數十美女，各執樂器，依次而入。前面執寶杯盤進酒獻果者，皆絕色美女。但聞異香馥郁，瑞氣氤氳，李元不知手足所措，如醉如癡。」見氏著：〈李公子救蛇獲稱心〉，《喻世明言》，卷34，頁521。

187 馮夢龍：「荷王上厚意。家尊令李元歸鄉侍母，就赴春選，日已逼近。更兼僕人久等，不見必憂；倘回杭報父得知，必生遠慮。因此不敢久留，只此告退。」見氏著：〈李公子救蛇獲稱心〉，《喻世明言》，卷34，頁522。

來講堪稱表揚，但若以道教思想而言則是根基不夠俗心未了。這就是道教和儒家道德混雜的現象。另外，在〈陰功吏位登二品　薄倖夫空有千金〉中有薄倖夫因不守儒家「夫婦人倫」，[188]最終得惡報的故事。行惡得惡報是原始宗教的思想，儒家要夫妻謹守人倫，但並未說不遵守人倫則會得到惡報，這是儒家和原始宗教混雜的地方，以儒家的修行道德達到原始宗教的理想。

二　修行方式

在〈灌園叟晚逢仙女〉中就有混雜的修行方式表現，灌園叟是一位愛花的老者，因為愛惜花木所以得到「道教」仙人的指點而修行，符合「尋師」模式，[189]但是他的宗教修行方式竟然是依循「佛教」的「布施觀」，最後功行圓滿成為仙界的護花使者。[190]又如〈呂大郎還金完骨肉〉中的呂玉因拾金不昧能夠父子相逢，他心想這是「命定」的天意，要勤加「布施」以種福田：

188 陸人龍：「胡相士極窮，其妻馬氏極甘淡泊，真是衣不充身，食不充口守他。幸得相公這廂看取，著人請他，他妻喜有個出頭日子，他卻思量揚州另娶，將他賣了與人。可與同貧賤，不與同安樂？豈有人心的所為？」見氏著：〈陰功吏位登二品　薄倖夫空有千金〉，《型世言》，收入《明代小說輯刊》第1輯第2冊，回31，卷8，頁528。

189 宋珂君：「『尋師』模式：千里尋師，接受考驗，最後一言之下便得到師傅的認可首肯，並迅速成仙成佛。」見氏著：《明代宗教小說中的佛教「修行」觀念》，頁47。

190 馮夢龍：「秋公日餌百花，漸漸習慣，遂謝絕了煙火之物，所鬻果實之資，悉皆布施。不數年間，髮白更黑，顏色轉如童子。一日正值八月十五，麗日當天，萬里無瑕。（中略）司花女道：『秋先，汝功行圓滿，吾已申奏上帝，有旨封汝為護花使者，專管人間百花。』見氏著：〈灌園叟晚逢仙女〉，《醒世恆言》，卷4，頁89。

> 呂玉想道：「我因這還金之便，父子相逢，誠乃天意。又攀了這頭好親事，似錦上添花。無處報答天地。有陳親家送這二十兩銀子，也是不意之財。何不擇個潔淨僧院，糴米齋僧，以種福田。」[191]

呂玉依循的宗教觀是原始宗教樸實的「命定」觀念，然而他的宗教修行方式卻是引用佛教的布施觀，這顯然是混雜的宗教修行表現。在〈捐金有意憐窮　卜屯（窀）無心得地〉中有人以佛教的「布施」方式修行，而得到一塊免費且風水極好的墓地，這是屬於原始宗教的善報。[192]不論是道教的修行者或是原始宗教的信仰者都以佛教的「布施觀」作為宗教修行必備的工具，可見佛教的「布施觀」在明代民眾心中有深刻的影響力。

又如〈李公佐巧解夢中言　謝小娥智擒船上盜〉中謝小娥為了報仇混跡在強盜堆中多年，最後終於如願報仇，從此上門求親的人絡繹不絕，小娥誓心不嫁並決家皈依佛門修行以謝恩人：

> 小娥誓心不嫁，道：「我混跡多年，已非得已。若今日嫁人，女貞何在？寧死不可。」爭奈來纏的人越多了，小娥不耐煩分訴，心裡想道：「昔年妙果寺中，已願為尼，只因冤仇未報，不敢落髮。今吾事已畢，少不得皈依三寶，以了終身。不如趁此落髮，絕了眾人之願。」[193]

---

191 馮夢龍：〈呂大郎還金完骨肉〉，《警世通言》，卷5，頁57。

192 陸人龍：「這雖是森甫學問足以取科第，又命中帶得來，也因積這陰功，就獲這陰地，可為好施之勸。」見氏著：〈捐金有意憐窮　卜屯（窀）無心得地〉，《型世言》，收入《明代小說輯刊》第1輯第2冊，回19，卷5，頁338。

193 凌濛初：〈李公佐巧解夢中言　謝小娥智擒船上盜〉，《拍案驚奇》，卷19，頁283。

謝小娥的修行方式混合儒家的「孝道觀」——報父仇、女德，以及佛家的「誦經」，是一種混合的宗教修行方式。而〈愚郡守玉殿生春〉中描述王曾父親因為愛惜字紙得到善報的故事，[194]愛惜字紙是儒家長期以來宣揚教育文化下延伸的良善行為，因此實踐此良善行為，便會得到善報。整體來說，這並不是屬於儒家的思考，而是表達原始宗教「善有善報」的概念。

在〈田舍翁時時經理　牧童兒夜夜尊榮〉中有人以佛教的持咒修行成仙，道人以看相的方式相中寄兒有道骨：

> 一日在山邊拔草，忽見一個雙丫髻的道人走過，把他來端相了一回，道：「好個童兒！儘有道骨，可惜癡性頗重，苦障未除。肯跟我出家麼？」[195]

道人並傳給他五字真言要他每日持咒百遍以成仙，這是以佛教的修行方式到達道教的彼端。又如〈庵內看惡鬼善神　井中談前因後果〉中信仰道教真人的修行者，竟以佛教的「念經」方式修行，[196]這是一種道佛混合的修行方式，在擬話本中常可見到，反映民間宗教修行方式的混雜。

---

194 周清源：「說王曾的父親一生敬重字紙，凡是污穢之處、垃圾場中，或有遺棄在地下的字紙，王曾父親定然拾將起來，清水洗淨，曬乾焚化，投在長流水中，如此多年。一日夢見孔聖人對他說道：『汝一生敬重字紙，陰功浩大，當賜汝一貴子，大汝門戶。』果然生王曾，中了三元。」見氏著：〈愚郡守玉殿生春〉，《西湖二集》，卷4，頁85-86。

195 凌濛初：〈田舍翁時時經理　牧童兒夜夜尊榮〉，《二刻拍案驚奇》，卷19，頁378。

196 凌濛初：「軒轅翁起來開了門，將一張桌當門放了，點上兩枝蠟燭，朝天拜了四拜。將一卷經攤在桌上，中間燒起一爐香，對著門坐下，朗聲而誦。」見氏著：〈庵內看惡鬼善神　井中談前因後果〉，《二刻拍案驚奇》，卷24，頁475。

擬話本中反映民眾對三教的修行的目的有強烈的現實動機，另外檢視其修行過程，往往流於淺層，並沒有較為深入的實踐，也談不上修行的程序性與系統性。民眾對於宗教修行大多只停留在表層，操作具有象徵意義的儀式，就以為符合宗教修行實踐的大部或全部。

擬話本將「成仙成佛」視為一個理想境界，雖然渲染達到理想必有保證性，但是對修煉或是修行過程的描述以及理論大幅簡化，從某種角度來說這是弱化宗教意義。因為宗教理論與修行實踐必須緊緊結合在一起，方足以構成一個完整的體系，在邏輯上才有可能依據修行實踐活動，達到宗教理境、目標。很可惜對於民眾來說，宗教理論既複雜又深奧，修行過程繁瑣，且充滿欲望全面克制的痛苦。因此，在理論方面不需也不用了解透徹，繼而在修行實踐方面，選擇式地實施，如此才是「實用」而可操作的修行法門。

在擬話本中有非常多宗教混雜、互補的修行方式，我們最常看到儒釋道三教的宗教修行方式一樣，都強調「善有善報」，事實上「行善」的修行原則應該是源自於「儒家」，而佛道二教借用儒家的道德觀修行，如「孝道」原是儒教的修行道德，而發展到最後三教皆重視「孝道」，並且講求具體實踐，這都是以儒家的具體實踐，作為道教、佛教修行方式之一的例證。

在擬話本中還看到道教以佛教的「布施觀」修行，即便是原始宗教也混合了佛教的「布施觀」修行，而儒家的孝道觀發展成佛教的儀式——「超渡」，超渡父母的亡魂使其「往生極樂世界」就是盡最大的孝道，這和儒家的「養生送死」觀相同。整體來說，儒家的修行儀式並不像佛道二教這麼發達，可是二教的「倫理道德觀」卻以儒家為主。也有可能因為佛教的修行方式較完整，所以它的「布施」修行法被其他宗教所採用。

修行法門的混雜隱含著理論混雜的傾向，這種混亂事實上是整個宗教體系的矛盾與漏洞，將會使宗教思想、信仰有崩潰的危機（至少在思想史上我們可以如此看待）。但是民間對宗教信仰、思想的情況與文化菁英們不同。他們對於理論的認識並不完整，這或許是受限於認知外在條件與個人能力問題，以至於對理論並沒有深入探究的動機、興趣與能力。因此對他們來說，宗教理論或許太過複雜，簡單易捷的宗教觀點才是認知的重心。由另外一方面來看，理論太過抽象，但是修行與實踐有具體的操作模式與程序，對他們來說這反而是比較容易施展踐履的方向。因此，他們對於各種宗教信仰、思想的行為模式可以快速地接受、施展、實踐，而不會去思考其間的意義。然而，就是因為對理論欠缺理解的完整性與深度，所以在採取行為與修行法門時，才會產生混淆的現象。

對百姓們來說，只要是有助於解決困境或疑惑，而又簡捷易行的法門，就是良好的修行模式。當然，這一切的理論認知與修行實踐，都將歸結於現實的功利目的或祈願。因為對百姓來說，信仰宗教或許可以解決心靈的困頓，但是更重要的是，現實的困難與險惡才是迫在眉睫的問題。生存問題遠比生命問題來得重要——這是百姓選擇宗教信仰、思想的理論與操作實踐模式最核心的思考。

第五章 從明代擬話本看宗教理想與修行的契合與衝突

佛教、道教與儒教在歷史與文化的影響與積累下，構建出龐大的理論系統與實踐方法。理論與實踐兩者互為依存，並且經由許多傑出的追隨者不斷地完善整個體系，所以就宗教的角度來看，中國三教的理論與實踐相當完整，甚至某些觀點可以說是人類思想進程中極為精粹的一部分。因此本章試圖藉由分析擬話本中關於宗教理想與實踐層次的契合與衝突問題，試圖進一步了解民間宗教的性質與現象。

第一節　宗教理想

中國原始宗教的「鬼神信仰」及「巫術」觀念在先秦早已展開，在漢代時原始宗教並沒有因為儒術的推行而銷聲匿跡。[1]漢代在思想史上是特別有意義的朝代，此期獨尊儒家，奠定中華文化在政治與教育上的基調，此外佛教傳入與道教興起皆起於漢代，形成宗教多元的傳統。有趣的是，承襲自先秦的鬼神信仰並未消失，反

1 林富士：「巫者遂行巫術的目的，乃在交通鬼神，利用鬼神之力以替人招來福祥、免除禍害，或是致禍於人。此即以為鬼神能福祐人或禍祟人。而在漢代世俗的觀念中，確實認為鬼神對人之禍福有某種程度的影響力，一般人所以崇祀鬼神，基本上即希望能因而獲得鬼神的福祐，而免遭禍祟。」見氏著：《漢代的巫者》（臺北：稻鄉出版社，1988年），頁114。

而在民間繼續生根，並且與儒家、道教、佛教思想進行連結，形塑出中國特殊的宗教文化。

具有體系或是中國化的宗教，在文化延續的歷史發展規律下，將無可避免與原始信仰接軌，反映宗教連續性的性質。雖然與原始宗教銜接的程度不同，如道教最為顯明，儒家較少，但是三教皆有。[2]古代相信「生死有命、富貴在天」的命定觀，而原始宗教的制裁力量便是「鬼神」，人們相信鬼神能洞察人的善惡邪直。[3]當原始人自己的巫術不靈驗時，便會求助更高級的神靈。[4]原始宗教的觀念沒有複雜的理論與龐大的體系，只是樸素直觀的感情與崇拜，或是人世間簡易的處事道理。

總之，文化的累積從先秦到明代從來沒有斷裂過，尤其是道教吸收了原始宗教最多的概念，我們可以說原始宗教樸素、直觀、簡單而制約的概念可以放到後期發展的宗教理論，它不被攻擊反而被後期的宗教所包容。

先秦儒家經典《易經》中有「積善之家，必有餘慶」之語。不

---

2 吾敬東：「古代中國宗教與原始宗教保持了連續性，由此，原始信仰或宗教中的一些基本元素都在以後的中國宗教中得到了體現，其中兩個最為重要的方面就是多神信仰和巫術崇拜。上述基本傳統在道教、佛教和儒教中均有體現。其中道教的原始信仰品格最為典型。」見氏著：〈古代中國宗教的基本精神〉，《上海師範大學學報（哲學社會科學版）》第37卷第3期（2008年5月），頁14。

3 瞿同祖：「原始人相信神喜歡正直無罪者，對於侵犯神明及邪惡的人則深惡痛絕。同時他們相信也只有神能洞察人的善惡邪直，所以原始的法律常求助於神的裁判。神判法（ordeal）是各民族原始時代所通用的一種方法。當一嫌疑犯不能以人類的智慧斷定它是否真實犯罪時，便不得不乞助於神靈。」見氏著：《中國法律與中國社會》（臺北：里仁書局，1984年），頁321。

4 原始人類為了控制自然，他們會以儀式和咒語迫使天氣和動物聽命就範，後來他們發現自己的巫術力量有限，便在恐懼的情況下求助更高級的神靈或求助於魔鬼。見（英）馬林諾夫斯基（Bronislaw Malinowski）著，李安宅編譯：《巫術科學宗教與神話》（北京：中國民間文藝出版社，1986年），頁3。

過《易經》原為先民卜筮之書，因此這種樸素的相對帶報償觀點，可視為中國原始宗教的教義，並不是「儒家」的基本教義。關鍵點在於「儒家」主要的制裁力量是「道德」並非鬼神，鬼神信仰是屬於「原始宗教」的部分，儒家不能夠堂而皇之地表達接受態度，因為如此將導致個體生命面對道德問題時不是唯一的解決力量。「道教」承繼中國原始宗教的巫術，包括驅鬼、招魂、降妖伏魔等，它是和原始宗教信仰最接近的一種宗教，可以說道教不僅是本土宗教，也是各地方信仰的承接者。

「佛教」發源、興盛於印度，在源頭與文化構成上來說屬於外來宗教。佛教在漢代進入中國，首先在貴族社群中發展。此時中國民間與士大夫所代表的菁英文化，經歷先秦思想發展的黃金時期，又加上漢武帝獨尊儒術，基本上學術思想的基本脈絡已經定型，佛教無法撼動。另外，中國很早進入農業文明，文化形成時間久遠。厚實的文化累積，讓外來的宗教文化進入中國，很難快速地取得優勢地位。另外一個關鍵在於宗教的推展在現實層面上是以追隨者的數量與質量決定，因此佛教傳入中國後，為了加速宗教推廣的進程，必須進行中國化的過程，才能吸納信眾。佛教首先被人們接受的觀念是「因果」，這是其理論最吸引時人之處。但是這種概念之所以為中國人所接受，有很大的原因是「因果」觀念符合中國傳統文化與原始宗教的思維。[5]另外一個必須接受中國思維之處則在儒家的道德理論與評價。整體來說，佛教中國化雖然有助於宗教發

5　吳波：「因果觀念能很快為國人所接受，主要是基於兩方面的原因，一方面是它與我國傳統善惡觀念的不謀而合。我國早在先秦時期即有人性善惡的區別與論爭，如孟子主張『性善』、荀子主張『性惡』，而且初步形成了『善有善報，惡有惡報』的思想。《易經》中《坤卦．文言》中就說『積善之家，必有餘慶，積不善之家，必有餘殃』。」見氏著：《明清小說創作與接受研究》（長沙：湖南人民出版社，2006年），頁27。

展，但是也導致佛教中國化後將在某些論述上與原始佛教教義互相違背的情形。

佛教中國化最顯著的特點在由印度原始發展的小乘佛教教義轉為大乘佛教，[6]由「利己」的修行轉為「利眾」的修行，並稱大乘佛教為佛法之根本，[7]這已和原始佛教基本教義不同。另外，宗教代理人為了討好民眾，以社會的需求訂定戒律，因此在擬話本中可以看到佛教的戒律變多，而且和原始佛教教義並不相關。「佛教」的原始教義並非要「行善」而是要「解脫生死」，佛教也有原始宗教的「善惡觀」、「禁忌」及「靈魂觀」。[8]

佛教受到儒家的觀念牽制頗大，主要原因是中國自漢代以後，儒家成為政治教育方面的思想指導權威，在政府強大的推動下，在民間也廣為人民所接受。因此佛教勢必要向儒家傾斜，以獲得政府與民間的接納。是以在發展中佛教持續承認儒家的道德教條，逐漸形成了與儒家調和的中國佛教倫理道德。[9]可以說是佛教倫理儒學

6 楊曾文：「『大乘』，意為大的運載物，能運載無量眾生從生死苦惱的此岸，到達覺悟解脫的彼岸；『小乘』，意為小的乘載物，大乘說它只可運載少量眾生到達涅槃彼岸。」見氏著：〈人間佛教的展望〉，《1993年佛學研究論文集——佛教未來前途之開展》（高雄：佛光山文化事業公司，1998年），頁7。

7 呂澂：「小乘所見於本寂之心性者，止可以得解脫（此即本寂之共相，遠離煩惑，僅有消極的意義），其結果僅得解脫身。大乘所見於本寂之心性者，不僅解脫也，且即是如來之所自出，故詔之如來藏（此即本寂之自相，能生功德，具備積極的意義），其果乃得法身。」見氏著：〈談「學」與「人之自覺」〉，《儒釋比較研究》（北京：中華書局，2002年），頁50。

8 詹・喬・弗雷澤（James G. Frazer）：「佛教徒的萬物有靈論並非一種哲學理論，而純粹是將原始人的普通信條吸收到歷史上的一個宗教體系中而已。」見（英）詹・喬・弗雷澤（James G. Frazer），徐育新等譯：《金枝》（*The Golden Bough*）上冊，頁115。

9 方立天：「佛教由於受到中國古代專制社會政治、經濟狀況的制約和決定，也受儒家傳統觀念的抵制和左右，從而沿著適應中國政治、經濟、文化等多方面的

化，當然這種倫理化有很大的基點是在於迎合當時的歷史條件。然而隨著時間推移，當初的權宜反而因為理論的深化與實踐的累積，讓佛教在中國發展出新的面貌。[10]當然，佛教向儒家靠近的結果，將會導致理論上的混淆。如原本爭議頗大的「孝道」問題，[11]佛教必須向儒家屈服，不僅要接納孝道觀念，甚至還要加以高度推崇。這樣的遷就就宗教現實發展角度來看，是很聰明的作法，但是就理論而言，這會讓中國化的佛教距離印度原始佛教越來越遠。

倫理學問題一直是佛教進入中國後必須處理的關鍵問題。畢竟原始佛教經典中的倫理內容有很多和中國傳統的倫理道德互相牴觸之處。於是從東漢到東晉的早期佛經翻譯家，他們採取增刪節選的手法，使有關譯文和倫理道德吻合，甚至發展儀式以迎合民眾對傳

結構的軌跡演變和發展，形成了調和儒家思想、宣傳忠孝觀念的中國佛教倫理道德學說，……。」見氏著：《中國佛教文化》，頁213。案：唐朝的時候儒教開始一點一點地滲入到佛教，例如《大目乾連冥間救母變文》就有了「孝」的觀念，到了明代儒釋融合變多，佛教本來是不講忠孝的，但到了明代「忠、孝」兩種倫理德目卻成為佛教的重要道德觀。

10 方立天：「佛教自傳入中國始就以其漢譯的方式和儒家的專制宗法倫理相調和，可以說中國佛教倫理自始就帶有儒家的烙印，並且隨著歷史的演變，調和色彩愈來愈濃烈，到宋代以來佛教把孝尊崇到更加絕對和極端的地步，以迎合中國人的道德心態，真可謂是把佛教倫理儒學化了。」、「佛教以大慈大悲、利己利他為倫理道德的出發點，這種道德訓條和儒家的『惻隱之心』、『性善論』相遇，和中國的國家本位與民本思想的文化傳統相近，因而在歷史上影響頗大。」見氏著：《中國佛教文化》，頁236、237。

11 范文瀾：「儒家談孝道，深入人心，誰敢倡異議，必然要受到譴責。佛教卻別有說法，佛書說，『識體（靈魂）輪迴，六趣（地獄、餓鬼、畜生、阿修羅、人間、天上）無非父母，生死變易，三界「一欲界──上為六欲天，中外人世，下為地獄。二色界──在六欲天之上的天。三無色界──在色界之上的天，守五戒的人轉生人間，行十善的人死後生天上為天人」孰辨怨親』。」見氏著：〈禪宗──適合中國士大夫口味的佛教〉，《儒釋比較研究》，頁132。

統與倫理的需求。[12]原始佛教是以輪迴、業報、地獄觀作為違背信仰的懲罰，認為行善就可以得到福報。後來佛教引用儒家的倫理觀，道德性便加強。佛教嚴守戒律，卻也積極在倫理道德方面向儒家靠攏，[13]主要根源在於若佛教要深入民間世俗，以吸引信徒，廣納百眾，則無法迴避中國人當時已經根深柢固的儒家意識。所以，在接受的同時，必定要對戒律與修行方式進行修正，已符合整體理論架構。[14]

基本上儒家和佛教的原始教義是互相衝突的，儒家重視的是人事而佛教重視的是解脫，[15]兩者在理論有著本質上的差異。佛教是為了在中國求生存才會和中國本土宗教融合，在傳播上也才能順遂

---

12 佛教為了求生存吸收了儒家「慎終追遠」的觀念，所以後代有佛教的超渡儀式並成為中國不可或缺的安魂儀式，甚至為了救度七世父母而有「盂蘭盆法會」，還有非常多的佛教經典講述「孝道觀念」。見方立天：《中國佛教文化》，頁216。

13 佐藤達玄：「特別是在中國的社會裡，重視以禮教建立社會秩序，視『禮』為人行為的準則，認為守禮是社會的基本道德。根據《詩經．大雅》〈既醉篇〉及〈抑篇〉，人的行為必須有威儀節度，而威儀是從內在的德養流露出來的。所以，佛教若要進入這麼重視威儀的社會，出家沙門在強調佛法尊嚴的當下，所宣說的佛教倫理觀，就勢必要以尊重中國倫理並嚴守戒律為基本了。」見（日）佐藤達玄著，釋見憨等譯：《戒律在中國佛教的發展》上冊（嘉義：香光書鄉，1997年），頁27。

14 嚴耀中：「當佛教要在中國社會站住腳跟而鼓吹佛法即是世間法或提倡人間佛教時，勢必亦將戒律格義到與世俗規範相符合，為建立合適的僧制張本。……因此從某種角度講，世俗化和民間化就必定帶上儒家化。」見氏著：《佛教戒律與中國社會》，頁112。

15 方立天：「佛教卻不同，它視人生是苦根，人間是苦海。認為這種苦痛根源於自身的思想、言論和行為。佛教的人生理想在於解脫，也就是要觀察、反思自身的痛苦，採取一套解除痛苦的修持方法，以超脫世俗世界，進入涅槃境界。所以儒家重人事，重現實，佛教重解脫，重出離。」見氏著：《中國佛教文化》，頁220。案：儒家重視人的生命格局的開拓，也就是實踐五倫的人際關係；而佛教卻認為人生是苦，它主要是要觀察人生的痛苦藉以超脫世界進入涅槃。

進行，不會因為觀點或意識型態差異過大而遭到強烈反對。佛教的中國化傾向與變化，在擬話本中可以發現其調適的範圍與力道之大，使其能成為影響重大的宗教信仰。

佛教這種「融合」的包容性，有主動也有被動，在實踐與理論上都是如此。如中國人熟知佛教的「輪迴業報」思想，在中國傳統的「善惡報應說」以及道家的「陰陽五行說」為基礎上，順利為民眾所接受。

比較有意思的是，道教面對佛教的壓力所採取的作為。道教在東漢末年發展以來，挾著繼承歷史傳統文化的觀點與本土的優勢，發展得相當迅速。不過在魏晉南北朝時期，道教遭遇到佛教的挑戰。在宗教理論層次上，佛教在魏晉南北朝不斷透過佛教經典的譯介，逐漸取得在學術上的一定地位。道教此時或許迫於佛教理論的壓力，也於此期積極推演、發展自身理論。除了宗教理論之外，如何擴充理論也是宗教發展與生存的一大問題。道教面對佛教的方式不是排斥，而是積極取用、融合。所以，佛教宣稱的神通等可以吸引民眾注意的說法，道教很快地在神通方面進行多元化發展。其實，道教本身的理論中就存在「仙人」的說法，只是這些「仙人」所展現的是一種因循自然規則而得以長生、樂生的樣態。不過，自南北朝之後，道教的神通在宣傳上積極發展，成為道教宣揚時主要的重心。在擬話本中也可看到佛教影響到道教，佛教的「神通異變」吸引了道教，因此道教不僅在教義上積極擴展「神通力量」的種類與效度，更創造出許多神明信仰，以和佛教一較高下來吸引信眾。

道教為了擴展影響力，吸引更多的信眾，不斷吸收其他宗教或方術的觀點。其中，佛教的「地獄說」與輪迴因果等頗受民間歡迎，道教便直接援用概念，改換名稱，增加敘述與故事，並整飭有系統的神譜，模仿佛經的名稱創造道教經典，[16]徹底地吸收，進一步創化佛教的觀點為道教的主張。又如道教原本對情欲方面的禁忌不重，但是見佛教對情欲的戒律頗受民間肯定，因此便援引佛教的「色戒」來作為修行的基本道德功夫，強調「克制情欲」才能修行成功。然而就是因為道教隨意地吸收佛教的觀念與儀式，導致自己的教義非常混雜還和原始道家思想互相牴觸，因為原始佛教人生哲學和道教哲學是不同的。[17]道教的人生哲學是追求長生成仙，以長壽為樂；而佛教的人生哲學則以人生為苦，並將希望寄託在來世，這兩種思想是剛好相反的。[18]

道教可以說是繼承上古時期流傳下來的宗教文化思想，再加上較為深刻的學術論述，揉雜成影響深遠的道教。[19]在發展過程中，

---

16 葛兆光：「道教炮製的那麼多神仙鬼怪故事，用意就在於樹立道教在這個人、鬼、神世界中的中心地位。」、「道教的鬼神就有這樣一個整飭的譜系與結構。道教最早，也是最有系統的神譜，是南朝梁代著名的道教理論家陶弘景所撰的《真靈位業圖》。在這個神譜中，諸神秩序井然、有條不紊地各就各位，排成七個層次。」、「在道教徒所編的道經中，本來就已經有不少仿照佛經名稱，竊取佛教話頭的地方，像什麼《太上元始天尊說金光明經》、《太上元始天尊說寶月光皇后聖母孔雀明王尊經》、《太上真一報父母恩重經》，就是用的佛教《金光明經》、《佛母大孔雀明王經》、《父母恩重經》的名稱，而《元始天尊說無上內祕真藏經》則在內容上大量抄襲佛經……。」見氏著：《道教與中國文化》，頁57、191、390。

17 從道教的基本教旨來看，它追求肉身成仙不老不死，重視現實的利益，這和佛教出世的意義大相逕庭，道教直接否定死亡，認為人身難得，只有趕快修道成仙才能永保幸福快樂，不必等到來世再求解脫。

18 道教修仙的最終目標，是要追求個人生命和道的一體化，這是道教不同於世界其他宗教的特點。見牟鍾鑒、胡孚琛、王葆玹：《道教通論——兼論道家學說》，頁330。

19 較新的研究指出道教直接延續了仰韶文化（西元前5000-西元前3000年）以來的「神守傳統」（宗教社會實體），以至於在東漢初年部分地區，形成了以「鬼道教民」的政教合一組織。道教將道家最高經典《老子》納入其中，大大地提升

會吸收其他信仰與方術的思想或儀式，逐漸構成龐大卻混雜的體系，道教的包容性根源在此，但這也是它的侷限。[20]

整體來說，道教和原始宗教觀點的關聯性較強，例如吸收原始宗教的「靈魂觀念」，諸如鬼神附體、死而復生的觀念，以此來構築道教的靈魂世界，但這畢竟和道教原始教義只追求「長生成仙」的理念不同。「巫術」、「方技」是「道教」的源頭，[21]「道教」吸收了原始宗教對鬼神的信仰以及驅鬼、招魂等儀式，[22]中國這種原始的「巫教」在宗教傳入後，仍然以頑強的生命力在民間流傳。[23]

道教深信神仙是在這世上真實存在的，期望有一天能遇到地仙點化而白日升天或修道屍解成仙，明代擬話本也提供了這樣的想像空間，來滿足民眾對道教超越世界的嚮往，這樣的擬話本呈現符合道教的原始教義。道教的最終目標為成仙得道，但是成仙只是表象，重點在於成仙之後則可至「虛靈的境界」，超脫一切現實的羈絆，擁有真正灑脫自由的心靈。[24]

了道教的形而上層次，企圖強化道教在學術面與歷史面上的可靠性。請參閱吳銳：《神守傳統與道教起源》（臺北：東大圖書公司，2008年）。

20 金正耀：《道教與與煉丹術論》（北京：宗教文化出版社，2001年），頁3。

21 葛兆光：《道教與中國文化》（臺北：臺灣東華書局，1989年），頁203。

22 劉鋒、臧知非著：「巫術在古人社會生活和文化生活中廣泛的滲透性，使其與道教結下了不解之緣，成為道數神仙信仰形成的一個重要方面。」見氏著：《中國道教發展史綱》（臺北：文津出版社，1997年），頁15。

23 參考劉正平：《宗教文化與唐五代筆記小說》（上海：復旦大學中國古代文學研究所博士論文，2005年），頁69。

24 李杜：「道教的『淨土』是超現世的『虛靈的境界』，人要達到此境界須信奉《道德經》所說的宗教神性義的天道，《太平經》所說的有一定意志而關懷世人的天，信奉老子為太上老君，其與元始天尊、寶靈天尊同為至高的神靈，而拈香禮拜所說的諸神靈，而持戒守律以修行。達到此境界的人即由『與人為徒』而『與天為徒』，由塵俗的現世而至脫離塵俗的超現世而成仙、而成真人、神人。佛教以『清淨的世界』成佛為佛教徒最後歸向的所在；道教則以『虛靈的神通或是不老只是一種附加的超越能力，本身不具備宗教上的優位意義，然而擬話本所表現的道教義理卻不是這樣，將「成仙」列為首要目標，而「心靈」的層次反而較不重視，某種程度而言，這是違反宗教目的的。道教混合著儒家的倫理觀及佛教的因果業報思想，以《功過格》和《勸善書》在民間流行。[25]整體而言，道教混雜過多，無法在擬話本中顯現它真實的教義。

基本上，三教在歷史過程中是互相鬥爭互相融合的，[26]如佛教的禪宗、道教的全真道、宋代新儒學都是三教融合的產物。[27]如明代王陽明的「致良知」學說，有學者以為此與道教的內丹修煉思想不無關係。[28]

境界』、成仙為道教的最後歸向的所在。」見氏著：〈宗教的淨土與哲學的淨土〉，《人間淨土與現代社會（第三屆中華國際佛學會議中文論文集）》（臺北：法鼓文化事業公司，2003年），頁28。

25 卿希泰、唐大潮：「蘊涵著儒家倫理學說和佛教因果報應思想的道教倫理觀，隨著《功過格》和《勸善書》的流行，在明代社會各階層中打下了深深的烙印，影響著人們的心理和行為，現實人生中人們無法靠人力圓滿解決的問題，如送死迎生、祛病消災、延年益壽、功名富貴、祈晴禱雨等等，都被寄之於神靈。道教神祇的神廟星羅棋布於鄉間小鎮，遠達少數民族聚居的邊寨山區，從另一個側面反映出道教對明代社會的影響。」見氏著：《道教史》，頁331。

26 洪修平：「佛教在中國的傳播與發展，始終與中國固有的以儒道為代表的思想文化處在相互衝突和相互融合的復雜關係之中，儒佛、道三教在衝突中融合，在融合中發展，這構成了漢代以後中國思想文化發展的重要內容。」見氏著：〈儒佛、道三教關係與中國佛教的發展〉，《中國佛教與儒道思想》，頁329。

27 劉笑敢（Liu Xiaogan）：「佛教禪宗在唐代發展和新儒學在宋代出現一樣，全真道的問世也是三教，也就是道教、佛教和儒教相互作用和影響的結果。儒、佛、道是中國文化的三種主要潮流，它們從問世的那一天起，就相互爭鬥和彼此影響。然而，在中國歷史上從來沒有出現過宗教戰爭。三教之間也有一些衝突相當激烈，但是都被政治的力量平息了，三教之間的主要關係是相互影響和彼此吸收。禪宗、新儒學和全真教都是三教合一的產物。」見劉笑敢（Liu Xiaogan）著、陳靜譯：《道教》（*Taoism*），頁110。

28 卿希泰、唐大潮：「明代中葉出現的大理學家王陽明的學說，對後來的社會影響外來的佛教為何可以和本土的儒、道教鼎足而立，最主要的原因便是佛教對人生死問題的討論與關注彌補了儒、道二教的不足。[29]在佛教進入中國以前，原始宗教以為魂魄離體而存於形上世界，儒家對於死亡的問題僅有儀式，道教則以為除了成仙之外，生命無法延續。也就是說，佛教進入中國之前，中國人對於死後的世界只能直觀地想像、猜測，並沒有一個具論理的系統。但是佛教進入中國後，其於死亡問題解析有相當的理論高度，也能夠在情感上說服民眾，因此發展迅速。

不過，就算佛教在死亡的理論方面特別高明，在發展過程中佛教並沒有取得絕對優勢的地位，三教的宗教理論也是互相融合、互補的。因為大致上中國民族在宗教上可謂具有寬容精神，任何宗教皆可並行不悖，雖有激烈爭議也不曾發生宗教戰爭。[30]如明代創立的「三一教」，以儒家思想為體系及佛、道思想為輔，對明代社會

頗大，而他的學說中，道教色彩十分濃厚，其『致良知』說，就融入了不少道教內丹修煉思想。王守仁有很多弟子，這些弟子在闡發其師的學說時，援道入儒，有的則兼習道教工夫。」見氏著：《道教史》，頁327。

29 洪修平：「外來的佛教傳入中國後，又是如何得以趕超中土原有的諸家學說而最終與傳統的儒、道並列為三，融而為一的呢？其重要的原因，也在於它具有一套獨特的人生哲學，以超越生死的眼光對人的『生從何來，死向何處』以及對現實的生老病死等問題作了探索，這在一定意義上彌補了傳統儒、道對人的生死問題關注或解決不夠的缺憾。」見氏著：〈儒佛、道三教關係與中國佛教的發展〉，《中國佛教與儒道思想》，頁370。

30 唐君毅：「然而中國卻是世界上唯一不曾經過宗教戰爭的民族（太平天國之戰，不能算宗教戰爭，因太平天國諸領袖，並非真相信基督教，不過藉基督教以推翻滿清耳），中國的宗教徒從來不曾用慘殺或流放的態度來對付過異教。中國民族可以說是世界上唯一富有宗教上寬容精神的民族。『道並行而不悖』，『殊途而同歸，百慮而一致』，自來便是中國一切宗教或非宗教徒共同的信仰。」見李建編：〈中國宗教之特質〉，《儒家宗教思想研究》（北京：中華書局，2003年），頁345。

影響深遠。[31]然而在融合過程中會出現互相矛盾的現象，這在擬話本中也經常出現。

第二節　宗教理想與修行的關係

由原始信仰轉變成宗教體系需要漫長的時間與歷史條件，轉變的過程中，追隨者不斷地建構與修補宗教教義，並且發展修行方法與儀式。理論上，宗教理想與修行方法必須密切結合，毫無矛盾。可以說宗教修行是為了實踐宗教理想，而宗教理想指導宗教修行。

在明代擬話本中，宗教理想與修行的關係論述的並不深入，也不完整。當然這是因為擬話本不是宗教書籍，而是具有商業考量的通俗小說，不必也不能在宗教理論上多所著墨。但是，在擬話本中提到的宗教理想與修行關係與闡述的現象，卻是民間通俗的認知與實踐，頗能反映宗教理想與修行關係在民間的實際情況。

擬話本中提到佛教的儀式性實踐，常常會出現「布施、持咒（誦經）」，這是佛教認可的修行。然而佛教修行的最高理想是為了「解脫生死成佛」，達到涅槃，成為超脫苦樂對待之相的超越境界。但是擬話本中，人們的「布施、持咒」修行，往往充滿了功利目的。另外，佛教的宗教義理是為了使信眾了悟「緣起性空」之理，但是「求心安」卻是民眾信仰佛教的重要目的。由此約略可知民間信仰佛教在教義與實踐上，有相當程度的衝突。

佛教的宗教義理是要「悟道」、「解脫生死」，然而擬話本反映一般民眾修行的企求是為了「神通」的降臨。雖然修行者也強調

31 卿希泰、唐大潮：「林兆恩創立的這個三一教，其教理教義以儒家思想為主體，以佛、道思想為輔助，在『歸儒宗孔』的立教基本宗旨下合三為一，三一教面世後，發展很快，在民間產生了很大影響。」見氏著：《道教史》，頁329。

「布施」的虔誠，但是「布施」的目的既然是為了在現實生活中有所「福報」，則不符合佛教教義為了「慈悲」之發顯而「布施」的本意。[32]民間普遍認為布施可以「贖罪」，所以勤加為善，祈求免於懲罰。如〈梁武帝累修歸極樂〉中，「轉世輪迴」概念是故事核心。梁武帝因為不斷念經修行，所以累世增上生。話本呈現的集體意識是人們可以經由修行得到福報，甚至可以獲得榮華富貴，還可以選擇自己的生死，本篇故事中的黃復仁及其妻在坐化前還可以事先拜別親友。[33]

佛教所強調的宗教實踐，便是要明心見性、了脫生死，這是宗教的理想。要達到這種宗教理想必須有修行或是條件的配合，也就是說，理想必須有修行方式來實踐。佛教的修行方式相當精密，不僅在實踐上各宗派山門持論不一，在過程中也有相當的難度。但是一般民眾對於「明心見性」的宗教實踐修煉問題不是很感興趣，對各宗派的法門了解也不多，但是對可以「了脫生死」，坐化而去的現象卻非常崇拜。對民眾而言，「坐化」是一種神通的展示，但是擬話本中不會提到如何才能修行到「坐化」的境界，它只是宣告著忠實地信仰宗教，或許就可以擁有超越凡人的際遇。

帶有功利目的的「布施行善」行為在擬話本中相當常見，甚至

---

32 鄔昆如：「佛教教義的『苦難觀』以及救苦救難的宗教『大慈大悲』精神，同樣以『慈悲』的實踐為教規積極的一面（消極面的『出家』、『出世』為教規的表層），落實到社會的具體生活；也由『慈悲』的佛心，廣設各慈善事業機構，以落實救苦救難的精神。」見氏著：《宗教與人生》（臺北：五南圖書公司，1999年），頁103。

33 馮夢龍：「夫妻二人拜辭長老，回到西莊來，對養娘、梅香說：『我兄妹二人，今夜與你們別了，各要回首。』養娘說道：『我伏事大官人小姐數載，一般修行，如何不帶挈養娘同回首？』復仁說道：『這個勉強不得，恐你緣分不到。』」見氏著：〈梁武帝累修歸極樂〉，《喻世明言》（臺北：桂冠圖書公司，1992年），卷37，頁574。

可以說擬話本中反映出人民對宗教的禮敬情形，背後多多少少帶有功利色彩。如〈呂大郎還金完骨肉〉入話中，故事中金員外之妻單氏因年過四十膝下猶虛，所以將自己的金銀珠寶布施給寺廟的老僧，希望菩薩可以保佑她早生貴子，後來果然連生二子。[34]在古代年過四十要懷孕可以說非常困難，若非佛菩薩的神力怎麼可能連生二子，這是佛教神通的一種展現。然而仔細觀察這樣的祈求帶有「功利」色彩，是人和神明之間的一種利益交換，不是佛教的本義，傾向原始宗教利益互相報償的原則。另外，由追求目的來看，拜佛之用心應該是追求超脫生死，甚至超越輪迴，不該執著於今世。但是民眾拜佛的願望就是在今世能夠滿足欲望，具有顯著的現實考量。

另外，一般民眾對佛教的「超渡儀式」非常投入，因為超渡可使靈魂升入天國，[35]但是這種儀式和佛教教理「業論」相違背，業障應該自己償還，如何能夠通過別人的「超渡儀式」得以免除罪障，這是擬話本中呈現的修行方式──「超渡」和原始佛教教義互相矛盾的地方。如〈鹿胎庵客人作寺主　判溪里舊鬼借新屍〉中就有請僧人做入棺功德的情節出現。[36]

34 馮夢龍：「因四十歲上，尚無子息，單氏瞞過了丈夫，將自己釵梳二十餘金，布施與福善庵老僧，教他粧佛誦經祈求子嗣。佛門有應，果然連生二子，且是俊秀。」見氏著：〈呂大郎還金完骨肉〉，《警世通言》，卷5，頁52。

35 張榮明：「為什麼齋心誦經能升人天國呢？因為有了這樣的誠心和敬意，念誦神聖的靈書秘語，就能被神靈知曉，神靈就會來到人世間觀察，看到此人這麼真誠刻苦，就會把誦經人的事蹟記錄下來，稟告元始天尊。得到了元始天尊的認可，神靈就會保舉此人成為神仙，進入天國，享受天國的快樂。」見氏著：《中國思想與信仰講演錄》（桂林：廣西師範大學出版社，2008年），頁133。

36 凌濛初：「里中有個張姓的人家，家長新死，將入殯殮，來請庵僧竹林去做入棺功德。」見氏著：〈鹿胎庵客人作寺主　判溪里舊鬼借新屍〉，《二刻拍案驚奇》（臺北：桂冠圖書公司，2001年），卷13，頁253。

在擬話本中處處可見「超渡」之故事，這種佛教修行方式已被民間濫用，成為一種具「功利」性質的形式，在意義上來說已經違背原始佛教教義。因為原始教義強調個人的業障必須自己償還，並沒有可以藉由外力協助還清的理則。更重要的是信仰佛教，並且依循其間的儀式與戒律是為了修行悟道，不是為了救度他人之用，這是佛教傳入中國後才轉變的思想，已違原始教義。擬話本中這種超渡的修行方式，最為人質疑的便是可經由「廣做佛事」讓壞人重複還魂，在〈遲取券毛烈賴原錢　失還魂牙僧索剩命〉的入話中就有這樣的例子。[37]

而佛教的「神通異變」也是民眾非常嚮往的，[38]此可讓佛教在中國土地上扎根更深，然而這已非原始佛教教義所強調的部分。一般民眾不在乎成佛與否，因為修行實在太難，他們只在乎不要得到「惡果」則可，也就是不想種下「不善的業」感得異熟的苦果，[39]

---

37 凌濛初：「他鄰近有個烏老，家資巨萬，平時好貪不義。死去三日，重複還魂。問他緣故，他說死後虧得家裡廣作佛事，多燒楮錢，冥宮大喜，所以放還。」見氏著：〈遲取券毛烈賴原錢　失還魂牙僧索剩命〉，《二刻拍案驚奇》，卷16，頁311。

38 李豐楙：「事實上，佛教在民問傳播而能深入，都有賴於一些通俗的教化。現神通力就是這種方便法門，為研究佛教發展史中不容忽視的事實。」見氏著：《誤入與謫降：六朝隋唐道教文學論集》（臺北：臺灣學生書局，1996年），頁331。

39 舟橋一哉：「業有『有漏』、『無漏』的區別，也有『善』、『不善』的區別；業所招致的異熟也有『樂』、『苦』的區別。因此，若將業和異熟這兩者組合起來，便會造成四種型態：不善業是黑（亦即不善）的，其異熟也黑（亦即苦），故稱之為『黑黑異熟業』，意指『此種業非但本身為黑，而且還會招致黑的異熟』；其他三種名稱所代表的意義，也可以用同樣的方式加以了解。」見（日）舟橋一哉著，余萬居譯：《業的研究》（臺北：法爾出版社，1988年），頁168。又正果法師：「惡業即十種不善業道：一殺生、二不與取、三欲邪行、四虛誑語、五離間語、六粗惡語、七雜穢語、八貪欲、九瞋恚、十邪見。善業即十善業道，就是遠離殺生，乃至遠離雜穢語、無貪、無瞋、正見。業以思為體，十善十惡有所造作共名為業，是思所游履故，通生苦樂異熟果故，故名為道。」見氏著：《佛教基本知識》（高雄：淨心文教基金會，1996年），頁194-195。

尤其是「墮入地獄」的恐懼，恫嚇力量十足。民眾對於奉行宗教的理由大致來說不是追求心靈境界的超脫，而是希望藉由崇拜的儀式或奉獻，積極地得到相對的利益，消極的驅避災害。「趨吉避凶」原是人性，這也是原始宗教意涵的重要構成部分。但是作為一個成熟的宗教來說，這不是強調的重點，也不是理論構建的主軸。然而對民眾來說，追利避禍這種樸素簡約的功利性目的，才是信仰宗教的主要原因。他們也相信，宗教能帶給他們利益，幫助他們規避災難，如此，心情自然會平靜。

擬話本經常提到「消罪障」的方式是「懺悔」[40]，也頗引人深思；更有甚者是以「抄經」的方式來消除罪障，而「讀經」也成為修行的方法，「講經」則成為度生的方法，可見經典對佛教修行人的重要性。[41]

人民能夠接受修行方式的簡化，因為在實踐上較為便利，不會有太多的負擔。但是它的效力和原始佛教教義是否吻合，需要進一步思考。佛教強調所有業障必須自己承擔，而且可能會在來世感惡果，可是在擬話本中出現懺悔、超渡、抄經、布施等修行方式竟然可以將業障一筆勾銷，這和業障需要自己承擔的佛教理論有部分矛

---

40 方立天：「懺法是佛教徒自我修行的一種重要方法，是通過念經拜佛來懺悔以往所犯罪業，後並發願以後積極修行、永不退轉的一種宗教儀式。」見氏著：《中國佛教文化》（北京：中國人民大學出版社，2006年），頁41。又達賴喇嘛（Dala Lama）：「懺悔。對於身體、語言及意念由於傷害的欲望所造成的無量惡行，我們都有責任。用一種完全不隱瞞的精神，對自己所做的事生起懺悔的感覺，這些行為就像是讓自己吃了毒藥一樣。同時許願未來不再做這些行為，就算犧牲自己性命也不做。」見達賴喇嘛（Dala Lama）著，丁乃竺譯：《修行的第一堂課》（How to practice: the way to a meaningful life）（臺北：先覺出版公司，2002年），頁95。

41 見宋珂君：《明代宗教小說中的佛教「修行」觀念》（北京：中國社會科學出版社，2005年），頁41。

盾。另外，佛教各個宗派山門對於修行方式各有執著與側重，這牽涉到對佛教教義的理解問題。但是由擬話本提到的民間修行情況來看，哪一種宗派並不重要，只要它的修行法門簡單易懂，不需要高深的知識與儀節，那麼它就是被接受的修行法門。或許在宗教僧侶間，修行法門的選擇關係宗派的大義，但是在民間，各宗派主張的修行法門都可以兼修同用，這並不妨害他們對佛教的信仰。

以道教而言，道教的理想是要「超越現實」成為神仙及「長生不老」，[42]可是擬話本反映一般民眾希望不勞而獲，所以「遇仙成仙」或者是「服丹藥成仙」的故事屢屢出現。[43]人們並不想腳踏實地的「靠自力內修成仙」，雖然這才是正確的修行之道。[44]百姓渴求道教「降妖伏魔」的法力，希望以此解決現實。然而道教的終極理想時是為了「超越現實」，這和民眾需要的「解決現實」是互相矛盾的。道教修行者往往勤練「降妖伏魔」的法力，並且隨時展現這種能力。民間許多人士對於這種能力深信不疑，遇到某些無法解釋的現象時，並會祈求道教的法力能為他們平息怪異的現象，以求生活回到常軌。

道教「修道成仙」、「服丹藥」的修行方式和其宗教理論是契合

42 劉笑敢（Liu Xiaogan）:「道教最突出的貢獻是肉體成仙的信仰和長生不老的希望。道教的兩個最基本的理念，一是個人成仙或長生不老，二是社會和諧太平。」見劉笑敢（Liu Xiaogan）著、陳靜譯:《道教》（*Taoism*）（臺北：麥田出版公司，2002年），頁120。

43 蕭登福:「吃長生不死藥、餐食玉英，是借助於外力以造就自己；不必經由繁瑣艱鉅的自己修煉，便可羽化成仙；因此便成為想企求長生而無暇與無耐心自行修煉之帝王所喜愛。」見氏著:《先秦兩漢冥界及神仙思想探原》（臺北：文津出版社，2001年），頁205。

44 蕭登福:「內修之方式有活淡無欲、導引吐納、食氣、禁咒、存思及辟穀等。大抵不外於去情欲、調呼吸（導引、吐納等）、禁食（辟穀）及觀想（存思）四者。」見氏著:《先秦兩漢冥界及神仙思想探原》，頁321。

的，有無效力或是能否經得起檢證是另一個問題。理論上，儒家的道德觀「仁、義、禮」和道教依循的「抱樸守真」之道家思想衝突，[45]道家對於儒家所持的道德觀並不認同，相反的，還持批評的態度。道家認為儒家「仁、義、禮」的道德會讓人被俗事深深牽制，有礙「為道日損」的修養契機。但是現實中道教徒大多對儒家道德觀奉行不悖，這是道教發展過程中，道教教義構建菁英們為了解決現實問題，而改變道教的原始教義。但是道教只是簡約地主張吸納「仁、義、禮」的儒家倫理道德，成為道教認可的道德觀。但是，如果將「成仙」視為宗教之理想與目的，則儒家的道德觀將成為擺設。在「長生成仙」是道教最高理想的前提下，[46]倫理道德或許是可以被尊重，但絕不是可以達到最高理想的手段與方法。

道家哲學要求「自然無為」，而道教徒卻重視「長生不死」，這兩種觀點是相反的，這也是理想與實踐修行無法契合的地方。[47]道教本來就具有強烈的現實性趨向。也就是說，若道家談的是精神層次，那麼道教則是強調現實生命層次。簡單地說，精神的高尚是道家的追求，但是道教追求的是現實生命無限的延伸問題。在擬話本

45 劉笑敢（Liu Xiaogan）：「道教還從道家哲學中吸取許多概念和觀念，例如「道」、「氣」、「天」、「德」、「自然」、「無為」、「坐忘」和「真人」等等。在道教的經典，諸如《太平經》、《抱朴子》以及後來的著作中，引自《老子》或《莊子》的文句和概念隨處可見。」見劉笑敢（Liu Xiaogan）著、陳靜譯：《道教》（*Taoism*），頁33。

46 洪修平：「對道教來說，效法自然而追求長生成仙畢竟是其始終不變的終極理想和目標。道教並不認為忠孝仁義能實現理想，它只是把忠孝仁義視為實現人生目標的必要手段之一而已。」見氏著：〈論儒道佛三教人生哲學的異同與互補〉，《中國佛教與儒道思想》（北京：宗教文化出版社，2004年），頁381。

47 劉笑敢（Liu Xiaogan）：「道家哲學對生死的超然態度反映了道家哲學的主要原則，這就是自然和無為。與此相反，道教卻把長生不死的可能性與重要性視為其核心的原則。」見劉笑敢（Liu Xiaogan）著、陳靜譯：《道教》（*Taoism*），頁35。

中可以發現，百姓關心的不是道教的「境界」問題，而是「效用」問題。也就是說，道教最終的理境是超越現實，但是百姓要求的卻是解決現實問題，似乎又往現實層面更拉進一步。在三教之中，道教最為主張神通，這也是其宗教顯著的特色。歷經發展之後，道教代理人無一不宣揚神通。民間面對道教不見得關心能否藉由道教得到神通能力，這是宗教代理人要關心的問題。簡言之，求道之人得神通，百姓則求有神通之人以救現實之困。

道教在漢代開始創立，發展至魏晉時期出現許多傑出的人物為道教構建理論系統，其中葛洪無疑是道教發展上的重要人物之一。葛洪主張成仙的關鍵在於「形神相依」，積極地將道教由信仰轉向宗教，並且提出許多道教的基本理論，成為道教的重要觀念。葛洪明確地提出道教的最高理想是脫凡成仙，並且提出明確而有系統的修行法門，這些都為後來的道教所吸納。[48]由於葛洪深受儒家影響，因此他的理論摻雜儒家的道德色彩，直接影響後來道教對於道德的要求與儒家觀點頗為相近，讓道教的道德論幾乎被儒家所占據。[49]由此，某部分道教人士宣稱道德為邁向最高理想的必備條

48 劉笑敢（Liu Xiaogan）：「葛洪自稱抱朴子，他留下了兩本書：《抱朴子內篇》是闡述儒家學說的，《抱朴子外篇》則是闡述道教的理論。」見劉笑敢（Liu Xiaogan）著、陳靜譯：《道教》（*Taoism*），頁77。又見卿希泰、唐大潮：「東晉道士葛洪為官方道教奠定了理論基礎，他在《抱朴子》一書中，竭力攻擊民間的原始道教，為迎合統治階級的需要，從理論上對道教長生成仙思想加以發展和改造，提出以神仙養生為內、儒術應世為外的主張，將道教的神仙信仰系統化、理論化，並將其與儒家的綱常名教相結合，提倡道教徒應以儒家的忠、孝、仁、信為本，否則，雖勤於修煉，也不能得道成仙。」見氏著：《道教史》（南京：江蘇人民出版社，2006年），頁425。

49 葛洪的修道是以儒輔道的，因此在其理論中修道成仙的終極理想，其先決條件與達成理想後的一切作為之倫理道德，皆與儒家一致。此問題可參見王利器：《葛洪論》（臺北：五南圖書公司，1997年）、林麗雪：〈抱朴子內篇思想析

件。當然這種說法並不是道教的核心，它們論述的重點仍擺在內外道的修煉上。

道教在儀式與操作層次上，不僅吸納原始宗教，[50]也自行發展許多儀節，面對外來的宗教儀式並不排斥，反而加以吸收，於是道教成為所有宗教中儀節種類最多，進行程序多元的宗教。尤其道教在發展過程中，與密教及地方信仰交流密切，因此在儀式上吸納許多繁複而特殊的法門與流程，這點也是道教顯著的特色。[51]不過也正因為如此，道教儀式的多元成為發展上的一種困境，因為儀式多元往往代表著混亂，甚至有矛盾產生，讓許多有識之士心生疑惑。但是民間對道教的儀式的接受度相當高，多元的儀式往往代表著處理問題的多元能力與強烈的針對性。

擬話本中追求成仙的道教故事多在宣揚由凡人進階為超人的傳奇經歷，對於其間修行的過程並不是宣揚的重點。這類故事往往強調修行過程中即掌握部分神通大能，可以為百姓除去鬼魅妖孽。雖然「降妖伏魔」的神通不是道教教義特別強調的部分，但是對百姓來說修道之人的長生不老與自己的關係不大，能不能解決自己遭遇到的禍患才是關心的重點。

論——葛洪研究之二〉，《國立編譯館館刊》第7卷2期（1978年6月）、王宗昱：〈評葛洪論儒道關係〉，《孔孟月刊》第31卷5期（1993年5月）。

50 劉鋒：「在我國古代的原始社會，就曾出現有自然崇拜、圖騰崇拜、鬼神崇拜和巫術、占卜等之類的現象。這些是隨著氏族制的形成而產生的一種最早的宗教形式。在我國的古籍中，如《山海經》等關於這方面的記載頗多。其中包括龍、蛇、牛、馬、羊、豬、魚、狼、熊、鷹、蜂、雲、雷、星等圖騰名稱和儀式活動。」見氏著：《道教的起源與形成》（臺北：文津出版社，1994年），頁3。

51 黃心川：「這兩個宗教（道教與密教）有著長期的交流的歷史，無論在教義和修持實踐方面有著很多的相似之處。……道密相攝不僅表現在教義內容方面，也表現在符咒、禮儀、巫祝、印法、名相、咒聲等等方面。」見氏著：〈道教與密教〉，《中華佛學學報第》第12期（1999年7月），頁205、216。

擬話本中提及道教「濟世修道」的教義，有部分是受到儒家及道家的影響，[52]道家的「養性修道」說和儒家的「復性說」成為道教的修行必要功夫。雖然道教的理論基礎沒有佛教嚴謹，但是它的終極目標是為了「修煉成仙」其修行方式卻依照儒家的道德標準，這又是矛盾的地方。在這點看來，民間對儒、道的接榫並沒有太大的困難。另外，道教以十八層地獄的描寫加深人民行善的動機，只是經由道教改造過的地獄有閻王審判，由於道教宣揚頗具形象特徵，因此這類的觀念深入人心，成為道教著名的懲罰機制。

在擬話本中反映人們對「去情欲」、「持色戒」有著無法突破的困境。擬話本訓誡人們要持「色戒」，卻難以提出「去情欲」的具體方法。人民對此當充滿無奈與疑惑，因為「飲食男女，人之大欲」是人們的基本需求，且連宗教代理人都無法去除七情六欲，又如何教凡夫俗子忍情去欲？宗教高深的修持方法──「白骨觀」並沒有在擬話本中出現，反而出現極多宗教代理人「去情欲」失敗的例子。

如〈奪風情村婦捐軀　假天語幕僚斷獄〉的入話就有寺僧偷情而怕東窗事發，殺人滅口的故事，[53]這位修行者不但犯了「色戒」

---

52 李小光：「為了能夠使社會重新變得更加和諧，使人類重新能夠與天地和光同塵，那麼，人類應努力通過種種手段修煉自己的心性，而道家所提出的種種修煉手段，則為後世道教所繼承並不斷發揚改進，終而至於成為道教神仙信仰一以貫之的理論方向。」、「與早期道家對文明的質疑態度相反，《太平經》充滿了源自儒家的『仁義』、『忠孝』等道德倫理說教，明白表達出與儒家的妥協。」見氏著：《生死超越與人間關懷──神仙信仰在道教與民間的互動》（四川：巴蜀書社，2002年），頁55、170。

53 凌濛初：「挽著鄭生手進房，就把門閂了，床頭掣出一把刀來道：『小僧雖與足下相厚，今日之事，勢不兩立。不可使吾事敗，死在別人手裡。只是足下自己悔氣到了，錯進此房，急急自裁，休得怨我！』」見氏著：〈奪風情村婦捐軀假天語幕僚斷獄〉，《拍案驚奇》，卷26，頁378。

還犯了「殺生戒」，是宗教代理人「去情欲」失敗的典型例子。也正因如此反映出婦女進出寺廟是否合宜的問題，然而婦女是佛教最基本的信眾，若沒有婦女的布施，佛寺將無法生存。[54]可是品德有瑕疵的修行人，真的是「醉翁之意不在酒」，除了需要婦女的金錢布施之外，這些修行者還貪戀婦女的美色，這樣的歷史反映在明代擬話本中，使我們看到明代社會的宗教亂象，導致宗教義理與實際修行無法契合，當然也有人持「人間佛教」的看法，認為修行不是只有在深山中，要在俗世修行守戒，但擬話本的故事證明這對修行者而言是殘酷不可行的考驗。當然這些故事並非詆毀宗教，或是否定宗教的功能。主要除了述奇之外，也反映出人們對於宗教代理人並非盲從，而是有一定的判斷標準。當然，這類故事中為非作歹的宗教代理人下場悲慘，這也宣揚了善惡有相對性報償的觀念。

整體而言，儒教在擬話本中表現的修行方式和其原始的理論是相契合的，包括「孝道」與「仁義」之道的實踐並遵守五倫的道德規範，但「忠」這個德目卻已由原始理論——「盡己」之義衍生為「忠君愛國」之義，因此我們看到擬話本為統治者服務，宣揚盡忠報國思想以安定社會，然而要為君主獻上寶貴的生命，並非一件容易的事，百姓只是在其意識中認定「忠君」是良好的德行，卻不一定實踐。有趣的是，不是儒家原始理論的「忠君愛國」思想，卻被佛、道二教視為重要的修行德目。

另外，孔子所言「敬鬼神而遠之」及「子不語怪力亂神」論，在擬話本中卻不一定被信仰，多數人對於鬼神還是抱持著「寧可信

---

54 嚴耀中：「其實婦女是佛教的一個最基本群體，信佛的婦女數量眾多，她們往往是寺院的重要施主香客，如果對她們敬而遠之，拒之門外，那麼就很難得到其施捨，故斷女人入寺，簡直如斷寺院香火。」見氏著：《佛教戒律與中國社會》（上海：上海古籍出版社，2007年），頁116。

其有，不可信其無」的態度暗中崇拜。儒家所強調追求道德的根源力量來自於人心與天理俱明的動力，並非「鬼神」的恫嚇。儒家主張發顯本心的良知良能，在宋朝之時受到佛教與道教的擠壓，構建系統性的形上學理論，對個體為善的動力根源做出相當完善的解釋。[55]明代流行王陽明的「致良知」學說，雖說直承孟子之說，[56]但是在根源上是承襲宋代的理學發展成果。明代雖說不見得是王陽明之學的天下，但是其強烈主張以良知良能去行仁義之道，加上王學門人熱衷民間講學，所以王學觀點在民間還是有一定的影響力。

儒教並沒有給人民太多對「未知的神祕世界」之解釋，導致民眾轉而向外來宗教或本土原始宗教尋求解答，在一知半解的情況下奉行宗教代理人宣揚的教義，即便是儒者也不能倖免，在許多經典之外的筆記，都記載這些儒者對鬼神文化採取曖昧承認的態度。雖然「子不語怪力亂神」來自於神聖的經典，但是實際上儒者並非將之當作一成不變的教條。另一方面，佛教的理論體系完整，吸引更多代表菁英文化的讀書人信仰佛教，儒佛相互影響的情況唐、宋便開始積極發展。然而道教在士人階層並無法取得核心地位。就民間而言，道教的吸引力極為巨大。道教的「神通」及運用原始宗教的「巫術信仰」，成為百姓信奉道教的重要基點。菁英文化與平民文

---

55 傅佩榮：「至宋代而新儒家始興。新儒家深深感受到道佛二教的實際影響固然來自民間信仰，但是他們的概念思辨與理論架構自有一套嚴密體系，可以貫通人生與宇宙的整體，則更是值得重視的特色。新儒家乃重新詮釋儒家的經典，並且參酌道佛二家的優點，希圖可以由分庭抗禮，進而維持儒家思想的卓越地位。」見氏著：《儒家哲學新論》（臺北：業強出版社，1993年），頁36。

56 南炳文、何孝榮：「王守仁把《大學》的『致知』和孟子的『良知』結合起來，提出『致良知』。他說：『吾平生講學，只是致良知三字』，認為『致良知』是『學問大頭腦』，『千古聖聖相傳的一點真骨血』。」見氏著：《明代文化研究》（北京：人民出版社，2006年），頁253。

化的差距於此顯現：宗教理論只有菁英分子具備深入了解的能力與意願，百姓只關心宗教實踐上的功利性問題。

原始宗教的功利性傾向在百姓身上顯現得淋漓盡致，人們渴望具有「通神」的能力，藉由交感神靈祈求福祉。[57]所以反映在擬話本中的宗教修行者都嚮往「通神」的能力，但是對於獲取這種能力的付出，並沒有艱苦的修行過程，更多的是「利益交換」下的祈求回報。

擬話本故事往往表明三教的道德觀通常依循儒家「利他」原則，然而佛教的終極理想是在「未來世」，而道教的「修仙」是為了「利己」。但是佛教與道教吸收儒家「利他」觀點於宗教理論中，佛教將儒家的「行善說」改裝為「善有善報」，道教則以「濟世成仙」承繼儒家的「行善說」，在佛、道二教的原始教義是沒有「善有善報」及「濟世成仙」的說法。儒家的「行善」是出於原本的良知良能，和佛、道二教有目的之「利他」——為了「善報」及「成仙」是不同的，然而佛、道二教還是以儒家的「利他」作為修行基礎，這是擬話本中三教教義混雜的地方，既然宗教教義已混雜，修行方式也是混雜的，得出的宗教理想也非原始面貌。

儒、釋、道三教合一的最主要思考是肯定三者有共通的宗教精神，[58]這種精神就是面對人與事時以善為出發，以善為終結的至善

---

57 鄭志明：「靈感思維不只意識到靈神的存在，重點在於人與神是相交通的，人感應了神的超越存有，神對應著人的需求而來，一般民眾渴望著隨時都能與神靈直接交往，可以經常交感神明，能夠祈求福祉與趨吉避凶。」見氏著：《臺灣傳統信仰的宗教詮釋》（臺北：大元書局，2005年），頁36。

58 鄭志明：「儒、釋、道等三教思想在傳統社會的相互消融，逐漸建立三教合流的共同趨勢，肯定三教哲理有其共通的宗教精神，蘇澤養在其『天經寶卷』云：『二十八宿皆為定，二十四氣按乾坤，先出三皇與五帝，三教原來共一門。』但是一般民間宗教的三教合一，不是偏重在思想的會通上，而是契求無上的神

觀念。但是，三教合一在理論上難以建立，因為三教最終的理想有不同的向度，無法調和。然而，三教合一對民間來說不是理論問題，而是一種實踐的經驗。尤其以「行善」之觀念統合三教，成為民間對宗教思考的重要特點。在擬話本中儒、釋、道三教的宗教修行方式最大相同之處在於強調「行善」。行善應是「儒家」的原始理想，佛教的積極意義是在未來世，顯然佛教受到中國儒家的影響才有這樣的宗教教義；又道教重視「濟世行善」，這是道教明顯受到儒家的影響，道教的修仙是為了「利已」而不是利他，降妖伏魔也是為了「利已」可以成仙，這是後代道教受到中國文化的影響而產生「濟世行善」的教義。

擬話本的宗教概念膚淺，它的「實踐」與「目的」無法調和，也就是「宗教理想」和「宗教修行方式」無法調和，讀者認識粗淺，作者為了遷就讀者必須如此寫作，宗教可以說是被利用的工具，擬話本是一種娛樂小說，以「神通」作為手段，使民眾對「超自然力」有所幻想，[59]即便是儒家也會對「超自然力」有所期待，例如儒生會有「卜卦」的行為。

擬話本反映出宗教在民間的困境，就是理論與信眾的需求落差問題。真正的宗教理想可能不是民眾所需要的，所以在擬話本中的宗教理想在作者與讀者的期待中被改裝。按照道理，宗教的最高教

明權威，賦予生命解脫的永生福報，如詩云：『一點靈光升天去，成仙作神免生死……。』見氏著：《中國善書與宗教》(臺北：臺灣學生書局，1988年)，頁219。

59 詹鄞鑫：「人們之所以會把某些『力』稱為『超自然力』，通常並沒有什麼很嚴格的標準，只是根據其神秘性來判定而已：凡是主觀上感覺神秘的就是『超自然力』，否則便是『自然力』。問題在於，所謂『神秘性』只是按照個人的常識來衡量的，同樣沒有什麼科學的標準，而帶有強烈的主觀色彩。」見氏著：《心智的誤區——巫術與中國巫術文化》(上海：上海教育出版社，2001年)，頁58。

義不容違背，否則宗教則無以為宗教。但是在實際操作上，宗教往世俗傾斜的角度越來越大。由擬話本中可以看到民間認知的宗教代理人所扮演的角色不是心靈的導師，而是宗教儀式與技術的操作者。所以擬話本中書寫的「宗教修行」方式有時會顯得沒有意義，因為這和宗教的原始教義已互相悖離，它無法帶領修行者達到最高的宗教理境，甚至會誤導修行者正確的修行觀念。

第三節　擬話本的操作層次

擬話本的操作已不符合原始的宗教教義，亦不符合後來發展的宗教教義，因為擬話本所反映的民間思想「簡化」了宗教的原始教義。「佛教中國化」衍生出的「教義」與「實踐原則」在民間「簡化」。

宗教團體或代理人之所以會對教義與儀式進行「簡化」，主要是為了符合民眾需求。當然民眾接受宗教信仰的同時，也僅能簡化或是部分取用宗教之觀點或儀式。然而，上層菁英與下層民眾對宗教的認知有很大的差距，佛教與儒教的「辯證」要到魏晉南北朝才有，例如：「神滅論」與「神不滅論」的爭辯，但這僅止於上層菁英文化才會對形上學有所思考，屬於「神學」的部分；而平民百姓只依賴宗教代理人的指示，屬於「神教」的層次。

擬話本對於民眾「成仙成佛」具有保證性，但是修行過程過於「簡化」與「功利化」。擬話本是如何達成理論的，也就是作者如何操作擬話本，整體而言，擬話本的宗教理論過於簡化、弱化，不符合原始的宗教教義，它的修行過程簡化是為了特殊目的，也就是民眾的需求。佛教基本教義可以概括成三法印，[60]可是佛教中國化後，它的修行原則被簡化，只守「三法印」其中一法印——「涅槃寂靜」，也就是只相信「轉世輪迴」，佛典強調人世本「無我」，不需要執著此生的肉體，任何實體經過時間的推移都會消滅，這是屬於原始佛典的教義，[61]可是人民理解成因為「諸法無我」所以要及時行善求得來世的福報，這深得人民的信仰，因為依照宗教代理人的指事行善布施會有所報償，而且是在來生得到富貴。

在擬話本中還可以看到宗教代理人大都有超人的形象，也就是具備「神通」的能力，這就是菁英文化與下層文化認知差距的地方。菁英文化將佛教理論的「明心見性」作為修行的最高指導原則，而市井民眾只想依循宗教來解決生活上的問題，也就是信仰宗教代理人的「神通」。如佛教代理人用「布施」、「持咒」等簡易修行法來迎合民眾的需求；而道教代理人則是以「遇仙成仙」的簡易修行法使民眾心嚮往之，接著佛、道二教的代理人又利用已深植民心的「儒家道德觀」來鞏固其信仰群眾的信心，使民眾以「行善」的方式修行，並保證可以不墮惡趣及取得來世的保障，雖然這保證如此地虛弱而沒有意義，但是民眾的接受程度卻很高。

人民選擇自己需要的修行方法，簡易則可，宗教代理人則選擇

60 任繼愈：「佛教基本教義概括地講就是他們自己所說的『三法印』（三個基本標誌）即：諸行無常（萬物變化無常）、諸法無我（萬物沒有質的規定性或主宰者）、涅槃寂靜（神祕的宗教精神境界）。」見氏著：《中國佛教史》第1卷（北京：中國社會科學出版社，1985年），頁208。

61 中村元原：「初期佛典裡處處強調要拋棄『我所有』、『屬於我』這種觀念。例如，修行成就的人，『要遠離貪欲，不執著『我所有』，不渴望。』而說，真實的修行者是『不執著於『我所有』而修行』，這才是修行僧應有的態度。也就是對真實的修行者而言，不要把某些事物『當成是我的』、『看作是我的』，而且『被看作是我的』事物也不會存在。」見（日）中村元原著，釋見憨，陳信憲譯：《原始佛教：其思想與生活》（嘉義：香光書鄉，1993年），頁89-90。

有利於己的修行方法教育「信眾」，例如布施，所以信眾願意用最簡易的「捐輸」方式消業障、獲福報、求心安，而宗教代理人也獲得利多藉此享受人生，自古迄今有很多修行者生活豪侈，無怪乎被人批評為「不事生產」。[62]「持咒」是一種簡易修行法藉以代替繁複的經典學習，類似原始宗教的「巫術信仰」，可嚇跑惡靈，但若要靜坐讀書思考，這是屬於菁英文化的作為，人民又不喜歡投入太多時間。

中國佛教真正能傳播的原因是因為它修行的「簡易性」，禪宗和淨土宗就是最好的證明。[63]這種修行路線走的是「入世」的方向。[64]擬話本中反映出一般民眾的修行方法過於簡易，例如佛教的「禪宗」[65]、「淨土宗」[66]，「淨土宗」的信眾只要一心不亂持誦

62 范文瀾：「自從佛教傳來以後，它的神不滅說、因果報應說、以及有關天上人間，唯我獨尊的無數神話，把人們催眠成昏迷狀態，理智喪盡，貪欲熾盛，厭棄現世，或者貪得無麼，一心求來世更大的福報。上層僧徒過著安富尊榮的寄生動物生活，是剝削階級裡從外國搬來的一個新剝削階層。」見氏著：〈禪宗——適合中國士大夫口味的佛教〉，《儒釋比較研究》，頁129。

63 方立天：「中國佛教中真正延綿不絕的是在印度也沒有成宗的禪宗和淨土宗，尤其是禪宗，更是唐代以後佛教的主流。禪宗和淨土宗的久遠流傳是與他們的教義和修行方法的簡易分不開的，所以，簡易性也成為中國佛教區別與印度佛教的重要特色。」見趙樸初、任繼愈等著：〈略論中國佛教的特質〉，《佛教與中國文化》，頁38。

64 周齊：「佛教之入世的取向，應該說是修行路線的入世，而不是目的的入世，即是所謂『世間法中皆有涅槃性』的意義。而且，這種入世傾向的修行取向之受到特別的推崇和提倡，比較而言，也可算作是佛教中國化的一個突出特徵。」見氏著：《明代佛教與政治文化》，頁210。

65 馮友蘭：「禪宗的來源，可以推到道生。道生與僧肇同時同學。立有『善不受報義』『頓悟成佛義』。又能『辯佛性義』。他的這些『義』是唐代的禪宗的理論底基礎。」見氏著：〈新原道（節選）〉，《儒釋比較研究》，頁53。

66 張榮明：「淨土宗是佛教的一個重要派別，是典型的大乘佛教。大乘佛教主張一切眾生皆有佛性，每一個人都能成佛，每一個人都能得到佛陀的救度。」、「佛教淨土宗的方法比這更為簡單，告誡人們只要誦念『阿彌陀佛』四字，便能進入佛國淨土。」見氏著：《中國思想與信仰講演錄》，頁134、156。

「阿彌陀佛」名號，即得往生阿彌陀佛極樂國土。[67]而禪宗「以心傳心，不立文字」的要求，[68]使很多民眾趨之若鶩，甚至打破佛像的限制，強調佛在心中不一定要有佛像，後期還有狂禪末流引發爭議。這是為了民眾的修行方便而有的簡易修行法門，是宗教代理人為了使民眾信仰而做的改變，對宗教而言是一種「弱化」。

從擬話本中可看出佛教教義的「簡化」，雖然渲染達到「理想」必有保證性，然而對修行過程的描述及理論之間的連結無甚談論，對於教義也僅是點到為止。反映出民眾對於高深的佛教教義沒有能力認知，甚至在實踐上也興趣缺缺。佛教發展之時向「世俗化」靠攏的趨向，主要是為了擴展宗教勢力，增加信眾數量。但是，這樣的作法往往讓宗教理論在民間流傳時失之淺薄，連帶地讓修行的法門也隨之簡化，流於淺層意義。

擬話本中反映出明代的民眾對道教的仙人神通特別有興趣，卻無法從擬話本中得到真正的宗教修行方法，因為真正的道教修行方法已在擬話本中被「簡化」。擬話本將「成仙」視為一個理想境界，雖然渲染達到理想具有保證性，但是對於道教修煉過程的描述及理論卻過於簡化。從擬話本中反映出民眾的道教修行認知並不穩定，甚至可以說是一種富有浪漫主義的奇想。當然這可以解釋為擬話本的文學性質所致，因此敘述多朝向新奇有趣為主。然而，由另

67 高柏園：「執持名號乃是一種著實的工夫，它使吾人能達致一心不亂的定境，同時也能使吾人充滿信心而不懈怠，此即往生淨土最重要的工夫義。它並不排斥其他福德與工夫，而是當下把握執持名號的要義，使一切工夫皆有其方向與頭腦，此即執持名號之殊勝。」見氏著：《禪學與中國佛學》（臺北：里仁書局，2001年），頁229。

68 高柏園：「禪宗向來以『以心傳心，不立文字』為吾人所熟知，同時更重當下提點之頓悟，此皆所以指出禪宗之重實踐之要求。」見氏著：《禪學與中國佛學》，頁1。

一個層面來看，相對而言儒家、佛教的修養或修行過程較為穩定，有一定的程序，道教就較為複雜多元。因此，這不單是文學上的藝術手法，應該是反映出民間對道教的道術與方技的能力，在宗教代理人的推波助瀾之下，充滿了期待與想像。

道教承襲了原始宗教而有多神信仰，也建構了神仙世界，這也提供了擬話本作者更多的素材，作者以此建構的神仙世界就像人間組織一樣，有法律、有規範、有玉皇大帝掌管大權，如果上界仙人犯錯就必須被貶謫到凡間，當然也有自願下凡歷劫濟世的仙人，這就是擬話本呈顯的道教「謫世」思想。[69]

宗教之所以為知識分子所注重與學習，主要是其理論體系的精深，能夠解決人生之痛苦。但是由擬話本記載的現象來看，代理人與民眾對於宗教修行過程的「簡化」與「功利化」，可說是一種集體共識行為。對民眾來說，宗教理論的艱深已經超過其智識水準所能承受的程度，他們需要的是幾近口號式的宗教「格言」與簡捷易行的操作模式。就宗教代理人來說，深入理解宗教理論與實踐修行層次的知識應該是其最主要的工作，但是在擬話本中卻看不到這些認知或體悟的過程。宗教代理人對宗教的認識被簡單化約為「神通」，彷彿只要能展現超人能力，就等於掌握了宗教，成為合格的代理人。當然，民眾對於宗教代理人的要求也僅止於「神通」，只要誰能展現超凡的能力，誰就能被信仰尊崇。

---

69 孫遜：「所謂『謫世』，是指證得道果居中於上界的仙人，由於觸犯某種戒規（通常是由於動了凡心），而被謫降至人世。一般來說，謫世是指有過失而遭貶謫，但其中也包括了因為某種特殊原因，天帝令其下降人間，或本人自願下凡歷劫。不管是屬於哪種情況，謫仙們的人生歷程是被規定好的：即經過一段塵世生活，又重新回歸上界。」見氏著：《中國古代小說與宗教》（上海：復旦大學出版社，2003年），頁277。

第四節　契合與衝突的意義

擬話本反映人們心中有的是原始宗教的概念，為了趨吉避凶，修行都是為了「積善避禍」，百姓對於佛教道教的宗教教義認識粗淺，甚至是誤解。擬話本中的宗教理想與修行，描述衝突的多而契合的少，為何會有這樣的差距，可歸納如下：

一　原始宗教的影響

談到宗教必定要討論到死後的靈魂如何安頓的問題，任何宗教都必須對人死後的世界樣態有一基本的論述，才能滿足人們對宗教的需求，從世界各地的葬禮可看出人們對死亡的恐懼以及想要安頓靈魂的心。[70]靈魂觀也是宗教教義的重要部分，許多理論的鋪陳或修行的程序，與其靈魂觀有密切的關係，而最先談到靈魂觀的宗教便是「原始宗教」。

在擬話本中的宗教理論都是拼湊的，儒、釋、道三家的宗教理論核心大多是由原始宗教衍生而來的。宗教混雜很嚴重，民眾沒有興趣理解真正的教義，他們只關心能不能解決目前的問題：諸如佛教使人們懼怕果報而行善以免墮入地獄道，而道教對人們最大的助益就是能夠「降妖伏魔」以及具備「神通」，這和原始人類對原始宗教的信仰起源於「趨吉避凶」的需要是相同的。

---

70 恩特斯．卡西爾（Ernst Cassirer）：「我們在世界各地看到的葬禮都有著共同點。對死亡的恐懼無疑是最普遍最根深柢固的人類本能之一。人對屍體的第一個反應本應是讓它丟在那裡並且十分驚恐地逃開去。但是這樣的反應只有在極為罕見的情況下才能見到。它很快就被相反的態度所取代：希望能保留或恢復死者的魂靈。」見（德）恩特斯．卡西爾（Ernst Cassirer）著，甘陽譯：〈神話與宗教〉《人論》（*An Essay on Man*）（上海：上海譯文出版社，1985年），頁136。

擬話本對於靈魂的存在與作用是積極地肯定與宣揚，靈魂具有超越人的力量，而且確實影響現實世界。在這個基點上，我們可以說民眾信服的不是宗教的靈魂觀，而是一種樸素的原始思維，一種對於未知世界力量的恐懼與崇拜。[71]如此，則宗教將依附在原始思維的靈魂觀上，其作用僅是一種恐懼的驅除，或是儀式性的宣告。

另外，擬話本所有的故事中，沒有一處否定靈魂的存在，彷彿靈魂存在是一個常識，不是爭論的議題。原始思維對靈魂的觀念即是承認其存在，如此則生命可以不斷延續，超越時間與空間的限制。[72]擬話本極力發揮這種原始思維，甚至加強靈魂的力量，如此滿足閱聽者心中的需求，可見原始宗教影響三教之深遠，所以造成三教的宗教理想與修行有衝突的情形。

擬話本所反映的明代思想，並不以儒家的思想為主，反而宗教的成分占的頗多。擬話本以原始宗教的天命觀、善惡有報為主，片面選擇儒、釋、道觀點來解釋善惡有報的天命思想。從先秦到明代，原始宗教的信仰一直在中國穩定的傳承，擬話本披著宗教的外衣，可是內涵卻描述原始宗教的概念，民眾對儒、釋、道三教的核

---

71 列維-布留爾（Lucien Lévy-Brühl）以為在原始思維中，承認有一種感官無法觸及的力量的確存在，並且深刻信賴，甚至對其作用有高度的崇拜：「對他們來說，看不見的東西與看得見的東西是分不開的。彼世的人也像現世的人一樣直接出現；彼世的人更有力更可怕。因此，彼世比現世更完全地控制著他們的精神，它引導著他們的意識避開對於我們所說的客觀材料的推理。」見（法）列維-布留爾（Lucien Lévy-Brühl）著，丁由譯：《原始思維》（*Primitive Mentality*）（北京：商務印書館，1987），頁376。

72 恩特斯．卡西爾（Ernst Cassirer）：「在原始思維中，死亡絕沒有被看成是服從一般法則的一種自然現象。……原始人在他的個人情感和社會情感中都充滿了這種信念：人的生命在空間和時間中根本沒有確定的界限。」見（德）恩特斯．卡西爾（Ernst Cassirer）著，甘陽譯：〈神話與宗教〉《人論》（*An Essay on Man*），頁107-108。

心理論不懂也沒有興趣了解，他們所關心的是如何運用原始宗教的概念來避免災禍並解決生活上的問題。

二　遷就「世俗化」

就文學作品的創作過程而言，擬話本的確有遷就民眾喜好的趨向，我們會發現「靈魂」成為故事重要的元素，有時甚至是故事發展的主軸，或是解決情節難題的關鍵。所以擬話本中的靈魂具有多種樣態、多元能力、多變的呈現，但是不變的是，靈魂在故事中所展現的行動與思維依舊與現實世界一致，有高度的延續性。靈魂在作者的書寫下表達高度的移情與擬人作用，[73]而人們對此毫無困難地接受，所以在故事中人與靈魂共同行動與對話，毫不稀奇。擬話本可作為明代文化的史料，擬話本是基於「商業化」的原因而興起的，它滿足了民眾「好奇」的心態，有「靈魂觀」表現的話本繼承了魏晉以來志怪的風氣並具有娛樂效果。

從擬話本中反映出民眾的「宗教修行」並不穩定，甚至可以說是「媚俗」的，佛教、道教為了吸引更多人來參與宗教行為，必須不斷地「世俗化」，[74]宗教在擬話本中已然淪陷，呈現出來的是民

---

73 朱光潛：「詩人、藝術家和狂熱的宗教信徒大半都憑移情作用替宇宙造出一個靈魂，把人和自然的隔閡打破，把人和神的距離縮小。……各民族的神話和宗教大半都起於擬人作用，這就是推己及物，自己覺得一切舉動有靈魂意志或心做主宰，便以為外物也是如此。……無論如何，神都是人所創造的，都是他自己的返照，都是擬人作用或移情作用的結果。」見氏著：《文藝心理學》，《朱光潛全集》（合肥：安徽教育出版社，1987年），卷1，頁237-238。

74 當佛教發現引用某個理論或方法得到多數民眾的注意，道教往往跟進。所以後代會發現佛、道二教的宗教教義混雜，甚至吸收了儒家的道德觀念，因為「儒家文化」已成為中國人傳統不可攻破的堅固信仰，所以佛、道二家必須藉由

眾的迷信行為以及對巫術的信仰，宗教應該有更高的意義與理想，絕對不是只為了完成個人的欲求。[75]而宗教代理人的職責是為了使信眾真正了解宗教的教義，而達到修身的目的，然而世俗化的宗教代理人卻擔任民間法事的工作，為了經濟利益而服務眾生。[76]擬話本中顯現出「世俗化」的過程違反了宗教的原始教義，也就是說，民眾和宗教代理人世俗化的行為，影響到一般民眾對於宗教義理與修行之間認知的差距，導致其中有衝突的部分。

三　擬話本特殊的「商業」性質

明代的擬話本之所以暢銷，在印刷發行之時「書商」應該考慮過「讀者」的期待與喜好，已有「市場預期」才能獲得最大利潤，這是「商業利益」的問題。[77]所以依據「讀者反應理論」（reader

---

「儒家的倫理觀」來鞏固自己的宗教教義，吸引更多人來參與佛、道二家的宗教行為。

75 李亦園：「宗教的信仰並非只滿足個人的需要而存在，宗教信仰為人類帶來終極關懷的體認，創建人生的意義與理想，並為社群增添光彩，表達人類至高的綜合力量，若只是為個人的欲求而有宗教，那就陷落於巫術與迷信的層次了。」見氏著：《宗教與神話論集》（臺北：立緒文化事業公司，1998年），頁117。

76 嚴耀中：「世俗化、民間化對佛教的一大威脅，就是使其宗教行為更具現實功利性，從長遠來說則削弱了佛教的道德和宗教精神。唐宋以降出現了不少為經濟利益服務的專職僧侶，如出現了看『人間風水』的『風水僧』，以及更普遍的為居民做法事的『齋僧』等。」見氏著：《佛教戒律與中國社會》，頁121。

77 胡萬川：「典範的形成，不可諱言的首先應歸功於市場的成功。通俗小說畢竟從來不為傳統文人所重，《三言》之後之所以會有《二拍》及其他話本小說集之陸續刊行，主要就在於書商已經看好《三言》這類作品的市場預期。」見氏著：〈「說話」與「小說」的糾纏——馮夢龍《三言》、《石點頭》序言、批語的話本小說觀〉，《真假虛實——小說的藝術與現實》（臺北：大安出版社，2005年），頁327。

response theory）來看，[78]擬話本與其他菁英文學相比，更能反映出明代民眾真實的宗教體會，故可將擬話本視為「史料」，以考察明代社會的宗教現象。

嚴格說來，明代擬話本並非獨立而全新的創作，其直接的淵源來自宋元話本。話本是宋元時期「說話」的書面底本，[79]而「說話」本身就是一種商業行為。商業行為主要以「利益」為考量，因此「說話」必須考慮聽眾的期待與喜好，以獲得最大利潤。所以，「話本」代表的是聽眾接受程度的最大化，如此商業利益才能獲致最高效率。加上出書刊刻的目的即是獲取實際經濟利益，因此印刷書籍的考量比「話本」來的更深。

一個顯而易見的理解是：「說話」尚有地域的區分，但是書籍的販售範圍遠遠超過說話活動。因此，擬話本作者與書商合作編輯，其所要考量的就是最大範圍的讀者喜好。所以，我們可以說擬話本選擇的篇章考量應該是讀者接受最大化。在這個基點上，我們可以說擬話本是民間集體意識的結晶，其內容反映的文化思考或理

78 讀者反應理論強調，讀者在閱讀或選擇文學作品時，會因為個體生活經驗、歷程、甚至閱讀情境的差異，對文學作品提出相當個別化（individualized）的差異性解讀。Fish, S., Literature in the Reader: Affective Stylistics. In *New Literary History* 2, (1970, Autumn), pp. 123-162。關於讀者反應理論的討論可參見龍協濤：《讀者反應理論》（臺北：揚智文化事業公司，1997年）、Ingarden, R., Eng. Trans. by George C. Grabowics Eanstone, *The Literary Work of Arts*. (Ill.: Northwestern University Press, 1973)。又傳統的文學批評將「作者」與「作品」視為父子的關係，可是新的「讀者反應理論」卻認為閱讀是「再創造」。讀者反應理論是一種以「讀者」為中心的文論，強調文本的開放性。參見王岳川：《後現代主義文化研究》（臺北：淑馨出版社，1998年），頁116。

79 魯迅：《中國小說史略》（臺北：風雲時代出版公司，1992年），頁136。然亦有學者以為「話本」與「說話」無關，其為獨立的「故事」，不牽涉到「說話」活動。參見增田涉：〈話本ということについて〉，《人文研究》第14卷第5期（1965年6月），頁22-33。

則，在庶民階層中是具有普遍性的認知。因此將擬話本視為明代庶民文化的史料，應無問題。就是因為擬話本具有「商業化」的性質，致使書商與作者為了取悅讀者必須如此寫作，因此在擬話本中所反映的宗教教義與原始的宗教教義會有差距。

擬話本書寫與傳播必須考慮到「商業利益」及「讀者的需要」，民間的「原始宗教信仰」是民眾最熟悉也最容易接受的觀念，所以擬話本作者不斷地在擬話本中出現原始宗教的概念及特徵來吸引讀者的參與。

擬話本在明代具有「商業利益」的傾向，為了贏得讀者的支持，擬話本作者必須書寫一些讀者喜歡閱讀的文本，[80]在這個基點上，擬話本的描述應該代表多數讀者認同的概念，也可以說是大眾集體意識的反映。因此擬話本在過去研究中常被視為展現庶民的文化與生活之史料來考察，認為可以視為觀察宋元明社會生活的歷史材料。[81]又擬話本的問世有「商業利益」的考量，因此擬話本的作者必須考慮讀者的期待，作者與讀者在經濟行為的影響下，達成最大共識。[82]

80 傅承洲：「明清話本小說作家絕大多數都是具有社會責任感的文人，他們為市民讀者編寫話本時，一方面要讓市民讀者喜歡閱讀，願意購買，另一方面又想讓市民在閱讀中受到教育。」見氏著：〈明清話本的文人創作與商業生態〉，《江蘇社會科學》第5期（2007年），頁217。

81 王曾瑜：「過去往往因《三言》、《二拍》成書於明代而將其視作研究明代歷史的史料。其實《三言》、《二拍》中一部分脫胎於宋人話本，是可作宋代史料使用的。宋人話本並無原始的宋本傳世，現存的多係元明時期刊印，故後人的竄改就勢不可免。《三言》、《二拍》中若干取材於宋人話本者，往往成為宋元明三代社會生活和名物制度的雜燴。」見氏著：〈拓展宋代史料的視野與三言二拍〉，《四川大學學報（哲學社會科學版）》總136期（2005年1月），頁90。

82 傅承洲：「明清話本的作者是文人，讀者主要是市民，文人作家與市民讀者各以自己的方式影響話本的創作。文人根據自己的思想感情與審美趣味對話本的功能、題材、體制、語言進行改造，市民則通過購買行為要求話本創作適應自己

四　佛、道、儒三家的「菁英化」與「平民化」

宗教文化的菁英和平民之間是有差距的，宗教高深的義理思想在菁英階層中能得到確實了解，然而平民沒有機會接觸到高深的宗教理論或是沒有興趣了解，導致平民對宗教的理論有所誤解，再加上宗教代理人刻意地渲染，致使菁英的宗教信仰和平民的宗教信仰不同。又明代擬話本大多是失意文人的創作，如：馮夢龍、凌濛初、周清源皆是，[83]這些文人有他們特有的文化背景與精神，[84]他們可代表部分的菁英文化，所以會試圖將儒、釋、道三教的宗教理論滲透在擬話本中，達到教化的目的，可惜礙於擬話本的「商業型態」，必須顧慮到擬話本的銷售量及人民的需求，所以寫出來的作品既有「菁英文化」的影子，也有「平民文化」的痕跡。菁英對高深的宗教義理較了解，而平民對宗教義理會有誤解，因為擬話本的特殊性質，所以能夠反映出明代民眾的宗教義理與修行觀之間的衝突與矛盾。

這裡要特別說明的是，「菁英」與「平民」在此處並非有價值判斷的意味在，而是描述社群、群體之間的差異所用的術語。其實，菁英與平民在生活中同樣面對相同的困境與疑惑，菁英不見得

的欣賞趣味與閱讀水準。」見氏著：〈明清話本的文人創作與商業生態〉，《江蘇社會科學》第5期（2007年），頁213。

83 傅承洲：「《西湖二集》的作者周清源也是一個與舉人、進士無緣的下層文人，其遭遇比馮夢龍、凌濛初更慘，『懷才不遇，蹭蹬厄窮，而至願為優伶，手琵琶以求知於世，且願生生世世為一目不識丁之人』。」見氏著：《明代文人與文學》（北京：中華書局，2007年），頁215。

84 傅承洲：「文人是社會的良心，是人類基本價值的維護者，有他們的良知、人格和個性。明代的一些文人話本，寫出了文人特有的性格與精神。」見氏著：《明代文人與文學》，頁216。

能夠順遂地走出疑惑，往往還是得依靠宗教來安頓身心。只是菁英在認知能力與背景環境上較平民優越，因此他們做出的判斷與抉擇，較為有理則性，也有一定的堅持。在宗教選擇上也是如此。

五　文學社會學的影響

文學作品除了娛樂民心迎合大眾喜好外，也可表達某些社會現象，明代擬話本便具有這樣的功能。[85]明代對宗教的認識，無法形成外國「政教合一」的制度，最主要的根源在於儒家發展形成長遠而堅實的文化傳統。加上主政者對於宗教所具備的群眾性質深有戒慎之感，因此君主大臣雖然間有信奉，但是不會將宗教放置朝堂之上，甚至以此領政。因此佛教、道教在中國從來不是政治的主導力量，並不像「儒教」一樣享有對政治的主導權。儒教自漢代之後快速發展，因為切合君主與百姓的需要，在實踐操作過程中容易達成政治與社會的穩定狀況，因此儒教在中國的發展近似外國「政教合一」的趨向。[86]佛教和道教無法像儒家一樣形成「政教合一」的優勢，佛、道二教的宗教代理人無法像執政者一樣擁有資源與權力去

85 方志遠：「文學作品的功能，首先自然是娛樂和消遣。但任何一個文學作品，無論是長達百回的《水滸傳》、《西游記》、《金瓶梅》，還是動輒數十齣的《西廂記》、《牡丹亭》、《鳴鳳記》，抑或是三言兩語的民諺歌謠，都有其明顯的傾向性：或者表達作者的心聲，或者迎合大眾的喜好，或者對某些社會現象表示褒貶，或者是三者兼而有之。」見氏著：《明代城市與市民文學》（北京：中華書局，2005年），頁451。

86 何光滬：「我們所說的『國教統治』，就是指這種利用某種宗教來統制人民群眾的思想意識，為既定社會制度辯護的現象。」、「殷商以來的祖先崇拜和上帝崇拜，漢代以後的儒教，實質上就是我國古代的國教。」見任繼愈主編：〈論中國歷史上的政教合一〉，《儒教問題爭論集》（北京：宗教文化出版社，2007年），頁183、184。

教育民眾。另外，文化菁英分子投身佛教與道教的比例遠遠低於儒家，因此在代理人問題上，佛教與道教所擁有的高階人才不足以全面而迅速提升宗教的理論高度，這需要長期時間緩慢積累。另外，代理人良莠不齊，本身理解宗教內涵就有問題，遑論推廣教育民眾。因此，普遍性而言，中國宗教呈顯兩極端發展，菁英的與平民的落差極大。這樣的宗教落差現象在明代擬話本中反映出來，人民對宗教的認識有很大的誤區。接連的使宗教理想與實踐在民間呈現混亂而矛盾的現象。

六　宗教「實踐」方式的媚俗趨向

理論上宗教的修行並不容易，甚至還需要歷經痛苦才能證道開悟。但是擬話本中所提到的宗教實踐與修行，多是簡單法門。這反映出宗教發展過程中，宗教代理人為了使民眾能信仰，將宗教教義的修行簡化，使得宗教實踐的方式趨向媚俗。另外，民眾在選擇宗教信仰與修行時，有強大的自主性，其選擇的主要原因在於功利目的。因此，民眾基於「功利」需要，對各種宗教、方術進行選擇，並不理論宗教與宗教之間的義理差異，而逕行選擇他所認知的宗教修行或實踐方法。於是當各宗教因民眾需求而調整教義，導致宗教理想與修行的差距。而民眾又主動選擇宗教教義與修行法門，至此宗教之理想與修行法門開始有間隙，產生許多矛盾。大體上來說，擬話本反映出宗教不斷遷就民眾的歷史現象，也大量敘述在宗教實踐中的媚俗傾向。此時，高深的教義沒有人理會，取而代之的是，樸素的思維與功利的思考，加上簡單的宗教儀節。

在歷史上，儒、佛、道三教互相衝突也互相妥協，尤其是道教模仿佛教的地方非常多，從宗教理論到修行方式都有，但道教和佛教還是一直鬥爭。[87]道教的某些宗教教義和佛教的宗教教義非常接近，民眾在信仰宗教時，常分不清楚這是屬於佛教的修行方式，還是道教的修行方式，反映在擬話本中，就出現了宗教義理混雜的情形以及修行方式混雜的狀況。而佛、道二教的宗教代理人更是難辭其咎，他們為了經濟利益以及生存危機，不惜諂媚世俗民眾，以民眾的真實需求來改變原始的宗教教義，例如佛教以「超渡」的方式來為民眾往生的親人靈魂祈福，這和原始佛教的「業論」相衝突；有時佛、道二教還會一起為民眾超渡，這種表現宗教的方式非常不穩定，可以說是一種「媚俗」的行為。

第五節　擬話本反映的宗教困境

在明代擬話本中宗教教義的混雜非常嚴重，道教和佛教受儒家影響很深，尤其是依循儒家的「道德規範」。擬話本中所呈現的儒教理論和其原始理論大致是吻和的，包括「五倫關係」、「孝親」和「仁義」的道德實踐都相當一致。在擬話本中我們還看到「儒家」並不完全禁止原始宗教的思想，儒家的故事也反映了「命定思想」，尤其是儒生渴望經由「鬼神」被皇帝重用的篇章頗多，如〈俞仲舉題詩遇上皇〉中俞良亦是懷才不遇的書生，一日找來算命先生算命，算命先生預示他三日之內必有貴人到來，後來果得印

87 洪修平：「從總體上看，儒佛、道三教之間始終有這樣一種基本格局：儒家在吸取佛教思想的同時常以佛教不合傳統禮教等為由，激烈地排斥佛教，而佛教對儒家卻總是以妥協調和為主；佛、道之間雖然互相吸收利用，特別是道教模仿佛教的地方甚多，從宗教理論到修持方式，乃至宗教儀禮規範等，都從佛教那裡吸收了不少東西，但佛、道之間的鬥爭卻一直很激烈。」見氏著：〈儒佛、道三教關係與中國佛教的發展〉，《中國佛教與儒道思想》，頁341。

證。[88]這種書寫和儒家原始理論「敬鬼神而遠之」的理論大異其趣，但卻反映了明代儒生的真實修為。而擬話本中還表現了儒家最渴望的善報便是「傳宗接代」，如〈占家財狠婿妒侄　廷親脈孝女藏兒〉中就有老翁以行善積陰德，為了「求子」的福報，[89]這種願望符合儒家的「孝道觀」，因為「不孝有三，無後為大」，擁有後代是盡孝的最大表現，這樣的書寫合乎儒家「孝道」的理想，然而儒家的行善是出於本性的良知良能並不是為了得善報，[90]這又是其中衝突的地方。

儒釋融合在宋代以後在菁英階層中頗為常見，士人夾在儒家與佛教之間，頗能取得一定的平衡。擬話本中有非常多儒釋融合的現象，反映儒釋的融合在民間同樣無甚阻礙。擬話本中的佛教故事已非原始佛教教義所呈現的思想，受到儒家影響非常大。宗教代理人為了討好民眾，宗教儀式混雜嚴重，道教佛教的宗教儀式互相取

88 馮夢龍：「俞良想是個算命先生，且算一命看。則一請，請那先生入到茶坊裡坐定。俞良說了年月日時，那先生便算。（中略）先生道：『解元好個造物！即日三日之內，有分遇大貴人發跡，貴不可言。』」見氏著：〈俞仲舉題詩遇上皇〉，《警世通言》，卷6，頁68-69。

89 凌濛初：「員外道：『我沒有這幾貫業錢，安知不已有了兒子？就是今日有得些根芽，若沒有這幾貫業錢，我也不消擔得這許多干係，別人也不來算計我了。我想財是什麼好東西？苦苦盤算別人的做甚？不如積些陰德，燒掉了些，家裡須用不了。或者天可憐見，不絕我後，得個小廝兒也不見得。』」見氏著：〈占家財狠婿妒侄　廷親脈孝女藏兒〉，《拍案驚奇》（臺北：桂冠圖書公司，1992年），卷38，頁574。

90 林安梧：「人生於世必感知自己所處之實然世界有殀壽、生死、吉凶、貧富、悔吝、得失等等，而此種種境域又都為偶然而無所定準。但吾人苟能一念振起，反躬自省，刻刻念念從己身作去，則殀壽、生死、吉凶、貧富、悔吝、得失等諸情形便灑然退落，吾人自身不再為其所繫縛。此何以故？須知吾人之道德乃是從內心發出之不可自已之悲情，而不是計算吾人行道德而後會帶來多少福祿。」見氏著：《現代儒學論衡》（臺北：業強出版社，1987年），頁249。

用，只要是民眾喜歡的儀式就會被佛、道二教混和採用，對民眾而言能「解決問題」的宗教是最好的宗教，也就是「靈驗」是最重要的指標，[91]這是受到中國原始宗教「趨吉避凶」觀念的影響。而降神、占卜、祭祀等宗教活動為了消災、解厄與祁福等現實生活目的而存在。[92]這類的預測未來活動，帶有神祕性質，當然也展現出施測者的神通。對百姓來說，「超人」神通是令人嚮往而信服的，這點在擬話本中隨處可見，甚至成為故事敘述的主要線索。

佛、道二教的宗教信仰是有體系的建構，但擬話本中呈現的佛、道二教的理論卻以「原始宗教」為基本組成元素，使佛、道二教的理論體系與其原始教義脫離。從擬話本中可以看出「原始宗教」觀念仍為民眾接受，甚至有時超越其他宗教，成為民眾內心最深沈的思考。[93]擬話本反映出百姓對佛、道宗教教義的認識很粗淺，而擬話本的作者或許是為了遷就讀者必須如此寫作，以滿足讀者「趨吉避凶」的心理需求，而非為了遵循佛、道二教原始教義「心靈」的需求而書寫的宗教教義。

---

91 鄭志明：「不管是官方或民間，祭典的禮儀實踐才是宗教活動的主要內涵，各種神職人員所主持的禮儀，雖然在形式上有些出入，但是其交通神明的終極願望是相通的，追求禮儀的靈驗有效，以滿足人們祈求平安與福康的生存渴望。」見氏著：《宗教組織的發展趨勢》（臺北：大元書局，2005年），頁10。

92 鄭志明：「神聖的宗教禮儀離不開社會生活的整合需求，降神、占卜與祭祀等宗教活動，是用來維持社會生存的人際秩序，從消災、解厄與祈福，產生了社群的團結作用，從自身的安身立命到政治的國泰民安，宗教活動中無法脫離世俗生活的現實目的。」見氏著：《臺灣傳統信仰的宗教詮釋》，頁40。

93 鄭志明：「原始信仰是人類較為早期的一套精神系統，雖然也是人類智力與思維能力高度發達的產物，但是相對於『人文』來說，它依舊是比較原始的，停留在鬼神崇拜的信仰形式上，以禁忌、巫術等操作儀式來推動其信仰理念，滿足了民眾的心理需求與生存需求，成為一種社會的傳統習俗與信仰行為，被民眾虔誠信守與累世不替。」見氏著：《宗教思潮與對話》（臺北：大元書局，2006年），頁270-271。

擬話本中的宗教理論和真實的宗教理論是有差距的，一般而言，真實的宗教理論是有理論層次的，而擬話本中的宗教信仰是沒有理論層次的，有的只是民眾盲目崇拜的熱情。這也是符合民眾智識水準的作法，畢竟若寫的太過艱深，則民眾無法進入文本的閱讀理解程序。

擬話本對於「成仙成佛」的可能性毫不懷疑，基本而言，擬話本是堅實的有神論信仰者。但是擬話本對於修行過程的敘述過於「簡化」與「功利化」，對於如何達成宗教理想的詳細步驟與理論基礎，幾乎略而不提。彷彿只要簡單地進行修煉，實踐某些宗教法門，則必會達到理想。整體而言，擬話本的宗教理論過於簡化、弱化，不符合宗教教義與理論。然而，擬話本將修行過程簡化的敘述，其實反映民眾對宗教的需求與現實狀況。

擬話本以「原始宗教」為基礎，結合其他教義的發展。在擬話本中還可以看出道教的「方術儀式」，是受到原始宗教「巫術」的影響，[94]而一般市井民眾亦接受這樣的想法與傳承。從巫術演變而來的方術儀式，可以溝通人神、人鬼，以及平息人類心中的憂慮。[95]

---

94 馬克斯・韋伯（Max Webber）：「從來沒有遭到儒教知識階層嚴重打擊的原始巫術，一次又一次地蔓延開來。由於這個緣故，道教的學說以前文所述的方式，逐漸發展成為一種神聖的治療術、煉丹術以及永生術。」、「因為中國的民間宗教，和所有原始的巫術宗教一樣，認為疾病長年纏身是某種儀式上的罪過所造成的……。」見（德）馬克斯・韋伯（Max Webber）著，洪天富譯：《儒教與道教》（*Konfuzianis-mus und Taoismus*），頁163、168。又李小光：「隨著民間信仰的大規模進入，這給道教帶來了不可忽視的負面影響，如在許多人眼中，與民俗結合甚緊的道教更多地是一種帶有原始意味的巫教。」見氏著：《生死超越與人間關懷——神仙信仰在道教與民間的互動》，頁267。

95 道教的方術儀式，主要有齋醮、祝咒、符籙，這些是從巫術的祀神、詛咒、厭勝傳承下來的。見葛兆光：《道教與中國文化》，頁78、81。

儒家在宗教中的困境顯而易見，因為自孔子以後，「怪力亂神」成為一種禁忌。一個真正的儒家擁護者是不會公開談論鬼神之事，他們的態度是或許有，但是不必談。因為儒家專注的是現今人間之事，他們處理的重心在於人際關係上的道德對待問題。所以，面對民間對於死亡後的恐懼，難解的怪異之事，或是心靈的幻想與疑問，儒家並無法妥善回答。儒家只能告誡人們，只要堅守道德，這是最重要的底線。因此，在擬話本中，所有有關喪葬儀式或是祈福行為時，儒家並沒有出現。因為儒家理論的先天限制，讓儒者在這些活動中必然缺席。但是這並不代表儒家在三教之中處於最弱勢地位。相反的，在道德觀點上，儒家是三教中影響最深刻，甚至可以說為其他二教所必須遵從的核心理念。雖然儒家在許多宗教儀式上缺席，但是其道德觀點在精神與理論層次上居於領導地位。

作為通俗小說性質的擬話本不是宗教書籍，也是不是勸善文類，因此書中不會出現精深的宗教理論敘述，也沒有嚴謹的宗教邏輯推論。它只是創作或改寫市井生活中新奇有趣的故事，以吸引讀者的目光，增加銷售數量。但是不可以忽視其中關於宗教的素材，因為這是真正反映當時民間生活的第一手資料。若仔細分析擬話本故事，可以發現或多或少都敘述到宗教觀點或概念，畢竟宗教是人類生活組成中重要的一部分。

以明代的擬話本中的敘述來看，人們對宗教義理的追求較為平板，他們只要求了解口號式的簡單格言，便足以信奉不違。在修行實踐方面，民間對儀節性的外在行為表示濃厚興趣。彷彿只要達成某些儀式，就可以滿足祈求。擬話本提供的另一個重要觀察線索在於，民間對於宗教理想認識不足，但是這並不妨害他們對宗教的熱情。因為他們嚮往的並不是宗教理想所描述的境界，而是宗教能滿足現實生活中的需求。這種需求來自現實的不足，是一種對生活與生命利益上的期待。也就是說，人民實踐某種儀式或修行時，追求的不是「境界」，而是「利益」。利益能在今生實現那是最好，如果能在來生實現那也不錯。於是，宗教給予人們滿足願望與祈求的寄託空間。

由另一個角度來看，宗教給予人們的懲罰警告相當有震懾力。在傳統社會的物質與歷史條件下，人民對於許多災難與困境難以理解。在這種條件下，宗教的懲罰理論就相當引人目光。宗教理論中對於正面而積極的描述較多，只要遵從修行法門，可以達到至高理境。但是百姓對於如果不遵從修行法門，會遭遇到什麼災禍，反而戒慎在心。在擬話本中鮮明地反映宗教的制裁力量，可以超越時空的限制，可以剝奪一切人們依戀的物質與精神。這點在佛教與道教故事中說的相當深刻，甚至驚悚。因此，擬話本故事中人們遵循宗教規則的目的有相當的成分在避免或消除懲罰。所以，民間信仰所講求的是「利益」問題：積極地獲得福報，消極地避免災禍。

最後要特別指出的是，擬話本中除卻某些專述宣揚某宗教的故事，大部分的敘述反映出百姓對於宗教的信仰並沒有做教派上的嚴格區分。就算是信仰某個宗教，對於宗教內的宗派山門的區分興趣也不大。因此，宗教間混淆的情況很嚴重。如一個遵守儒家道德的百姓可以禮佛齋戒，也可以請道士驅鬼。對民間來說，宗教之間的爭鬥不是關心的重點，宗教的「功能性」問題才是重心。因此，只要能解決問題或施展神通，哪一個宗教都無所謂。如〈白娘子永鎮雷峰塔〉中，僧侶法海可以施展神通對付精怪，這本是道士之事。而道士可以念咒畫符，解脫三生輪迴之事，可以看到宗教混雜的問題相當普遍。這並不突兀，因為自魏晉之後，中國的宗教便開始不斷進行交融的進程，擬話本提到的情形不過是宗教融合的歷史反映而已。

大致上說來，佛教的宗教理想是為了「解脫生死，了悟此生成佛，到達涅槃彼岸」；而道教的終極理想是為了「修煉成仙」；儒教的宗教理想是為了「倫理道德的實踐，成為具有仁心的君子」。三教終極理想的確有所差異，連帶的讓實踐方法層次上也有不同的操作模式。但是三教長期於中國發展，在相互衝突與競爭下，彼此雖然多有牴觸攻擊，但是就現實狀況而言（尤其在民間），三教合一的現象確實存在。歷來也有文化菁英分子主張「三教合一」，雖然呼聲較弱，但是在某個程度來看，這種呼聲不僅反映現實，更是揭示某些知識分子對三教融合的理念頗為嚮往。

基本上，中國提倡三教合一的宗教觀則是以「儒家的仁、孝為倫理思想核心」及佛、道二教的「宗教觀」進行張目，儒教倫理成為貫穿於佛、道二教的重心。[96]然而民間所重視的三教合一多在操作層次上實踐，奉行原始的「趨吉避凶」原則。當然，民間奉行單一宗教的情況也不少，但是真正能堅守宗教的純粹性者，其實不多。尤其在理論與實踐層次上的結合，民間在智識欠缺、理解不足的情況下，往往混雜其他宗教的觀點與操作。因此，在擬話本中我們看到民間流傳的修行方式有時與其信仰的宗教理想契合，有時卻與其信仰的宗教理想衝突的矛盾現象。

96 杜維明（Tu Wei-ming）：「道教和佛教在文化菁英和平民之中極為盛行，但是這並不意味著儒學傳統的生命力已經力竭氣盡。事實上，儒家倫理仍然貫串於中國社社會的道德組織中，孔子仍然被當作聖人而受到普遍的尊重。」見杜維明（Tu Wei-ming）著、陳靜譯：《儒教》（*Confucianism*）（臺北：麥田出版公司，2002年），頁74。

第六章
結論

明代興起的擬話本淵源於宋、元「說話」活動所派生的「話本」，進而成為脫離表演形式，而成為閱讀娛樂活動。因此，擬話本雖然在表現形式方面與「說話」或是「話本」不同，成為純粹的書面文學，但是「擬話本」的撰作目的仍有高度的「商業利益」考量。在明代書肆發達的時代條件下，「擬話本」成為一種新興商品，被廣為行銷。但是在古代文化條件的限制下，有能力撰寫具有一定水準的擬話本作家，不會是一般的市井小民，而是有文學素養與思想深度的文士。所以「擬話本」的作者具有相當的文化水準，殆無疑義。不過，因為擬話本的創作若是以營利為目的，則如何提升銷售量為重要考量。所以，擬話本的寫作與刊行必須顧慮到一般讀者的審美期待。由作者與讀者的身分以及寫作與閱讀動機來觀察，這類的作品在創作與閱讀的過程中，將會達到彼此遷就的情形。

源於法國的年鑑學派（The Annales School）修正了傳統史學觀點，認為研究文化不應只侷限於政治史，或是所謂的「大歷史」，以為這樣的研究太過片面。他們強調歷史研究應該具有整體觀念，需要進行跨學科合作，而且需擴大研究的方向與素材，由政治史、經濟史轉向更深入的心態史與文化史。年鑑學派的學者認為文學作品保留許多歷史材料，是研究歷史的上好素材之一。[1]

---

1 法國年鑑學派的發展一般可劃分為四個階段，但是大致上都強調「整體性的跨學科研究」為核心主張。可參閱Peter Burke. *The French Historical Revolution:*

本論文接受年鑑學派的歷史觀點，以為由明代擬話本的來源、形成及其內容，足以成為心態史、文化史上的研究素材。也就是說，以文學史的角度來看，擬話本是俗文學的代表之外，本身的藝術價值與文學成就是一個值得探究的問題。但是，由另外一個角度來觀察，擬話本繼承歷代的文學遺產，作品不斷經過增生、修改，加上作品有趨向讀者審美趣味、意識與認知的情形下，所書寫的將是讀者的生活、經驗、體會與觀點。因此，本論文以為可以將明代擬話本中之內容，視為反映當時民間生活與觀點的素材。基於上述的理由與所持的觀點，以及考察歷來對擬話本研究的偏重，本論文以明代擬話本為研究對象，討論其中在過去未被較完整論述的儒家、道教與佛教之理論與修行關係上，進一步分析其間的文化與意識型態。本論文認為明代擬話本的確保留許多當時民間所認知的宗教觀念，可為中國民間宗教思想的發展與演變，提供可信的素材與觀察。

明代擬話本所呈現的宗教教義和原始教義落差頗大，其間對宗教的描述頗失之片面，甚至有嚴重的錯誤與扭曲。這不僅反映出通俗文化的差異，甚至有理由懷疑擬話本的創作者對於完整的宗教教義與體系的認知或許不足。另外，創作者在妥協於讀者審美期待的過程中，對宗教理想與修行的內容與其間的關係，往往過於簡化，甚至是混淆雜亂。簡單地來說，這就是庶民可理解或是說願意理解的程度。比較有趣的是明代擬話本反映的宗教修行過程頗多，遠遠超過對理論探究或論述，尤其引人注目的是其間的修行往往非宗教

The Annales School, 1929-1989. Stanford University Press. 1991. Georg G. Iggers著，何兆武譯，〈法國：年鑑派〉，《二十世紀的歷史學：從科學的客觀性到後現代的挑戰》，(山東：山東大學出版，2006)。Peter Burke著，江政寬譯，《法國史學革命：年鑑學派1929-89》，(臺北：麥田出版公司，1997)。

體系所揭示的重要法門，與宗教理境的達成形成一種怪異的割裂。

原始宗教的理想只是為了「趨吉避凶」，它以積善、避禍及以祭神的儀式來求得平安。在擬話本中可以看到民眾對鬼神的畏懼，因為畏懼鬼神復仇，所以有了鬼神崇拜，在明代擬話本中就出現了非常多鬼怪報仇的故事，另外還呈現了民眾的命定思想。而明代擬話本中所反映的原始宗教修行過程大多是符合原始宗教的理想。但原始宗教「積善避禍」的信仰和儒家有很大的差異。

理論上儒家並不接受鬼神信仰，鬼神是存而不論的形上，在其學說中，鬼神可以膜拜，但是那只是一種文化意義的展示，在人世間並沒有制裁決斷的力量。因此，儒家主要的制裁力量是「道德」，而非鬼神，理論上來說「敬鬼神而遠之」是儒家學者都要守住的基點。所以，「積善去惡」的目的在儒家來說是可以獲得源於內心道德施展所煥發出的喜悅。但是就原始宗教來說，「積善去惡」是一種鬼神的獎懲，是一種得到獎賞避免災禍的現實性選擇。擬話本反映出樸素簡單的原始宗教概念，由其中故事可看出人民對原始宗教抱有深沈的期待與恐懼，形成具有利益考量的宗教應用觀點與行為模式，這也是民間信仰在實踐與援用上的最高原則。

擬話本反映出宗教信仰混雜的現象，但是仔細甄別，可以發現佛教觀念，包括因果報應、輪迴轉生、布施行善、弘法度生、修行成佛等深入民心，[2]形成民間信仰中很重要的組成部分。而擬話本中揭示的「因果業報」觀點，其實與中國傳統的「福善禍淫」、「積

2　周齊：「佛教教義在社會政治生活中所起的作用，主要通過在調治人心方面維護社會秩序，和所謂神道設教意義上維護王綱合理性方面被間接地體現。」、「另一社會功能是通過大事渲染因果報應和六道輪迴等說教對普通民眾造成極大的心理威懾，通過使人知畏的方式而實現勸善誅惡的所謂教化作用。」見氏著：《明代佛教與政治文化》（北京：人民出版社，2005年），頁284-285。

善必有餘慶」的觀念極其類似，[3]可看出民間普遍接受的佛教觀點，與中國原始宗教思想有很高的關聯性。由佛教發展的歷史來看，佛教在東漢末年傳入中國後，歷經魏晉南北朝與儒家、道教的衝突，開始對原始佛教教義進行修正，積極進行本土化的工作。

簡言之，原始佛教的小乘精義轉變為中國化的大乘佛教，其間的宗教教義與側重已有落差。主要在於佛教進入中國後，對中國的傳統文化觀念、原始宗教或是本土原生信仰的觀念展開融合，如中國自先秦已有的樸素信仰原則：「趨吉避凶」、「善惡有報」的思想，很快地和佛教「因果報應說」及「轉世輪迴說」結合在一起。大乘佛教以慈悲心度眾，強調布施行善、弘法度生，然而這些善行在擬話本中被民眾扭曲，民眾布施弘法只是為了得到福報，甚至是為了避免得到惡報，這種想法和原始宗教的「趨吉避凶」原則相同並非原始佛教教義的本意，而以懺悔、抄經的方式消罪障，是一種簡易的佛教修行方式。佛教自身調適展現出強大的包容性，讓它在中國得以快速發展。擬話本中反映出人們非常畏懼「三世報應」、「六道輪迴」，甚至擔心墮落「地獄道」，這些都是佛教在中國為人所熟知的觀念。

佛教不只吸收了中國原始宗教的觀念，它還吸收了儒家的倫理觀，以儒家的倫理道德來勸世，並結合「因果業報」的思想勸善。這樣的觀點為中國官方與執政者支持，因為自先秦之後，倫理學的要求一直是中國文化的核心部分。從另外一個角度來看，佛教必須將儒家的倫理學納入體系中，甚至不可逾越儒家堅守的倫理原則，否則將受到官方的壓制與民間的抵抗。因此，擬話本中佛教展現出

3 在中國傳統也有類似佛教的因果報應思想，只是中國傳統報應的制裁者是「鬼神和天」，而佛教則強調「個人」是因果業報的主宰力量。見周齊：〈慧遠及其因果報應說〉，收入《佛教與中國文化》，頁259。

的最高理則往往不是涅槃寂靜，而是符合儒家倫理道德的行為。[4]

另外值得注意的是，擬話本中對宗教信仰的儀節頗有著墨，這反映民眾在原有的敎鬼神信仰基礎上，習於接受偶像崇拜與宗教儀節。其中佛教對於喪葬禮節的發展，[5]很令人矚目，傳統上來說這方面應該是儒家最有發言權。佛教的宗教理想是「涅槃寂靜」，其基本教義是希望信眾了解「四聖諦」及「三法印」並解脫生死，甚至如大乘佛教所表達希望解救眾生。然而在擬話本中我們看到一般民眾對佛教的需求是「超渡」這個儀式，藉由超渡安頓死亡的靈魂，這樣的儀式和佛教基本教義的「業論」相違背，可是人民卻趨之若鶩。道教追求長生、樂生，希望達到與自然同化的境界。不過，道教在儀式性上的多元化與想像力令人嘆為觀止。在為亡者超渡方面，道教在擬話本中出現的頻率與佛教相差不多。可以說在擬話本中最常見的道佛二教之混合儀式，便是「超渡亡魂」的儀式。弔詭的是：祭禮、葬禮之儀節為儒家最重視的儀典行為，這是儒家思想實踐的具體作為，展現儒家的人文情懷。顯然在民間現實操作中，儒家強調的「送死」禮節，為佛教、道教的儀式滲入，甚至成為整體儀節的一部分。對於民眾來說，這樣的操作之間產生的宗教思想矛盾不是重點，能夠帶給他們心靈上的安頓才是採用多元儀節的主因。

道教信仰在擬話本中出現的篇幅大致上與佛教相當，可反映出民間信仰中道教與佛教分庭抗禮的現象。在中國宗教發展歷史上，

---

4 李蘭芬由魏晉南北朝以來的佛教發展進行分析，以儒家思想引導佛教進入世俗，並促使佛教建立入世的範則。這些入世的範則多以儒家為依歸。參見李蘭芬：〈儒家思想對中國宗教的作用及其世界意義〉，黃俊傑編：《傳統中華文化與現代價值的激盪與調融（二）》（臺北：喜馬拉雅研究發展基金會，2002年），頁1-11。

5 參考方立天：《中國佛教文化》，頁309。

道教承接原始宗教與道家思想，在中國本土發展起來，具有原生的優勢。道教的特點是廣納百川，對於各種觀點與思想積極吸納，因此道教展現的面貌是多元而複雜的。在道教與佛教互相衝突與影響的進程中，道教不斷地吸收佛教觀點，例如發展佛教的「地獄說」來加強自己的「道法系統」的內涵。佛教最被民眾熱愛與接受的「神通異變」形象，在道教中也積極展現。原始道教對於「神仙」信仰本就是教義核心，但是佛教傳入後，佛教的神通異變幾乎被全盤吸收，甚至教義上積極擴展「神通力量」的種類與效度，更創造出許多神明信仰，以和佛教在「神通方面」一較高下來吸引信眾。

從擬話本中看出庶民階層不懂得道教的真諦，因此在擬話本中呈現三教混雜的宗教現象，即便是士人階層也有這樣的現象，這種宗教文化從明代到現在一直存在著。[6]尤其是庶民階層更有嚴重的「功利」傾向，通常是遇到困難的時候才會去燒香祈禱作法事，[7]而他們追求的儀式常常是道佛混雜，只求能解決現世的問題，「靈驗」是最重要的考量。[8]道教的終極理想是為了「修煉成仙」，這點

6 馬克斯．韋伯（Max Webber）：「對於帝國宗教的官方的儀式即佛教的法事（原文為Messe，彌撒）——這種佛教的法事甚至在上流社會裡也很盛行——以及道教的占卜術，中國人或重視或輕視，完全根據需要和它們靈驗的效力。按照北京的民俗，舉行葬禮的時候，以古典的祖先崇拜為基調，同時並用佛教與道教的聖禮。」見（德）馬克斯．韋伯（Max Webber）著，洪天富譯：《儒教與道教》（*Konfuzianismus und Taoismus*），頁173。

7 李小光：「民間神仙信仰的這種功利性有兩層含義，其一是指作為信仰主體的個人往往是在有所需求的時候才去燒香祈禱作法事，即通常所謂的『平時不燒香，臨時抱佛腳』，『無事不登三寶殿』。其二是指民間所信仰的神仙必須真正有靈驗方能長盛不衰，即通常所謂的『有求必應』。」見氏著：《生死超越與人間關懷——神仙信仰在道教與民間的互動》，頁12。

8 葛兆光：「在研究中國佛教史與中國道教史時，人們常常忽略了這樣一個事實，即唐宋以來，尤其是明清時代，在民間所流傳的佛、道兩教，並不像在士大夫中所流傳的佛、道兩教那樣涇渭分明，而是常常攪成一團的。……他們求神拜

毋庸置疑，在擬話本中我們可以看到一般的道教修行者經由歷劫、修道、服食、濟世等方法修行成仙，然而在話本中修道的「道」，有時代表的是道家的清心寡欲觀，有時又代表儒家的道德觀，這是道教彼此矛盾的地方。而濟世的思想很明顯是受到儒家影響，也並非道教的原始教義；另外道教降妖伏魔的方術儀式，大多源自中國原始宗教的巫術系統，這是道教義教混雜的地方。整體而言，在擬話本中反映出的道教理論並不如儒家及佛教的宗教理論精細。[9]實際上，道教的理論雖然龐雜，但是在邏輯與系統性上，的確不如儒家與佛教。不過，在庶民生活中，道教與佛教的地位並不因為理論的邏輯與論證的詳密問題而有差距，兩者彼此互相影響，同為中國人信仰的重要宗教，並且形成一種獨特的自由宗教傳統。

我們可以發現擬話本中的民眾關心的不是宗教可以帶領信眾達到何種「境界」的問題，而是信仰宗教的實際「效用」問題。民眾對於道家「清心寡欲」的修行原則不是很感興趣，卻對解決現實生活困惑或恐懼的方術儀式有極高的熱情。因此對於道教的「神通」與「降妖伏魔」的能力及其展現的儀式，頗為熱衷。

自漢武帝獨尊儒術以來，儒家憑藉著政治力量的支持，在教育與文化的傳播上具有絕對優勢，加上其學說的體系完整，適合農業社會與獨特的穩定階級的力量，成功地占據中國文化的主流。民間對儒家的崇敬並不亞於其他宗教，儒家在民間尊崇的程度與社會上的影響力，實際上與宗教所發揮的效力與功能相差彷彿。由另外一

佛、積善積德、磕頭燒香、求簽問卜，主要是為了求得心靈的寬慰，求得來世的幸福，解脫今生的苦難，解決現世的問題，所以是見佛輒拜，遇仙則求，水陸道場也罷、齋醮祈禳也罷，反正都差不多。」見氏著：《道教與中國文化》，頁324。

9　葛兆光：「道教的理論不夠正統，思辨不夠精微，說服力與誘惑力都不如儒、佛兩家來得那麼大……。」見氏著：《道教與中國文化》，頁259。

個角度來看，儒家或許只是「準宗教」，但是其道德倫理的主張與實踐，是有著堅強的「宗教精神」，也可以說道德倫理與宗教精神兩者在儒家中是通而為一，構成中國文化中的「一本性」。[10]儒家的終極理想強調仁義之道，並重視從出生到死亡這段時間中倫理道德的實踐，對於形而上的鬼神及死亡是存而不論，然而儒家又極重視「喪祭」行為，尤其是祭拜父母的孝道，這點容易被誤解，其實儒家重視喪祭行為並不是信仰鬼神，而是一種人文精神的展現。儒家是不是宗教？這是一個學界討論已久的問題。本論文所抱持的觀點是：在學術史上，儒家是不是宗教還需斟酌。但是在民間，儒家除了沒有具有意志的至上神之外，其餘的條件幾乎都滿足宗教定義所需要的條件。甚至可以說，儒家在民間的實際運作與影響，就是儒教。儒家在民間的宗教性格，在明代擬話本中清晰地展現出來。

在明代擬話本中可以看到一般民眾對傳統女德、夫婦人倫、兄弟之情、朋友之義等五倫的實踐：女人從一而終的守節行為在擬話本中頻頻出現；而兄弟更是不可爭產，爭產會有惡報；朋友之義高度地展現人性的光輝，為了朋友兩肋插刀並可犧牲生命，這是儒家的仁義之道。然而儒家的仁義之道是由內而發的善性，並不受鬼神威脅，可是擬話本中行善後往往會有豐厚的報償，這是明代擬話本中誤解儒家的教義所在。其餘對儒家的理想都是深刻奉行並實踐的。一般而言，擬話本中的儒者修養是符合儒家的終極理想。因此在擬話本的故事中，儒家思想可視為「儒教」，具有宗教的意義與功能，成為指導人生的重要準則。

整體而言，儒家的「儀式」並不如佛、道二家的多元且複雜，但佛、道二家的「倫理觀」主要是依循儒家的。另外一個重點在

---

10 參見楊祖漢：〈儒家的宗教性〉《鵝湖學誌》第40期（2008年6月），頁76-87。

於：儒家的禮與儀節及其相關儀式，在民間仍舊是必須實踐的重要活動。佛教、道教面對儒家的倫理學，與儒家沿襲已久的儀節活動，必須吸納入體系與理論之中，更需要積極參與，才能在傳統文化與當時的政治背景下不斷地傳播其宗教思想。因此，佛教與道教的教義往往必須在儒家的倫理學下進行論述與實踐。儒家儀式與儀典可以加入，但是不能推翻。

佛教以布施行善、弘法度生的修行方式詮釋大乘佛教「慈悲」的教義，然而這並非佛教的原始基本教義，而是受到中國儒家的影響；而道教「濟世成仙」的修行方法亦非道教的原始教義，也是受到儒家的影響。因此，儒家的倫理道德觀點及其實踐，深刻制約佛、道二教，成為佛、道教中無法迴避或是反對的道德原則。實際上，佛、道二教與儒家道德的衝突問題，在魏晉南北朝就已經引發。最後，佛、道二教只能採取融合接受的方式，這種發展與形成的觀念，在明代擬話本中可發現已經相當穩固。

在中國的歷史長河中，儒釋道三教互相排斥也互相融合，但是總體說來排斥得少，融合得多。仔細觀察，會發現儒家在道德觀點上占據優勢地位，佛教與道教對此只能試圖將儒家的道德觀點納入體系中。明代出現了林兆恩的「三一教」思想，可視為傳統以來儒釋道三者發展的歸結。「三一教」的思想是以儒家的倫理道德為主並以佛道思想為輔形成教義，這點也是明代擬話本中對儒、釋、道三者的主要意見。

在明代擬話本中可以看到宗教混雜的現象，包括儀式及思想的混雜。其中佛教、道教的儀式混合最為嚴重，僧侶與道士常常會在超渡儀式中一起出現，甚至是主持另外一方的宗教儀節。這反映民眾並不重視真實的宗教教義，只要能安頓身心，教義的差異與儀式的歸屬並不需要在意。

思想的混雜也很嚴重，佛、道二教依循的是儒家的道德，在其他理論上各有所重，但是也互相混淆。簡單而言，一般民眾需要道教的神通能力，佛教的超渡儀式，以及儒家的倫理道德，對他們來說這不是一種混淆，而是各取所長，也就是一種互補。這也反映出民眾對儒釋道三教教義的選擇是依其需要而選用，有其現實目的。另外宗教代理人為了吸引信眾，以簡易的修行方法招攬信眾，如佛教以布施持咒等簡易修行方式教導民眾，道教則以降妖伏魔的方術儀式讓民眾趨吉避凶。由明代擬話本的內容來看，民間對於宗教的態度以膜拜「神通」為主，卻簡化了佛道二教的宗教教義。

明代擬話本中反映出一般民眾對「外顯」的宗教修行比「內化」的宗教修行感興趣，也就是對「儀式性的修行方式」接受度較高，因為這樣的修行方式可以「趨吉避凶」，相反的對於「內化」的「宗教修行」哲學，民眾則較不感興趣甚至有嚴重誤解的情形，然而內化的宗教修行往往是「宗教理想」的核心所在。因此，宗教代理人並不重視民眾的「心靈」層次，而重視儀式與技術的操作，「弱化」宗教的理論意義與崇高的價值。

擬話本中反映的宗教理想與修行為何會有契合與衝突的現象，主要有三個原因，第一是受到「原始宗教」的影響：擬話本以原始宗教的觀念，片面選擇儒釋道的思想，從先秦到現代，原始宗教的教義一直是人民深刻的信仰。因為人民熟悉原始宗教「趨吉避凶」的原則，宗教代理人必須如此操作宗教教義來迎合民眾的需求，而反映明代宗教文化的擬話本就真實呈現這樣的現象，擬話本中的宗教理想與民眾的修行方式無法契合，這是原因之一。第二個原因是為了遷就「世俗化」：因為簡易的修行法比較為中國人所接受，宗教代理人為了自己的經濟利益，為了吸引更多人來參與宗教行為，所以他要不斷地媚俗，改變宗教教義，導致宗教的表現方式不穩定，甚至簡化了宗教的戒律。第三點是因為話本特殊的「商業性質」：為了妥協讀者的審美期待以及商業經濟效益，作者必須如此寫作，使真實的宗教教義與修行方式在明代擬話本中被扭曲，只能書寫符合讀者心目中的宗教義理。

然而由這些擬話本中呈現的宗教觀點與信仰實踐來看，庶民與思想史上所記載的文化菁英們的差異，呈現巨大落差。這種差異形成除了庶民與菁英對文化知識的獲取有質與量的差距之外，更重要的應該是兩者對於宗教思想與信仰實踐的觀點有著根本性的落差。對思想、文化菁英來說，「理」之探求是知識生命的重要部分；但是對庶民來說，「利」才是選擇宗教信仰的標準。此處所謂的「理」是指論理性，中國學術自先秦發展以來，對於論理性的要求相當高，因此論辨理論的邏輯與意義，是學術的重點問題。但是對庶民來說，宗教有沒有理論的高度不是重點，關鍵在於能否解決生活的疑惑與面對生存的身心安頓問題。甚至，對很多人來說，宗教是對具體行為或日常活動具有指引性質的準則。因此，民間對於信仰宗教的動機，來自於現實，則基於現實考量，對宗教之觀點與儀式加以裁選，是理所當然之事。

因此，擬話本中的宗教思想簡化，或許是知識程度的落差所致，但是其中呈現的紛亂與雜混甚至是矛盾，只可說是庶民對於宗教信仰的追求不在於理則，而在於快速獲取便利於安頓身心的觀點或法門。對庶民來說，他們對儒家、佛教、道教與原始宗教的選擇並非理智的運作，選擇之後也不是牢不可破，只要能解決困境，面對苦難的人生能獲得直捷的解釋，那麼宗教信仰之間的揉雜混亂並不是缺點，而是反映庶民面對多元選擇下各取其利的實用態度。

最後引述人類學家史拜洛（Melford Spiro）對宗教的功能的分類，為本論文的主要論點作一整合敘述。史拜洛以為宗教主要有三種功能:「整合的功能」、「認知的功能」和「生存的功能」。宗教如果具有團結村民、鄉親、族群、社群的功能,即具有「整合的功能」」(integrative function)。如果能提供具有邏輯與知識性的宇宙人生觀,作為信徒面對生命的理則與觀點,即具有「認知的功能」(cognitive function)。如果能幫助信徒解決婚姻、家庭、事業等個人問題,則具有「生存功能」」(adaptive function)。[11]

理論上儒、釋、道三教皆兼具此三種功能,這點毫無疑問。但是由擬話本中的敘述來看,民間對於宗教的功能性考慮,傾向「生存功能」,其他兩種「整合功能」與「認知功能」的考量,較為次要。甚至可以說「生存功能」是信仰的最主要動機,其他兩項是信仰後的衍生功能。

本論文並無鄙薄庶民宗教之意味,因為由擬話本中看出庶民選擇宗教理念與儀式,是一種長時間累積的傳統與文化的影響下,加上生活現實的實際考量下的一種行為。這不是理論問題,是生存問題,由其中展現出庶民的智慧與靈活的彈性。也許就是這種彈性,與其他世界同時期的文化發展相比,中國的宗教發展一向是自由而無嚴重的迫害,甚至無宗教戰爭行為。這不僅是政治傳統的問題,實際上由擬話本中反映的三教融貫混雜的情形可以看出,任何一種宗教想要在中國奪得獨尊的話語權,是很難做到的。因為,庶民的生存智慧,讓所有宗教的觀點與儀式需要彼此競爭與融合,才能在傳播上得到優勢。所以在宗教的競合關係中,宗教在中國發展必須是遷就與變動的,所有的宗教只能是中國文化的一部分,而不是唯一。

---

11 Melford Spiro, *Religion: Problems of Definition and Explanation*, in: Kilborne B. & L. L. Langness, ed., *Culture and Human Nature: Theoretical Papers of Melford Spiro*, Chicago: Univ. of Chicago Press.

參考書目

凡例：本論文之參考書目以「作者姓氏筆劃」為編排次序。相關期刊論文、研討會論文集、學位論文則以「出版年代」先後為編排次序。

一 文本

天然癡叟：《石點頭》（臺北：三民書局，1998年）（底本為明帶月樓刊本）

西湖漁隱主人：《歡喜冤家》（長沙：岳麓書社，1993年）

周清源：《西湖二集》（臺北：三民書局，1998年）（底本為臺北天一出版社《明清善本小說叢刊》影印之崇禎本）

東魯古狂生編：《醉醒石》（臺北：建宏出版社，1995年「原上海古籍出版社印行本」）

洪楩著、石昌渝校點：《清平山堂話本》（江蘇：江蘇古籍出版社，1994年）（底本為1929年影印的日本內閣文庫藏明版）

凌濛初：《拍案驚奇》（臺北：桂冠圖書公司，1992年）（底本為明尚友堂原刻本）

凌濛初：《二刻拍案驚奇》（臺北：桂冠圖書公司，2001年）（底本為明尚友堂原刻本）

陸人龍：《型世言》，收入《明代小說輯刊》第1輯第2冊（成都：巴蜀書社，1993年）

無名氏：《京本通俗小說》，收入《中國話本大系》（南京：江蘇古籍出版社，1994年）
馮夢龍：《喻世明言》（臺北：桂冠圖書公司，1992年）（底本為明天許齋本）
馮夢龍：《警世通言》（臺北：桂冠圖書公司，1992年）（底本為三桂堂本）
馮夢龍：《醒世恆言》（臺北：桂冠圖書公司，1991年）（底本為明葉敬池刊本）
熊龍峰：《熊龍峰刊行小說四種》，收入《中國話本大系》（南京：江蘇古籍出版社，1994年）

二　古籍

（清）阮元校刻：《十三經注疏》（臺北：藝文印書館，1979年）
《諸子集成》（香港：中華書局，1978年）
楊家駱主編：《新校本二十五史》（臺北：鼎文書局，1975年）
《大正藏》（臺北：新文豐出版公司，1983年《東京大藏出版株式會社》影印本）
《卍續藏經》（臺北：中國佛教會影印卍續藏經委員會，1968年）
〔清〕永瑢、紀昀等編：《四庫全書總目》（北京：中華書局，1965年）
《藏外道書》（成都：巴蜀書社，1992年）
〔晉〕干寶：《搜神記》（臺北：木鐸出版社，1985年）
〔晉〕葛洪著，王明校釋：《抱朴子內篇校釋》（北京：中華書局，1985年）

〔晉〕葛洪著，楊明照釋：《抱朴子外篇校箋》（北京：中華書局，1991年）
〔宋〕李昉：《太平廣記》（臺北：文史哲出版社，1992年）
〔宋〕張載：《張載集》（北京：中華書局，1978年）
〔宋〕程顥、程頤：《二程全書》（臺北：臺灣中華書局，1986年）
〔宋〕黎靖德編，王星賢點校：《朱子語類》（北京：中華書局，1999年）
《明英宗實錄》（臺北：中央研究院歷史語言研究所，1967年）
《明會典》（北京：中華書局，1989年）
《全明文》（上海：上海古籍出版社，1992年）
黃宗羲：《黃梨洲文集》（北京：中華書局，1959年）

三　專書

木村泰賢：《原始佛教思想論》，收入《木村泰賢全集》（東京：大法輪閣，1982年）
王岳川：《後現代主義文化研究》（臺北：淑馨出版社，1998年）
王永會：《中國佛教僧團發展及其管理研究》（成都：巴蜀書社，2003年）
王利器：《葛洪論》（臺北：五南圖書公司，1997年）
王爾敏：《明清時代庶民文化生活》（臺北：中研院近代史研究所，1996年）
王國良：《魏晉南北朝志怪小說研究》（臺北：文史哲出版社，1984年）
王景琳：《中國古代僧尼生活》（臺北：文津出版社，1992年）

方正耀：《明清人情小說研究》（上海：華東師範大學出版社，1986年）
方立天：《中國佛教與傳統文化》（臺北：桂冠圖書公司，1994年）
方立天：《中國佛教文化》（北京：中國人民大學出版社，2006年）
方立天：《佛教哲學》（北京：中國人民出版社，1987年）
印　順：《原始佛教聖典之集成》（臺北：正聞出版社，1986年）
正果法師：《佛教基本知識》（高雄：淨心文教基金會，1996年）
任繼愈主編：《儒家問題爭論集》（北京：宗教文化出版社，2000年）
任繼愈主編：《中國佛教史》（北京：中國社會科學出版社，1985-1988年）
任繼愈主編：《中國道教史》（上海：上海人民出版社，1990年）
朱天順：《中國古代宗教初探》（臺北：谷風出版社，1986年）
朱光潛：《文藝心理學》，《朱光潛全集》卷1（合肥：安徽教育出版社，1987年）
朱立元：《接受美學導論》（合肥：安徽教育出版社，2004年）
呂大吉：《宗教學通論》（臺北：博遠出版公司，1994年）
赤沼智善：《原始佛教之研究》（東京：破塵閣書房，1939年）
牟鍾鑒、胡孚琛、王葆玹：《道教通論——兼論道家學說》（山東：齊魯書社，1993年）
牟宗三：《心體與性體》（臺北：正中書局，1968年）
李本耀等著：《話本與變文》（臺北：天一書局，1991年）
李小光：《生死超越與人間關懷——神仙信仰在道教與民間的互動》（四川：巴蜀書社，2002年）
李夢生：《中國禁毀小說百話》（上海：上海古籍出版社，1994年）
李致忠：《歷代刻書考述》（成都：巴蜀書社，1990年）

李亦園：《宗教與神話》（桂林：廣西師範大學出版社，2004年）
李　申：《儒學與儒教》（成都：四川大學出版社，2005年）
李劍國：《唐前志怪小說史》（天津：南開大學出版社，1984年）
李富華：《中國古代僧人生活》（臺北：臺灣商務印書館，1998年）
李養正：《道教概說》（北京：中華書局，1989年）
李　霞：《圓融之思——儒道佛及其關係研究》（合肥：安徽大學出版社，2005年）
何兆武：《當代西方史學理論》（上海：上海科學社會出版社，2003年）
何光滬：《宗教社會學》（臺北：水牛圖書出版公司，1997年）
何金蘭：《文學社會學》（臺北：桂冠圖書公司，1989年）
宋若雲：《逡巡於雅俗之間：明末清初擬話本研究》（北京：中國社會科學出版社，2006年）
宋珂君：《明代宗教小說中的佛教「修行」觀念》（北京：中國社會科學出版社，2005年）
苗啟明、溫益群：《原始社會的精神歷史架構》（昆明：雲南人民出版社，1993年）
林惠祥：《文化人類學》（北京：商務印書館，1991年）
祁志祥：《佛學與中國文化》（上海：學林出版社，2001年）
苟　波：《道教與神魔小說》（成都：巴蜀書社，1999年）
孟　瑤：《中國小說史》（臺北：傳記文學出版社，1986年）
金正耀：《道教與煉丹術論》（北京：宗教文化出版社，2001年）
吳　銳：《神守傳統與道教起源》（臺北：東大圖書公司，2008年）
吳存存：《明清社會性愛風氣》（北京：人民文學出版社，2000年）
周紹賢、劉貴傑：《魏晉哲學》（臺北：五南圖書公司，1996年）
周　齊：《明代佛教與社會》（北京：人民出版社，2005年）

周慶華：《佛教與文學的系譜》（臺北：里仁書局，1999年）
周　群：《儒釋道與晚明文學思潮》（上海：上海書店出版社，2000年）
南炳文、何孝榮：《明代文化研究》（北京：人民出版社，2006年）
姚　蒙：《法國當代史學主流》（臺北：遠流出版公司，1991年）
胡士瑩：《話本小說概論》（臺北：丹青圖書公司，1983年）
胡道靜，陳耀庭，林萬清主編：《藏外道書》（成都：巴蜀書社，1992年）
胡新生：《中國古代巫術》（濟南：山東人民出版社，2005年）
胡孚琛、呂錫琛：《道學通論——道家、道教、仙學》（北京：社會科學文獻出版社，1999年）
洪修平：《中國佛教與儒道思想》（北京：宗教文化出版社，2004年）
袁　珂：《中國神話傳說》（臺北：里仁書局，1987年）
秦家懿、孔漢思：《中國宗教與西方神學》（臺北：聯經出版事業公司，1989年）
徐兆仁：《道教與超越》（北京：中國華僑出版社，1991年）
高壽仙：《中國宗教禮俗》（臺北：百觀出版社，1994年）
容肇祖：《馮夢龍與三言》（臺北：木鐸出版社，1983年）
卿希泰、唐大潮：《道教史》（南京：江蘇人民出版社，2006年）
卿希泰主編：《道教與中國傳統文化》（福州：福建人民出版社，1999年）
夏咸淳：《晚明士風與文學》（北京：中國社會科學出版社，1994年）
莊　因：《話本楔子彙說》（臺北：聯經出版事業公司，1978年）

孫　遜：《中國古代小說與宗教》（上海：復旦大學出版社，2003年）
孫昌武：《佛教與中國文學》（上海：人民出版社，1988年）
孫楷第：《俗講、說話與白話小說》（北京：作家出版社，1956年）
許麗芳：《古典短篇小說之韻文》（臺北：里仁書局，2001年）
許麗芳：《傳統書寫之特質與認知——以明清小說撰者自序為考察中心》（高雄：復文圖書出版社，2000年）
郭英德：《世俗的祭禮》（北京：國際文化出版公司，1988年）
徐志平：《清初前期話本小說之研究》（臺北：臺灣學生書局，1998年）
徐志平：《中國古代神話選注》（臺北：里仁書局，2006年）
徐志平：《晚明話本小說石點頭研究》（臺北：臺灣學生書局，1991年）
馬昌儀：《中國靈魂信仰》（臺中：漢忠文化事業公司，1996年）
馬西沙、韓秉方：《中國民間宗教史》（北京：中國社會科學出版社，2004年）
董芳苑：《原始宗教》（臺北：久大文化公司，1991年）
陸永峰：《敦煌變文研究》（成都：巴蜀書社，2000年）
陳永正：《三言二拍的世界》（臺北：遠流出版公司，1986年）
陳平原：《中國小說敘事模式的轉變》（臺北：久大文化公司，1990年）
陳詠明：《儒學與中國宗教傳統》（北京：宗教文化出版社，2003年）
陳浩、曾琦雲：《宗教文化導論》（杭州：浙江大學出版社，2006年）
陳大康：《明代小說史》（上海：上海文藝出版社，2000年）

陳永革：《晚明佛學的復興與困境》（高雄：佛光山文教基金會出版，2001年）

陳　來：《古代宗教與倫理——儒家思想的根源》（臺北：允晨文化實業公司，2005年）

陸樹崙：《馮夢龍研究》（上海：復旦大學出版社，1987年）

曾永義：《說俗文學》（臺北：聯經出版事業公司，1980年）

曾　良：《明清小說研究》（成都：四川大學出版社，2005年）

曾昭旭：《良心教與人文教：論儒學的宗教面向》（臺北：臺灣商務出版社，2003年）

馮學成：《心靈鎖鑰一佛教心理世界》（四川成都：四川人民出版社，1995年）

溫孟孚：《三言話本與擬話本研究》（北京：中國社會科學出版社，2005年）

葉　朗：《中國小說美學》（臺北：里仁書局，1987年）

葉慶柄：《中國文學史》（臺北：臺灣學生書局，1990年）

葉慶炳：《談小說妖》（臺北：洪範書局，1980年）

勞思光：《中國哲學史》（臺北：三民書局，1993年）

張廣智、陳新：《年鑑學派》（臺北：揚智文化事業公司，1999年）

張立文主編、彭永捷副主編：《聖境——儒學與中國文化》（北京：人民出版社，2005年）

張紫晨：《中國巫術》（上海：三聯出版社，1990年）

張運華：《中國傳統佛教儀軌》（臺北：立緒文化事業公司，1998年）

張　俊：《清代小說史》（杭州：浙江古籍出版社，1997年）

張振軍、毛德富：《禁錮與超越》（北京：新華書店，1988年）

張映勤：《佛道文化通覽》（天津：天津社會科學院出版社，2000年）

程毅中：《宋元小說研究》（江蘇：江蘇古籍出版社，1998年）

黃敏枝：《宋代佛教社會經濟史論集》（臺北：臺灣學生書局，1989年）

葛兆光：《道教與中國文化》（臺北：東華書局，1989年）

蒲慕州：《追尋一己之福：中國古代的信仰世界》（上海：上海古籍出版社，2007年）

詹石窗：《道教文化十五講》（北京：北京大學出版社，2005年）

楊永漢：《虛構與史實——從話本三言看明代社會》（臺北：萬卷樓圖書公司，2006年）

楊　義：《中國歷朝小說與文化》（臺北：業強出版社，1993年）

楊　義：《中國古典小說史論》（北京：中國社會科學出版社，1995年）

趙滋蕃：《文學原理》（臺北：東大圖書公司，1988年）

趙樸初、任繼愈等著：《佛教與中國文化》（臺北：國文天地雜誌社，1988年）

樂蘅軍：《宋代話本研究》（臺北：臺灣大學文學院，1969年）

蔡國良：《明清小說探幽》（臺北：木鐸出版社，1987年）

齊裕焜：《明代小說史》（杭州：浙江古籍出版社，1997年）

劉大杰：《中國文學發展史》（臺北：華正書局，1991年）

劉鋒、臧知非：《中國道教發展史綱》（臺北：文津出版社，1997年）

劉天振：《明代通俗類書研究》（濟南：齊魯書社，2006年）

魯　迅：《魯迅小說史論文集——中國小說史略及其他》（臺北：里仁書局，1992年）

魯　迅：《中國小說的歷史的變遷》（香港：中流出版社，1957年）
魯　迅：《中國小說史略》（臺北：風雲時代出版公司，1992年）
歐陽代發：《話本小說史》（武漢：武漢出版社，1994年）
鄭素春：《道教信仰、神仙與儀式》（臺北：臺灣商務印書館，2002年）
鄭志明：《中國文學與宗教》（臺北：臺灣學生書局，1992年）
鄭志明：《神明的由來》（嘉義：南華管理學院，1997年）
鄭志明：《明代三一教主研究》（臺北：臺灣學生書局，1988年）
鄭志明：《傳統宗教的文化詮釋：天地人鬼神五位一體》（臺北：文津出版社，2009年）
鄭振鐸：《中國俗文學史》（北京：東方出版社，1996年）
錢　穆：《靈魂與心》（桂林：廣西師範大學出版社，2004年）
賴建誠：《年鑑學派管窺》（臺北：左岸文化出版社，2003年）
賴永海：《中國佛教文化論》（北京：中國青年出版社，1999年）
賴永海：《中國佛性論》（上海：人民出版社，1988年）
繆咏禾：《馮夢龍和三言》（臺北：萬卷樓圖書公司，1993年）
龍協濤：《讀者反應理論》（臺北：揚智文化事業公司，1997）
戴康生、彭耀：《宗教社會學》（北京：社會科學文獻出版社，2000年）
蕭湘愷：《宋元小說史》（杭州：浙江古籍出版社，1997年）
瞿同祖：《中國法律與中國社會》（臺北：里仁書局，1984年）
聶付生：《馮夢龍研究》（上海：學林出版社，2002年）
韓秋白、顧青著：《中國小說史》（臺北：文津出版社，1995年）
羅小東：《話本小說敘事研究》（北京：學苑出版社，2002年）
蘇鳴東：《天道概論》（臺北：天巨書局，1985年）
譚正璧：《三言兩拍資料》（上海：上海古籍出版社，1981年）

譚邦和：《明清小說史》（上海：上海古籍出版社，2006年）
黨聖元、李繼凱：《中國古代道士生活》（臺北：臺灣商務印書館，1998年）
嚴耀中：《佛教戒律與中國社會》（上海：上海古籍出版社，2007年）
龔篤清：《馮夢龍新論》（長沙：湖南人民出版社，2002年）

四　單篇論文

容肇祖：〈馮夢龍的生平及其著述〉，《嶺南學報》第2卷第2期（1931年7月）
容肇祖：〈明馮夢龍的生平及其著述續考〉，《嶺南學報》第2卷第3期（1932年3月）
（德）恩格斯（Engels）著：〈路德維希·費爾巴哈和德國古典哲學的終結〉，《馬克思恩格斯選集》（北京：人民出版社，1972年）
胡萬川：〈馮夢龍所編話本小說三言的版本與流傳〉，《中華文化復興月刊》第9卷第6期（1976年6月）
吳宏一：〈六朝鬼神怪異小說與時代背景的關係〉，《中國古典小說文學研究叢刊——小說之部（一）》（臺北：巨流圖書公司，1977年）
黃仲琴，〈佛教入中國諸說之因襲及推進〉，收入張曼濤主編《中國佛教史論集》（臺北：大乘文化出版社，1977年）
林麗雪：〈抱朴子內篇思想析論——葛洪研究之二〉，《國立編譯館館刊》第7卷2期（1978年6月）

胡萬川：〈從馮夢龍編輯舊作的態度談所謂宋代話本〉，《古典文學》第2集（臺北：臺灣學生書局，1980年）

曾永義：〈關於變文的題名、淵源和結構〉，收入《說俗文學》（臺北：聯經出版事業公司，1980年）

增田涉：〈論「話本」一詞的定義〉，《中國古典小說研究專集》三（臺北：聯經出版事業公司，1981年）

王慶菽：〈宋代話本和唐代說話俗講變文傳奇小說的關係〉，《社會科學》第1期（1982年）

藍吉富：〈傳燈的人——歷代僧侶的分類考察〉，《中國文化新論》（宗教禮俗篇）（臺北：聯經出版事業公司，1982年）

王慶菽：〈宋代話本和唐代說話俗講變文傳奇小說的關係〉，《社會科學》第1期（1982年）

胡萬川：〈乍看不起眼的那些角色——傳統小說人物試論之一〉，《古典文學》第7集（臺北：臺灣學生書局，1985年）

綦鴻昌：〈明朝對僧道的管理〉，《北方論叢》第5期（1986年）

陳益源：〈《歡喜冤家》的和尚形象及其影響〉，《中國小說與宗教》（香港：中華書局，1998年）

徐志平：〈從「三言」看明代的僧尼〉，《嘉義農專學報》第17期（1988年4月）

李孝悌：〈上層文化與民間文化——兼論中國史在這方面的研究〉，《近代中國史研究通訊》第8期（1989年）

方立天：〈三次捨身寺院的梁武帝〉，收入趙樸初、任繼愈等著：《佛教與中國文化》（臺北：國文天地雜誌社，1990年）

牟宗三：〈第三講 憂患意識中之敬、敬德、明德與天命〉，《中國哲學的特質》（臺北：臺灣學生書局，1990年）

朱　鴻：〈明太祖與僧道——兼論太祖的宗教政策〉，《(國立臺灣師範大學）歷史學報》第18期（1990年6月）

錢存訓：〈印刷術在中國傳統文化中的功能〉，《漢學研究》第8卷第2期（1990年12月）

李豐楙：〈仙道的世界——道教與中國文化〉，《中國文化新論——宗教禮俗編「敬天與親人」》（臺北：聯經出版事業公司，1991年）

陳　兵：〈明清道教〉，收入牟鍾鑒、胡孚琛、王保玹主編：《道教通論——兼論道家學說》（濟南：齊魯書社，1991年）

蕭蓮父：〈人文易與民族魂〉，《中國文化》第5期（北京：生活·讀書·新知三聯書店，1991年秋季號）

賴永海：〈宋元時期佛儒交融思想探微〉，《中華佛學學報》第5期（1992年）

邱澎生：〈明代蘇州營利出版事業及其社會效應〉第5卷第2期《九州學刊》（1992年10月）

李孝悌：〈十七世紀以來的士大夫與民眾——研究回顧〉，《新史學》第4卷第4期（1993年）

王宗昱：〈評葛洪論儒道關係〉，《孔孟月刊》第31卷5期（1993年5月）

陳永正：〈梁武帝累修歸極樂〉，《三言二拍的世界》（臺北：遠流出版公司，1994年）

邱仲麟：〈論明世宗禁尼寺——社會史角度的觀察〉，《中國政治、宗教與文化關係國際學術研討會論文集》（臺北：淡江大學歷史系，1994年）

傅承洲：〈馮夢龍與明代哲學思潮〉，《南京師範大學·社會科學版》第2期（1995年）

傅偉勳：〈儒道佛三教合一的哲理探討〉，《佛教與中國文化國際學術會議論文集》下輯（1995年）

屈小強：〈論儒、釋、道三教會通及其文化意義〉，《中華文化論壇》第4期（1995年）

董曉萍：〈民間信仰與巫術論綱〉，《民俗研究》第2期（1995年）

傅承洲：〈明代話本小說的勃興及其原因〉，《中國文學研究》第1期（1996年）

方立天：〈中國佛教倫理思想論綱〉，《中國社會科學》第2期（1996年）

游友基：〈融合與碰撞：釋道思想對「三言」思想藝術的滲透〉，《山西師大學報（社會科學版）》第23卷第2期（1996年4月）

萬建中：〈原始初民生命意識的折光——中國上古神話的變形情節破譯〉，《南昌大學學報（社會科學版）》第27卷第2期（1996年6月）

關尚智：〈《型世言》中之型世典範及所反映之社會亂象〉，《臺北技術學院學報》第29之第２期（1996年7月）

孫昌武：〈六朝小說中的觀音信仰〉，收入李志夫主編：《佛學與文學：佛教文學與藝術學研討會論文集》（臺北：法鼓文化事業公司，1998年）

柳岳梅：〈魏晉南北朝志怪和古代鬼神崇拜〉，《北方論叢》第4期（1998年）

于錦綉：〈論原始宗教的基本概念〉，《貴州民族研究（季刊）》第1期（1998年）

于錦綉：〈簡論原始宗教的形式、內容和分類〉，《世界宗教研究》第4期（1998年）

黃心川：〈「三教合一」在我國發展的過程、特點及其對周邊國家的影響〉，《哲學研究》第8期（1998年）

丁　敏：〈佛教經典中神通故事的作用及其語言特色〉《佛學與文學——佛教文學與藝術學術研討會論文集（文學部分）》（臺北：法鼓文化事業公司，1998年）

潘宗億：〈論心態史的歷史解釋：以布洛克《國王神蹟》〉，《歷史：理論與文化》第2期（1999年7月）

黃心川：〈道教與密教〉，《中華佛學學報第》第12期（1999年7月）

任繼愈：〈從佛教到儒教〉，收入任繼愈主編：《儒教問題爭論集》（北京：宗教文化出版社，2000年）

姜　生：〈原始道教之興起與兩漢社會秩序〉，《中國社會科學》第6期（2000年）

柳存仁：〈中國思想裡天上和人間理想的構思〉，《道教史探源》（北京：北京大學出版社，2000年）

魯湘子：〈略論儒釋道三教合一的內在因素〉，《社會科學研究》第6期（2000年）

李　霞：〈論明代佛教的三教合一說〉，《安徽大學學報（哲學社會科學版）》第24卷第5期（2000年9月）

金明求：〈三言故事中佛教死亡思惟探索——超越因果輪迴後的涅槃世界〉，《中華佛學研究》第5期（2001年3月）

宋若雲：〈論通俗文學的價值依據——從擬話本說起〉，《文藝評論》（2001年4月）

姜　明：〈試論兩宋話本小說及其特徵〉，《楚雄師範學院學報》第16卷第4期（2001年10月）

李孝悌：〈袁枚與十八世紀中國傳統中的自由〉，《戀戀紅塵：中國的城市、欲望與生活》（臺北：一方出版社，2002年）

劉曉東：〈「三教合一」思潮與「三一教」——晚明士人學術社團宗教化轉向的社會考察〉，《東北師大學報（哲學社會科學版）》第1期（2002年）

洪修平：〈儒佛道三教關係與中國佛教的發展〉，《南京大學學報（哲學．人文科學．社會科學）》第39卷第3期（2002年）

吾敬東：〈巫術與古代中國宗教精神〉，《華東師範大學學報》第34卷第2期（2002年3月）

黃麗月：〈臺灣地區三言二拍研究的回顧與展望——以各大學博碩士文為範圍〉，《中國文化月刊》第226期（2002年5月）

宋若雲：〈擬話本研究：回顧與評述〉，《中國文史哲研究通訊》第12卷第3期（2002年9月）

閔智亭：〈道教的根本教理及其核心信仰〉，《中國宗教》第4期（2003年）

李　杜：〈宗教的淨土與哲學的淨土〉，《人間淨土與現代社會（第三屆中華國際佛學會議中文論文集）》（臺北：法鼓文化事業公司，2003年）

汪建武：〈佛教基本教義探析〉，《湖北師範學院學報》第23卷第2期（2003年2月）

梁漱溟：〈儒佛異同論〉，《梁漱溟先生論儒佛道》（桂林：廣西師範大學出版社，2004年）

陳筱芳：〈中國傳統報應觀與佛教果報觀的差異及文化根源〉，《社會科學研究》第3期（2004年）

吳　淳：〈中國宗教集體精神的缺失〉，《華東師範大學學報（哲學社會科學版）》第36卷2期（ 2004年3月）

李孝悌：〈儒生冒襄的宗教生活〉，收於丘慧芬編：《自由主義與人文傳統：林毓生先生七秩壽慶論文集》（臺北：允晨文化實業公司，2005年）

李養正：〈談談道教的幾點特徵〉，《道教與傳統文化》（北京：中華書局，2005年）

牟鍾鑒：〈下篇：中國宗教與傳統文化互動的歷史脈絡〉，《中國宗教與中國文化》卷一（北京：中國社會科學出版社，2005年）

余敦康著：〈下篇：中國宗教與倫理〉，《中國宗教與中國文化》卷二（北京：中國社會科學出版社，2005年）

張玉璞：〈三教融攝與宋代士人的處世心態及文學表現〉，《孔子研究》第2期（2005年）

伍曉明：〈從「死生有命」展開的思考〉，《中國哲學史》第2期（2005年）

王曾瑜：〈拓展宋代史料的視野與三言二拍〉，《四川大學學報（哲學社會科學版）》總136期（2005年1月）

鄭志明：〈通神與神通的文化意識〉，《文明探索》第41卷（2005年4月）

宋仕平：〈試論原始宗教的社會功能〉，《中南民族大學學報（人文社會科學版）》第25卷第4期（2005年7月）

熊鐵基：〈道家、道教、道學〉，《華中師範大學學報》第44卷第6期（2005年11月）

賴國棟：〈法國史學轉型的歷程——評《多元歷史：法國對過去的建構》〉，《臺大歷史學報》第36期（2005年12月）

張惠玲：〈論明末清初擬話本小說的商品性〉，《青海師範大學學報（哲學社會科學版）》第3期（2006年）

董艷嬌、李彩旗：〈明代擬話本小說中的大團圓結局與民族文化心理〉，《陶瓷研究與職業教育》第4期（2006年）

王　杰：〈「儒學、儒教與宗教學」學術研討會綜述〉，《理論前沿》第23 期（2006年）

唐大潮：〈宋元明道教「三教合一」思想的發展理路〉，《世界宗教研究》第1期（2006年）

胡華楠、陳戍國、陳谷嘉：〈明初的三教合一思想〉，《船山學刊》第2期（2006年）

王立鵬：〈論話本在中國小說史上的地位〉，《井岡山學院學報》第27卷第1期（2006年1月）

張惠玲：〈明末清初擬話本興盛的社會歷史原因探析〉，《哈爾濱工業大學學報（社會科學版）》第8卷第2期（2006年3月）

何善蒙：〈林兆恩「三教合一」的宗教思想淺析〉，《逢甲人文社會學報》第12期（2006年6月）

項裕榮：〈試論話本小說中因果結構的演變歷程與審美優劣〉，《廣州大學學報（社會科學版）》第5卷第7期（2006年7月）

葉春林、肖烽：〈論「三言」「二拍」中的道教倫理〉，《湖南社會主義學院學報》第4期（2006年8月）

劉苑如：〈形見與冥報：六朝志怪中鬼怪敘述的諷喻——一個「導異為常」模式的考察〉，《中國文哲研究集刊》第29期（2006年9月）

項裕榮：〈試論話本小說中因果模式的盛行、侷限與消退〉，《湖南社會科學》第3期（2007年）

傅承洲：〈明清話本的文人創作與商業生態〉，《江蘇社會科學》第5期（2007年）

熊紅豔：〈太平經承負思想中的道德蘊涵〉，《和田師範專科學校學報》第27卷2期（2007年7月）

倪文敏：〈中國的原始宗教及其演變〉，《山西社會主義學院學報》第4期（2007年10月）

王曉興：〈儒教專題研究〉，《蘭州大學學報》第36卷第2期（2008年）

鄭志明：〈靈魂的生命觀與殯葬文化〉，《宗教哲學》第43期（2008年3月）

吾敬東：〈古代中國宗教的基本精神〉，《上海師範大學學報（哲學社會科學版）》第37卷第3期（2008年5月）

（法）羅傑·卡地爾（Roger Chartier）著，楊尹瑄譯：〈新文化史存在嗎？〉（Does the New Cultural History Exist?），《臺灣東亞文明研究學刊》第5卷第1期（2008年6月）

楊宗紅：〈明清之際話本小說家的宗教情懷〉，《天中學刊》第23卷第3期（2008年6月）

五　學位論文

胡萬川：《馮夢龍生平及其對小說之貢獻》（臺北：政治大學中國文學研究所碩士論文，1973年）

陳妙如：《古今小說研究》（臺北：中國文化大學中文研究所碩士論文，1981年）

咸恩仙：《話本小說果報觀研究》（臺北：文化大學中文研究所博士論文，1989年）

柳之青：《三言人物研究》（臺北：臺灣師範大學國文研究所碩士論文，1991年）

王鴻泰：《三言二拍的精神史研究》（臺北：臺灣大學歷史學研究所碩士論文，1992年）

柯瓊瑜：《三言教化功能之研究》（臺北：臺灣師範大學國文研究所碩士論文，1995年）

賴文華：《三言二拍中的游民探析》（臺北：政治大學中國文學研究所碩士論文，1995年）

林麗美：《三言二拍的女性研究》（中壢：中央大學中國文學研究所碩士論　文，1995年）

劉素里：《三言二拍一型的貞節觀》（臺北：中國文化大學中國文學所碩士論文，1996年）

金明求：《三言的死亡故事探討》（臺北：政治大學中國文學研究所碩士論文，1999年）

林淑蕙：《清初前期話本小說之命運觀研究》（臺中：東海大學中國文學研究所碩士論文，1999年）

馮翠珍：《三言二拍一型之戒淫故事研究》（臺北：中國文化大學中國文學所碩士論文，2000年）

陳秀珍：《三言、兩拍的情色世界探究》（臺中：東海大學中國文學研究所碩士論文，2000年）

朱珮瑩：《明清話本僧道人物形象研究》（臺北：淡江大學中文研究所碩士論文，2003年）

劉翊群：《三言二拍佛道人物形象研究》（臺北：臺灣大學中國文學所碩士論文，2004年）

曹　月：《明代話本小說的教化功能》（陝西：陝西師範大學中國古代文學研究所碩士論文，2005年）

劉正平：《宗教文化與唐五代筆記小說》（上海：復旦大學中國古代文學研究所博士論文，2005年）

阮　寧：《明清新倫理論述的建構——以「三言」等小說文本為場域的分析》（臺北：中國文化大學歷史研究所碩士論文，2006年）

賈東麗：《明代佛教文化的世俗化與晚明擬話本的互動》（華中：華中科技大學中國古代文學研究所碩士論文，2006年）

許雪珠：《《三言》中儒釋道思想與庶民文化試探》（臺中：中興大學中文研究所碩士論文，2007年）

楊　軍：《宋元三教融合與道教發展研究》（四川：四川大學道教與宗教文化研究所博士論文，2007年）

吳三文：《佛教與晚明擬話本小說創作》（湖南：湖南師範大學古代文學研究所碩士論文，2008年）

胡以富：《佛教和三言二拍》（上海：華東師範大學中國古代文學研究所碩士論文，2008年）

六　翻譯書籍

（美）卡爾・休斯克（Carl Schorske）著，黃煜文譯：《世紀末的維也納》（臺北：麥田出版公司，2002年）

（英）弗雷澤（J.G. Frazer）著，徐新育、汪培基、張澤石譯：《金枝》（*The Golden Bough*）（北京：新世界出版社，2006年）

（法）列維˙布留爾（Lucien Lévy・Brühl）著，丁由譯：《原始思維》（*Primitive Mentality*）（北京：商務印書館，1987年）

貝格爾（P. Berger）著，高師寧譯：《天使的傳言——現代社會與超自然的再發現》（*A rumor of angels: modern society and the rediscovery of the supernatural*）（香港：漢語基督教文化研究所，1996年）

彼得・柏克著，江政寬譯：《法國史學革命：年鑑學派1929-89》（臺北：麥田出版公司，1997年）

涂爾幹（Emile Durkheim）著，渠東汲譯：《宗教生活的基本形式》（上海：上海人民出版社，1999年）

（德）恩斯特・卡西勒（Ernst Cassirer）著，甘陽譯：《人論：人類文化哲學導引》（*An essay on man: an introduction to a philosphy of human culture*）（北京：西苑出版社，2003年）

（俄）海通著，何星亮譯：《圖騰崇拜》（廣西：廣西師範大學出版社，2004年）

（英）馬林諾夫斯基（Bronislaw Malinowski）著，李安宅編譯：《巫術科學宗教與神話》（北京：中國民間文藝出版社，1986年）

（德）馬克斯・韋伯著（Max Webber）著，康樂、簡慧美譯：《宗教社會學》（*Religionssoziologie*〔*Typen religioser Vergemeins-chaftung*〕）（臺北：遠流出版公司，1993年）

（德）馬克斯・韋伯（Max Webber）著，洪天富譯：《儒教與道教》（*Konfuzianismus und Taoismus*）（南京：江蘇人民出版社，2005年）

Victor H. Mair 著、楊繼東、陳引馳譯：《唐代變文：佛教對中國白話小說及戲曲產生的貢獻之研究》（香港：中國佛教文化，1999年）

（德）漢斯・羅伯特・姚斯（Hans Robert Jauss）著，董之林譯：《接受美學理論》（*Reception theory: a critical introduction*）（臺北：駱駝出版社，1994年）

（德）漢斯・羅伯特・姚斯（Hans Robert Jauss）著，周寧、金元浦譯：《接受美學與接受理論》（瀋陽：遼寧人民出版社，1987年）

附錄

重點擬話本的宗教傾向與修行內容

一　《喻世明言》（底本為明天許齋本）

卷本	卷名	宗教傾向	修行內容
第1卷	蔣興哥重會珍珠衫	佛教，儒教	守戒，夫婦人倫
第2卷	陳御史巧勘金釵鈿	原始宗教，儒教	避禍，女德
第3卷	新橋市韓五賣春情	宗教混雜	佛道修行儀式混雜
第4卷	閒雲庵阮三償冤債	佛教，儒教	布施，女德
第5卷	窮馬周遭際賣䭔媼	儒教	行仁義
第6卷	葛令公生遣弄珠兒	儒教	行仁義（重義輕色）
第7卷	羊角哀捨命全交	原始宗教，儒教	巫術，朋友之義
第8卷	吳保安棄家贖友	儒教	朋友之義
第9卷	裴晉公義還原配	儒教	行仁義（重義輕色）
第10卷	滕大尹鬼斷家私	儒教	女德，兄弟之義
第11卷	趙伯昇茶肆遇仁宗	儒教，原始宗教	信仰命定思想
第12卷	眾名姬春風弔柳七	原始宗教	信仰命定思想
第13卷	張道陵七試趙昇	道教	修道，濟世
第14卷	陳希夷四辭朝命	道教	修道，濟世
第15卷	史弘肇龍虎君臣會	原始宗教	信仰命定思想
第16卷	范巨卿雞黍死生交	儒教，原始宗教	朋友之義，崇拜鬼神
第17卷	單符郎全州佳偶	儒教	夫婦人倫
第18卷	楊八老越國奇逢	原始宗教	信仰命定思想

卷本	卷名	宗教傾向	修行內容
第19卷	楊謙之客舫遇俠僧	原始宗教	巫術
第20卷	陳從善梅嶺失渾家	宗教混雜	修行方式混雜
第21卷	臨安里錢婆留發跡	原始宗教	信仰命定思想
第22卷	木綿庵鄭虎臣報冤	儒教，原始宗教	行忠孝之道，信仰命定思想
第23卷	張舜美燈宵得麗女	佛教	
第24卷	楊思溫燕山逢故人	原始宗教，儒教	避禍，女德
第25卷	晏平仲二桃殺三士	儒教	朋友之義
第26卷	沈小官一鳥害七命	原始宗教	積善
第27卷	金玉奴棒打薄情郎	儒教	夫婦人論
第28卷	李秀卿義結黃貞女	儒教	女德
第29卷	月明和尚度柳翠	佛教	戒色、弘法度生
第30卷	明悟禪師趕五戒	佛教	戒色，念經坐禪
第31卷	鬧陰司司馬貌斷獄	佛教，儒教	行善，儒家道德
第32卷	遊酆都胡母迪吟詩	佛教，儒教	行善，忠孝之道
第33卷	張古老種瓜娶文女	道教	歷劫成仙
第34卷	李公子救蛇獲稱心	宗教混雜	修行道德
第35卷	簡帖僧巧騙皇甫妻	佛教	守戒
第36卷	宋四公大鬧禁魂張	宗教混雜	修行方式混雜
第37卷	梁武帝累修歸極樂	佛教	行善、念經坐禪
第38卷	任孝子烈性為神	原始宗教	積善
第39卷	汪信之一死救全家	原始宗教，儒教	避禍，儒家道德
第40卷	沈小霞相會出師表	原始宗教，儒教	積善、扶鸞濟世，儒家道德

二　《警世通言》（底本為三桂堂本）

卷本	卷名	宗教傾向	修行內容
第1卷	俞伯牙摔琴謝知音	儒教	朋友之義、孝道
第2卷	莊子休鼓盆成大道	道教，佛教	神通
第3卷	王安石三難蘇學士	儒教	行仁義
第4卷	拗相公飲恨半山堂	原始宗教，佛教	信仰鬼神、相信命定思想，行善、布施、念經
第5卷	呂太郎還金完骨肉	佛教，儒教，原始宗教	布施、行善，兄弟之情、行仁義，相信命定思想
第6卷	俞仲舉題詩遇上皇	原始宗教	相信命定思想
第7卷	陳可常端陽仙化	佛教，原始宗教	布施、行善，相信命定思想
第8卷	崔待詔生死冤家	原始宗教	信仰鬼神
第9卷	李謫仙醉草嚇蠻書	道教，儒教	神通，朋友之義
第10卷	錢舍人題詩燕子樓	原始宗教，佛教，儒教	相信鬼神，念經，孝道
第11卷	蘇知縣羅衫再合	原始宗教，佛教，儒教	巫術、相信命定思想，避禍，守戒，兄弟之情、孝道
第12卷	范鰍兒雙鏡重圓	原始宗教，儒教	積善，女德
第13卷	三現身包龍圖斷冤	原始宗教，佛教	相信鬼神、相信命定思想，念經
第14卷	一窟鬼癩道人除怪	道教	降妖伏魔、歷劫成仙
第15卷	金令史美婢酬秀童	原始宗教，道教	相信命定思想，扶鸞
第16卷	小夫人金錢贈年少	原始宗教，佛教	相信鬼神，念經
第17卷	鈍秀才一朝交泰	原始宗教，佛教，儒教	相信命定思想，惜福，女德
第18卷	老門生三世報恩	原始宗教，儒教	相信命定思想，敬師

卷本	卷名	宗教傾向	修行內容
第19卷	崔衙內白鷂招妖	道教	降妖伏魔
第20卷	計押番金鰻產禍	原始宗教	避禍
第21卷	趙太祖千里送京娘	儒教，佛教	女德，念經
第22卷	宋小官團圓破氈笠	佛教，原始宗教	念經、神通，祭神
第23卷	樂小舍拚生覓偶	原始宗教	信仰鬼神，相信命定思想
第24卷	玉堂春落難逢夫	原始宗教，儒教	信仰鬼神，女德
第25卷	桂員外途窮懺悔	原始宗教，佛教	信仰鬼神，念經、布施行善、懺悔
第26卷	唐解元一笑姻緣	原始宗教	信仰鬼神
第27卷	假神仙大鬧華光廟	道教	降妖伏魔
第28卷	白娘子永鎮雷峯塔	佛教，道教	念經，降妖伏魔
第29卷	宿香亭張浩遇鶯鶯	原始宗教，佛教	相信命定思想
第30卷	金明池吳清逢愛愛	原始宗教，道教	信仰鬼神，降妖伏魔
第31卷	趙春兒重旺曹家莊	原始宗教，儒教	相信命定思想，女德
第32卷	杜十娘怒沉百寶箱	原始宗教	避禍
第33卷	喬彥傑一妾破家	原始宗教，佛教	信仰鬼神，守戒
第34卷	王嬌鸞百年長恨	原始宗教，儒教	信仰鬼神，守信
第35卷	況太守斷死孩兒	原始宗教	信仰鬼神
第36卷	皂角林大王假形	道教	降妖伏魔
第37卷	萬秀娘仇報山亭兒	原始宗教，儒教	信仰鬼神，儒家道德
第38卷	蔣淑真刎頸鴛鴦會	原始宗教	信仰鬼神
第39卷	福祿壽三星度世	道教	歷劫
第40卷	旌陽宮鐵樹鎮妖	道教，儒教	降妖伏魔、神通、修道、煉丹，儒家道德

三　《醒世恆言》（底本為明葉敬池刊本）

卷本	卷名	宗教傾向	修行內容
第1卷	兩縣令競義婚孤女	儒教，原始宗教	行仁義、兄弟之情，信仰鬼神
第2卷	三孝廉讓產立高名	儒教	兄弟之情
第3卷	賣油郎獨占花魁	佛教，儒教	布施，行仁義，孝道
第4卷	灌園叟晚逢仙女	道教	濟世、修道、服食
第5卷	大樹坡義虎送親	原始宗教，儒教	積善，女德
第6卷	小水灣天狐詒書	原始宗教	積善避禍
第7卷	錢秀才錯占鳳凰儔	原始宗教，儒教	相信命定思想、信仰鬼神，行仁義
第8卷	喬太守亂點鴛鴦譜	儒教	女德、行仁義
第9卷	陳多壽生死夫妻	原始宗教，儒教	相信命定思想，女德、夫婦之情
第10卷	劉小官雌雄兄弟	原始宗教，佛教	積善，行善
第11卷	蘇小妹三難新郎	儒教	
第12卷	佛印師四調琴娘	佛教	守戒
第13卷	勘皮靴單證二郎神	原始宗教，道教	信仰鬼神，降妖伏魔
第14卷	鬧樊樓多情周勝仙	原始宗教	信仰鬼神
第15卷	赫大卿遺恨鴛鴦縧	佛教	守戒
第16卷	陸五漢硬留合色鞋	佛教	守戒
第17卷	張孝基陳留認舅	儒教，佛教，道教	女德，儀式混雜
第18卷	施潤澤灘闕遇友	原始宗教	積善避禍，相信命定思想
第19卷	白玉孃忍苦成夫	儒教	女德，夫婦人倫
第20卷	張廷秀逃生救父	原始宗教，儒教	相信命定思想，女德、孝道，夫婦人倫

卷本	卷名	宗教傾向	修行內容
第21卷	呂洞賓飛劍斬黃龍	佛教，道教	神通、修道書
第22卷	張淑兒巧智脫楊生	佛教	守戒
第23卷	金海陵縱欲亡身	佛教	戒色
第24卷	隋煬帝逸遊召譴	原始宗教	相信命定思想
第25卷	獨孤生歸途鬧夢	原始宗教，佛教，道教	信仰鬼神，布施，濟世
第26卷	薛錄事魚服證仙	宗教混雜	道教法術，佛教放生
第27卷	李玉英獄中訟冤	儒教	兄弟之情，行仁義，孝道
第28卷	吳衙內鄰舟赴約	原始宗教	積善、相信命定思想
第29卷	盧太學詩酒傲公侯	道教	遇仙成道
第30卷	李汧公窮邸遇俠客	原始宗教，儒教	相信命定思想，行仁義
第31卷	鄭節使立功神臂弓	宗教混雜	道教及佛教的神通
第32卷	黃秀才徼靈玉馬墜	宗教混雜	道教及佛教的神通
第33卷	十五貫戲言成巧禍	宗教混雜	儒家的行仁義，佛教的念經
第34卷	一文錢小隙造奇冤	原始宗教	
第35卷	徐老僕義憤成家	儒教	行仁義
第36卷	蔡瑞虹忍辱報仇	儒教	女德、孝道
第37卷	杜子春三入長安	道教	煉丹、修道、神通
第38卷	李道人獨步雲門	道教	濟世
第39卷	汪大尹火焚寶蓮寺	佛教	守戒
第40卷	馬當神風送滕王閣	儒教，道教	濟世成仙

四　《拍案驚奇》（底本為明尚友堂原刻本）

卷本	卷名	宗教傾向	修行內容
第1卷	轉運漢遇巧洞庭紅 波斯胡指破鼉龍殼	原始宗教	相信命定思想
第2卷	姚滴珠避羞惹羞 鄭月娥將錯就錯	儒教	夫婦人倫
第3卷	劉東山誇技順城門 十八兄奇蹤村酒肆	儒教	行仁義
第4卷	程元玉店肆代償錢 十一娘雲岡縱譚俠	原始宗教，道教	巫術、鬼神，歷劫，濟世
第5卷	感神媒張德容遇虎 湊吉日裴越客乘龍	原始宗教，佛教	相信命定思想
第6卷	酒下酒趙尼媼迷花 機中機賈秀才報怨	佛教，原始宗教	
第7卷	唐明皇好道集奇人 武惠妃崇禪鬬異法	道教，佛教	濟世，神通
第8卷	烏將軍一飯必酬 陳大郎三人重會	原始宗教，佛教，道教	相信命定思想，積善
第9卷	宣徽院仕女鞦韆會 清安寺夫婦笑啼緣	原始宗教，佛教，儒教	相信命定思想，女德
第10卷	韓秀才乘亂聘嬌妻 吳太守憐才主姻簿	原始宗教	相信命定思想，積善
第11卷	惡船家計賺假屍銀 狠僕人誤投真命狀	原始宗教，佛教，儒教	信仰鬼神
第12卷	陶家翁大雨留賓 蔣震卿片言得婦	原始宗教，儒教	相信命定思想，行仁義

卷本	卷名	宗教傾向	修行內容
第13卷	趙六老舐犢喪殘生 張知縣誅梟成鐵案	原始宗教，儒教	相信命定思想，孝道
第14卷	酒謀財於郊肆惡 鬼對案楊化借屍	原始宗教	信仰鬼神
第15卷	衛朝奉狠心盤貴產 陳秀才巧計賺原房	佛教，儒教	朋友之義、夫婦人倫
第16卷	張溜兒熟布迷魂局 陸蕙娘立決到頭緣	原始宗教，儒教	行仁義
第17卷	西山觀設籙度亡魂 開封府備棺追活命	道教，儒教，佛教	孝道
第18卷	丹客半黍九還 富 翁千金一笑	道教	煉丹
第19卷	李公佐巧解夢中言 謝小娥智擒船上盜	原始宗教，佛教， 儒教	祭神，誦經，女德
第20卷	李克讓竟達空函 劉元普雙生貴子	原始宗教，儒教	積善，相信命定思想，孝 道
第21卷	袁尚寶相術動名卿 鄭舍人陰功叨世爵	原始宗教，佛教， 儒教	相信命定思想、積善，布 施
第22卷	錢多處白丁橫帶 運退時刺史當稍	佛教，儒教	念經坐禪，行仁義
第23卷	大姊魂游完宿願 小妹病起續前緣	原始宗教，儒教	相信命定思想，信仰鬼 神，行仁義
第24卷	鹽官邑老魔魅色 會骸山大士誅邪	儒教，道教	行仁義
第25卷	趙司戶千里遺音 蘇小娟一詩正果	原始宗教，儒教	信仰鬼神，女德

卷本	卷名	宗教傾向	修行內容
第26卷	奪風情村婦捐軀 假天語幕僚斷獄	原始宗教，佛教	信仰鬼神，女德
第27卷	顧阿秀喜捨檀那物 崔俊臣巧會芙蓉屏	佛教，儒教	布施、超渡，女德、夫婦人倫、行仁義
第28卷	金光洞主談舊蹟 玉虛尊者悟前身	佛教，道教	禪定
第29卷	通閨闥堅心燈火 鬧囹圄捷報旗鈴	儒教	孝道，行仁義
第30卷	王大使威行部下 李參軍冤報生前	佛教	
第31卷	何道士因術成奸 周經歷因奸破賊	道教	神通、修道
第32卷	喬兌換鬍子宣淫 顯報施臥師入定	原始宗教	相信命定思想，積善
第33卷	張員外義撫螟蛉子 包龍圖智賺合同文	儒教	孝道，行仁義
第34卷	聞人生野戰翠浮庵 靜觀尼晝錦黃沙衖	佛教，原始宗教	守戒，相信命定思想
第35卷	訴窮漢暫掌別人錢 看財奴刁買冤家主	佛教，儒教	布施、戒殺，孝道
第36卷	東廊僧怠招魔 黑衣盜奸生殺	原始宗教，佛教，儒教	信仰鬼神，念經坐禪，行仁義
第37卷	屈突仲任酷殺眾生 鄆州司馬冥全內侄	原始宗教，佛教	戒殺、超渡、抄經
第38卷	占家財狠婿妒侄 延親脉孝女藏兒	原始宗教，佛教，儒教	相信命定思想，祭祀

卷本	卷名	宗教傾向	修行內容
第39卷	喬勢天師禳旱魃 秉誠縣令召甘霖	儒教，道教，原始宗教	行仁義，巫術
第40卷	華陰道獨逢異客 江陵郡三拆仙書	佛教，原始宗教，道教	念經、拜佛

五 《二刻拍案驚奇》（底本為明尚友堂原刻本）

卷本	卷名	宗教傾向	修行內容
第1卷	進香客莽看金剛經 出獄僧巧完法會分	佛教	神通、念經、布施
第2卷	小道人一著饒天下 女棋童兩局注終身	儒教	
第3卷	權學士權認遠鄉姑 白孺人白嫁親生女	原始宗教	信仰鬼神
第4卷	青樓市探人蹤　紅花場假鬼鬧	原始宗教，儒教	信仰鬼神，兄弟之情
第5卷	襄敏公元宵失子 十三郎五歲朝天.	原始宗教，儒教	信仰鬼神
第6卷	李將軍錯認舅　劉氏女詭從夫	原始宗教，佛教心	信仰鬼神，念經
第7卷	呂使君情媾宦家妻 吳太守義配儒門女	儒教	行仁義
第8卷	沈將仕三千買笑錢 王朝議一夜迷魂陣	原始宗教，佛教	相信命定思想，懺悔、守戒
第9卷	莽兒郎驚散新鶯燕 綰梅香認合玉蟾蜍	原始宗教	

卷本	卷名	宗教傾向	修行內容
第10卷	趙五虎合計挑家釁 莫大郎立地散神奸	原始宗教，儒教	女德，兄弟之情
第11卷	滿少卿饑附飽颺 焦文姬生仇死報	原始宗教，儒教	信仰鬼神，行仁義，女德
第12卷	硬勘案大儒爭閒氣 甘受刑俠女著芳名	原始宗教，儒教	避禍，女德
第13卷	鹿胎庵客人作寺主 判溪裡舊鬼借新屍	原始宗教，佛教	信仰鬼神，超渡
第14卷	趙縣君喬送黃柑 吳宣教幹償白鏹	佛教	戒色
第15卷	韓侍郎婢作夫人 顧提控椽居郎署	原始宗教	相信命定思想、積善
第16卷	遲取券毛烈賴原錢 失還魂牙僧索剩命	佛教	超渡
第17卷	同窗友認假作真 女秀才移花接木	原始宗教	信仰鬼神
第18卷	甄監生浪吞秘藥 春花婢誤洩風情	道教	煉丹
第19卷	田舍翁時時經理 牧童兒夜夜尊榮	原始宗教，佛教，道教	相信命定思想，持咒，修道
第20卷	賈廉訪贗行府牒 商功父陰攝江巡	儒教，道教	夫婦人倫，設醮
第21卷	許蔡院感夢擒僧 王氏子因風獲盜	原始宗教，佛教	相信命定思想
第22卷	癡公子狠使噪脾錢 賢丈人巧賺回頭婿	儒教	行仁義

卷本	卷名	宗教傾向	修行內容
第23卷	大姊魂游完宿願 小姨病起續前緣	原始宗教	信仰鬼神
第24卷	庵內看惡鬼善神 井中談前因後果	佛教，道教	弘法度生，神通
第25卷	徐茶酒乘鬧劫新人 鄭蕊珠鳴冤完舊案	儒教	
第26卷	懵教官愛女不受報 窮庠生助師得令終	儒教	行仁義、孝道
第27卷	偽漢裔奪妾山中 假將軍還姝江上	儒教	
第28卷	程朝奉單遇無頭婦 王通判雙雪不明冤	原始宗教，佛教	避禍
第29卷	贈芝麻識破假形 擷草藥巧諧真偶	原始宗教，道教	信仰鬼神，煉丹
第30卷	瘞遺骸王玉英配夫 償聘金韓秀才贖子	原始宗教，道教	信仰鬼神，煉丹
第31卷	行孝子到底不簡屍 殉節婦留待雙出柩	原始宗教，儒教	信仰鬼神，女德、孝道
第32卷	張福娘一心貞守 朱天錫萬里符名	原始宗教，儒教	巫術，女德
第33卷	楊抽馬甘請杖　富 家郎浪受驚	佛教，道教	方術
第34卷	任君用恣深網 楊 太尉戲宮客盆	儒教	
第35卷	錯調情賈母詈女 誤告狀孫郎得	儒教，原始宗教	女德，信仰鬼神

卷本	卷名	宗教傾向	修行內容
第36卷	王漁翁捨鏡崇三寶 白水僧盜物喪雙生	佛教，道教	行善，寶物靈符
第37卷	疊居奇程客得助 三救厄海神顯靈	道教，原始宗教	神通，避禍
第38卷	兩錯認莫大姐私奔 再成交楊二郎正本	原始宗教，儒教， 佛教	信仰鬼神，女德，行善
第39卷	神偷寄興　枝梅 俠盜慣行三昧戲	原始宗教	巫術

六　《型世言》

卷本	卷名	宗教傾向	修行內容
第1卷	烈士不背君 貞女 不辱父：	儒教	孝道、女德
第2卷	千金不易父仇 一 死曲伸國法	儒教	忠孝之道
第3卷	悍婦計去孀姑 孝 子生還老母：	儒教	孝道
第4卷	寸心遠格神明 片 肝頓蘇祖母	儒教	孝道
第5卷	淫婦背夫遭誅 俠 士蒙恩得宥	儒教	女德
第6卷	完令節冰心獨抱 全姑醜冷韻千秋	儒教	女德
第7卷	胡總制巧用華棣卿 王翹死報徐明山	儒教	女德

卷本	卷名	宗教傾向	修行內容
第8卷	矢智終成智 盟忠自得忠	儒教	盡忠
第9卷	避豪惡懦夫遠竄 感夢兆孝子逢親	原始宗教，佛教，儒教	相信命定思想，孝道訊
第10卷	烈婦忍死殉夫 賢媼割愛成女	儒教	女德
第11卷	毀新詩少年矢志 訴舊恨淫女還鄉	儒教	行仁義、女德
第12卷	寶釵歸仕女 奇藥起忠臣	儒教	盡忠、朋友之義
第13卷	擊豪強徒報師恩 代成獄弟脫兄難	儒教	兄弟之情
第14卷	千秋盟友誼 雙璧返他鄉	儒教	行仁義
第15卷	靈臺山老僕守義 合溪縣敗子回頭	儒教	行仁義
第16卷	內江縣三節婦守貞 成都郡兩孤兒連捷	儒教	女德
第17卷	逃陰山運智南還 破石城抒忠靖賊	儒教	盡忠
第18卷	拔淪落才王君擇婿 破兒女態季蘭成夫	儒教	女德
第19卷	捐金有意憐窮 卜屯無心得地	原始宗教	積善
第20卷	不亂坐懷終友託 力培正直抗權奸	佛教	戒色

卷本	卷名	宗教傾向	修行內容
第21卷	匿頭計占紅顏 發棺立蘇呆婿	佛教	戒色
第22卷	任金剛計劫庫 張知縣智擒盜	儒教	行仁義
第23卷	白鏹動心交誼絕 雙豬入夢死冤明	原始宗教	相信命定思想
第24卷	飛檄成功離唇齒 擲杯授首殪鯨鯢	道教	
第25卷	凶徒失妻失財 善士得婦得貨	原始宗教	積善
第26卷	吳郎妄意院中花 奸棍巧施雲裡手	佛教	戒色
第27卷	貪花郎累及慈親 利財奴禍貽戚	佛教	戒色
第28卷	癡郎被困名韁 惡髡竟投利網	佛教，原始宗教	祭神、求神
第29卷	妙智淫色殺身 徐行貪財受報	佛教，原始宗教	信仰鬼神
第30卷	張繼良巧竊篆 曾司訓計完璧	儒教	
第31卷	陰功吏位登二品 薄倖夫空有千金	原始宗教	相信命定思想、避禍
第32卷	三猾空作寄郵 一鼎終歸故主	原始宗教	相信命定思想
第33卷	八兩銀殺二命 一聲雷誅七凶	原始宗教	信仰鬼神

卷本	卷名	宗教傾向	修行內容
第34卷	奇顛清俗累 仙術動朝廷	道教	仙術
第35卷	前世怨徐文伏罪 兩生冤無垢復讎	佛教	
第36卷	勘血指太守矜奇 賺金冠杜生雪屈	佛教	守戒
第37卷	西安府夫別妻 郃陽縣男化女	儒教	
第38卷	妖狐巧合良緣 蔣郎終偕伉儷	原始宗教	
第39卷	蚌珠巧乞護身符 妖蛟竟死誅邪檄	原始宗教	
第40卷	陳御史錯認仙姑 張真人立辨猴詐	道教	降妖伏魔

七 《西湖二集》（底本為臺北天一出版社《明清善本小說叢刊》影印之崇禎本）

卷本	卷名	宗教傾向	修行內容
第1卷	吳越王再世索江山	宗教混雜	
第2卷	宋高宗偏安耽逸豫	儒教	
第3卷	巧書生金鑾失對	原始宗教，佛教	相信命定思想
第4卷	愚郡守玉殿生春	原始宗教	惜字紙
第5卷	李鳳娘酷妒遭天譴	原始宗教	信仰鬼神
第6卷	姚伯子至孝受顯榮	儒教，原始宗教	孝道，信仰鬼神
第7卷	覺闍黎一念錯投胎	佛教，原始宗教	信仰鬼神

卷本	卷名	宗教傾向	修行內容
第8卷	壽禪師兩生符宿願	佛教	放生
第9卷	韓晉公人奩兩贈	儒教，佛教，道教	法術
第10卷	徐君寶節義雙圓	儒教，原始宗教	夫婦人倫，信仰鬼神
第11卷	寄梅花鬼鬧西閣	佛教，原始宗教	懺悔，信仰鬼神
第12卷	吹鳳簫女誘東牆	原始宗教	信仰鬼神
第13卷	張採蓮隔年冤報	道教	降妖伏魔
第14卷	邢君瑞五載幽期	佛教	神通
第15卷	文昌司憐才慢注祿籍	道教，原始宗教	修道，相信命定思想
第16卷	月下老錯配本屬前緣	佛教，儒教	夫婦人倫
第17卷	劉伯溫薦賢平浙中	儒教	
第18卷	商文毅決勝擒滿四	原始宗教	積善
第19卷	俠女散財殉節	儒教	行仁義
第20卷	巧妓佐夫成名	佛教	行善
第21卷	假鄰女誕生真子	原始宗教	
第22卷	宿宮嬪情殢新人	原始宗教	信仰鬼神
第23卷	救金鯉海龍王報德	原始宗教	
第24卷	認回祿東嶽帝種鬚	佛教，原始宗教	相信命定思想
第25卷	吳山頂上神仙	道教	
第26卷	會稽道中義士	原始宗教，儒教	積善，行仁義
第27卷	灑雪堂巧結良緣	原始宗教	信仰鬼神
第28卷	天臺匠誤招樂趣	佛教，道教	戒色
第29卷	祖統制顯靈救駕	原始宗教	信仰鬼神
第30卷	馬神仙騎龍升天	道教	

卷本	卷名	宗教傾向	修行內容
第31卷	忠孝萃一門	儒教	忠孝之道
第32卷	薰蕕不同器	儒教	忠孝之道
第33卷	周城隍辨冤斷案	原始宗教	信仰鬼神
第34卷	胡少保平倭戰功	儒教	

八　《石點頭》（底本為明帶月樓刊本）

卷本	卷名	宗教傾向	修行內容
第1卷	郭挺之榜前認子	儒教	行仁義，女德
第2卷	盧夢仙江上尋妻	儒教	行仁義，女德
第3卷	王本立天涯求父	儒教	孝道
第4卷	瞿鳳奴情愆死蓋	儒教	女德
第5卷	拌萟書生強圖鴛侶	佛教	
第6卷	乞丐婦重配鸞儔	原始宗教	相信命定思想
第7卷	感恩鬼三古傳題旨	原始宗教	信仰鬼神
第8卷	食婪漢六院賣風流	原始宗教	信仰鬼神
第9卷	玉簫女再世玉環緣	佛教	
第10卷	王孺人離合團魚夢	佛教	戒殺
第11卷	江都市孝婦屠身	道教，儒教	孝道
第12卷	候官縣烈女殲仇	儒教，原始宗教	信仰鬼神
第13卷	唐玄宗恩賜纊衣緣	原始宗教	相信命定思想
第14卷	潘文子契合鴛鴦塚	儒教	

哲學研究叢書•宗教研究叢刊 0702006

明代擬話本中宗教義理與修行觀之研究

作　　者　黃絢親
責任編輯　楊家瑜
特約校稿　林秋芬

發 行 人　陳滿銘
總 經 理　梁錦興
總 編 輯　陳滿銘
副總編輯　張晏瑞
編 輯 所　萬卷樓圖書股份有限公司
印　　刷　維中科技有限公司
封面設計　斐類設計工作室

發　　行　萬卷樓圖書股份有限公司
臺北市羅斯福路二段 41 號 6 樓之 3
電話 (02)23216565
傳真 (02)23218698
電郵 SERVICE@WANJUAN.COM.TW
香港經銷　香港聯合書刊物流有限公司
電話 (852)21502100
傳真 (852)23560735

ISBN 978-986-478-228-4
2018 年 12 月初版一刷
定價：新臺幣 520 元

如何購買本書：
1. 劃撥購書，請透過以下郵政劃撥帳號：
帳號：15624015
戶名：萬卷樓圖書股份有限公司
2. 轉帳購書，請透過以下帳戶
合作金庫銀行 古亭分行
戶名：萬卷樓圖書股份有限公司
帳號：0877717092596
3. 網路購書，請透過萬卷樓網站
網址 WWW.WANJUAN.COM.TW
大量購書，請直接聯繫我們，將有專人為您服務。客服：(02)23216565 分機 610

如有缺頁、破損或裝訂錯誤，請寄回更換

國家圖書館出版品預行編目資料

明代擬話本中宗教義理與修行觀之研究 / 黃絢親著. -- 初版. -- 臺北市 : 萬卷樓, 2018.12
面 ;　公分. -- (哲學研究叢書 ; 702006)
ISBN 978-986-478-228-4(平裝)

1.擬話本 2.文學評論 3.明代

820.9706　　107018717